帝泉
系列
II

小偷的女儿
THE THIEF'S DAUGHTER

[美]杰夫·惠勒 著　贺龙平 译

上海文艺出版社

谨以此书，献给维多利亚

王国地域及人物角色

君主国

锡尔迪金王国：国王塞弗恩，来自阿根廷家族。传说他从两个侄子手中篡夺了王位。侄子下落不明，据说已经被谋杀了。塞弗恩现年四十岁，统治着麻烦不断的锡尔迪金王国已经十多年。

奥西塔尼亚王国：国王沙特里约恩八世，来自韦尔图斯家族，十三岁继承父位，在摄政王、自己的姐姐的辅佐下统治王国，二十一岁正式加冕。完全掌握王权后，沙特里约恩开始干涉表妹布里托尼卡女公爵的主权权利，想要强娶布里托尼卡女公爵。

阿塔巴伦王国：国王雅各四世，来自卢埃林家族，以勇气和果敢而闻名。他的父亲雅各三世软弱无能，在他统治期间，王国的伯爵接连造反，并与锡尔迪金冲突不断。锡尔迪金前任国王艾瑞德统治的最后一年，艾瑞德的弟弟（塞弗恩）和霍瓦特公爵在一场决定性的战役中打败了阿塔巴伦人。阿塔巴伦人随后造反，杀死了雅各三世。雅各四世登基，当时年仅十五岁。现在雅各四世十九岁，仍然未婚。

锡尔迪金权贵

欧文·基斯卡登公爵：西境公，所辖西马奇郡

史蒂夫·霍瓦特公爵：北坎公，所辖北昆布布里亚郡

杰克·保伦公爵：东陀公，所辖东斯托郡

托马斯·洛弗尔公爵：南港公，所辖南波特郡

多米尼克·曼奇尼：锡尔迪金王国间谍部队"艾思斌"的统领

据我估计，撰写锡尔迪金的历史需要十年时间才能完成。我在锡尔迪金待了这么久，我所知道的一切深深地吸引了我，在可预见的未来，我不打算回到皮桑去。我已经开始撰写塞弗恩·阿根廷统治初期的历史。我会回溯，撰写塞弗恩哥哥艾瑞德·阿根廷统治期的历史，然后深入挖掘撰写锡尔迪金的内战史——内战史占了锡尔迪金历史的很大一部分。北昆布布里亚郡霍瓦特公爵的外孙女，伊蕾莎白·维多利亚·莫蒂默小姐，与我志同道合，年仅十七岁，却知识渊博，和我一样，对历史有着火一样的热情，并对一些历史细节知道得很详细。据我估计，塞弗恩国王很快就会为她找一个丈夫，以达成政治联盟。

　　　　　　——波利多罗·乌尔比诺，帝泉王宫的宫廷历史学家

第一章
西境公

欧文·基斯卡登穿着全副甲胄，觉得很不舒服。盔甲让他感觉处处受制，好像穿了别人的皮靴，所以，他平时经常只披锁子甲。现在，他是一支大军的最高统帅，面临着任职以来即将来临的第一场大战，他不得不穿上全部铠甲。他手按在佩剑的圆头上，穿过兵营。夜幕很快降临，暮色中，几颗星星在朝他眨着眼睛。

欧文想念寒冷而美丽的北方，差不多十年，那里一直是他的家。他也想念他的好朋友，北昆布布里亚郡霍瓦特公爵的外孙女伊薇。伊薇一定迫不及待地想知道他第一次大战的情况。欧文对接下来将要发生的一切感到既紧张又兴奋。他知道会流血，但不希望血流得太多。他熟悉兵法，却还没有在实践中运用。多年来，他勤学苦练，已经弓马娴熟，刀枪箭斧，样样精通。最重要的是，他喜欢阅读有关战争的书籍，研究了很多过去和现在发生的知名战役。他能够脱口说出多少士兵被派往阿金克普泥泞的战场，以及锡尔迪金国王是如何利用削尖的木桩、弓箭手和有利地形来以少胜多。每个人都学习历史，欧文却更进一步，喜欢再创历史。

如果他是奥西塔尼亚军的最高统帅，他要怎么做，才能在阿金克普打败锡尔迪金的国王呢？好像下巫哲棋，他不会仅仅只从自身出发来寻找机会，他还会从其他方面出发，来寻找机会。他很久以前就意识到了，在王权之争中，并不仅仅只有敌我双方，永远有意料之外的棋子在等着摆上棋盘。

"晚上好，大人。"欧文沉思着，经过一个士兵的营火，士兵向他问候。

欧文停下脚步，打量了一下士兵，却想不起士兵的名字了。"晚上好。你是谁的部下？"欧文问道。虽然士兵的年龄是欧文的两倍，他仍然毕恭毕敬地仰望着欧文。

"哈金斯，大人。我叫威尔，是哈金斯副将的部下。大人觉得这样的天气会不会持续到明天的决战？"

"很高兴认识你，威尔。呃，运气好的话，希望会？"

欧文疲倦地朝威尔笑了笑，感激地点了点头，然后朝中军帐走去。他觉得自己肯定睡不着。他们的最高统帅是一个这么年轻的小伙子，多少士兵会觉得惶恐不安，提心吊胆呢？塞弗恩王指挥人生的第一场大战时，年仅十八岁。欧文现在只有十七岁。他觉得肩上责任重大。

士兵们是如此盲目地信赖欧文，欧文觉得有一点点烦恼——事实上，不止一点点。很少有人能够感觉到圣泉的涟漪，那些能够感觉到的人在某些方面会天赋异禀。这种人很少，所以，每个人都知道，欧文小时候就拥有圣泉的神力。他们没有想到的是，欧文确实拥有圣泉的神力，但他其实没有预见未来的能力。前任王后狡黠的毒药师安凯瑞特·崔尼奥薇在欧文小时候帮助他设计了这条计谋，让塞弗恩王离不开他。安凯瑞特和欧文联手误导了整个王国。安凯瑞特死后，锡尔迪金间谍部队"艾思斌"的首领多米尼克·曼奇尼在世人知道之前，提前告诉欧文一些重大的政治走势，进一步巩固了欧文能够预见未来的名声，诡诈在锡尔迪金和其他君主国得以继续存在。塞弗恩王说过，曼奇尼只是暂时掌控"艾思斌"，曼奇尼却总能神奇地维护国王的利益，所以占据这个位置已经很多年了。欧文和曼奇尼之间是一种互惠互利的合作伙伴关系。

有时候，欧文能够敏锐地预料到事情的前因后果，在"艾思斌"向他提供情报之前，就已经猜到了情报的大概内容。比如说，曼奇尼没有告诉他，阿塔巴伦国国王雅各·卢埃林会与奥西塔尼亚国国王沙特里约恩会达成联盟，联合起来对付锡尔迪金。现在两国联手了，欧文一点也不吃惊。这不需要拥有圣泉的神力，这是因为他很聪明。

欧文走近中军帐，两旁的护卫举起长柄战斧，让他通过。欧文只有十七岁，还会长高，但他已经有成年人那么高了。他戴着家族的金质徽章——三只金色雄鹿的头簇拥在一起，背景是一片碧蓝。

欧文低头走进中军帐，就看见了霍瓦特公爵。霍瓦特公爵也是全副甲胄，手里端着一杯馥郁的美酒。在过去的几年里，他的头发花白了很多，但他还是欧文印象中的老样子，镇静自若，处变不惊。霍瓦特是一个十足的军人，在过去的五十年里，参加了无数场战争。现在，他站在那里，欧文觉得充满了信心。

霍瓦特点点头，朝欧文揶揄地笑笑，问候道："晚上好，小伙子。"

欧文忍不住微笑起来，说道："你看起来一点也不紧张。"

霍瓦特耸耸肩膀，抿了一口酒，把酒杯放在毛皮地毯旁边的桌子上。

欧文热切地问道："有伊薇的消息吗？"

"她说,我们在这里和奥西塔尼亚人开战,如果阿塔巴伦人入侵,她会守住北方。我想,她希望阿塔巴伦人入侵。你知道的,她有一点点嫉妒,嫉妒你比她早上战场。"

欧文笑了,心里想着伊薇的模样。一想到伊薇他就莫名的兴奋,好像一群蝴蝶簇拥在心头。他不知道这种感觉是大战之前的紧张,还是想要再见到她的渴望。他竭尽全力,不让自己消沉下来,但他确实想念伊薇。伊薇浓密的褐色长发是那么漂亮,有时候扎个辫子,有时候不扎,眼睛一汪碧蓝……不,一汪碧绿……或者是一团灰色。这取决于光线和她的心情。他想念着伊薇滔滔不绝的样子、敏捷的思维以及顽皮可爱的幽默感。伊蕾莎白·维多利亚·莫蒂默——伊薇——是欧文这个世界上最好的朋友。除了曼奇尼之外,只有伊薇知道他内心最深处的秘密。

霍瓦特公爵注意到了欧文心不在焉的目光,警告道:"小心了,小伙子。把心思留在奥西塔尼亚,留在它应该留在的地方。你不想一把剑朝你面门砍过来时,你还在做白日梦吧。"

欧文刚才确实在做白日梦,他抱歉地笑笑。霍瓦特是为了他好。这么多年了,他几乎变成了欧文的外公。欧文能够感觉到,头发花白的公爵希望西马奇郡和北昆布布里亚郡能够联姻。欧文和伊薇还从来没有单独出去过,伊薇的侍女一直跟在他们身边,他们三个人有时候在瀑布下面朝河里扔石头,有时候做无谓的冒险。

欧文摩擦着戴了手套的双手,问道:"我们什么时候召集副将?"他有点不耐烦了,希望黎明尽快来临。

"他们在部署士兵,很快就会来。你可以来回走几圈。你应该把积木带过来的。"

欧文嘿嘿笑了起来。他小时候就喜欢搭积木,搭成各种复杂的模型,这个习惯一直持续到现在。现在他长大了,搭出的模型也越来越复杂,收集的积木也越来越多,多得令人惊叹。

欧文的传令官法恩斯低着头走进了中军帐。法恩斯今年四十五六岁,红红的头发中夹杂着几缕灰色。他比别人更懂得礼仪,曾追随欧文的父亲参加过很多战役。他笔挺地向欧文行礼,然后报告道:"大人,奥西塔尼亚国王的传令官刚刚到达营地,想见两位大人。"

欧文的目光越过法恩斯,看着霍瓦特。霍瓦特眉头微蹙,但没有表态,只是说道:"这是你的军队,小伙子。"

欧文命令道:"好,带他进来,法恩斯。"法恩斯走了出去。欧文把手背在背后,又开始踱步。"我猜,沙特里约恩派使者来,是想贿赂我们,或者威胁我们。很有可能是贿赂。沙特里约恩计划洗劫布里托尼卡女公爵的国库,他随时可以用抢来的钱贿赂我们。"奥西塔尼亚国国王想要强娶布里托尼卡女公爵,女公爵向所有邻国求援,塞弗恩派出援兵,现在的交战局势由此而起。欧文继续问道:"你觉得,沙特里约恩会提出给我们多少贿赂,让我们不战而退。"

霍瓦特公爵笑了笑,回答道:"多少贿赂,这很重要吗?"

"当然不重要。沙特里约恩不懂我们……不懂锡尔迪金。我只是想知道,我是不是被侮辱了。"欧文听到了帐外的皮靴声,停下来,聆听一下,说道:"他们来了。"

法恩斯报告说,来者名叫安耶斯。安耶斯走进中军帐,进来时,头没有低到足够低,碰到了中军帐的帘子,弄乱了头发。欧文忍住,没有笑出声来。

奥西塔尼亚人有一种风格,欧文不喜欢。男人的短袍都是用淡紫色的天鹅绒布制成,很宽松,上面绣着百合花,衣领很高,又硬又挺,看起来好像脖子围着链子。不管人是不是秃顶,头发都梳得朝前冲。两鬓也是一样,这样发梢看起来像羽毛。当然,不管风格怎么样,奥西塔尼亚人都长得黝黑英俊,安耶斯也不例外,即使年龄已经是欧文的两倍了。

"啊,小爵爷,"安耶斯一边理顺帐篷帘子弄乱了的头发,一边向欧文问候。他的锡尔迪金语说得很好,但一开始就提到欧文的年龄,这并不明智。

"你带来了沙特里约恩的口信?"欧文不耐烦地问道。他抱着胳膊,斜了霍瓦特公爵一眼。

"是的。我叫安耶斯,是奥西塔尼亚国国王沙特里约恩的传令官。沙特里约恩王再一次向锡尔迪金伸出橄榄枝。布里托尼卡的事情与你们无关。我国是锡尔迪金的盟友和朋友。因此,沙特里约恩王提议,支付锡尔迪金的战备费用。如果嗜血的塞弗恩王一定要战,沙特里约恩王准备牺牲三千士兵,来满足锡尔迪金屠夫的嗜血欲望。然而,沙特里约恩王还是希望,作为平等的王国,两国能够签订停战协议,不要流血。沙特里约恩合法地向西尼亚小姐求婚,西尼亚小姐是沙特里约恩王的臣民,布里托尼卡属于奥西塔尼亚的领土范围。沙特里约恩王需要付出什么样的代价,锡尔迪金才能停止干涉呢?"

欧文耐着性子听着,心里却火冒三丈,安耶斯就这样侮辱塞弗恩王,就这样厚颜无耻地提议两国串通合谋。他释放圣泉的一些神力,来寻找安耶斯的弱点,却发现安耶斯只是一名外交官,并不是一个士兵。他宽松的衣袖下面没有穿盔甲,完全不堪一击。多年来,塞弗恩亲自教欧文如何从圣泉中吸收神力,欧文对自己的神力有清楚的认识。塞弗恩和欧文都知道,欧文的神力比塞弗恩更加高深莫测,可能是因为塞弗恩很晚才发现自己拥有圣泉的神力吧。

从曼奇尼那里,欧文知道其他国家将塞弗恩描述成一个残忍的独裁者、恶棍以及弑童者，但这些说法并不真实，就像玩具刀剑不能制造真正的伤害一样。塞弗恩的两个侄子确实消失了，但他不应该为他们的死亡负责。他的错误在于，他任命了不值得信赖的人来做侄子的监护人。

安耶斯早就说完了，接下来的沉寂让气氛变得很尴尬。欧文盯着安耶斯的眼睛，但不说话，让安耶斯感觉更加不舒服。人在沉寂中总会觉得不舒服。欧文一直盯着安耶斯。

欧文终于心平气和地说话了："我不知道我对哪一件事情感到更加恼火，是沙特里约恩相信他可以先打败我们，然后收买我们，还是他觉得可以直接收买我们。尤其是，在我小时候，沙特里约恩七世曾经想利用'艾思斌'前任首脑拉特克利夫来置我于死地。"欧文停顿了一下，让安耶斯理解他的话。锡尔迪金的敌国认为，欧文所谓的预见未来的能力对他们来说是一种威胁，于是想除之而后快。"我早就知道你今晚会来。"欧文的语气蒙上了一层神秘的色彩。"去告诉沙特里约恩：太阳照耀这片土地的时候，他就会知道锡尔迪金战士到底有多厉害。黄金也不能让我们放弃使命。塞弗恩王向布里托尼卡女公爵许下承诺：他会帮她捍卫领土。沙特里约恩会发现，我们一直言而有信。告诉沙特里约恩这些话，安耶斯。如果再到这里来，小心性命难保。塞弗恩王没有忘记，这块土地曾经属于锡尔迪金。我们捍卫我们的臣民，名正言顺。"

安耶斯一脸的怒火和鄙视，说道："那我告辞了，小屁孩。"

安耶斯转身大步走出帐篷，头又撞在帐篷的帘子上，只不过这一次他差一点把自己撞翻在地。欧文只能拼命忍住，不笑出声来。他以后会告诉伊薇这一切的。

安耶斯走后，欧文转过身来，用询问的目光看了霍瓦特一眼。

霍瓦特说道:"我想,他想用临别的那句话来激怒你。"

法恩斯轻声地笑了笑,慢慢地摇摇头,觉得安耶斯太莽撞了,严重低估了欧文,这无异于犯险。

欧文转过身来,面朝着法恩斯,命令道:"法恩斯,去把克拉克找来。我想让克拉克跟踪安耶斯,一直到他们的大本营,看沙特里约恩有什么反应,并立即向我报告。"

"遵命。"法恩斯回答道。他低头走出了中军帐,没有让帘子弄乱头发。

霍瓦特眉头紧锁,问道:"你想要做什么,小伙子?"

欧文嘿嘿笑起来。"沙特里约恩做梦也想不到的事情。我们今晚就进攻他。"

霍瓦特的眉头皱得更深了。"这样做很冒险,小伙子。"

欧文抬起双手,说道:"唔,我确实警告过他,我们今晚就会进攻。还记得吗:太阳照耀这片土地的时候,他就会知道锡尔迪金战士到底有多厉害。清晨时,一切就已经结束了。慌乱中,沙特里约恩的士兵可能会自相残杀。让我们把副将们召集起来。我已经迫不及待了,想要推到第一块积木。"

人们一般会误以为，每一个王国都有固定的疆域和国界线。事实上，一个王国可以是一座城市，也可以遍及一整片大陆。这取决于王国统治者的雄心和能力。软弱的统治者丢城失地，强硬的统治者攻城掠地。历史学家的责任就是记录时代伟人的一举一动。确实如此，是伟人以及他们的决策引导着历史的进程，伟人是历史洪流中不可或缺的关键一环。

锡尔迪金的国民都害怕塞弗恩·阿根廷，同时又仰慕他的军事才能。塞弗恩长相平平，身体有点畸形，所以语言刻薄，性格暴躁，对阿谀奉承者免疫。登基十二年以来，他巩固了政权，派遣了信得过的公爵来统治全国。现在，他想对外扩张。奥西塔尼亚国王沙特里约恩去年才年满二十一岁，正式登基称王。他年纪尚轻，只有塞弗恩年龄的一半，经验不足，喜爱时尚服装、音乐、舞蹈和打猎。他刚刚涉猎战争这门艺术，就急切地想要证明自己，这可能正中塞弗恩下怀。战争结束以后，两国地图会发生什么样的变化呢，这将是一件很有趣的事情。

——波利多罗·乌尔比诺，帝泉王宫的宫廷历史学家

第二章
鲁元帅

月色昏暗，欧文很快就适应了光线不足。他骑在马背上，微微左右摇晃，想着即将来临的夜袭，心里觉得有点兴奋。他把头盔夹在臂弯下，不想让任何东西妨碍听觉。马蹄声嘈杂，但他们等一会儿就会下马步行，以免被敌人发现。这一行动风险较大，但不会危及整支军队。

欧文的计划很简单。他亲自率领主力部队一百人，其中二十多名是弓箭手。到达奥西塔尼亚人营地时，弓箭手先放箭，制造混乱和惊慌。然后，士兵就挥舞刀枪举着盾牌冲杀进去，制造声势，让奥西塔尼亚人以为欧文的整支军队都冲过来了。另外两支五十人队取不同的道路，听到厮杀声，就从两翼冲杀过来。欧文想打沙特里约恩一个措手不及，让他误以为敌人人多势众。欧文希望沙特里约恩会吓得落荒而逃。当然，如果沙特里约恩被活捉，要赎回他肯定需要支付大笔赎金。欧文也不介意这个结果。

这一举措也有风险。士兵们可能会制造太多的噪音，惊动奥西塔尼亚人，奥西塔尼亚人就可以以逸待劳，伏击他们。但欧文觉得这不大可能，奥西塔尼亚人没有理由预料到这次夜袭。欧文也派遣了自己的精兵"艾思斌"，命令他们处理沿途中有可能误打误撞、发现他们行踪的散兵游勇。"艾思斌"同时还需要干掉奥西塔尼亚人的夜班岗哨，让欧文尽可能近地靠近敌人。

霍瓦特公爵骑着马，跟在欧文旁边，像平常一样，沉默不语，不显山露水。他一而再再而三地给欧文的计划挑毛病，指出一切可能会出问题的地方：地形不熟悉、哨探不能精确地指出奥西塔尼亚人驻扎在哪里、河流和溪水可能阻挡他们的去路……欧文很感激霍瓦特的吹毛求疵，但他坚持自己的观点。他们只是拿军队的一部分冒险，如此成功的话，回报将会十分丰厚。

一声鸟鸣在森林的左边响了起来。欧文忽地转过头去，觉得心里有一丝颤抖，想起了小时候作为塞弗恩的人质被带到帝泉王宫时的情景。当时，王宫的一切都让他恐惧。现在，他无所畏惧，但他仍然会偶尔想起那个胆怯的、灰褐色头发中夹杂着一缕白发的小男孩。

人很容易浮想联翩，欧文又想起了伊薇。伊薇很喜欢欧文那缕白色的头发——那缕白发仍在，但现在大部分已经被欧文浓密的黑发遮盖住了。他们经常一起在北昆布布里亚的山间漫步，俯视着山下令人充满敬畏、雄伟壮丽的景观。有时候，伊薇会伸出手，摸一下欧文那缕白色的头发。他们很想到冰洞里去探险，却一直没有时间。紧急的国家大事迫使他们从一座城堡搬到另外一座城堡；有时候，一场庆典又要求他们回到帝泉王宫；有时候，西马奇郡出麻烦了，欧文不得不赶回去，处理手下贵族或者农夫之间的土地纠纷。在塔顿庄园，欧文永远受到尊重和热爱。北昆布布里亚郡冬日白雪皑皑时，他会回到那里。这时在他的心眼里，欧文似乎看见伊薇跪在壁炉前，阅读着一本历史书，有时候会咬一下自己的头发，心醉神迷于国王、战争和瘟疫的故事之中。过后,她又会把这些故事讲给欧文听,和欧文一起分享。伊薇性格有点令人捉摸不定,活泼可爱,美得令人窒息。有时候,欧文会傻乎乎地盯着她看,她会立刻羞得满脸通红。如果是这样,欧文会觉得心痛,又感到一丝慰藉。

霍瓦特策马与欧文并行,两人几乎腿碰到腿。"你的智慧马上就会有用武之地。集中注意力。"

欧文不知道是什么出卖了自己。霍瓦特观察入微,嘴紧得像龟壳,却时时处处都在留心观察。塞弗恩说话尖酸刻薄,舌头长满倒钩,很少有人能够幸免于难,霍瓦特就是其中之一。

"大人。"黑暗中,一个低低的声音从前面传来。欧文勒住战马,等哨探靠近。哨探是"艾思斌"的成员之一,一个信得过的部下,名叫克拉克。克拉克身材精瘦,脸部瘦削,黑黑的头发剪成短茬,擅长丛林作战和追踪。

欧文安抚住焦虑不安的战马,问道:"克拉克,有什么消息?"

克拉克像平常那样毕恭毕敬地答道:"我建议在这里下马。敌人离我们大约一公里远,步行很近。如果大人还骑马的话,敌人会听得见。"

欧文点点头,戴上头盔,跳下战马。克拉克握住缰绳,把战马牵到树林里,拴好。其他人也纷纷下马,给了战马一些草料,让战马保持安静,几个马夫留了下来,照顾马匹。弓箭手曲弓上弦。每个弓箭手都带了三个箭筒,里面装满了箭。弓箭手们在低声交谈。

欧文问道:"离黎明还有多久?"他抬头看着星星,但他不擅长天文。

克拉克抽了抽鼻子,也抬头看了看天,回答道:"还有几个小时,大人。刚才有几个敌人起来喝水,但大部分敌人都在熟睡,哨兵除外。"

欧文微笑道："唔，那我们早点唤醒他们。"欧文把手按在长剑的圆头上。他还带了一把短剑和一把匕首。锁子甲穿在身上比较舒适。他嘴里呼出一团团雾气，但身体很暖和。

士兵朝奥西塔尼亚人的营地摸过去。欧文的心开始剧烈地跳动起来。他在城堡的院子里日复一日地刻苦训练，这一刻会告诉他，训练是否有用。他有着一些先天的优势，这让他充满自信。圣泉的神力使他能够发现对手的弱点，并且抵御敌人的魔法。欧文转过头来，发现霍瓦特就在身旁，心里不禁充满了感激之情。他知道，霍瓦特这时候肯定是想躺在床上，而不是在奥西塔尼亚一条陌生的道路上行军。欧文咬咬牙，继续前行。克拉克大步跟随左右。这个"艾思斌"精英肯定是接到过命令，一定要保护欧文安全。但将军不可能从后面领导士兵，所以，欧文冲在最前面。

他们从树丛里冲了出来，抽出兵器，准备战斗。眼前是绵延起伏的平原，视野一下子开阔起来了。远处是被包围的布里托尼卡城堡普昂斯，城堡里灯光闪烁。欧文研究过手中为数不多的几份地图，知道普昂斯只是布里托尼卡女公爵领地的外围据点，而不是首府普勒默尔。

欧文命令一名副将："准备点燃火把。每个人拿两个。这样我们的人数在他们眼里就会翻一翻。弓箭手，准备。"

欧文镇静自若，全身充满一种奇怪的宁静感。他听到了圣泉潺潺的水流声。他并没有召唤圣泉，但他感觉到圣泉正在流遍全身。圣泉不请自来，似乎迫不及待地想要帮助他赢得胜利。

欧文坚定清晰地说道："小伙子们，让这些蠢货尝尝我们的厉害。"他看了看霍瓦特。霍瓦特已经戴上了头盔，护鼻下的鼻子翕动，朝欧文笑了笑。空气中弥漫着兴奋和自信之情。

欧文对克拉克说道:"给我一个火把,克拉克。好吗?"

克拉克点点头,在绑在一起的火把上方敲击火石。浸泡过燃油的火把燃了起来。克拉克把一个火把塞到欧文手里。火焰在夜色中跳跃,发出嗞嗞声。欧文高高举起火把,大声喊道:"锡尔迪金!"

好像水坝开闸放水,士兵们的怒吼声几乎淹没了弓弦咚咚的颤动声。半空中箭如飞蝗。弓箭手张弓搭箭,箭飞出去时,人也几乎飞离地面。第一波箭雨还没有落地,第二波箭雨已经离弦。然后,利箭梆梆梆地插入敌营。奥西塔尼亚人惊声尖叫,不知所措。

欧文冲杀过去,举起火把,在头顶挥舞。克拉克紧随其后,寸步不离。再后面是无数火把,好像有五百名士兵在跟随欧文冲锋,但实际上冲杀的士兵不足百人。欧文心中有一种轻飘飘的感觉。在山中跋涉让他觉得精力充沛,韧劲十足。安凯瑞特的药茶已经彻底地治愈了他童年时期虚弱的两肺。

奥西塔尼亚人的营地乱成一锅粥。他们从梦中惊醒,手忙脚乱地寻找兵器,穿上盔甲,但太晚了。锡尔迪金人箭如雨下,夜幕不时地被痛苦的惨叫声撕破。欧文冲向第一排敌营。几个长矛手手持长柄战斧站在那里发抖。然后,他们扔下武器,落荒而逃。

兵器还没有交锋,欧文就知道,胜利已经在望。

弓箭手停止放箭。欧文的士兵杀入惊慌无措的奥西塔尼亚人。克拉克武艺高超,招式优雅,用手中的两柄短剑将扑过来的敌人一一斩杀在地,瘦削的脸显得不慌不忙,手中的短剑不停地下劈、横挡、直刺。

欧文觉得圣泉在全身奔涌,好像他自己变成了圣泉的泉水。奥西塔尼亚人四散而逃,有的身上还带着箭。帐篷乱糟糟地崩塌在地,周围还缠着绳子。战马在嘶叫乱窜。欧文仿佛看见一匹战马,身上插着奥西塔尼亚国旗,驮着一名骑手逃跑了。

另外两支锡尔迪金士兵加入战团,又一波尖叫声传来。欧文的直觉告诉他,他们已经赢了。

一个奥西塔尼亚士兵从帐篷后朝欧文冲过来,用手中长矛向欧文胸口刺去。欧文条件反射地用手中长剑挡住长矛,另外一只手把火把朝敌人脸上扔去。长矛手痛得双手乱舞,扔下兵器,也逃命去了。

另一个敌人手持盾牌朝欧文撞来,想把欧文撞翻在地。欧文横跨一步,伸腿一绊。盾牌手脸撞到盾牌,摔倒在地,再也没有爬起来。

士兵们像农夫割麦似的席卷敌人。欧文奇怪地想要大声笑出来。

"欧文大人!"副将阿什比一脸兴奋地跑过来,大叫道,"奥西塔尼亚人在逃跑!有的人甚至是光着脚!我们想抓住沙特里约恩,但他骑着马,在骑士的簇拥下逃跑了。他是第一个逃兵。你胜利了,大人!"

军营的另外一边传来长号声,声音尖锐凄厉,欧文觉得背上一凉。

另一个副将困惑地叫道:"那是什么?"

克拉克镇静地说道:"我去看看。"他跑了过去。士兵们开始抢劫帐篷里的财物,一些士兵在争夺奥西塔尼亚人的旗帜和徽章当作纪念品,现场变得乱糟糟的了。

长号声又传了过来,像阴魂一样不散。

欧文命令道:"向我靠拢。停止搜寻财物,现在不是抢劫的时候。靠拢。弓箭手准备。"

圣泉起了涟漪,欧文咬咬牙,感觉到一丝恐惧。有点不对劲。欧文在冒汗,眼睛扫过混乱的军营,想要找出长号声的来源。

克拉克过一会儿就回来了，黑着脸，一脸忧色，声音粗哑地说道："是布里托尼卡的骑士。他们进攻了奥西塔尼亚人的另一侧。奥西塔尼亚人现在在四处逃窜。"

霍瓦特持剑在手，走向欧文，说道："如果布里托尼卡骑士现在转而进攻我们，我们很难自保。"

"的确如此。"欧文回答道。他又感觉到了圣泉那种奇怪的、令人不快的波动。"我们此行达到了目的。召集士兵，向我靠拢。"

声音越来越嘈杂，从军营那边传来的刀剑交战声越来越清晰。

克拉克对欧文耳语道："大人，我替你备好了马。"

欧文转过身去，摇摇头。"如果我弃部下于不顾，我就和沙特里约恩没有两样了。"

克拉克脸色阴沉，急切地看了欧文一眼，似乎想要看穿欧文的心思。很明显，他在想是否应该坚持让欧文上马逃跑，虽然欧文很有可能会大发雷霆。

霍瓦特手紧握着剑柄，说道："他们来了。"

欧文看到人之前先看到了军旗。布里托尼卡人的军旗是白底黑边的四分之一圆弧。白底之间是国家的象征，一只黑羽毛、有钩状喙的鸟——一只乌鸦或者渡鸦。欧文想起了塞弗恩的王旗，黑底上面是一只白色的野猪，两者相映成辉。

一个中年骑士骑在马背上，拿着军旗。他年龄和塞弗恩相当，并不老，头发青灰色，像奥西塔尼亚人那样朝前梳，眼神凝重，若有所思。战马载着骑士朝欧文走来。欧文的部下像墙一样聚集在欧文周围。骑士并没有抽出兵器，一件白色的长袍从肩膀上垂下来，盖住了战马的肩隆。

霍瓦特平静地招呼道："鲁元帅！"

那个面色凝重的骑士似乎现在才注意到霍瓦特。他僵直地点点头，用略带口音的声音回应道："霍瓦特公爵。"他调整了一下臀部位置。"您离北昆布布里亚郡有点太远了，大人。深入南方这么远，您不担心吗？是您率领他们？我还以为是欧文·基斯卡登呢。"

"是我。"欧文说道，同时觉得体内的圣泉变成了一条滑滑细流。他能察觉到，鲁元帅虽然态度生硬，却没有恶意。欧文还是手握剑柄。他不相信有这么巧合。

鲁元帅循声转向欧文，似乎现在才发现他的存在。"啊，公爵大人在这儿。天色太暗，我没有注意。公爵大人，我们夫人、布里托尼卡女公爵托我给公爵大人捎信。她感谢公爵大人为了捍卫布里托尼卡的主权而做出的努力。贵国出兵及时，击溃了沙特里约恩的军队。现在，一切都交给我们。我已经命令部下，要把他们赶回国内。我们夫人让我代她向公爵大人和贵国国王致意，感谢你们出兵干预。我们夫人现在是贵国忠实的盟友。如果战火烧到了锡尔迪金，请放心，我们夫人不会忘记贵国的恩惠，一定知恩图报。我们夫人是这么说的。"鲁元帅恭恭敬敬地朝欧文行礼，又伸出手臂，礼貌性地挥舞了一下。"请把这些战利品分给您的部下。你们英勇无惧，应该得到这些。我是布伦登·鲁，布里托尼卡的元帅和守护者。承蒙俯允。"

欧文恭敬地点头回礼，说道："请转告夫人，我们很荣幸前来驰援。我们国土相邻，应当成为盟友。"

鲁元帅的眉头拧得更紧了。"我会转告夫人公爵大人所说的话。"他生硬地说道，然后掉转马头，策马而去。手下那些全副武装的骑士跟在他身后，和他一起穿过那些杂乱无章、东倒西歪的帐篷，帐篷下还有伤兵在痛苦呻吟。

欧文转向霍瓦特，霍瓦特的眼神里充满着对布里托尼卡人的不信任。

　　灰白头发的霍瓦特摸了摸下巴,说道:"真有趣,他的骑士几乎和我们同时偷袭了沙特里约恩的军队。好像……"

　　欧文皱皱眉头,低声说道:"他们在等着我们。"

第三章
复活

　　差不多晌午时分,欧文的中军帐站满了人,欧文竭尽全力,不让部下兴奋过头。沙特里约恩八世的军队已经被击溃,现在仍在逃命,布里托尼卡的骑士穷追不舍。沙特里约恩逃到了国土深处一座安全的城堡里。胜利的消息已经传遍了东奥西塔尼亚的所有村落。欧文大获全胜,无一伤亡,这一壮举为他赢得了巨大的尊敬和感激。部下纷纷低声评论:年轻的基斯卡登不仅仅会预见未来,他在战场上也所向披靡。

　　"大人。"法恩斯边说边从两个副将中间挤过来,一只手梳着灰红的头发。他的脸平时都是平静如水,现在却按捺不住笑意,终于咧嘴笑了起来。"大人,阿弗朗奇市市长带人到了这里。"法恩斯的嘴唇颤抖,无法掩饰喜悦之情。"他们来……唔,他们来,是带着城堡和城市向大人投降,并向锡尔迪金宣誓效忠。"

　　欧文愣住了。"我听对了没有,法恩斯?我们还没有进攻,一座城池就要向我们投降?阿弗朗奇在哪里?给我一张地图。"

　　副将阿什比回答道:"这里有,大人。"

欧文难以置信地看了看霍瓦特公爵，又耸耸肩膀，忍住不笑出声来。阿什比取来地图。几个人立刻围在地图周围，想要找到阿弗朗奇的具体位置。

欧文把他们轰走，示意法恩斯和霍瓦特公爵靠过来，一起研究地图。他们对奥西塔尼亚以及奥西塔尼亚的城市和公爵领地所知甚少。奥西塔尼亚的港口都标识得清清楚楚，但内陆城堡和城镇的信息比较模糊。塞弗恩聘请了很多地图绘制师，"艾思斌"有每一个国家最精确的地图，但这些地图是国家机密。欧文找不到阿弗朗奇。

欧文拍了拍法恩斯的后背，说道："唔，法恩斯，把他们带进来，让他们在地图上给我们指出来。"法恩斯笑了笑，很快离开了中军帐。

欧文看了看挤在狭小空间里的副将，命令道："开始拔营，调换岗哨，准备行军。听候命令。"

阿什比副将回答道："遵命，大人。"其他副将都走出中军帐，只留下欧文和霍瓦特公爵。

欧文嘟囔道："我受不了一大堆人挤在一起。每个人都有事找你。没有片刻安宁。你对这件事情怎么看？"

霍瓦特蹙着眉头，看着地图，说道："我们和邻国一直战事不断，小伙子。阿弗朗奇以后可能会变成一个对我们有用的要塞。多年前，我们从布鲁格那里夺得了卡莱特。现在，卡莱特对于我们来说，仍然是那一片大陆的战略性港口城市。我确信，市长大人没有足够的兵力来防御城市，他寥寥无几的部下昨晚已经和沙特里约恩的军队一起逃跑了。就好比下巫哲棋，你强势进击，对手措手不及。他们现在自身难保，我们都知道这一点。"

法恩斯带着阿弗朗奇市市长回来了。市长矮矮胖胖，胡须灰白，冒着热汗、光溜溜的头顶只有几绺头发。他简短严肃地告诉欧文，阿弗朗奇离这里不远,是一座海岸城堡,就在布里托尼卡公爵领地边界,几百年以前属于锡尔迪金领土。市长大人很乐意商谈投降条件。

◆ ◆ ◆

当天下午,欧文和阿弗朗奇市市长一起走在城堡的壁垒上,有三只金色雄鹿的蓝旗在微风中飘荡。老实说,这种经历有点超现实,但欧文不相信当地人的热情。他严禁士兵纵酒狂欢,命令他们在街上巡逻,了解城堡的防御情况,以防万一受到进攻。如果沙特里约恩率领大军重返此地,他们需要做好准备,一有通知,立刻纵马离开。但侦察兵报告说,这不大可能——被一个比自己年轻很多的对手打败以后,沙特里约恩的自尊心备受打击,现在正在舔自己的伤口。

欧文走在城垛上,眺望着下面森林茂密的山谷和农场。更远处就是海岸,灰色平滑的水面隔得太远,听不到波浪声。海岸更远处有一座海岛,海岛的最高处有一座城堡。

欧文指着海岛,问道:"那是什么?"

"你指什么?哦,那是图桑圣母殿,一座古老的建筑,布里托尼卡主要的庇护所。潮水每天会退去一次,游客们可以趁机到那里去。别的时候,海岛都被海水环绕。这是我们的邻居女公爵的最后一道防线。站在塔上看,景色会更优美。公爵大人想去看一下吗?"

欧文停了下来,凝视一番,然后回答道:"不了。"图桑圣母殿很明显比锡尔迪金圣泉圣母殿要大。锡尔迪金圣泉圣母殿也建在一座岛上,但岛在河中,面积要小得多。眼前的海岛从大海中突兀而出,很难说清楚圣母殿在哪里中止,海岛从哪里开始。城堡的城墙一直延伸到海边,海边停泊着船只。一个人为什么要征服一个像那样的地方呢,欧文想到。

欧文把手背在背后,问道:"市长大人能够告诉我关于布里托尼卡女公爵的一些事情吗?"

市长回答道:"她出生于一个古老的家族,大人。蒙特福特家族统治布里托尼卡已经很久了。她的父亲六年前去世,那时女公爵只有十一岁。那里的臣民只接受蒙特福特家族的统治,即使统治者是一个小女孩。他们是……独立的精灵,大人。很倔强。"

"唔,市长大人告诉我的是布里托尼卡人的情况。布里托尼卡女公爵怎么样呢?"

市长皱着眉头,说道:"唔,我很少见到她,大人。我不熟悉她的性格。我上一次见她时,她只有十二岁。因此,我不好做出判断。每个人都说,她很漂亮。大人……是不是有兴趣进一步了解她?"

欧文笑了起来,回答道:"以圣泉的名义发誓,不想!"他的心已经交给了北方一个水中精灵,没有空间再容下另外一个人。

市长松了一口气,说道:"明智。希望大人没有这个想法。虽然你们同龄,我可以保证说,布里托尼卡女公爵只会嫁给一个国王。你知道吗?她所有的追求者都不幸运。小时候,她与艾瑞德王的长子订婚。未……未得善终。我希望,我这么说足够谨慎。第二次订婚,是与布鲁格的一个王子。也是未得善终。沙特里约恩想占领她的领土,大人打败了他,他们之间的婚姻就要经历漫长的谈判了。大人,请告诉我:塞弗恩王这么多年了,至今还是未婚,这是不是真的?"

"这不是秘密,"欧文平静地回答道。他不打算转述一些宫廷的流言蜚语,来满足市长的好奇心。

"塞弗恩王有没有兴趣追求西尼亚小姐?"

和布里托尼卡女公爵相比,塞弗恩太老了。欧文想一想这桩婚姻都觉得胃里泛酸。然而,这个话题没有必要继续下去了,因为市长改变了话题。他轻轻地咳嗽了一下,说道:"大人,您看起来有客人。打搅了。"

欧文转过头去,发现克拉克恭恭敬敬地站在远处,姿势僵硬紧张,给人一种不祥的预感,看起来像一只比赛前站在起跑门边的猎犬。

欧文让市长退下,示意克拉克过来。克拉克有一天没有刮胡子了,脸上的胡须和头顶的头发差不多长。

"大人,很抱歉打搅您,但这件事情刻不容缓。"

欧文心里充满关切,问道:"什么事,克拉克?"克拉克的举止意味着有很糟糕的消息。欧文想立刻知道。

"昨晚夜袭时,我派人搜查了沙特里约恩的帐篷,在鲁元帅到来之前。我派几个人阅读了沙特里约恩丢弃的信件,看能不能找到有用的信息。有一些消息必须立刻向塞弗恩王报告。"

欧文努力控制自己,耐住性子,说道:"这些消息看起来让你焦虑不安,克拉克。"

克拉克回答道:"我焦虑不安是因为我能够想象塞弗恩王看后会有什么反应。塞弗恩王不是一个有耐心的人,大人是知道的。"

欧文靠近克拉克,压低声音说道:"告诉我怎么回事。"他望了望四周。没有人站得足够近,能够听到他们的谈话。宁静的气氛掩盖了欧文的紧张感。几只海鸟在头顶鸣叫。微风中带着大海的咸味儿。

克拉克低声严肃地说道:"大人,沙特里约恩最近从一个来自莱高尔特的人那里收到一封信。一个叫做德斯蒙德的贵族声称,塞弗恩王的小侄子、锡尔迪金的合法统治者,在他手里。塞弗恩王有两个侄子,如果大人还记得的话。信上说,大侄子确实是在帝泉王宫丧生,但圣泉饶过了小侄子,让他有朝一日能够夺回王位。写信者希望沙特里约恩伸出援助之手,进攻锡尔迪金。奥西塔尼亚人从西边进攻,借口是征服布里托尼卡,阿塔巴伦将从东边进攻。这样,王位觊觎者和莱高尔特在北方就会有可乘之机。现在又是鞍鞭山之战重演了。我们以前就知道,奥西塔尼亚人和阿塔巴伦人之间的约定,但这个来自莱高尔特的家伙完全出乎意料。我说过,这封信是最近才写的。我相信,我们国家正面临着入侵。我们打败了沙特里约恩,但消息可能传得不够快,另外两路敌人可能还是会进攻我们。"

欧文心跳加速,想到伊薇现在是一个人守护北方。

"你是对的,克拉克。塞弗恩王需要马上知道这条消息。另外一个王位觊觎者出现了。"

克拉克摇摇头,不安地扭动,说道:"还有更糟糕的消息,大人。塞弗恩王的姐姐,布鲁格的孀居王后,也支持这个阴谋。现在是四个王国联合起来对付我们。四个。"克拉克难以置信地摇摇头。"我想不通的是,为什么塞弗恩王的姐姐都相信那个冒牌货?这就引出了下一个逻辑问题。"克拉克目光热切,声音压得很低。"我那时还没有加入'艾思斌'。我是后来才加入的。唔,如果这一切是真的呢?如果艾瑞德王的一个王子真的在谋杀中幸免于难呢?他那时还是一个孩子。现在,他是一个成年人啦。据我估计,至少二十或者二十一岁了。这……这对于塞弗恩王来说,确实是一大打击!"

欧文拍了拍克拉克的肩膀,看着他的眼睛,说道:"不要把这条消息告诉任何人。备马。我们立刻回帝泉王宫。"

塞弗恩·阿根廷的第一任妻子南妮特夫人是沃里克公爵的女儿。她去世以后，塞弗恩王就没有再婚。他们育有一子，塞弗恩王登基后不久，这个孩子发高烧死了。之后不久，南妮特夫人也离开了人世。有人说，她是被下毒，但这只是谣传。南妮特夫人辞世的那一天，天上发生了月食。有人说，这是圣泉发出警告，塞弗恩王不应该占据王位。但熟悉塞弗恩王的人说，这是塞弗恩王深沉哀悼亡妻的表现。有些居心叵测的人含沙射影地造谣说，塞弗恩王私下里想强娶自己的侄女爱丽丝小姐。但那些在官廷里看见他们在一起的人都知道，他们之间的爱情并不浪漫。他们都爱着一个人——都深深地爱着艾瑞德·阿根廷。这么多年过去了，艾瑞德仍然阴魂不散。

——波利多罗·乌尔比诺，帝泉王宫的宫廷历史学家

第四章
塞弗恩

自从被任命为西境公以来，欧文已经习惯了派遣信使来传递消息和命令。但这条消息他需要亲自传达，因为入侵可能迫在眉睫。

欧文对于塞弗恩的感觉模糊不清，未有定论。塞弗恩很难伺候，舌头锋利如剃须刀，喜怒无常，脾气暴躁，缺乏耐心。塞弗恩也拥有圣泉的神力——擅长说服他人。他冷嘲热讽，尖酸刻薄，贬低他人，来加强自己的说服能力。这种力量组合很奇怪。欧文心里想，如果塞弗恩不是冷嘲热讽，而是表扬赞美，结果会怎么样呢？他的能力会不会进一步得到加强呢？但这么一个铁石心肠的人会夸奖别人吗？

塞弗恩一直把忠诚放在第一位。效忠哥哥艾瑞德时，他的座右铭就是：忠诚系我心。欧文也钦佩塞弗恩，居然克服了一些天生的缺陷。塞弗恩肩膀塌陷，一只胳膊有点扭曲，走路时一瘸一拐，虽然他竭尽全力想要掩饰这些缺陷。

当他知道艾瑞德以前已经缔结婚约，这样他就不能弟承兄位，于是塞弗恩夺取了锡尔迪金的王冠。之后不久，他的两个侄子就失踪了。人们普遍认为，塞弗恩为了争夺权力而谋杀了自己的侄子。这一广为流传的误解折磨着塞弗恩。塞弗恩没有派人谋杀自己的侄子，但谋杀发生在他的统治之下，他觉得自己要对侄子的死负责。关于这一事件，也没有官方声明。

谣传是不正确的。

有人认为，塞弗恩的侄子还活着，塞弗恩把他们送去了北方，生活在一座城堡里。欧文去过塞弗恩在北方的所有城堡，他知道那两个年轻人并不在那里。这是一种说不出的悲伤。十年过去了，伤口仍然在流脓。欧文很难想象，如果塞弗恩知道觊觎者声称要夺回王位，知道有四个王国在联手帮助这个冒牌货，他心里会怎么想？

欧文和克拉克马不停蹄地从西马奇郡赶往帝泉王宫。一路上，他们在几个驿站换了几次马，断断续续睡了一会儿来保持体力。霍瓦特公爵留在阿弗朗奇，确保西马奇郡平安无事后才会赶到帝泉王宫与欧文会合。欧文当然告诉了他四国结盟的事情。霍瓦特也认为，他们需要立刻告知塞弗恩。他们都担心伊薇，北方的腹地可能会面临入侵。

欧文最后一次去帝泉王宫是在几年前了。现在，离王宫越来越近，他的心里充满了奇怪矛盾的感情。他仍记得小时候坐在霍瓦特公爵的马鞍上，走向城堡时的情景。现在，他率领着部下，骑马重临故地，部下举着他的军旗和家族徽章，让每一个人都看得清清楚楚。人们热烈欢迎他的到来，许多人向他们脱帽致敬，挥手致意。有一些女性朝他撒花，希望引起他的注意。欧文在奥西塔尼亚打了胜仗的消息刚刚传到帝泉王宫。

欧文穿过城市，过桥，看见桥下河中的圣泉圣母殿，又抬头看着圣母殿城堡的塔尖和角楼，想着他过去从王宫里溜出来，到那里寻求庇护的时光。在那里,他第一次遇见了多米尼克·曼奇尼——多米尼克·曼奇尼那时还只是一个职位卑微的间谍——以及现在还孀居在那里的王后。想起曼奇尼和王后,他又想起了另外一件事情——他一直想着这件事,直到他看见了塞弗恩。

他们到达一座小山前,王宫就在山顶。他们依旧策马急行。战马长途奔跑,已经筋疲力尽。从奥西塔尼亚边境到帝泉王宫骑马需要三天。欧文骑马都骑累了,而且饥肠辘辘。他想先溜到厨房,从厨娘莱昂娜那里拿一些松饼来吃;欧文还是孩子时,莱昂娜给了他太多的安慰。

欧文让随从退下,手握剑柄,一走进王宫黑沉沉的正殿,就碰上了曼奇尼。

曼奇尼狡猾地笑着,说道:"很吃惊在这里遇见你。这肯定是圣泉的意志,因为我有消息要告诉你。"曼奇尼头上有了几缕灰色的头发。新的岗位使他体重下降,腰围不再像以前那么粗,但他永远都是一个大块头。他身穿最时兴的朝服,短袍上有白野猪徽章,脖子上围着标志着职务的链徽。自从十年前被任命为王国间谍系统"艾思斌"的掌控者以来,曼奇尼不断向塞弗恩提出各种建议,介绍异国他邦的风土人情,对塞弗恩的影响日益加强。曼奇尼熟悉贸易国日内瓦,与日内瓦开展贸易极大地充实了塞弗恩的国库。近几年来,塞弗恩赞助了好几家船东,资助探索和发现新的贸易路线,来与南方开展贸易。有一些投入获利颇丰。

欧文没有停下脚步,说道:"我在想,我们的消息是不是一样的。"

曼奇尼谄媚地微笑道:"你们年轻人都走得这么急。从你紧急的步伐判断,可能是一样的。您最近做过梦吗,大人?"

"做过,"欧文回答道。他很欣赏曼奇尼的能力,但也一直提防着他,因为他知道,曼奇尼把大部分情报只留给自己掌握。"我梦见了莱高尔特。"

曼奇尼撇撇嘴,说道:"那你是听到了冒牌货的消息。我已经告诉了塞弗恩王。别生气,欧文,我的职责就是在别人之前告诉他一些消息。如果我知道你会来,我会多等一天。但这种消息都是刻不容缓的。"

欧文说道:"我能理解,曼奇尼。"其实,欧文知道,曼奇尼永远都是首先为自己打算。"塞弗恩王在哪里?"

"他生气时通常都会在的那个地方。跟我来。"

欧文和曼奇尼一起朝王宫正殿走去。欧文全身是汗,睡眠不足,有点烦躁不安。他很想先洗个澡,然后美餐一顿,但他又担心伊薇,想赶到北方去看看,确信她平安无事。冒牌货王子的军队会在北方登陆,偷袭伊薇。一想到这种可能性,欧文就感到心急如焚。

他们到达正殿,一阵喇叭声响起,宣告他们到来。欧文憎恨这个仪式,他知道塞弗恩也不喜欢这个仪式。欧文和曼奇尼一起走进正殿,立刻就看见了塞弗恩。

欧文忍不住想,从他多年前被当作人质送至帝泉王宫至今,世事已经发生了多么巨大的变化啊。塞弗恩老了很多,黑发仍然很长,这是锡尔迪金的时尚,但在耳边已经有了几缕闪亮的银色。他身穿黑色衣服,短袍越来越精致,因为财富在增加。塞弗恩正在摆弄一把匕首——先抽动匕首,再抽出一点点,又"砰"的一声插回去。这是一个无意识的习惯,给人的感觉好像是他喜欢杀人。他身体前倾,坐在王座上,下巴放在拳头上,掩饰自己的驼背。

"欧文。"塞弗恩吃惊地说道。欧文在王座前下跪行礼,塞弗恩脸色温和了起来,不耐烦地挥挥手,让欧文起来。

"陛下，我骑马尽快赶过来了。"欧文觉得后背都是汗。

塞弗恩心事重重地说道："你来得非常及时。祝贺你取得了胜利，消息昨天才传来。干得漂亮，欧文。我知道你会胜利。但我们也有麻烦。海上会起暴风雨。"塞弗恩脸色又阴沉了起来，嘴巴拧成一团。

"我知道。"欧文说道，然后朝塞弗恩走近了几步。曼奇尼毕恭毕敬地站在远处。欧文清一清嗓子，说道："请恕罪，陛下，我这么远跑来，有一点儿累了。我在西马奇郡做了一个梦。我不得不告诉陛下这个梦。"

塞弗恩问道："你做了一个梦？什么梦！"他看起来焦虑不安，眼睛瞪得大大的，似乎迫不及待地想要听到欧文这个预言性的梦。

欧文回答道："这个梦很短。我梦见我在一座花园里散步。那里有一丛枯萎的玫瑰。我走过玫瑰丛，发现上面还有一朵白玫瑰。我摘下玫瑰，闻一闻，但人在梦中是没有嗅觉的。我不知道玫瑰是不是活的。"

塞弗恩眯着眼睛，问道："一朵白玫瑰。"

欧文点点头。他有意用了白玫瑰这个意象，因为太阳和玫瑰是艾瑞德军旗上的图案。欧文把手伸进背心，取出从沙特里约恩帐篷里发现的信。"然后，我们与奥西塔尼亚人的军队开战。我的部下克拉克在沙特里约恩的帐篷里发现了这封信。我读了信，明白了梦的意思。"

塞弗恩夺过信，展开，狂躁不安地浏览了一下信的内容，脸色白一阵青一阵，眼睛几乎喷出火来。

"该死的圣泉！"塞弗恩暴跳如雷，把信狠狠地摔在地上。他从王座上站起来，气得浑身发抖。仆人们已经偷偷地溜出了正殿，躲避即将来临的暴风雨。塞弗恩脱口说出这么亵渎圣泉的话，欧文觉得心里忐忑不安，但什么也不说。这么多年的经验告诉他，自己最好是安安静静地等候暴风雨平息。

塞弗恩走下王座前的台阶，用皮靴狠狠地踩踏着地上的信件。"我就一直要受那些不服统治者和造谣生非者的折磨吗？我就不能有片刻安宁吗？我有两个敌人，两条狼，他们不停地朝我低吼，撕咬我的脚。现在，一个猎人用长枪瞄准我的胸口。我的姐姐也好不到哪去，也站在他们那边。我的亲姐姐。"

欧文看着塞弗恩，知道现在还不是说话的时候。塞弗恩的怒火正越烧越旺。

塞弗恩恶毒地嘟哝诅咒着："每个人都恨我。恨我，害怕我，鄙视我。我经过时，狗都朝我狂吠。阿根廷家族曾经是如此地受人尊重，人们是如此地忠心。其他国家想起我们就会发抖，绝对不敢冒犯我们。现在，瞧瞧，他们居然一起合谋，想置我于死地，像猎杀一头野猪那样。"塞弗恩低声咆哮起来。"但他们永远也别想活捉我，永远也别想用长枪刺死我。"

这时候，塞弗恩才好像意识到，他是在自言自语。他伸直腰板，转过来看着欧文和曼奇尼。欧文和曼奇尼正注视着塞弗恩。

塞弗恩阴沉着脸说道："在这么一个考验智慧的时候，很难做到心平气静。所以，欧文、多米尼克，我需要你们。刚才我处于狂怒之中，看不穿眼前的迷雾。我们现在面临三个敌人，如果算上布鲁格的话，四个。他们可能让恶灵巫师的预言变成现实，导致六个国家同时围攻我们。"塞弗恩摸了摸嘴唇，顾虑重重地摇摇头。"恶灵巫师的预言。我都没有想到过那一点。如果这意味着预言的实现，那我们怎么办？一位王者死而复生，统一锡尔迪金。我哥哥以为，这个预言指的是他自己。我有一段时间也是这么想的。但如果预言指的是这个觊觎者,怎么办呢?如果我赢不了这场游戏,怎么办呢?"

曼奇尼耐心地劝说道:"陛下,纠结于死人的话是没有用的。现在有很多活人在威胁着陛下。王子们下巫哲棋,王国是赌注。陛下的门徒刚刚在奥西塔尼亚大胜了沙特里约恩八世。沙特里约恩想通过强娶布里托尼卡女公爵来增强实力。陛下让他的计划落空。为什么他要支持莱高尔特这……这……这个布商的儿子来当锡尔迪金之王呢?他害怕您,陛下,他害怕在公平的战争中输给陛下。他甚至可能给一只猿猴加冕!冒牌货王子的谣言流传不了一个月,更不用说一年。这是一场游戏,一步策略。陛下会有时间来惩罚奥西塔尼亚人的叛国罪的。"

塞弗恩狠狠地补充道:"还有莱高尔特人?"

曼奇尼说道:"还有莱高尔特人。还有阿塔巴伦人。陛下赢得巫哲棋的方法是冷酷无情,勇敢大胆。我一再跟陛下说过,陛下的臣民不可能像爱戴艾瑞德王那样爱戴陛下。陛下也不要这么奢望。臣民害怕陛下比臣民爱戴陛下要好。"

塞弗恩看起来怒火稍息。"你说得很对,多米尼克。我告诉你,我会惩罚那些忤逆之臣的。我越仁慈,忤逆之臣越多。"

欧文抑制住自己的情绪,说道:"陛下以前把真正的当斯沃斯控制在王宫,真假当斯沃斯很容易分辨。这个冒牌货就不容易分辨了。我有一个主意,陛下可以考虑一下。"

塞弗恩点点头,说道:"我很看重你的主意,欧文。这你是知道的。"

欧文环顾了一下正殿,所有的仆人都走了,只有他们三个人留在那里。欧文说道:"我在来帝泉王宫的路上,经过圣泉圣母殿时,想到了一个主意。陛下侄子的母后仍然住在那里。约翰·坦默尔也住在那里。他们可能是王子死而复生的幕后操纵者。陛下是否还记得坦默尔在书中写的关于陛下的一派胡言。陛下让我为您阅读了这本书,因为出于某些原因,其他泉佑异能者对我无能为力。"欧文平静地看着塞弗恩。两个人都知道,很少有人能够抵抗圣泉的神力。想欺骗欧文没那么容易,因此,欧文是一个很有用的人。"坦默尔的天赋是通过写作来蛊惑人心。"欧文弯下腰,捡起那封皱巴巴的信。"我觉得,这封信的原件是他写的。他不能私出圣母殿,但偷带一些他写的东西出圣母殿很容易。可能是他在蛊惑人心,让人们相信这个冒牌货。"

塞弗恩看着欧文,很明显觉得欧文言之有理。"我没有想到这一点。"

曼奇尼微微点头赞同道:"我也没想到。"

欧文脸上有了一点红晕。"陛下,请允许我到圣母殿去,看能不能发现什么?可能坦默尔知道更多觊觎者的图谋。"

曼奇尼热切地说道:"或者,我可以把他赶出圣母殿。只要陛下下令,我在晚饭前把他带到陛下这里来。"

欧文瞪了曼奇尼一眼。

塞弗恩注意到了欧文的不悦,问道:"你不同意曼奇尼这么做,欧文,虽然你知道,圣泉护佑臣民其实是一句谎言?"

欧文摇摇头,紧闭双唇,不知道自己当讲还是不当讲。

塞弗恩命令道:"说出来。"

欧文回答道:"我不是孩子啦。是的,我知道,教堂司事会把人们扔进圣泉的财物捞出来,充实陛下的国库。但就算他们捞,也是在晚上捞,不敢在人前捞。陛下不能因为想一步棋走四格而不是两格,就改变巫哲棋的游戏规则。如果陛下改变游戏规则,其他人也会学样。"欧文摇摇头。"陛下会不喜欢这么做的连锁反应。不要冒这个险,圣母殿施洗长老可能会说陛下的坏话。老百姓也不会接受陛下这么做。"

塞弗恩眯上眼睛。他走向欧文,伸出一只手,放在欧文的肩膀上,像慈父对待宠儿那样,说道:"你还这么年轻,说话却这么深谋远虑。我相信你,欧文。去和坦默尔谈一谈。"塞弗恩的嘴角露出不屑的表情。"我对坦默尔越来越不耐烦了。你到了圣母殿以后,看能不能劝说我的王嫂离开那里。已经十二年了。我不会计较她当年图谋造反的事情了。告诉她我的话。"

塞弗恩相信他,这让欧文很高兴,他说道:"我会的,陛下。"

塞弗恩怜爱地拍了拍欧文的脸,说道:"先洗个澡。你需要先洗个澡。快点,欧文,因为明天一早我就会派你到北方去擒拿一个冒牌国王。"

人们说，最好的毒药师都是在皮桑训练的。那里的贵族甚至会背叛自己的父亲，为了攫取权力，他们不会放过任何机会，任何人当那个岛国的国王，都要小心提防。毒药外交在那里就像宗教一样狂热。最小心谨慎的王子也必须聘请一名毒药师，哪怕仅仅是为了防止别人派遣毒药师来暗害自己。

——波利多罗·乌尔比诺，帝泉王宫的宫廷历史学家

第五章
毒药师的塔楼

莱昂娜仍然是锡尔迪金最好的厨娘,无论谁到厨房,都有一罐新鲜的松饼在等着他。莱昂娜一直溺爱着欧文,这就是欧文喜欢光顾厨房的原因。

欧文坐在木桶边缘大快朵颐时,莱昂娜摸着他的头,弄乱了他刚洗的头发,一边低声惊叹道:"天啦,欧文,你怎么长这么高了!你第一次到这里来,我可不需要搭梯子就能吻到你的脸!看看你,现在是大人啦。"莱昂娜拉了一下欧文的胳膊,温情地看着他。

莱昂娜丈夫德鲁的头发以前是红色的,现在很多变成了灰色。他慈爱地笑道:"你还带着那个挎包吗,欧文?装着积木的那个挎包?"

欧文嘿嘿笑着,点点头,用手指蘸起嘴边的一块松饼屑,说道:"当然啦!而且积木越来越多。有时候,她外公不在时,我和伊薇会把积木拿到正殿去搭。"

莱昂娜吃惊地问道:"在正殿搭?天啦,我想去看看。"

欧文吃完手中的松饼,莱昂娜又把罐子递给他,欧文老实不客气地又拿起一块。厨房看起来比他记忆中的厨房要小了一点。欧文看了一眼小时候自己经常待在那里自娱自乐的角落,几乎能够看到自己童年时期的影子:腼腆羞怯,不敢跟任何人说话。现在欧文很少舌头打结,他相貌英俊,充满自信,平易近人。但内心深处,他仍然是那个孤独的小男孩,喜欢和几个人,而不是一大群人待在一起。

重回厨房,和亲爱的朋友们待在一起,这种感觉真好,但欧文也有一种淡淡的悲伤。厨房唤起了他对安凯瑞特的回忆,想起安凯瑞特,又勾起了欧文失去安凯瑞特的痛苦。

他看了一眼那面墙,墙后隐藏着一扇门,门后面是迷宫般的地道,通往王宫的各个地方。透过厨房上面的窗户,欧文仍然能够看到毒药师的塔楼——安凯瑞特以前的家。在塔楼里,安凯瑞特教欧文如何配制各种药剂,如何下赢巫哲棋。欧文现在仍然清楚地记得安凯瑞特所教的一切,但他已经很久没有去塔楼了。

德鲁拍了拍欧文的肩膀,说道:"我要去砍倒一棵树。我最好是在伯威克抱怨之前出发。很高兴见到你,欧文。"

欧文嘿嘿笑着问道:"伯威克还活着?"欧文还是小孩子时,王宫管家伯威克看起来就已经年纪很大了。

莱昂娜撇撇嘴,说道:"他现在痛风了,走路像鸭子一样摇摇摆摆。但他信誓旦旦地说,要一直为国王效忠。弯下腰来,欧文,让我亲亲你。我可不想搬凳子。"

欧文低下头来,莱昂娜亲吻了一下他的前额,又拍了拍他的脸,好像他仍然只有八岁,然后在厨房里又忙碌起来。欧文呼吸着香喷喷的烤面包和酵母菌的味道,在厨房里多坐了一会儿,但他的目光一直投向那扇暗门。

欧文离开木桶,走向那个角落。他花了很多时间在那里自娱自乐,但他和伊蕾莎白·维多利亚·莫蒂默待在一起的时间更长。想到伊薇现在正面临着危险，欧文皱起了眉头。如果伊薇出了什么事，欧文永远都不会原谅自己当时为什么没有在她身边。这么想着，欧文觉得胸口发痛发麻，抽搐起来。他咬咬牙，迫不及待地想要履行职责，再次跨上马鞍。

但首先，他要去探望一下一个幽灵般的人物。

欧文四处看了看，没有人注意他。他拉开暗门的插销，溜进了暗门后面的过道。他走得很快。现在，他不用担心"艾思斌"会抓住他了，因为他们都知道，西境公也是"艾思斌"的一员。过道很窄，布满了灰尘。欧文觉得过道比他小时候更狭小了。

很快，欧文就踏上了通往塔楼楼顶的台阶。箭孔里传来风的叹息，他费力地往上爬，心跳开始加剧，不仅仅是因为爬得费力，他心里开始有了一种恐惧和紧张感。他准备好了去再次面对安凯瑞特的回忆吗？他欠安凯瑞特太多了——挂在脖子上标志着职务的链徽，与曼奇尼的各种安排合作，甚至他能够得以苟全性命，今天他所拥有的一切，都归因于安凯瑞特巧妙的影响和无微不至的关怀。欧文到了塔楼楼顶，放慢了脚步。他迫不及待地想看到安凯瑞特的遗物——那些精美的刺绣，漂亮的长袍——但欧文提醒自己，塔楼的那间房子应该已经布满了灰尘。

欧文到了门边，手紧紧握住门栓，命令自己要坚强起来，发根却全都是汗。他深深地叹了一口气，握着门栓把手，拉开门闩，用力一推。

欧文走了进来，几乎有点不敢相信眼前的一切。以前，小床的帷幔永远是闭上的，因为安凯瑞特白天要睡觉，现在帷幔敞开着，能够看到小床的轮廓和几张桌子。房间里还有一些不应该有的东西：几件长袍挂在木架子上，几盒首饰在阳光下闪闪发光，几双便鞋摆在床下，一个装满了水的洗脸盆放在桌上，一把刷子上面黏着几缕金色的头发。房间里没有玫瑰的芬芳，但有一种淡淡的芳香……是薰衣草？

欧文站在房间中央，一只手遮住眼睛，挡住外面的阳光，一边打量着房间里变化了的一切。除了那个巫哲棋盘和那些白色紫色的棋子，房间已经与以前大不一样了。房间属于另外一个人——另外一个女人。

欧文听到了很轻很轻的脚步声，有人要偷袭他。欧文的听力一直很敏锐，可谓耳听八方。有人在他身后，那个人躲在打开的门后面。

欧文跃上放着洗脸盆和大口水罐的桌子，落地时转身。一只纤细的胳膊握着一把匕首朝他刺来。他抓住偷袭者的手腕，在刀光火石之际，瞥见了匕首尖发出紫色的冷光——匕首淬了剧毒。袭击者的另一只手又直取欧文的喉咙，欧文抓着偷袭者手腕的那只手不动，用另外一只手挡住这一击。他现在是凭本能在搏击。他知道，只要这把淬了剧毒的匕首刺中他，一切就完蛋了。

偷袭者又用脚去踢欧文。欧文感觉到偷袭者的身体倾斜，想要绊倒他。他用挡住锁喉一击的那只手抓住偷袭者金色的头发，叫道："住手！我不想伤害你！"

突然，欧文觉得房间在旋转，就背着地重重摔倒在地，这一击让欧文泄了气，他痛苦地呻吟了一声，但手里仍然抓着偷袭者的头发，只是这时候他才发现，手里抓着的是一顶假发。

偷袭者居高临下地站在欧文身边，手中的匕首正对着欧文。她剪短的头发让她看起来像一个男孩，身上珍珠色的长袍和项链很明显属于安凯瑞特。

"伤害我？"偷袭者轻蔑地说道，"你太高估自己了。待着别动，小屁孩，否则你会流血。"

欧文的视线不敢离开那把匕首,但他又想好好地看一眼偷袭者。他躺在地板上,可以踢偷袭者的腿,但他想,偷袭者也会预料到这一点。她故意叫他"小屁孩",是想要激怒他。欧文想,这也是她策略的一部分。欧文用胳膊肘把自己撑起来,但没有坐起来。

欧文喘着粗气,让自己剧烈跳动的心脏镇静下来,说道:"如果我惊吓到了你,我很抱歉。"

"你制造的动静确实足够大,却没有惊吓到我。现在,把头发给我,不要弄坏了。"偷袭者伸出那只空着的手,朝欧文挥了挥。

欧文拿着那顶假发,觉得自己看起来很愚蠢,因此,他身体稍稍前倾,把假发递给偷袭者。偷袭者一把夺了过去,放在桌子上。

偷袭者比欧文要大几岁,即使剪着短发,看起来也很漂亮,能够激起男人的欲望。但她脸上的表情很傲慢,好像在告诉欧文,一切尽在她掌握之中。看见这个陌生人穿着安凯瑞特的长袍,戴着安凯瑞特的首饰,欧文觉得很恼火。

欧文舔了舔嘴唇,尽量镇静下来,集中注意力,说道:"你能不能不动手,让我坐起来?我不会袭击你,我保证。"

偷袭者命令道:"把头偏向一边。"欧文照她说的做,但眼睛仍然盯着偷袭者。偷袭者不耐烦地说道:"不。是另一边!"

欧文把头偏向另一边。偷袭者的脸色变了,显得吃了一惊。

"哦,天啦,是西境公,"偷袭者叫道,然后微笑了,"看,我把谁逮到网里了。"

欧文觉得胃在扭曲拧紧,问道:"你是谁?"

偷袭者回答道:"很明显,我是国王的毒药师。"然后,她放下匕首。"起来,大人。你很幸运,我没有失手误杀你。这座塔楼即使对于你来说也是禁地。你就不懂一点礼貌,不知道进入女性的房间,先要敲一下门？"

欧文慌乱了一下，两颊变红，说道："我告诉你，我以为这座塔楼已经没人居住了。"

"我说了，请起来吧，大人。你这么四肢摊开躺在地上，看起来很滑稽。现在我知道你是谁了，我不会伤害你的。"

欧文小心翼翼地爬起来，眼睛仍然盯着尖端撒了紫色毒药粉的匕首，但匕首现在没有瞄准他。女孩用手指梳了一下剪短了的头发，然后一扬手，把匕首扔向欧文左边的木柱。匕首"咣"地一声响，刺入木柱，匕首柄不停地颤动。

女孩摊开双手，说道："你太轻信人了。如果我想杀你，很容易。记住这句话，以防有人派另一个毒药师来暗杀你。"

欧文按下心头的怒火，问道："你听命于塞弗恩王？"

女孩盛气凌人地点点头。

"你是谁？叫什么名字？"

"如果他们想让你知道，他们会告诉你的。现在，请离开塔楼。"

欧文控制不住自己的怒火了，说道："塔楼是她的，然后才是你的。"

女孩又吃惊地看了欧文一眼，说道："你知道安凯瑞特？你知道安凯瑞特·崔尼奥薇？"

欧文狠狠地说道："她救了我的命。"欧文情绪波动，身体微微地颤抖起来。然后，他又想到，自己应该把嘴巴闭上。很明显，女孩还不知道自己与安凯瑞特的关系。欧文在心里骂了自己一句。

"我明白了。"女孩漫不经心地说道，眼睛里却闪过狡黠的目光，傲气也消退了一点点。"那么说，你还是人质时，经常到这里来？"

欧文严肃地点点头，但什么也没说。

"这就解释了一些秘密。"

"什么意思？什么秘密？"

"安凯瑞特留下了一张纸条。我想是留给你的。她的一幅刺绣上面有你的名字和徽章。"

欧文热切地问道："什么纸条？"

"纸条在曼奇尼那里。我多年前瞥过一眼。当我从……唔，忘记这段话。现在，请离开这里，大人。我的长袍起皱了，下楼之前，我要换衣服。"女孩又盛气凌人、骄横跋扈地看了欧文一眼，摆弄着上衣的蕾丝边，向欧文挑衅，命令他服从自己。欧文是锡尔迪金的公爵，绝对位居女孩之上。女孩不应该就这么大刺刺地命令他退下。欧文能够感觉到，女孩没有半点告诉他纸条内容的意思，他也不会自贬身份去问。

欧文戒备地说道："感谢你没有刺伤我。"他环顾四周，觉得自己又愚蠢又恼火。"我不会再来打搅你了。"

欧文转身大步走出了塔楼，控制住自己的脾气，没有孩子气地"砰"的一声关上身后的门。这一次不期而遇，他觉得既尴尬，又窘迫，又困惑。为什么塞弗恩没有告诉他新任毒药师的事情呢？为什么曼奇尼也没有告诉他这件事情呢？

欧文朝楼下走去，心里有点恼火。现在，他知道了，曼奇尼手里有一些东西，本来应该属于自己。可能"艾思斌"正在训练一个新的毒药师，以防万一他们需要对付一个泉佑异能者。

比如说欧文。

第六章
坦默尔

　　要让别人相信你是一个王子，你自己看起来就要像一个王子。欧文骑着骏马，走向圣泉圣母殿，身后跟着几个随从。街上人来人往，人们忙着买碎肉饼和松饼。欧文意识到，他已经习惯了人们的注视和尊重。他的短袍并不显眼，但他时尚的衣服使他显得与众不同，让别人觉得自己应当服从他。一个妇女把孩子拽到一边，以免挡住欧文的去路。她低声教导孩子，叫他以后要记得给出身高贵的人让路。人们都认识并尊重上面有雄鹿鹿头的徽章，看见徽章，他们知道军旗的主人是泉佑异能者，这可是一种稀有的天赋。

　　他们走到圣母殿大门。欧文发现圣母殿里的人在打量着他。圣母殿的大门是敞开的。欧文下马，把缰绳递给一个随从，然后朝院子走去，边走边欣赏圣母殿那些漂亮的拱形建筑，赞叹建筑师完美的艺术天赋。他走上台阶，走向正门，圣母殿施洗长老，一个叫做凯尼尔沃思的人，率领着一众随从，正在恭候他大驾光临。

　　凯尼尔沃思讨好地说道："公爵大人大驾光临，我们觉得无比荣幸。您是来参拜圣泉的？"

欧文脚步不停，径直走进正殿。正殿的地砖黑白相间，很容易让欧文联想成一块巨大的巫哲棋棋盘。确实，他这次来就好比下一局耗时日久、困难重重的巫哲棋，下一步该怎么走，需要小心谨慎。凯尼尔沃思赶紧跟上。

"公爵大人这次来有什么特别的事情吗？"凯尼尔沃思匆忙问道。"一切都还好吧，公爵大人？"

"一切都好，"欧文不耐烦地草草答道，"前任伊利圣母殿施洗长老约翰·坦默尔在哪里？"

凯尼尔沃思脸色苍白，说道："大人，您知道坦默尔已经到这里来寻求庇护了。"

"不然的话，你觉得我为什么到这里来？立刻把他找来。"

凯尼尔沃思毕恭毕敬地鞠了一躬，答道："遵命。"

欧文在正殿最深处的喷泉前停了下来，最深处的喷泉是岛上所有喷泉中最大的，有三股水柱，周围有许多小喷泉环绕。喷泉的声音有一种慰藉的力量，同时也淹没了宽阔的正殿中各种谈话的声音。普通市民、商人、水手，甚至一些小贵族在正殿里走来走去，相互交谈着。欧文看着泉水，又看了看泉水里那些黑黑的硬币。

欧文在眼角余光中看到，凯尼尔沃思正在吩咐手下做什么事情。欧文觉得越来越不耐烦。小时候，安凯瑞特让欧文在一次梦境中，将坦默尔描述成一条鳗鱼。这个类比很合适。欧文想现在就赶往北方，阻止更多麻烦发生。但他知道，现在的任务也很重要。即使有一百种方法证明这个所谓的王子是冒牌货，但圣泉的神力太过强大，不容忽视。如果坦默尔在背后蛊惑人心，就需要拆穿他。另外，对于他们的整体计划，欧文也有可能获取一些有用的信息。

欧文陷入沉思之中，眼睛盯着泉水下面的硬币。在黑乎乎的硬币下面,他好像看到了一个更加实实在在的东西。是的,泉水下面有东西。

那是一个箱子,箱子有四条坚实的铁腿,一个圆盖和一个把手。把手几乎伸出了泉水水面,但仍然完全沉没在泉水之中。欧文走向箱子,清清楚楚地看到箱盖上的花纹。欧文很想摸一下箱子,于是他取下手套,塞在皮带后面,又卷起短袍的袖子,把手伸进水里。铁箱子真真切切地就在那里。他摸了摸箱子,感觉到把手平平地躺在箱子的圆盖上。箱子一侧有一个搭扣和一把锁,锁有一条凹槽,等着钥匙来打开。但周围没有钥匙。

欧文觉得圣泉在体内奔涌,唤醒了许多很久以前的记忆。圣泉曾经向他展示了王宫集雨池中的财宝,这个箱子就在那一堆堆财宝之间,在集雨池底部。财宝包括一箱箱首饰、盾牌、盔甲等等。那一天,他和伊薇差一点溺死在那里。他发现,那一堆堆虚无缥缈的财宝之间有一条拖痕,这条痕迹告诉人们,这个箱子是从哪里拖过来的。溺水之后,发生了很多事情,以至于欧文几乎忘记了这件事。现在,在哗哗的泉水声中,他又清晰地想了起来。

这么多年来,有一些泉佑异能者看见过泉水中的神秘财宝,欧文读过能够找到的所有的关于这些神秘财宝的记载,却什么也没有发现。一些记载说,看见深无测中的财宝是死亡的前兆。另外一些记载说,这些财宝是圣泉送给凡夫俗子的礼物或者恩惠。其中最广为人知的故事是,安德鲁王如何从圣泉圣母殿的泉水中抽出一把宝剑,然后,在他临死之前,他又把宝剑带出了海。但欧文相信,财宝是真实存在的。他在集雨池中曾经亲手触摸过。此时此刻,他用手在水里摸,能够感觉到宝箱坚硬的边缘。

"别人说,在泉水里洗手亵渎神明。如果你相信那种事情的话。"

欧文猝不及防。他一直沉浸在回忆之中,没有注意到坦默尔走了过来。

欧文本来弯腰站在泉边,但他很快转过身来,挺直了腰。约翰·坦默尔个子很高,声音带一点北方口音。欧文以前看见过他,但两个人从来没有正式见过面。坦默尔五十岁出头,剪了个寸头,皮肤深褐色,有灰色斑点,个头大得有点吓人,浑身散发着一股尖酸刻薄的味道,好像鄙视全天下,尤其是鄙视欧文。他眼中闪烁的光芒却告诉人们,他也是老谋深算的。

坦默尔问道:"你想要见我?"

欧文不安地说道:"我没有洗手。"

坦默尔眯上眼睛,撇撇嘴,几乎掩饰不住脸上的轻蔑表情,说道:"在我这个角度看,你是在洗手。或者你想从泉水中偷硬币?"

"我会让司事来偷。"欧文反唇相讥。"不,我觉得我看见水里有东西。别介意。"

坦默尔问道:"什么东西呢,请问?"

"我看见了一个箱子。"

坦默尔纠正欧文的说法。"你觉得你看见了一个箱子。很明显泉水里没有箱子。"

"有,我正要把箱子拽出来,你吓了我一跳。"

"真的吗?"坦默尔的声音里带着一丝不安。"你看,里面没有箱子啊。你为何而来,大人?"

欧文再看看泉水,箱子确实不见了,不由得有点丧气,说道:"告诉你吧,我刚从西马奇郡回来。实际上,是刚从奥西塔尼亚回来。"

坦默尔说道:"看起来是这样的。我听说,你是昨天来的。边境有什么消息吗?"坦默尔看起来好像一个饥饿的人想要从一个富人的餐桌上乞求一些残羹冷饭,声音听起来镇静自若,漠不关心,但欧文能够感觉到,坦默尔心神不宁。

"如果我告诉你,霍瓦特公爵和我打得沙特里约恩落荒而逃,打得他的军队溃不成军,你会不会感兴趣呢?"

坦默尔的脸明显变得惨白。"真的吗?太令人意外了。你真幸运。你赶这么远的路,告诉我你的丰功伟绩,我觉得受宠若惊。"

欧文摇头说道:"幸运的不是这里,坦默尔。我们在沙特里约恩的帐篷里发现了一点东西。一封信。"

坦默尔皱眉道:"你的意思是,是我写了这封信给沙特里约恩。"

"不,不是这个意思。有趣的是信的内容。"欧文拉了拉皮带,抽出一封信。昨天晚上,他命令"艾思斌"的伪造专家把信重抄了一份。欧文在这方面没有接受过训练,在他眼里,重抄的信件和原件一模一样。他把信件递给坦默尔。

坦默尔接过信,撇撇嘴,打开信,开始看起来。欧文看着坦默尔的眼睛浏览信件,同时感觉到坦默尔体内的圣泉在微微荡漾。好像卷扬机在转动,打开了水闸,哗哗的流水就流进了坦默尔体内。欧文明白了,坦默尔是这样通过圣泉来加强魔力的。新闻、谣言、骇人听闻的阴谋诡计以及背叛都能够加强他的魔力——宫廷政治滋养着、维系着并赋予了坦默尔魔力。困在圣泉圣母殿,切断了坦默尔力量的主要源泉。欧文力量的源泉更加多样化,搭积木、下巫哲棋、阅读深奥的书籍——任何需要耗费脑力集中精力思考的事情都能够加强他的神力。

欧文把信从坦默尔手里夺了过来,很明显地感觉到水闸"砰"的一声关上了。

坦默尔瞪着眼睛,惊慌失措,几乎想从欧文手里把信件夺回来。

这封信就是饥饿者眼中的食物。

"我还没有……看完呢。"坦默尔结结巴巴地说道,手在不停地抖。

欧文轻声说道:"我知道,你也拥有圣泉的神力。"

坦默尔僵在那里,好像大吃一惊。"你怎么能够这么说呢?我因为工作关系,靠近圣泉,但我告诉你,你说错了。"

欧文不紧不慢地回答道:"我告诉你,我没有说错。同样的,我确信,你知道那个消失在泉水里的箱子。是你把箱子弄到这里来的。你把箱子从王宫集雨池里弄到这里,是不是?"

坦默尔脸色惨白,咬咬牙,说道:"你怎么可能知道这一切呢?"

"因为我也能看见集雨池中的财宝。那个箱子就是你在逃到这里之前偷走的。你写的这些胡说八道,"欧文扬了扬手中那份皱巴巴的信,接着说道,"会大白于天下的。"

坦默尔又惊又惧,看起来好像站在一座桥上,桥随时会垮塌。他低声刺耳地说道:"小狗崽子,你根本就不知道什么正在发生,你支持那个怪物,将面临什么样的危险。这一切与国王、宫廷、'艾思斌'无关。这里的危险远远超出你的想象。你装模作样,说你看到了一切,但你其实什么也没有看见。"

这时候,克拉克走了过来。他脸色沉静,不喜不愠,但眼睛却闪闪发光,手里拿着一封折起来的信,信的蜡封已经拆开了。

克拉克把信递给欧文,说道:"大人,我找到了这个。"

坦默尔威吓道:"你从哪里……这是我的!"他伸出手,想要夺回信,但克拉克擒住他的手腕,按住穴位。坦默尔立刻双腿发软,痛得脸颊紧绷。

欧文从克拉克手里接过信,打开,刚看到第一行字,就感觉到了圣泉的力量,像一条大河一样,汹涌澎湃。但欧文没有被河水冲走,他稳住脚跟,再看时,好像自己变成了一块巨石,横在大河中间,河水从巨石两旁流过,河水的拍打声让他觉得有点头晕目眩,但他纹丝不动。

坦默尔惊奇地盯着欧文,咆哮道:"你是怎么做到的?"

欧文轻蔑地说道:"你的天赋是蛊惑人心,但你不能强迫我违心地相信什么事情。我看得很清楚。这封信的原件是你写的。然后,你让别人抄写。我们在沙特里约恩的帐篷里发现的那封信是根据抄写件抄写的抄写件。就像多年前一样,你四处造谣,诋毁塞弗恩王。这是最高级别的叛国罪。相信我,坦默尔,如果你离开这里,塞弗恩王不会命令把你扔进河里,以此来判断你是否有罪。我们都知道,大部分泉佑异能者能够逃过这一考验。不,塞弗恩王会命令把你扔到山顶冻死。是的,我也预见了那一刻!"坦默尔狂躁不安,不愿意相信欧文的话,又惊恐莫名。

"你犯了叛国罪,每一个支持你、给你传递信息的人都将与你同罪。如果你想我在塞弗恩王前替你求情,你必须现在就告诉我一件事情。那个觊觎者的船会在哪里登陆?他们会首先攻打哪里?我知道阿塔巴伦人攻打东边,奥西塔尼亚人攻打西边。觊觎者会在北方哪里登陆?"

坦默尔的脸好像在滴蜡。"不管你怎么想,我并没有叛国。支持真正的国王不算是叛国。"

欧文厉声喝道:"我可能年轻,但我可不傻。"他在坦默尔眼前挥了挥那两封信,问道:"你以为我会相信这些胡说八道?"

坦默尔摇头说道:"这不是胡说八道,小暴发户。正是本人劝说塞弗恩的前任间谍头子、那个一脸讪笑的布莱奇利,请他把王子们藏起来。我一直想让锡尔迪金动荡不安,直到大难不死的王子长大成人,来夺回王位。我把他藏在布鲁格。我把他藏在莱高尔特。他去过每一个王国,锡尔迪金除外。现在,他回来了,我们真正的国王回来了!当他登陆时,人们会起义造反,把那个暴君扔进河里。你不能阻止圣泉的定数,小屁孩。你可以试一下,看能不能让江河倒流!"

欧文逼问道:"他将在哪里登陆?"

坦默尔咆哮道:"就算我告诉你,你也来不及赶到那里。"

黑潭。

欧文听到了灵魂深处的低声细语。坦默尔僵住了,很明显,他也听到了。黑潭是西马奇郡最北端一座海滨城市,最大的贸易港口。

欧文没好气地说道:"这也解释了为什么前任王后没有迫不及待地想要离开这里。我来这儿,也带来了国王的赦免令。现在我明白了,前任王后也是幕后主谋之一。"

坦默尔粗暴地说道:"王后病得很重。"他说话的语气好像是,前任王后病得不寻常。想到自己在塔楼的遭遇,欧文想,曼奇尼是不是在背后做了手脚。

欧文朝克拉克点点头。克拉克仍然抓着坦默尔的手腕。他也朝欧文点了点头,松开手,顺势把坦默尔朝喷泉一推。坦默尔踉踉跄跄,"啪"的一声栽进泉水。他语无伦次地咒骂着,喝了几口水,爬上来时全身湿漉漉的,水珠不断地从寸头上滴落。

"别人说,在泉水中洗澡亵渎神明。"欧文说道,然后转身扬长而去。

锡尔迪金的历史和圣泉的神话几乎可以追溯到一千年以前。一些历史学家写道，圣泉的历史还要悠久，可以追溯到创世纪之初。他们认为，陆地是在一片名为深无测、狂暴不安、喷着灰烬和火焰的海洋中诞生的。远古时期伟大的巫师为了控制深无测而将陆地划分了界线。神话说，过去的国王都是从海上来，然后学着如何驯服陆地。有一个国王不遵守陆地与海洋的分界线，于是一场洪水来袭。

　　　　　　　——波利多罗·乌尔比诺，帝泉王宫的宫廷历史学家

第七章
伯爵的女儿

  塞弗恩的军队向北急行，战马的马蹄好像火烧火燎。塞弗恩已经派遣了信使先行，去警告伊薇即将到来的危险，但欧文仍然坚持立刻出发。听完了欧文从坦默尔那里得来的消息，塞弗恩不仅同意了欧文的请求，而且和他一起出发。他们一路上风驰电掣，像暴风雨一样席卷王国，上面绣着白野猪的黑旗汇成一片汪洋。

  欧文在大脑里一遍又一遍地回放着与坦默尔的对峙。面对另外一个泉佑异能者让人心惊胆战，但欧文相信，坦默尔受到的冲击更加巨大。他记得安凯瑞特说过，坦默尔曾经当过她的导师，教她如何欺骗，如何进行宫廷内斗，就像安凯瑞特死后，塞弗恩训练欧文一样。但坦默尔已经不是当年的坦默尔了。他魔法的源泉几近枯竭，而他又没有重新充盈源泉的机会。

  士兵们频繁换马赶路。塞弗恩一共带来了五百名骑兵和弓箭手。这么多人可能还不足以保护锡尔迪金，但现在的当务之急是一支精兵尽快赶到黑潭，而不是一只大军迟迟未到。欧文的副将也正从奥西塔尼亚赶往黑潭，但要迟到几天。欧文知道，锡尔迪金北方的主要要塞都经得起漫长的围攻。如果伊薇能够设法拖住敌人,并拒敌人于城墙之外,胜利最终属于锡尔迪金。

欧文的大脑一直在出谋划策,估计局势,设想如果锡尔迪金面临三面夹攻,他们应当如何应敌。

第三天中午,一个骑兵带来消息说,一支舰队在黑潭北面靠岸,上面载着一个人,自称是锡尔迪金合法的国王。觊觎者自称为国王埃里克·阿根廷,他把艾瑞德的军旗——太阳和玫瑰旗——插在海边的沙滩上。

塞弗恩王听到了这条消息,脸色有点吓人。他用前臂扫了扫下巴上的胡茬,眼睛黑沉沉的,闪着怒火。"我哥哥的军旗?唔,我们看看,他有没有资格打这面军旗。"

信使报告说,至少三百人从船上走了下来,他们带着战马、搭建临时建筑物用的材料和长柄战斧。

听完了报告,欧文和塞弗恩没有休息,连夜赶路,赶往黑潭镇。欧文忧心如焚。他没有想到,自己刚刚打完一仗,又要马不停蹄地奔赴另外一处战场。

◆ ◆ ◆

第二天凌晨,欧文和塞弗恩赶到了黑潭城外的海滩,眼前一片狼藉,就像一座屠宰场。

战争在他们到达之前就已经结束了。

欧文骑在马背上,审视着马蹄下的一具具尸体。很多士兵是被箭射杀的,泡在起着泡沫的海浪里一沉一浮。上面绣着太阳和玫瑰的军旗扔得遍地都是,很多泡在海水里,撕破了,或者烂了。欧文听到了报告，现在仍然觉得大为震惊。

伊蕾莎白·维多利亚·莫蒂默从敦德雷南骑马赶到黑潭，打败了觊觎者的军队。

俘虏都戴上枷锁，关在黑潭，等候塞弗恩发落。觊觎者埃里克率领着残兵败将，勉强逃脱，他的军队被一个十七岁女孩打得落荒而逃。

有人在远处喊："大人！"欧文在马背上转过身来，一个信使穿着上面绣着霍瓦特公爵雄狮徽章的战袍，匆匆朝他赶来。这个人是伊薇的管家，名叫里格比，欧文很熟悉他。

欧文吃惊地叫道："里格比！"里格比很明显兴高采烈，欧文不禁微笑了。

里格比恭恭敬敬地鞠了一个躬，说道："大人，我们小姐在阿辛顿——城里一家比较好的客栈——恭候大人和国王陛下。我想，我最好先告诉大人。小姐迫不及待地想要见你，大人。我现在去禀告国王。赶快去。"

欧文立刻纵马而去。

欧文骑马进城，心跳得更加厉害。大街上闹哄哄的，人们到处都在欢呼，挥舞着霍瓦特公爵中箭雄狮的军旗。欧文很快找到了阿辛顿客栈，那是一座两层建筑物，那里充满了喜气洋洋的气氛。欧文把疲惫的战马交给一个侍应生，匆忙地走进客栈。客栈已经清场，恭候国王大驾光临。大街上的人们开始为塞弗恩欢呼。然后，人群突然膨胀，潮水般向塞弗恩涌过去，欢呼声赞美声此起彼伏。

欧文还没到客栈大门，大门就打开了。伊薇站在门槛边，好像刚刚从梦境里走出来。她看起来很久没有睡觉了，乌黑的亮发被风吹得有一点凌乱，但刚刚扎了辫子，辫子左耳旁边夹杂着一些鹅绒。伊薇有时候故意这么做来开欧文的玩笑,在头发中夹杂鹅绒来模仿欧文头发中的白发。她的眼睛和长袍一样,是绿色的,正热切地看着欧文,腰间挂着一把崭新的匕首,脚穿他们爬山欣赏瀑布时常穿的结实皮靴,脖子上系着爬山欣赏瀑布时常系的那条围巾。

"欧文。"伊薇低声说道。她欣慰地看着欧文,好像是她一直在担心欧文的安危。

伊薇跑过来,投入欧文怀中,紧紧地抱住欧文——抱得欧文感觉有点痛——把脸贴在欧文胸前,轻轻地摇晃。欧文连续几天都在马背上度过,披星戴月地急行军,吃着只有士兵才能下咽的军粮。现在,他把伊薇抱在怀里,觉得一切都太美妙了,好像有点不真实。伊薇就好像软玉温香,头发闻起来让人有一种回家的感觉。

欧文抓着伊薇的肩膀,看着她的脸,问道:"你还好吧?"

欧文看到了伊薇嘴角的酒窝。有时候他想,如果自己亲吻一下那个酒窝,会怎么样呢?但他不敢把想法付诸行动。

伊薇再一次抱紧欧文,这一次用的力气更大,说道:"进来——我有很多话要对你说!我以为你明天才到。我这个样子可不够好看。"

欧文沮丧地说道:"你不够好看?我闻起来有股很重的马粪味!"

伊薇皱皱鼻子,说道:"是的,你确实是一股马粪味。你等一会儿洗澡吧。塞弗恩王肯定也想听一下事情的经过,但我要先告诉你!我不介意说两遍。跟我来!"

伊薇拉了一下欧文的手。欧文看见伊薇的女仆贾丝廷就站在客栈的门槛内。贾丝廷是伊薇的监护人,伊薇走到哪儿,她就跟到哪儿,伊薇和欧文永远不可能单独相处。贾丝廷头发乌黑,一脸严肃,是康贝勋爵的女儿,康贝是霍瓦特公爵的部下。贾丝廷是伊薇贞洁的守护者。欧文和伊薇孩提时就是好朋友,但贾丝廷永远站在他们左右,微妙地提醒他们，在男女之间有一些禁忌。

贾丝廷像往常一样，腼腆地朝欧文笑了笑，恭敬地点头示意。欧文也朝贾丝廷笑了笑，点了点头。伊薇拉着欧文的手，从贾丝廷身边经过，跨入了客栈。

伊薇把欧文推向一张塞满填充物的长沙发，上气不接下气地说道："坐下，我告诉你发生了什么事情！"她太兴奋了，好像按捺不住，手在微微颤抖。贾丝廷安安静静地坐在旁边的一张椅子上，双手交叠，放在腿上。

欧文饿得要命，但又十分想听伊薇的故事，顾不上先吃点什么。

欧文问道："发生了什么事情？我第一眼看到战场时，就更加担心了。"

伊薇摇头说道："没必要担心。死的大部分是莱高尔特雇佣兵。他们都想回到船上，而不是和我爷爷部下那些强壮的士兵厮杀。很多可怜虫逃跑时淹死了。现在，让我告诉你那个冒牌货的一些事情。我不喜欢这个家伙。他把我们当成什么蠢货了？他的船还没有靠岸，我们的人就发现了。我下令，无论谁和他们打招呼，都要热烈欢迎他们，好像冒牌货是真正的国王。"

欧文大吃一惊，问道："你下了什么令？"

伊薇调皮地咧嘴一笑，说道："我们一起讨论历史多少次啦，欧文？多少个王子被别人的承诺所欺骗？这个冒牌货想欺骗全世界，让全世界人相信他是货真价实的埃里克·阿根廷！唔，就像曼奇尼常说的那样，你玩的把戏我也会玩。他们一登陆，我就派一名信得过的部下骑马去问，是谁打着太阳和玫瑰军旗。他们回答道，是国王埃里克·阿根廷，国王现在在船上。我的部下告诉他们说：如果埃里克到海滩上扎营，市民们会像欢迎新国王一样欢迎他。"伊薇皱皱眉头，接着说道:"但埃里克很狡猾。他没有上岸。我猜,他怀疑我们的诚意。这时,至少有三百人上岸了,而且人越来越多。我知道,如果等他们全部下船上岸,我们就会寡不敌众。"

欧文问道:"但为什么你不待在你外公的城堡里?伊薇,真的!你来到这里,要冒很大的风险。他们抓住你可怎么办?"

伊薇很高兴,用温暖的手掌摸着欧文的脸,说道:"你担心我,我好高兴啊!你要和沙特里约恩那个势利小人以及他的军队开战,我一直烦躁不安——你问贾丝廷,她会告诉你的。沙特里约恩想强娶布里托尼卡女公爵,你没有让他得逞,对吧?"

"当然没有。我们半夜劫营,驱散了他的军队。然后,我们知道了埃里克的事情和北方的威胁。"

伊薇点点头,坐得朝欧文靠近了一点,说道:"太好了!夜袭很危险,但有可能收获很大。乌尔贝特四世在赛西利之战中用过这一招,还记得吗?"

欧文笑着说道:"停!发生了什么事?你跑题了。告诉我,这里发生了什么事情!"他拿起伊薇的手,用大拇指摸着她的指关节。

伊薇尴尬地笑道:"我不记得说到哪儿了。"

"你为什么跑到黑潭来了?你为什么不待在城堡里,等敌人来围攻?"

伊薇眉头紧锁,说道:"我们为什么要等这么久才抵抗?冒牌货在海边待得越久,聚集在他旗下的不法之徒就会越多。如果你待在城堡里,听说有人要侵略西马奇郡,你会怎么做?"

欧文说道:"唔,我会领军迎敌。"

伊薇有点恼火地说道:"我就是这么做的啊!你就不会想一想,我外公的士兵会让我受伤吗?我是一个女孩,这个事实只会让他们更加坚定地迎战入侵者。如果你对他们笑,赞美他们,男人会热切地想要取悦你。"伊薇揶揄地笑了笑,接着说道:"但你是一个例外,你是一个无赖,听不得阿谀奉承。"伊薇想要挠欧文的胳肢窝,欧文挡住了她的手。

贾丝廷低声说道:"小姐,陛下驾到了。"

欧文想趁他们单独相处的最后一刻来抱一下伊薇,并亲她一下。伊薇的目光很热切,坐得离欧文很近,她也想欧文这么做吧。但欧文长途跋涉,疲惫不堪,一身臭汗,现在这么做时机不宜。不,他们的初吻应该发生在伊薇外公城堡附近的瀑布旁边。可能是在那座桥上,当山顶的积雪在夕阳下改变了颜色的时候。他应该在那个时候亲吻伊薇。

欧文站起身来,向伊薇伸出一只手。伊薇看着欧文,忸怩地笑了笑,然后握住他的手。欧文刚看见伊薇时,伊薇的眼睛是绿色,现在伊薇的眼睛是一片宁静的蓝色。像曼奇尼经常开玩笑说的那样,可能伊薇是一个水中精灵吧。欧文只知道,伊薇有一种魔力,能够让他莫名地心痛。

伊薇的眼睛充满了忧虑和担心。"很高兴看到你平安归来。"她低声说道。

欧文几乎就要把伊薇的手送到自己的唇边,正在这时,一个士兵打开了客栈的前门,塞弗恩大踏步进来。塞弗恩的皮靴沾满了污泥,但他看起来对黑潭的胜利感到十分高兴。

欧文利用塞弗恩进来之前的最后一刻轻轻地捏了一下伊薇的手,并温柔地笑了笑,朝她眨眨眼睛,说道:"你太棒了。"

伊薇高兴地羞红了脸,然后转身向塞弗恩行屈膝礼。欧文站在她旁边,恭恭敬敬地行军礼。

伊薇说道："陛下，您是锡尔迪金真正的国王。陛下的臣民对陛下忠心耿耿。我希望我能够把觊觎者解押到陛下面前，但他不敢上岸，在战场上与我面对面。很遗憾，因为我想亲自打败他。用巫哲棋的行话来说，我想威胁已经解除。"

塞弗恩满意地看着伊薇，灰色的眼睛闪过一丝感谢，说道："做得好，莫蒂默小姐。请原谅，伊蕾莎白·维多利亚·莫蒂默小姐。"看得出，伊薇想要更正他的说法，塞弗恩补充说道。"你显示了非常好的判断力、勇气和意志，你会得到赏赐，我承诺。也用巫哲棋的行话来说，你证明了，你不只是一个卒子。我得对你善加利用。告诉我发生了什么事。什么也别遗漏。"

北坎公管辖着锡尔迪金北部辽阔的土地。北昆布布里亚郡高山巍巍，山顶白雪皑皑，有远古时代留下来的冰川，有些地方冰雪融化，形成冰洞。我曾经和宫廷地图绘制师交谈过，他告诉我，汇入圣泉的那条河发源于这片冰天雪地的世界。北昆布布里亚郡的冬天天气极其恶劣，那几个月人们很少出去，其他地方的人也很少进来。当地人已经习惯了。他们吃苦耐劳，说着一种奇怪的方言，与阿塔巴伦的语言不同。有人相信，阿塔巴伦曾经是锡尔迪金的一部分，狭窄的河流是两国的分界线。北坎公世世代代对阿根廷家族忠心耿耿。塞弗恩王自己就在北方长大，那时候，他的舅舅沃里克驻扎在北方雄伟的要塞，统治着这片土地。要塞名叫敦德雷南。

——波利多罗·乌尔比诺，帝泉王宫的宫廷历史学家

第八章
敦德雷南

壁炉的火在噼里啪啦地响，欧文的肩膀能够感觉到火焰的温暖，但他的眼睛盯着眼前的巫哲棋盘。棋盘和棋子都很精美，纯手工制作，欧文八岁时，塞弗恩把它们送给了欧文。现在，欧文在和塞弗恩对垒。

塞弗恩的眼睛像风暴一样，是灰色的。他俯身盯着棋盘，聚精会神，嘴唇抿紧。他要输了。又要输了。欧文知道，塞弗恩又会耿耿于怀——一个十七岁大的大男孩居然可以打败他。有时候，欧文故意相让。塞弗恩又会怀疑地看着他，不确定自己的胜利是辛苦搏杀而来，还是对方有意相让。

塞弗恩告诫欧文："不要手下留情。"他把一枚骑马武士的棋子向前挪，另外一只空手摆弄着匕首。"如果我赢，我想真刀真枪地赢。"

塞弗恩放下棋子。

欧文下巫哲棋时，会刻意保持面无表情。伊薇曾经告诉他，对手快要犯错误时，他的脸上会露出微笑。伊薇和他下巫哲棋时，就一直看着他的嘴巴，这让他输了很多棋。欧文于是训练自己，做到面无表情，不泄露一点秘密。

欧文抬起手，把一枚棋子挪过棋盘。"将军……死棋。"这时候他才微笑起来。

塞弗恩脸色乌青，面带不悦，怒道："该死的圣泉！你是不是利用了先见之明的天赋来下巫哲棋？谁教你下棋下得这么好？"

欧文看着塞弗恩的眼睛，但不敢告诉他事情的真相。他不敢告诉塞弗恩，是安凯瑞特教他下巫哲棋。塞弗恩一直害怕安凯瑞特会毒杀他。

欧文略带得意地说道："要一直盯着棋盘。但事实上，陛下，我就是擅长下巫哲棋。"

塞弗恩抽抽鼻子，嘿嘿笑道："我说不要手下留情，没想到一语成谶。你思维敏捷，欧文。你同意我的说法吗，莫蒂默小姐？"他转向伊薇，说道。"我想看你们两个人下巫哲棋。"

伊薇蜷缩在欧文旁边的一张长沙发上，正在目不转睛地看一本书。她只顾翻书，没有抬头，说道："陛下，为什么您觉得欧文下棋下得好呢？他和我下棋。"

伊薇有点傲慢的语气把塞弗恩逗笑了。塞弗恩站起来——站起来时，痛得有点龇牙咧嘴——跛行到巨大的窗户边，看着雪花轻飘飘地落下。他伸手扫过窗户玻璃，脸上的表情温和起来。头顶灰色的天空驱散了他脸上的阴影。现在还不是冬季，但山顶的暴风雪常常不期而至。

欧文把棋子整理好，放回木盒。他看着伊薇，伊薇好像感觉到欧文在注视着她，也看了欧文一眼，眼神好像在说："我为你感到骄傲！"然后，她朝欧文眨眨眼睛，又回过去看书。

塞弗恩仍然看着窗外的小雪，忧伤地说道："我在敦德雷南有太多美好的记忆。"他转身离开窗户,手臂交叉,靠在窗户座位旁边的墙上。"我过去经常在这间房里和我的表妹南妮特下巫哲棋。"提到亡妻的名字,塞弗恩的声音低沉了下去。"小时候,我们经常伸出舌头去接落下来的雪花。我想,每一个孩子都那样做过。"他轻声笑了起来。欧文能够感觉到,塞弗恩心头的伤口正在滴血。

伊薇放下书,塞弗恩的极度悲伤吸引了她的注意力。窗户外面的阳光让塞弗恩的黑头发看起来像在闪闪发光。塞弗恩眼睛盯着地板上的灯芯草垫,陷入狂风暴雨般的回忆之中。

伊薇问道:"南妮特夫人与奥西塔尼亚王子结婚时多大了?"这是一个很敏感的话题。南妮特夫人的第一次短暂婚姻对于塞弗恩来说,是一段苦涩的回忆。

塞弗恩的眼睛锋利如刀刃,嘴巴扭曲变形,脸上的表情好像是在微笑,又好像是在蹙眉。"你还记得那段历史,莫蒂默小姐。很多人忘记了那些黑暗的岁月。那些岁月,我哥哥和我在布鲁格流亡。那些岁月,南妮特嫁给了那个屁孩王子。"塞弗恩的声音充满了讽刺的意味。欧文能够感觉到,塞弗恩的伤口还没有完全愈合。"她那年十七岁。"

欧文看了一眼伊薇,伊薇现在也正好十七岁。想一下,伊薇有可能被另一个人夺走,欧文不禁全身发热,怒火中烧。

伊薇说道:"这场婚姻能使她成为奥西塔尼亚的王后,但太草率了。陛下的叔叔因此丧命。"

塞弗恩苦涩地说道:"我们那一年都失去了太多。也得到了很多。她失去了父亲和奥西塔尼亚的王位。但她得到了另外一个丈夫和锡尔迪金的王位。虽然只是暂时性的。"

塞弗恩的声音充满了痛楚,欧文想避开这些令人痛苦的话题。伊薇的眼睛充满了同情,看起来想走过去拥抱塞弗恩。

伊薇低声温柔地说道:"您现在还没有结婚,陛下,是不是因为您是真心爱着南妮特夫人?"

欧文瞠目结舌地看着大胆无礼的伊薇,但伊薇可是那种想都不想就跳进集雨池的人。欧文可能不应该觉得吃惊。

塞弗恩看起来好像也吃了一惊,但似乎并不觉得伊薇冒犯了自己。他双臂交叉放在胸前,离开了窗户,说道:"是的,我爱她。"他的声音带了一点北方腔,好像是为了悼念亡妻。"你可以想象,我们一开始有点尴尬。我们在这里一起长大,在这个田园式的山谷,在敦德雷南。我先和她的父亲开战,打败了他,又和她的丈夫,那个屁孩王子,开战,在离塔顿庄园不远的地方打败了他——他想从那里逃回奥西塔尼亚,像沙特里约恩一样夹着尾巴逃跑。"塞弗恩看着欧文,毫不留情地笑了起来。"你结了一个仇人,基斯卡登大人。任何国王都不喜欢输一局巫哲棋。输一场战争就会令他们气急败坏了。但我看见你是如何下巫哲棋的。你对付那个侏儒绰绰有余。"

伊薇没有就此罢休,而是逼问道:"但您为什么还没有再婚呢,陛下?南妮特夫人已经去世十年了。您还没有继承人。是时候抛开悲伤了!"伊薇看起来很悲伤,但又很诚恳,充满了同情。

塞弗恩盯着伊薇看了一会儿,笑着说道:"你确实心直口快。像狗咬着骨头一样,别人想抢也抢不走。"

伊薇的脸上露出两个浅浅的酒窝,说道:"如果我太过于自以为是,请陛下原谅。但我不相信,陛下的内阁没有人向陛下提过这件事情。"

"我的内阁!"塞弗恩哼了一声,好像犬吠似的笑了一下。"他们想让我强娶布里托尼卡女公爵。女公爵和你和欧文差不多大。"塞弗恩恶心地皱皱鼻子。"自从我领受了圣泉的洗礼,得到了塞弗恩这个名字,到这个月已经有四十年了。我怎么能打女公爵的主意……却没有发现你,伊蕾莎白·维多利亚·莫蒂默呢?"塞弗恩眉头皱得更深,摇头说道:"不,我的内阁还没有劝我另娶一个妻子。你知道的,习惯上,一个国王应该娶另外一个王国的公主。我哥哥选择了一个新娘,得罪了很多人,包括我叔叔在内,我叔叔最后因为这件事情而犯了叛国罪。"

塞弗恩在房间里走来走去,情绪很坏地说道:"我来说一下我的可选项。我几乎没有可选项。除了布里托尼卡女公爵之外,奥西塔尼亚没有其他的公主。沙特里约恩自己在追求布里托尼卡女公爵,欧文可以作证。布里托尼卡女公爵已经说得很清楚了,她不想与沙特里约恩有任何关系。她只想自己统治着布里托尼卡。那个男人想得到的不是她这个人,而是她的土地,她不愿意嫁给他,我当然不能责备她。就算沙特里约恩迎娶了布里托尼卡女公爵,他们几年内也不会生孩子,因此,奥西塔尼亚对于我来说,没有可能。另外,女公爵害怕我,认为我是一个弑童者,一个计划不周密的恶魔。那里的机会真的不多。"

塞弗恩走了一步,用手指来计数,继续说道:"我们来看阿塔巴伦。雅各王今年十九岁,自己还没有结婚。在自己的王国里,他有很多大家闺秀可供选择。据曼奇尼估计,亨特利伯爵的女儿凯瑟琳最漂亮。但雅各想要开拓疆土,而不是让自己的一个贵族权力更大。如果可以的话,雅各·卢埃林也会去追求布里托尼卡女公爵,但阿塔巴伦甚至比奥西塔尼亚还要小。然后是布鲁格。布鲁格没有合法的继承人,那里的王子都在忙着自相残杀,试图统一布鲁格。我也可以加入战团,娶他们当中一个人的女儿,但这样我就会卷入混战之中,我对布鲁格的领土不感兴趣,却会因此而激怒一个潜在的盟友。我认为马克斯韦尔公爵会是最后的胜利者。他精明狡猾,冷酷无情。"塞弗恩用力地摩擦双手。"皮桑……太小了。这就只剩下日内瓦了,那个靠贸易和探险而发财的国家。我的内阁曾经劝我娶我的侄女爱丽丝为妻,但这会给我带来无穷无尽的麻烦。另外,我剥夺了爱丽丝的王位继承权,现在又娶了她,我的臣民会厌恶我的。老实说,莫蒂默小姐……我几乎没有选择。所有可行的选择都不和我的胃口。我漏掉了什么没有,莫蒂默小姐?你有没有什么建议?"

伊薇看起来垂头丧气,悲伤莫名,说道:"我……我没有,陛下。"

"那我相信你再也不会用这个问题来烦我了,"塞弗恩挖苦地说道。他的情绪反复无常。欧文看得出,塞弗恩现在又是满腔怒火了。王国之间经常利用婚姻来结盟。没有哪个王国试图或者胆敢和塞弗恩联姻,这不得不令塞弗恩怨恨不已。

塞弗恩转向窗户,脸上的表情变了,说道:"唔,圣泉保佑。霍瓦特公爵骑着马,顶风冒雪地赶过来了。"

◆ ◆ ◆

没过多久,只听得一阵猎犬的吠叫声,霍瓦特公爵已经坐在噼啪作响的壁炉前、自己最喜欢的那把椅子上,品尝着一缸子还冒着热气的浓汤。他宽大的外衣挂在壁炉旁边的钩子上,水珠在一滴滴地往下掉,落在温暖的石头地板上,发出哧哧的声音。外衣上的雪在融化,一块块冰哗哗地掉下来。

伊薇跪在霍瓦特椅子旁边,脸上总算放松了下来。霍瓦特看起来形容枯槁,很不舒服,但他并没有抱怨,脸上疲倦的皱纹正在逐渐消失。

霍瓦特轻轻地拍着伊薇那只放在椅子扶手上的手,充满温情地说道:"我听说了你在黑潭的所作所为,孩子,"他又拍了拍伊薇的手,"你身上流淌着我的血液。"

伊薇听到霍瓦特这么温柔的赞扬,不禁容光焕发。她为霍瓦特掸掉上衣上的灰尘或者纤维屑,说道:"您让我负责这里,外公。我不想让您失望。"

霍瓦特慈爱地呵呵笑起来,用手勾住伊薇的脖子,把伊薇拉近,爱怜地亲吻了一下伊薇的头发。欧文看得直咽口水,他多想自己也能这么堂堂正正地表达对伊薇的爱。

霍瓦特用手抬起伊薇的下巴,凝视着伊薇的眼睛,说道:"你很漂亮。塞弗恩王为你感到骄傲。"他抬头看着欧文,说道:"他为你们两个感到骄傲。他需要很多忠诚的年轻人为他效命。记住我的话。你们两个与众不同。你们会让锡尔迪金越来越强大。我知道你们会的。"

欧文觉得心中充满了骄傲。他走到霍瓦特椅子的另外一端,看着伊薇。那一刻,伊薇是如此得漂亮,乌黑的头发在火光的映照下闪闪发光,眼睛里闪烁着幸福的光芒。欧文又感觉到了那种熟悉的痛,他变得越来越不耐烦了。

伊薇顽皮地笑道:"塞弗恩王很奇怪,外公会顶风冒雪地赶过来。我想,他忘记了,他自己也是来自北方。"

霍瓦特摸着自己灰色的山羊胡须,笑道:"他永远不会忘记这一点的,孩子。永远,直到圣泉的泉水干涸。如我们所说,他在骨子里能够适应北方寒冷的气候。但我想,甚至小基斯卡登也有一点害怕这个冰天雪地的世界。你怎么说,小伙子?"

欧文手臂交叠，看着伊薇，嘟囔道："我确实喜欢北方。"

伊薇脸上飞霞，忍不住露出一丝笑容。

花白头发的霍瓦特公爵握住伊薇的一只手，又握住欧文的一只手，看起来好像要把这两只手放在一起。

他声音沙哑地说道："我最大的愿望，是把我们两个家族和两片公爵领地合二为一。在塞弗恩王回帝泉王宫之前，我想祈求他恩准。但你们两人先得愿意。"他揶揄地笑了笑。"我注意到了你们互相注视时的表情。我老了，但还没有瞎。我想代表你们向塞弗恩王提起这件事情，欧文。这件事情由我说起，他可能更加容易接受一些。但我不想万一他问你们感觉如何，你们却大吃一惊。"霍瓦特的笑容消失了一点点。"塞弗恩王的心伤得很重，他可能没有注意到我所注意到的事情。"

伊薇脸上的表情告诉欧文，伊薇正在尽力抑制住自己的兴奋和热情。欧文觉得伊薇会脱口说好，但她在等欧文先说。

欧文还是看着伊薇，心里感慨万千，几乎说不出话来，但他还是说道："我想亲自请塞弗恩王恩准。"

伊薇站起来，投入欧文怀中，高兴得发抖。突然，欧文觉得脖子湿了，然后意识到伊薇哭了。

黑潭城大胜之后，塞弗恩王派出战船，掠夺莱高尔特沿海一带，搜寻觊觎者的战船。士兵们得到的命令是惩罚莱高尔特人，以防他们为觊觎者提供避难所。同时，无论谁抓到了那个冒牌的埃里克·阿根廷，艾瑞德王失踪的王子，都会得到一笔丰厚的奖金。我想，觊觎者很可能已经到了另外一个地方，寻求庇护。问题是：塞弗恩王的哪一个敌人会收留他呢？

　　　　　　——波利多罗·乌尔比诺，帝泉王宫的宫廷历史学家

第九章
女公爵的警告

　　欧文和塞弗恩一起走过城堡外廊的院子，走向塞弗恩的战马。身后的骑手都佩戴着白野猪徽章，其中一名骑手手持长枪，长枪挑着一面旗帜，旗帜在寒风中猎猎作响。院子里的雪在皮靴的踩踏下嘎吱作响。塞弗恩在寒风中精神抖擞，行走时没有丝毫腿脚不便的迹象。

　　欧文清清嗓子，说道："陛下。"

　　塞弗恩看了一眼北方雄伟的山脉和山脉上空那些羽毛状的云，略带不悦地问道："什么事？"

　　他们走近战马，马夫把一个上马墩放在战马旁边，塞弗恩轻松地跃上战马。战马又一次感觉到了那种熟悉的重量，轻轻地哼了几声。塞弗恩拍了拍战马的脖子，疼爱地朝战马笑了笑。

　　欧文觉得胸口发紧，这种感觉有点熟悉，从小以来没少体验过，似乎舌头胀大，想说的话说不出来。

　　塞弗恩眉头紧锁，戴着手套的手勒紧马缰，催问道："什么事？"

　　欧文觉得脸红了，结结巴巴地说道："小事情。"以圣泉之名起誓，为什么他现在还会舌头打结呢！

塞弗恩不耐烦地说道:"我对小事情不感兴趣。我们得走了。现在,霍瓦特回到了北方,我希望你半个月内回到帝泉王宫。不要超过期限。我们打乱了他的计划,我认为觊觎者不会再次进攻北方。现在快到冬季了。"塞弗恩又抬头看了看天空中的云团。"虽然这里永远都是冬季。我想念这里。"他严肃地看了看欧文。"半个月,不要超过期限。半个月后回帝泉王宫。"

欧文有点恼火自己,又有点不耐烦。"遵命,陛下。"

塞弗恩点头示意欧文退下,然后一拉骏马的缰绳,轰隆轰隆一阵马蹄声,和部下一起纵马奔出了院子。欧文看了看城堡的城墙。霍瓦特身穿熊皮大衣,手臂交叠,站在那里,一脸严肃,似乎在说,他虽然站在远处,但已经知道欧文没有把话说出来。欧文听得出来,塞弗恩和部下的战马已经驰过吊桥,踏上了一条鹅卵石路,马蹄声发生了改变。欧文脸上变得不快。他没有和塞弗恩一起离去,从马蹄声判断,他知道塞弗恩带了一百名随从。

欧文转身,穿过院子往回走。一群马夫拿着铲子,拖着小车,开始清扫院子里热气腾腾的马粪。欧文不想听到铲子铲入马粪碰到石头的声音,于是加快了脚步。

伊薇在顶楼的阳房里紧张地来回踱步。欧文还没有说话,脸上的表情就已经告诉了她一切。欧文觉得伤心沮丧,他让伊薇失望了。

贾丝廷正在做针线活,长长的黑发垂在肩膀上。她抬起头来,看着欧文,也知道了欧文在塞弗恩面前没有把话说出来,不禁撇了撇嘴巴。

"我知道,我应该和你一起去的。"伊薇不高兴地说道,眼睛突然变得一片深绿。

欧文无可奈何地耸耸肩膀。

◆ ◆ ◆

  雪在中午停了。伊薇建议，他们离开让人透不过气来的阳房到山里去走走。欧文整个上午都在搭积木，搭了两千多块积木，还没有倒下来，心里高兴，于是同意了伊薇的提议。他自己也有点心神不宁，所以，他们拿起外衣，通知了贾丝廷，就朝大山深处走去，去欣赏那壮丽的河谷。欧文觉得腿很累，但他喜欢岩石和悬崖的那种坚实感和稳定感。多年的经历使他习惯了高山稀薄的空气以及艰苦的长途跋涉。高山上空气清新，充满了大自然美妙的味道。几百年来，人们一直通过这条小径上山，有的地方道路崎岖陡峭，呈之字形，多处塌陷。从很远的地方，就能够听到河谷巨大瀑布的轰鸣声。

  欧文和伊薇并肩而行，欧文一直看着伊薇。他们经过山花和古松，伊薇的眼睛闪烁着喜悦的光芒，欧文就喜欢看伊薇这种喜悦的目光。一个牧羊人赶着一群羊往山下走，欧文和伊薇不得不背紧贴着陡峭的山崖，给咩咩叫的羊群让路。他们肩膀靠在一起。欧文觉得和伊薇肩膀相碰的那一块热得发烫。贾丝廷站在伊薇的另一边，羊群耽误了他们的一点时间，贾丝廷在叹气。

  欧文挪动了一点儿，感觉到伊薇的手碰了他的手一下。伊薇抬头看着欧文，温柔的目光好像在告诉欧文，她原谅了欧文早些时候犯的错误。欧文觉得伊薇的手指头钩住了自己的手指头，心开始"怦怦"直跳，嘴唇干涸。

  欧文收到了伊薇的暗示，抓住伊薇的手，伊薇的手出人意料地温暖。贾丝廷看不见他们的隐秘动作。欧文享受着这种手指相扣的感觉。伊薇的嘴唇露出了开心的微笑，让她看起来更加漂亮。一只健壮的绵羊摇摇摆摆地走过，刮到了他们两个人。伊薇朝欧文那一侧挪动了一点点，腾出空间，让绵羊通过。欧文再一次想亲吻伊薇。最近，他经常想这么做。

绵羊走了过去，他们沿着山路继续前行，手偶尔碰在一起。伊薇有无穷无尽的话要说。

"你还记不记得那天晚上我们用枕头打仗，伏击拉特克利夫的情形？"伊薇调皮地笑着问道，"枕头里的绒毛黏在他满是汗水的秃头上？"

欧文笑着补充道："他想责备我们，却被羽毛噎得说不出话来。"

伊薇开心地说道："我现在想起这件事情还想笑。我又变成了孩子。我还想在喷泉边跳舞，还想故意掉进水里。"

贾丝廷插话道："这会有点不雅观，小姐。"

"我知道！但如果你还小，你做错了很多事情都可以逃避惩罚。我们还只有十七岁，但不得不假装老成。我承认，现在有现在的乐趣，比如说参加庆祝节日，参加比武大会。我迫不及待地想要看你的首秀了，欧文！"伊薇有意地碰了一下欧文的胳膊。"我看见你在训练场上练习。你总是能够用长枪接住飞轮，你步步紧逼，逼得那个剑术大师喘不过气来。"

欧文解释道："我逼得他喘不过气来是因为他的膝盖有关节炎。"他弯腰捡起一枚石子，用力扔下小径旁边的山谷，目视着石子在空中划出一道弧线，然后落在山谷之中。

伊薇责备道："石头可能会击中一个农夫，你知道吗？"

欧文反驳道："但农夫可能会认为，这是圣泉给他警示，劝他改邪归正。"

伊薇问道："你怎么知道克利福德膝盖有关节炎？我从来没有看

见过他跛行。"

欧文耸耸肩膀,说道:"我就是知道。"

事实并非完全如此。圣泉赐予了欧文各种天赋,天赋表现在不同的地方。欧文的听觉很敏锐,眼睛能够察觉到对手各种各样的弱点。下巫哲棋时是如此——他只要看着棋盘,就能够发现对手防守中的破绽——在训练场上也是如此。克利福德久经沙场,但欧文经常击败他。他知道这个老兵的左膝盖受过伤,还在发痛,于是总是攻击克利福德的左侧。体内的圣泉也总是告诉欧文,他应该朝那边挥出长矛,接住飞轮。欧文刀盾娴熟,名声在外。他不想告诉人们真相,但他知道赞扬并非实至名归——他感觉好像在作弊。

他们从山间徒步回来,刚到敦德雷南,传令官法恩斯就朝他们走了过来。

欧文注意到了法恩斯眼中担忧的表情,问道:"什么事?"

法恩斯恭恭敬敬地朝欧文鞠了一躬,说道:"我们有客人了。有一个律师从阿弗朗奇来,想要见您。布里托尼卡女公爵的一名骑士陪他一起来的。骑士碰巧是您的新邻居,鲁元帅的部下。"

欧文问道:"他们什么时候到的?"

法恩斯抽抽鼻子,说道:"你们离开之后不久。他们等你们回来等了好几个小时了。"

欧文耸耸肩膀,对伊薇说道:"我片刻空闲也没有。让我先换衣服,然后我在……顶楼的阳房里会见他们?"

法恩斯又鞠躬,说道:"好的,大人。"

伊薇对欧文耳语道:"很奇怪啊,他赶这么远道路而来。你觉得他是不是在暗中监视我们?"

欧文问道:"哪一个?律师还是骑士?"

伊薇回答道:"两个都是。"

欧文和伊薇各自去换衣服。欧文拿起一件让他看起来更有王子气派的衣服。在山间徒步,欧文选择舒适温暖而不失时髦的衣服。现在,他换上了一件时兴的深蓝色有棱纹衣袖、天鹅绒紧身短上衣,看了一眼镜子中的自己,扯了一下衬衣的衣领,自信地笑了笑,觉得对自己很满意,然后走向顶楼。

律师是一个英俊的年轻人,三十岁出头,看起来一身轻松,很明显习惯了长途跋涉。他在房间里走来走去,品尝着盘子里的各种烤坚果。相反,骑士身体僵硬,站得笔直,身高将近七尺,年龄比律师大,头发像奥西塔尼亚人那样梳得朝前冲,衣领又硬又高,系着皮带的袍子有点过长——这也是他们国家的风格。欧文鄙视地看了骑士一眼。他对布里托尼卡和布里托尼卡的各种时尚有一种说不清道不明的敌意。

律师说道:"向您致意,大人。我叫朱利亚尔,是阿弗朗奇市市长的下属,市长大人向您问好。如果您有时间的话,我到这里来是商谈一个很微妙的问题。市长大人带着阿弗朗奇市向大人投降,因此被判为叛国罪。沙特里约恩王命令市长大人到王宫去接受审判。"

欧文皱着眉头,略带一丝讽刺地回答道:"沙特里约恩妄自尊大。如果我的历史课学得还好的话,阿弗朗奇市以及其周边的所有土地曾经都属于锡尔迪金,布里托尼卡也是一样。"欧文瞥了一眼那个骑士,看一下他对自己的挑衅有什么反应。

骑士没有说话,脸色仍然镇静自若。

朱利亚尔回答道:"是的,确实如此。这就是市长大人为什么派我到这里来——来确认大人……嗯哼……是否仍然坚持对阿弗朗奇拥有主权。事情是这样的:沙特里约恩王派遣了一名大使到阿弗朗奇,说如果市长大人愿意重归奥西塔尼亚,他将获得特赦。"

伊薇走了进来,贾丝廷跟在身后。伊薇好奇地看了两位客人一眼。

欧文朝伊薇点点头,示意她过来。"先生们,这是伊蕾莎白·维多利亚·莫蒂默小姐,霍瓦特公爵的外孙女。"他心照不宣地看了伊薇一眼,继续说道:"沙特里约恩先判定阿弗朗奇市市长犯了叛国罪,然后又试图用特赦来贿赂他,让他重归奥西塔尼亚。"

伊薇点点头,在房间里慢慢地踱步;贾丝廷坐在自己平时坐的座位上,开始刺绣。

欧文双手交叠放在背后,看着骑士高大魁梧的身躯,问道:"你为什么也到这里来了呢,骑士先生?"他悄无声息地送出一股圣泉,去试探骑士的弱点。和一个这么高大的骑士单挑,想一想心里都发怵。

欧文的神法像水一样无微不至,能够察觉事物最微小的缺口和缝隙。他立刻发现,骑士的右眼瞎了,乱蓬蓬的眉毛下面有一道褶皱的伤口。如果他从右边进攻,骑士不堪一击。如果骑士戴上头盔,眼睛就更加不灵便了。欧文嘿嘿笑了,收回神法。他感觉体内的圣泉减弱了一点,但储备仍然充足;他早些时候搭积木,已经充盈了体内的圣泉。

骑士带着很重的奥西塔尼亚口音说道:"我奉鲁元帅之命到这里来。我叫劳迪亚克。"

欧文点点头,说道:"欢迎来到北昆布布里亚,劳迪亚克爵士。"

劳迪亚克恭敬地鞠躬,说道:"我的主人吩咐我转告您,阿弗朗奇和布里托尼卡之间存在领土纠纷。"

律师插话道:"我正要说这一点。"劳迪亚克狠狠地瞪了他一眼,律师闭上了嘴巴。

欧文朝劳迪亚克点点头,示意他接着说下去。"我想,我有必要知道是什么纠纷。"

"我们小姐有几座皇家森林,留作打猎场。因为偷猎者的原因,任何擅闯者都会受到严惩。"

欧文笑着问道:"说到严惩,你的意思是不是用弓箭和长矛?"

劳迪亚克对欧文的打趣感到很生气,说道:"我们小姐在领地范围内有七座皇家森林。阿弗朗奇对其中的一座也声称拥有主权。过去曾经发生过事故。沙特里约恩喜欢打猎。您呢,大人?"

欧文好奇地看了朱利亚尔一眼。

朱利亚尔说道:"大人,奥西塔尼亚人一直试图扩大霸权。"

欧文心领神会地回答道:"所有的国王都是这样。"

"的确如此。劳迪亚克爵士说的是事实。布里托尼卡女公爵的皇家森林确实存在归属纠纷,沙特里约恩会到那里非法打猎,由此导致冲突。沙特里约恩挑战布里托尼卡女公爵领地的主权,威胁布里托尼卡的边境。事故在所难免。"

欧文撇撇嘴吧,说道:"什么事故?"

劳迪亚克义正辞严地说道:"我们小姐会保卫她的领地。我被派来警告大人,不要追随沙特里约恩的脚步。这只会导致无谓的纷争。"

欧文说道:"明白了。是你的主人鲁元帅派你来警告我?还是女公爵?"

劳迪亚克严肃地回答道:"他们意见一致,大人。鲁元帅是西尼亚小姐父亲最信赖的公爵,鲁元帅为西尼亚小姐守护布里托尼卡。"

欧文转向朱利亚尔,说道:"唔,那么请转告市长大人,我随时保卫我的新领土。市长大人告知了特赦的事情,表明了自己的忠诚,

088 小偷的女儿

所以，请代表我感谢他。你可以走了。"

朱利亚尔看起来吃了一惊，吓了一跳，说道："谢……谢谢你，大人，这么当机立断。我走了。我该告诉市长大人，大人什么时候会再次光临阿弗朗奇？"

欧文笑着说道："我不知道。"然后他点头示意朱利亚尔离开。朱利亚尔走了。

欧文转过来看着高大的劳迪亚克，低声说道："我不想和新邻居吵架。"

劳迪亚克几乎用嘲笑的语气说道："还没有而已。"

欧文有一点点高兴地说道："我对打猎不感兴趣。我更喜欢下巫哲棋。鲁元帅喜不喜欢下巫哲棋？"

劳迪亚克慢慢地、警惕地点点头。

欧文说道："太好了。我们下一次见面时，我会向他挑战，下一局巫哲棋。"

劳迪亚克嘴角露出了微笑，说道："我会转告大人的挑战。"

"那么，再见了。很抱歉你走这么远的路来传递这条消息。或者，我是不是应该说……这条警告。"

劳迪亚克警觉地笑道："但我不虚此行。"

伊薇好奇地眯着眼睛，说道："劳迪亚克爵士，好几代人以前，布里托尼卡还有一位女公爵，名叫康丝坦斯。"

"啊，小姐。您对我们的历史很熟悉。"

"她嫁给了第一任阿根廷国王的第三个王子。他们有一个孩子，一个王子。康丝坦斯王后据此声称有权统治锡尔迪金。布里托尼卡女公爵现在还坚持有权统治锡尔迪金吗？"

劳迪亚克脸上的笑容消失了，说道："那是几百年以前的事情了，小姐。从那以后,我们布里托尼卡人知道了,锡尔迪金人不守信用。"

欧文低声道:"你这么说,真够大胆。"

劳迪亚克朝欧文和伊薇点点头,走了出去。

劳迪亚克离开以后,欧文好奇地看了看伊薇,说道:"你学历史确实有一套。我没有想到康丝坦斯和戈夫。你说,那是阿根廷王朝开端时的故事?"

伊薇点点头,看起来心情很阴郁。"是的。在锡尔迪金,历史一直在重演。怪得很,欧文。历史好像就是一架水车,在历史的长河中不断回到原点。"

欧文问道:"你为什么要这么说?"欧文走向坐在桌边的伊薇,贾丝廷也抬起头来。

"康丝坦斯和戈夫有一个儿子,叫做安德鲁。安德鲁应当登基称王。但他的叔叔篡位并处死了安德鲁。"

欧文觉得全身起鸡皮疙瘩,问道:"安德鲁那时多……多大?"

伊薇朝欧文眨眨绿灰色的眼睛,回答道:"和我们一样大。"

第十章
阿塔巴伦王

　　塞弗恩给了欧文半个月时间，让他留在北昆布布里亚郡。但世事无常，欧文实际上半个月时间都没有。

　　欧文在训练场上和"艾思斌"的精英间谍克拉克对练。他喜欢和克拉克对练。克拉克没有固有的缺点，这就意味着欧文没有了通常的优势。克拉克年近三十，健康强壮，从小受训到大，出手优雅，武艺高强，能够帮助欧文提高。另外，他还教欧文如何使用匕首，如何用肘子和前臂格挡，如何绊倒对手，如何把对手摔倒在地。他个子比欧文大，所以他通常胜出。

　　训练告一段落，欧文和克拉克休息一会儿，两个人都是全身大汗淋漓。一个信使来到了训练场。他走过来时，做了一个微妙的手势，表明他是"艾思斌"的一员。他年龄绝对不大，但深褐色的头发里却有几缕未老先衰的银白色。

　　"什么事，凯万？"克拉克问道。凯万看着欧文，朝欧文点了点头。

　　"曼奇尼命令我给你们带来了消息。"凯万走向欧文和克拉克，说道。

"带给我们两个?"克拉克眉头紧蹙,问道。

"是的。你们俩需要立刻赶回帝泉王宫。塞弗恩王希望莫蒂默小姐和你们一起去。"

欧文吃惊地看了看欧文,又看了看凯万,说道:"伊薇?"

凯万嘿嘿笑道:"正是。曼奇尼特别强调了这一点。"

"为什么呢?你知道吗?"

"唔,出事了,"凯万说道。他警惕地四处望了望,确信周围没有人能够听得到,才继续说道:"霍瓦特公爵不会知道事情的全部,但曼奇尼命令我告诉大人您事情的全部真相。塞弗恩王要派莫蒂默小姐到阿塔巴伦去完成一项任务。"

欧文的心突然往下一沉。"什么任务?"

凯万回答道:"这项任务需要一点外交手腕。莫蒂默小姐是一位伯爵的女儿,已经长大成人。塞弗恩王很欣赏她的睿智、勇敢和学识,所以派她去和阿塔巴伦王雅各·卢埃林协商停战。我们一直以为东方会有战事,但战事迟迟未来,塞弗恩王为此已经耗费了太多的资源。我准备告诉霍瓦特公爵的就是这些。但事情的真相是这样的:曼奇尼找到了证据,锡尔迪金王位的觊觎者事实上可能是布鲁格一个渔夫的儿子,一个叫做皮尔斯·乌尔比克的小崽子。"凯万四周看了看,然后把声音压得更低,说道:"公爵大人,塞弗恩王希望您也去阿塔巴伦。乔装打扮了去。我们有理由相信,这个叫做乌尔比克的家伙就藏在阿塔巴伦。莫蒂默小姐商谈结盟的事情。大人负责抓回那个小子。我们会告诉霍瓦特公爵,大人会乔装打扮,双倍保险,保护莫蒂默小姐。塞弗恩王相信您,公爵大人,相信您能够在一个他不能去的地方,想出应该采取什么样的措施。这是大人的任务,我的任务是告诉大人这一切。大人在王宫会获得更多的信息。现在，大人和克拉克都是霍瓦特公爵手下的骑士，你们的任务是护送莫蒂默小姐和她的女仆到帝泉王宫。"凯万朝克拉克和欧文摇着手指，说道。

◆ ◆ ◆

　　欧文觉得，穿着霍瓦特公爵家族的短袍有一种奇怪的感觉。直到现在，他才意识到家族徽章对于形成自我意识的重要性。他仍然佩戴着家族徽章，徽章隐藏在锁子甲和短袍下面。当然，乔装打扮起来令人很兴奋。戴上骑士的头盔以后，欧文没有了名字，看不到脸，或者说，就是一个隐形人。

　　听说自己要出使阿塔巴伦，伊薇欣喜若狂，迫不及待。她以前从来没有离开过锡尔迪金。贾丝廷像往常一样，小心谨慎，忧心忡忡，但这未能影响伊薇的兴致。伊薇命令哪些书需要打包，哪些长袍和首饰需要带上，以备自己在王宫里会见雅各·卢埃林时使用。但书、长袍和首饰将由大车送到帝泉王宫。伊薇决定骑马去帝泉王宫，而不是和行李一起慢吞吞地行进。

　　欧文和伊薇之间没有秘密，欧文告诉了伊薇他本来应该保密的那一部分消息。从敦德雷南到帝泉王宫需要五天时间。伊薇试图说服其他人，花一个晚上在野外宿营，但他们沿途都住在舒适的旅馆里来消除旅途的疲劳。

　　他们到达了帝泉王宫，发现一切像欧文预料得那样杂乱无章。欧文心中又感慨又兴奋。他一直想去冒险。和伊薇在一起，真真正正地单独在一起，远离王宫，远离锡尔迪金的生活，这个念头比糖浆还要甜蜜。他们走过通往王宫的桥，欧文看着停泊在瀑布下游的船只，心里想，哪一条船会载着他们飘过大海呢？

皇家仪仗队举行隆重的仪式，号角齐鸣，欢迎他们的到来。然后司仪官把他们领进王宫，去见塞弗恩王。塞弗恩正在来回踱步——步子有点一瘸一拐——沉思。欧文看见塞弗恩的侄女爱丽丝坐在旁边的一张凳子上，双眼哭得肿了起来。爱丽丝这么心烦意乱，欧文觉得心痛，尤其是，他已经很久没有看见过爱丽丝了。但欧文进来后，爱丽丝没有再看他一眼。欧文的乔装打扮看样子起了作用。

伊薇优雅恭敬地行了一个屈膝礼，说道："陛下，伊蕾莎白奉命到此，听候陛下吩咐。"

贾丝廷也行了一个屈膝礼，但不敢看着塞弗恩的眼睛。

曼奇尼靠着壁炉，看起来轻松自在，但欧文注意到，曼奇尼并没有喝手中高脚酒杯里的酒。

"退下。"塞弗恩命令道。正殿里的奉杯侍从、管家和食客纷纷退下。爱丽丝也站了起来，但塞弗恩摇摇头，示意她留下来。

很快，正殿里只剩下塞弗恩、曼奇尼、爱丽丝以及刚来的伊薇一行人。塞弗恩深深地叹了口气，转向欧文。

"取下头盔吧，欧文，"塞弗恩嘿嘿笑道，"你戴着头盔，连我都几乎认不出来。我这么熟悉你，都几乎被骗了……"塞弗恩停了下来，嘴唇抖动。他看了一眼爱丽丝，愁眉微蹙。爱丽丝看到了欧文的脸，脸上露出了温暖的笑意，欢迎欧文的到来。

塞弗恩继续说道："我对你们实话实说，现在局势困难。我们在黑潭受到了攻击，人们开始议论纷纷，瞎猜乱想。"塞弗恩继续踱步，眼睛盯着王宫的地板，并不时地用黑色的手套轻轻地摸着嘴唇。"自从鞍鞭山之战以来，我还从来没有这么脆弱过。"塞弗恩摸了摸嘴唇。"每一天，曼奇尼和他的部下都发现新的叛徒。我还没有采取措施，曼奇尼建议我稍安勿躁。"

　　曼奇尼老练地说道："如果您太早出手，陛下，其他叛徒就会钻到地下。我要慢慢收网，以免收网时有太多的漏网之鱼。"

　　欧文觉得血液沸腾起来了，问道："谁？"

　　塞弗恩苦涩地说道："我自己的内侍。我发现他背叛时，差一点亲手把他扔到桥下。我曾经给了他很多赏赐，我相信他，他却背叛了我。"塞弗恩的眼睛变成了熔化了的银子。"但我听从你的建议，曼奇尼。你的建议很周到。采取行动之前，先要弄清楚叛徒有哪些人。这就是我为什么不能亲自去阿塔巴伦，这就是我为什么必须相信你。"塞弗恩的目光落在伊薇身上，嘴角露出了骄傲的笑容。"你已经证明了你的勇敢，莫蒂默小姐。你很理智。波利多罗告诉我，你比任何人都更加熟悉锡尔迪金的历史，比波利多罗还要熟悉。你熟悉我们与雅各·卢埃林的父亲之间的矛盾和冲突。上一次，你外公和我联手打败了他。"

　　伊薇很明显感到很兴奋，回答道："我知道。我愿意竭尽所能为您效劳，陛下。您希望我和阿塔巴伦协商停战？中止雅各和陛下之间的敌对行为？让雅各与奥西塔尼亚人断交？"

　　塞弗恩回答道："确实是这样，但还有其他任务。"

　　伊薇的眉毛好奇地扬了起来。

　　塞弗恩说道："我希望赢这一局巫哲棋。与阿塔伦人结盟，局势就会变得对我有利。雅各多次向我提出联姻，要求我给他提供一名身份相当的妻子。他要求的对象是……唔，这不可能……"塞弗恩说的只有可能是爱丽丝。他不支持这桩婚姻是有道理的。雅各和爱丽丝生的任何一个孩子，都有权继承锡尔迪金的王位。

　　塞弗恩继续说道："雅各野心勃勃，躁动不安，他需要有一个人来驯服他。如果我想找一个伙伴来照看我的侧翼,我首先需要相信这个伙伴。我能够相信你的忠诚吗,伊蕾莎白·维多利亚·莫蒂默?"

伊薇嘴唇发抖,说道:"相……相信我什么,陛下?"

"我派你去和雅各协商停战,是另有企图的。"

欧文意识到了塞弗恩的意图,觉得自己的胃在翻腾。他推断得出,塞弗恩接下来要说什么。他知道了将要发生什么,却又无能为力,就像塞弗恩离开北昆布布里亚郡时,他想请求塞弗恩把伊薇许配给自己,却最终未能说出口。他想大声警告伊薇,但他知道,自己不能这么做。

"陛下想要我做什么?"伊薇困惑地问道。

欧文恶狠狠地瞪着曼奇尼,曼奇尼也盯着欧文,面无惧色。啊,曼奇尼知道这件事情。他知道这件事情,却没有警告欧文。

塞弗恩说道:"我的旨意是,你嫁给阿塔巴伦的雅各王。"

所有的一切中，锡尔迪金的塞弗恩王最看重的是忠诚。人们都知道，他考验臣民忠心的方式是刺穿臣民的心脏。

——波利多罗·乌尔比诺，帝泉王宫的宫廷历史学家

第十一章
埃塔伊内

塞弗恩命令伊薇嫁给阿塔巴伦王雅各时,欧文只能在震惊和痛苦中听着。伊薇缩了回去,好像被什么东西击中。那一刻,欧文有太多的话要说,但说什么都不够慎重。

伊薇脸色苍白。欧文很熟悉伊薇,知道这一刻伊薇内心深处正在激烈交战。但伊薇最后仍然镇静下来,朝塞弗恩鞠躬致意。

伊薇平静地说道:"感谢陛下相信我。我会遵照陛下的吩咐,出使阿塔巴伦。"伊薇看起来沮丧受挫,但对塞弗恩仍然唯命是从。

塞弗恩说道:"我知道我可以指望你。你将在半个月内出发,但首先你要和首辅大臣谈一谈。他会向你解释两国之间的一些国务。你到了阿塔巴伦之后,要做好准备,随时威胁雅各。你需要一直给雅各以强悍的感觉,而不是显得软弱。首辅大臣会为你提供作为国王特使所需要的资金。我在雅各的内阁里也有内应,曼奇尼会向你解释的。你将率领一个完整的外交使团,其中包括几名宫廷律师,作为你的顾问。但我要跟你说清楚:你代表我,有权以我的名义进行谈判。你必须让雅各明白,与我为友,与奥西塔尼亚人为敌,最符合他的利益。"

伊薇结结巴巴地说道："我……很荣幸。"

塞弗恩挥手示意伊薇退下。"你已经证明了，你值得信赖。我接下来要和欧文商谈。你知道，欧文会作为你的侍卫之一，和你一起去。你现在可以退下了。"

欧文的心阴暗幽怨，充满了仇恨。他默默地咒骂着自己，为什么在敦德雷南没有对塞弗恩说出自己对伊薇的感情。如果现在说，可能会十分冒犯塞弗恩，从而带来灾难性的后果。欧文只有一个希望了：他和伊薇一起出使阿塔巴伦，可能他在那里，就可以阻止灾难发生。

伊薇仍然脸色苍白，充满了惊恐，她再次鞠躬，然后离开了正殿。离开大殿之前，她看了欧文一眼，目光充满了祈求。欧文很想和伊薇一起离去，但又只能痛苦地看着伊薇离开。

塞弗恩轻柔地说道："你也退下，爱丽丝。"爱丽丝看着塞弗恩，撅着嘴巴，但还是起身，遵命离开。她是不是知道欧文和伊薇之间的事情，所以内心觉得难过呢？还是因为觊觎者的缘故而内心愁肠百结呢？

爱丽丝走了出去，门关上了，欧文转向塞弗恩和曼奇尼。曼奇尼点头示意克拉克不要出去。

塞弗恩从王座上站起来，不舒服地龇牙咧嘴，开始在正殿里踱步，然后看了一眼曼奇尼。"传她过来。"他突然命令道。

曼奇尼点点头，走向塞弗恩走进正殿时常用的那道门。塞弗恩一脸警惕。

"陛下是不是真的想和阿塔巴伦人联姻？"欧文问道，竭尽全力让自己的语气听起来轻描淡写，但他能感觉到自己的声音突然变了。

塞弗恩呵呵笑道："联姻？有可能。如果雅各聪明的话，他会上钩的。但你在阿塔巴伦的任务和伊薇的任务完全不同。毫无疑问，你已经注意到了，关于年轻的皮尔斯·乌尔比克的谣言已经扰乱了我的内阁，刺伤了爱丽丝的心。"塞弗恩的脸痛苦地缩了起来。"你可以想象，这些谣言也让我同样痛苦。一直以来，我以为我的两个侄子都被谋杀了。但他们的尸首在哪里？甚至他们是如何被谋杀的？布莱奇利没有留下任何线索。我在布鲁格和莱高尔特的间谍现在开始把线索拼凑起来，局势对我很不利。如果这个小伙子真如坦默尔声称的那样，他确实有挑战王位的动机。然而，坦默尔是一个恶名昭著的大骗子，他是利用骗术来散布谣言。我控制着国库和政权，但很明显，很多人希望政权更换，以从中渔利。我想确定，这个孩子是不是冒牌货。啊，她来了。"

欧文眼睛的余光看到人影在移动。然后，曼奇尼带着一个年轻女人从那道门返回，年轻女人拉着曼奇尼的胳膊。欧文立刻认了出来，这是在塔楼里和他打了一架的那个女孩。女孩穿着一件漂亮的朝服，头发梳成最流行的发型——很明显戴着另外一顶假发。她仍然戴着安凯瑞特的首饰，看见欧文，嘴角露出了狡猾的微笑，但她并没有露出认识欧文的样子。她不会泄露他们认识的秘密——至少现在还不会。

欧文觉得脸发热。

塞弗恩介绍道："欧文，这是埃塔伊内，御用毒药师。埃塔伊内，这是欧文·基斯卡登公爵。你这次阿塔巴伦之行，将听命于欧文·基斯卡登公爵，并只听命于欧文·基斯卡登公爵。明白吗？"

"遵命，陛下。"埃塔伊内说道。她肯定是想起了和欧文第一次相遇时互相介绍时的情景，眼睛闪烁着快乐的光芒。"我认识他——"她故意停顿了一下，让欧文觉得浑身不自在，然后说道，"看到他头发里那几缕白色就知道了。"说完，她大方地朝欧文鞠躬致意。

塞弗恩审视着埃塔伊内，似乎对她的话有点好奇，然后把头转向一边。"你们俩需要熟悉一下。曼奇尼建议我雇佣一名毒药师。我哥哥雇用了一名女毒药师,名叫安凯瑞特·崔尼奥薇,为他效劳了很多年。你们可能在'艾思斌'内部也听到了关于她的传闻。"安凯瑞特的名字让欧文缩了缩头,但他点头不说话,汗水涔涔地流过肋骨。埃塔伊内紧盯着欧文,看他有什么反应。"埃塔伊内是本国人。我不会去查她的过去,我们让她在皮桑接受了训练。她有很强的说服力,擅长伪装,但这是她的第一次……考验。曼奇尼告诉我说,你能够应对挑战,埃塔伊内。为什么你不向欧文公爵解释一下你的任务呢?"

欧文觉得内心有一点阴暗恶心。埃塔伊内还没有说话,他就已经猜出了埃塔伊内任务的大概内容,但打断埃塔伊内是很不礼貌的。

"我的任务,基斯卡登公爵,就是帮助你渗透到雅各·卢埃林的内阁,安排你和觊觎者皮尔斯·乌尔贝克——或者说,埃里克·阿根廷,如果你相信他的故事的话——见一次面。我将乔装打扮成莫蒂默小姐的侍女之一。如果觊觎者的故事是真的,我们需要找到办法,劝他回到锡尔迪金,与塞弗恩王会面。如果故事是假的……唔……那我就要确保他不再构成威胁。"

欧文咬咬牙,控制住内心汹涌澎湃的情绪,觉得自己已经登上了去往阿塔巴伦的大船,大船上下颠簸,他觉得恶心想吐。那种和伊薇单独出行的企伫之心已经像蜡烛烛芯一样,被吹灭了。

欧文低声说道:"我还是觉得这孩子是个冒牌货,无论他已经设法说服了多少人。"

塞弗恩面色严肃地说道:"他已经不是孩子啦。他比你大,而且,他已经成功地说服了几个国家的君主,让他们相信他才是锡尔迪金名正言顺的国王。他们在玩一个残酷的游戏。我的侄女不是唯一一个忧心忡忡的人。还有更多的细节。曼奇尼……告诉欧文。"

"遵命，陛下。"曼奇尼回答道。欧文厌恶地看着曼奇尼，但又很好奇，想听一听曼奇尼说些什么。"我看见过乌尔比克的声明，和你在沙特里约恩帐篷里发现的一模一样。据线报，布莱奇利的一名手下，一个叫做蒂雷尔的杀手，杀死了乌尔比克的哥哥，然后，乌尔比克被偷偷地带出了锡尔迪金。幕后主使人命令乌尔比克不要暴露身份，乌尔比克身边有一群保护人，帮助他隐藏真实身份。乌尔比克也在律师面前起誓，声称他是艾瑞德王的幼子。我在布鲁格的部下到处搜索。他们在河边找到一座小镇，据说乌尔比克的父母就住在那里。我有乌尔比克父母的宣誓证词。塞弗恩王的敌人可能是在利用这个孩子，制造了一场弥天骗局。但雅各·卢埃林和其他的国王对乌尔比克保护得越久，乌尔比克声称自己是锡尔迪金国王的说法就会变得越名正言顺。我们在雅各的内阁有一名贵族内应，他告诉我们，乌尔比克在黑潭战败之后，确实逃到了阿塔巴伦。你和伊薇先去找他，他会在不暴露身份的前提下，帮助你们接近觊觎者。"

塞弗恩走向前去，站在欧文面前。欧文嘴唇上的汗水在闪闪发光。塞弗恩抓着欧文的肩膀，说道："现在，你应该明白了为什么我要派你去？我怀疑他是一个冒牌货。我想，他蒙蔽了这么多人，是不是他也有圣泉的魔力，或者利用了坦默尔的鬼伎俩？我在采取行动之前，一定要知道事情的真相。爱丽丝也需要知道。我不想人们责备我说，我谋杀了自己的侄子两次。他是否有圣泉的力量，欧文，你能够看得出来。我相信，你能够确定他是不是在撒谎。觊觎者的命实际上掌握在你手里。你必须确定。在这个问题上，我绝对相信你。"

◆◆◆

和塞弗恩以及塞弗恩的新任毒药师埃塔伊内会面之后，欧文在"艾思斌"的地下通道里把曼奇尼单独拦了下来。

欧文和曼奇尼并肩而行，欧文抓住曼奇尼的胳膊，让他停了下来，生气地说道："你应该提前告诉我。为什么背叛我？"

曼奇尼停了下来，回过头来看着欧文，说道："我没有背叛你，只是以智谋战胜了你。战胜一个泉佑异能者不容易，这你是知道的。尤其是一个擅长作弊的人。"

欧文越来越烦躁，说道："我想不到你会这么做。你知道我和伊薇之间的感情。你看着我们长大。"

曼奇尼哼了一声，说道："你喜欢莫蒂默小姐，谁都看得出来。但霍瓦特在欺骗自己，看起来你和莫蒂默小姐也是一样。"曼奇尼的眼睛像匕首一样锋利。"塞弗恩王绝对不会让一对夫妻来控制两块公爵领地。否则你们俩加起来和塞弗恩王的权威就相差无几了。我一直建议塞弗恩王阻止这件事情发生。这种联合对你们有利，但对塞弗恩王有百害而无一利。"

欧文愤怒地摇头，几乎大声喊叫道："我想象不出，为什么是这样！"

曼奇尼撇了撇嘴，说道："你生气了。等你冷静下来我们再讨论。"

欧文坚持不放，说道："现在就讨论！"

"你的伤口很深，在流血，但会愈合。你想知道事情的真相，哼？你和莫蒂默小姐是锡尔迪金两股重要的力量。你们如果联合，是彻底浪费潜力，为什么塞弗恩王不分别利用你们来增强自己的力量呢？"曼奇尼朝欧文伸了伸下巴。"想一下吧，欧文！从塞弗恩王的角度来想一下！如果雅各娶了伊薇，雅各就必须向塞弗恩王宣誓效忠，以换取在锡尔迪金的权力。我们可以通过他们的孩子来控制阿塔巴伦。另一方面，你的公爵领地与奥西塔尼亚相邻。你已经占领了阿弗朗奇，扩张了领地。塞弗恩王自然而然想与布里托尼卡女公爵结盟，利用布里托尼卡作为基地，来入侵沙特里约恩。整个奥西塔尼亚王国以前都属于我们，直到圣女丹瑞米把我们像一条挨了鞭子的狗一样赶出去。丹瑞米也拥有圣泉的魔力。唔，你也是！塞弗恩王为你绘制了宏伟蓝图，欧文。但那些宏伟蓝图里没有包括伊蕾莎白·维多利亚·莫蒂默。"

欧文觉得心中的火焰燃尽成灰。他觉得十分恶心。如果附近有一个桶子，他会朝桶子里呕吐。他瘫倒在过道的墙壁上，难以置信地看着曼奇尼。

欧文痛苦得喉咙发紧，说道："我……我爱她，多米尼克。"

曼奇尼很少见地、怜悯地看了欧文一眼，伸出手，想要放在欧文的肩膀上，但欧文把他的手推开。

曼奇尼令人不快地说道："这和政治婚姻有什么关系呢？我开始担心，你在北方待得时间太长了。霍瓦特把你训练成了一位公爵。你和他平起平坐，不是他的部下。霍瓦特向塞弗恩王暗示过，你和伊薇互相有好感。但塞弗恩王永远不会支持你们结合。面临这个令人失望的事实对于你来说是宜早不宜迟，欧文。你以为还有希望，这只会给你带来痛苦。"

欧文不服气地摇头，说道："我会想出办法。"

曼奇尼咳了一下，呵呵笑道："你想吧，欧文。但如果我是你的话，我会利用这次阿塔巴伦之行来向伊薇说再见。伊薇已经到了结婚的年龄。她会成为一个优秀的王后。你，相反，还没有完全发挥出自己的潜力。"

欧文压制住自己的怒火，说道："我还以为我们是盟友呢。"

曼奇尼说道："我从来没有欺骗过你。你欺骗了自己。"曼奇尼转身离开，又停了下来，转过头来。"埃塔伊内会监视你们两个的。"他低声笑了起来。"埃塔伊内可不是一个忠诚的部下，欧文。我让最好的人训练了她。记住，她只听命于我。"

艾瑞德王被迫逃离锡尔迪金时,他带着弟弟塞弗恩一起去了布鲁格。布鲁格的一个王子收留了他们。据说,艾瑞德王有一双很不安分的眼睛。现在,有关觊觎者的谣言层出不穷,人们应当考虑到所有的可能性。觊觎者能够让这么多人相信他是艾瑞德王的儿子,可能是因为他是艾瑞德王的私生子,长得像艾瑞德王。但私生子的身份不能让他成为真正的王子。

——波利多罗·乌尔比诺,帝泉王宫的宫廷历史学家

第十二章
承诺

　　欧文一个人在房间里踱步,绞尽脑汁地想,如何才能让塞弗恩收回把伊薇嫁给阿塔巴伦王雅各·卢埃林的命令。欧文想和伊薇谈一谈,看她如何处理这些坏消息。欧文憎恨这突如其来的变故,变故带来了这么多烦恼和惊愕。终于,王宫里的嘈杂和喧闹开始沉寂下来了。

　　欧文拉开房间密门的门栓,取来一支蜡烛,朝伊薇的房间走去。他觉得很庆幸,自己曾经在安凯瑞特的带领下,在王宫地下的秘密通道里逛来逛去逛了这么久。欧文又想起了塔楼里塞弗恩的毒药师,那个喜欢穿安凯瑞特长袍、佩戴安凯瑞特首饰的埃塔伊内。埃塔伊内将和他们一起去阿塔巴伦,这让欧文觉得很不自在。但更让欧文不安的是,塞弗恩命令欧文来决定埃塔伊内使用自己的专业技能与否。在战场上打败某人是一回事,暗中谋杀是另外一件事。一想到自己居然卷入了这样一件事情之中,欧文觉得很不自在。

　　欧文手摸着墙壁,每碰到一个"艾思斌"留下的方向记号都暂停一下。地下通道其实是纵横交错的古老墓穴,使用了几百年了。里面的空气带着一点霉味。从箭孔里吹进来的风发出轻轻的、鬼魂萦绕般的声音,以前欧文一听到这个声音,就感到毛骨悚然。

欧文到了伊薇的房间,打开门栓,轻轻地推了一下门。壁炉里的火不旺也不弱地烧着,还有哗哗的水声。欧文很快意识到,他在错误的时间里走进了伊薇的房间——伊薇正在洗澡。

欧文听到有人猛地吸了一口气,惊呼一声,然后贾丝廷朝他冲了过来,用一块毛巾挡住他的视线,责备道:"欧文,你不应该这个时候到这里来!在溜进小姐的房间之前,至少要有礼貌,敲一下门!出去,赶快出去。"

伊薇说道:"贾丝廷,不要这么快赶他走。我先擦干自己。我只需要一会儿。"

贾丝廷警告道:"小姐,这不合适!"

欧文听到了水滴在灯芯草垫上的声音,很尴尬地羞红了脸。"不,我走了。很抱歉。"

伊薇用不容违背的声音说道:"等我一下!"

贾丝廷站在那里,紧咬着牙,手里举着那块毛巾,瞪了欧文一眼,目光里充满了责备。她把声音压得更低,说道:"你不应该来这里,欧文。如果有人抓住了你们,后果不堪设想。"

"我知道,贾丝廷,"欧文回答道。他看不见伊薇,但他能够听得到,伊薇正在用一块毛巾擦干自己。欧文觉得更尴尬了,以至于忘记了自己为什么到这里来。

伊薇说道:"我在换衣屏风后面。贾丝廷,帮我把睡袍拿过来。"

贾丝廷恶狠狠地皱着眉头,把毛巾塞进欧文手里,劝说道:"待在那里别动,大人。"欧文后退,一直退到暗门的墙壁,额头上的汗水闪闪发光。贾丝廷朝换衣屏风走去,他差一点逃之夭夭了。另外一边传来叽里咕噜的窃窃私语,欧文的听觉很灵敏,却没有听出伊薇和贾丝廷说了些什么。

几分钟以后,伊蕾莎白·维多利亚·莫蒂默从屏风后走了出来,一边扣上睡袍上最后几粒扣子,一边用一块小毛巾擦拭着湿漉漉的头发,让头发快点干。她看起来如此美丽紧张,在炉火的映照下,两颊有一点微微的潮红。

伊薇开玩笑地低声说道:"唔,欧文·基斯卡登,如果你来是建议我们今晚一起跳下集雨池,你就来晚了。我已经湿身过一次了。"

贾丝廷责备地瞪了伊薇一眼,但欧文几乎没有注意到——他好像被伊薇使了定身法了。炉火跃过伊薇的长袍,欧文的尴尬慢慢消逝,取而代之的是一种更加愉悦的心情。

伊薇说道:"别害羞,欧文。你在敦德雷南不是第一次看见我这样。为什么你今晚到这里来呢?我们都知道,这样见面很危险。"

在这种情况下看到伊薇,欧文觉得自己舌头大了,思维有一点混乱。伊薇把擦头发的毛巾扔给贾丝廷。贾丝廷接住毛巾,低声嘟囔了几句。

欧文笨口笨舌地说道:"我来看一下你这么样了。我整天都感觉很悲惨。"

伊薇摇头说道:"我不觉得悲惨。你也不应该觉得悲惨。"

欧文难以置信地看着伊薇,说道:"但塞弗恩王说——"

"别管他说了什么,欧文。"伊薇走向欧文,拉着欧文的手。她身上仍然散发着香皂的味道,手指在洗澡水的浸泡下有点起皱,但她的手让人感觉很温暖很柔软。"你知道塞弗恩的为人。我们都知道他喜欢考验臣民的忠心。我认为他就是那么做的。他是在考验我们的忠心。看我们是忠于他还是忠于彼此?"

欧文禁不住皱起眉头，拉着伊薇的手，觉得胃里五味翻腾。他又有了那种抑制不住的绝不陌生的欲望，想要弯腰亲伊薇一下，但他不敢。这么多年来，伊薇已经成了欧文生命的一部分。他们彼此互相依恋，伊薇要成为另外一个男人的妻子，这个念头欧文想都不敢想，一想就会觉得难以忍受。欧文搭积木时，他们一起跪在地上，膝盖挨着膝盖，一跪好几个小时；他们一起在北昆布布里亚郡的山间徒步，在深深的积雪中跋涉。所有的一切好像是他们在向对方做出一个承诺——承诺他们会永远在一起。

欧文看着伊薇的眼睛——伊薇的眼睛现在是一片宁静的蓝绿色——低沉沙哑地说道："他可能是认真的。"

欧文注意到了伊薇眼中的担忧，但伊薇又坚定地控制住了自己的担忧，温柔自信地说道："我相信我外公，他为塞弗恩王效劳了这么多年。如果他知道了，他会为我们说话的。我们都知道，他想要我们在一起。"伊薇伸出手，理顺了一下欧文耳边的头发。"形势确实不利，但你说你很烦恼，我还是感到有点高兴。一点点高兴。"

欧文哼了一声，说道："才一点点？我想不出还有什么更担忧的事情，就算我被绑在船上，送到河里淹死，也没有这么担忧。"

伊薇妩媚地朝欧文笑了笑，说道："你这么想真是太好了，欧文。我承认，我现在比刚才更紧张了。但我们过去面对过更糟糕的情形。塞弗恩王是在试探我们的忠心。我相信，如果我们忠于他，他会奖励我们的。我相信。"伊薇又紧握了一下欧文的手。

欧文叹了一口气，伊薇的安慰让他的心镇静下来。他也想相信，塞弗恩只是在试探他们。"还有一些事情我要告诉你。一些我刚刚知道的事情。"

伊薇热切地睁大眼睛。"来，坐下。"她把欧文带到一张小榻，叫欧文坐下。那一刻，欧文想伊薇会坐在自己腿上，但伊薇最后坐在欧文旁边，坐得很近，欧文能够感觉到伊薇的体温。欧文拉着伊薇的手。

贾丝廷开始踱步，偷偷地看着门，不停地搓手。她一般不会干涉欧文和伊薇。但现在塞弗恩说要将伊薇许配给另外一个男人——毫无疑问，一个国王——她清楚地意识到，他们现在这么做很不合适。

"我走了之后，塞弗恩王跟你说了什么？"在炉火旁，伊薇的眼睛变成了灰色，让欧文想起伊薇独一无二的魔力。

欧文很快地向伊薇解释，告诉她关于国王的毒药师埃塔伊内的事情，她将装扮成伊薇的侍女，如果觊觎者是冒牌货，她将要怎么做。欧文没有告诉伊薇他此前在塔楼里遇到埃塔伊内、被埃塔伊内摔倒在地的事情。他的自尊心命令他对这件事情必须保密，虽然内心深处他总是觉得，他应该告诉伊薇。

伊薇的脸沉了下去，看着欧文和自己的手，心里盘算着，然后撅起嘴唇，说道："我猜，塞弗恩王会采取毒药外交，这不奇怪。但他应该告诉我，他会这么做。"伊薇盯着欧文的眼睛。"很高兴你相信我，欧文。她叫埃塔伊内？她是不是和安凯瑞特一样漂亮？"

欧文吃惊地眨了眨眼睛，说道："她……她要年轻很多。要我猜的话，和当斯沃斯年龄差不多。"

"她很漂亮吗？"

欧文不安地扭动一下，想着要怎样回答这个问题。"唔，她……我不认为……很难说……我认为她没有你漂亮。"

伊薇的嘴角露出一丝微笑。"那么她很妖艳了。我就担心这个。你的回答很委婉。我知道我漂亮，欧文，但还不至于倾国倾城。不像奥西塔尼亚的女孩那样，也不像阿塔巴伦亨特利伯爵的女儿那样。我今天已经听说过她的美貌了。大美人凯瑟琳小姐。"伊薇眼珠一转。"我想,我看起来太像我父亲了,算不上一个美女。"

欧文很少看到伊薇怀疑自己。他心里想,伊薇是不是在等自己夸奖她。他又想不明白,为什么这么自信的伊薇在这个问题上也需要别人鼓励。

欧文握了握伊薇的手,温柔地低声说道:"你是整个锡尔迪金最漂亮的女孩。"欧文坐得离伊薇很近,伊薇高兴地微笑起来,脸上露出两个酒窝。她抬起头来看着欧文,眼睛千娇百媚,如烟如雾,嘴唇微微颤抖。这种感觉又来了,欧文又想亲吻一下伊薇。他看得出来,伊薇也想要他亲她一下。她甚至把头后仰了一点点——一点点而已——让这个吻来得容易一点。

贾丝廷大步向前,急切地对欧文说道:"你应该走了。"

一吻定情。一对夫妻两情相悦,达成婚姻协议后常常会互相亲吻。在霍瓦特公爵眼里,他们已经订婚了——已经许配给了对方。但塞弗恩已经明确命令,把伊薇许配给了阿塔巴伦王,欧文又怎么能够放肆呢?

伊薇的舌头很快地伸了出来,舔了一下嘴唇。欧文觉得骨头都在燃烧。他清了清嗓子,内心汹涌澎湃,头脑仍然有点晕乎乎的,说道:"唔,我很高兴,我们将一起面对这一切,伊蕾莎白·维多利亚·莫蒂默。"他拿起伊薇的手,送到唇边,轻轻地亲吻了一下。

伊薇眼中闪过一丝失望。欧文喉咙发干,因为他看到伊薇的表情变了——伊薇脸上露出鲁莽的表情,通常这一表情之后,她会采取草率的行动。伊薇想要亲吻欧文。欧文也迫不及待地想要她这么做。

贾丝廷不顾一切地低声说道:"小姐,别。"很明显,她也意识到了伊薇会这么做。

伊薇眨了几下眼睛，叹气说道："晚安，欧文。我的骑士。我最好的朋友。"她的眼睛直勾勾地看着欧文，仍然希望欧文亲吻她。欧文心里觉得不舒服，没有这么做。这么做有点鬼鬼祟祟，见不得人。欧文不想这样。

欧文慢慢地站起来，膝盖差一点磕在一起，把手从伊薇的手中拿开。伊薇也变成了一个端庄淑女，把手放在大腿上。房间里很热，欧文想拉一下衣领。

欧文鞠躬致意，说道："我愿意做你的骑士。我的心属于你，小姐。"

伊薇听到这句话，看起来很高兴，但显而易见，她心里仍然觉得很失望。"你可以退下了，骑士先生。"伊薇说道。贾丝廷松了一口气。

欧文从暗门离开。他关上暗门，背靠着门歇了一会儿，心扑通扑通狂跳，感觉从来没有这么强烈过。这是一种甜蜜危险而又刺激的感觉。现在，他见过了伊薇，他的意志更加坚定。他要智取塞弗恩，这一次一定要打败塞弗恩，就像平时和塞弗恩下巫哲棋一样。他必须这么做。

欧文打算离开，但离开之前，他想最后一次看一下伊薇。他转向暗门，却发现暗门上的偷窥孔是打开的。

但他记得没有打开偷窥孔啊。不，偷窥孔刚才一定是关上的，否则的话，他不会就那样闯入伊薇的房间。

欧文犹豫了，心中的自信变成了狐疑。

"继续，再看一会儿。我不会说的。"埃塔伊内站在欧文身后漆黑的过道里，低声体谅地说道，声音像丝绸一样柔顺。

欧文猛地转身，面向埃塔伊内。

"你在监视我们?"欧文低声结巴道,想到埃塔伊内刚才把他们的一举一动全部看在眼里,不由得羞愧得无地自容。

埃塔伊内没有走上前来,但借着从一个笼着灯罩的灯笼里发出的微弱的光,欧文能够看到埃塔伊内银色的长袍。埃塔伊内狡猾地说道:"我没有她那么漂亮。这个问题你都想了很久。但你回答得很得体。你应该亲吻她的,大人。她也想要你这么做。可能你需要人来教你怎么做?"

欧文觉得很庆幸,周围是一团漆黑,埃塔伊内看不到他通红的脸。他想尽快离开这里,到任何地方都好,而不是这个狭窄的地道,面对着这个刚才目睹他出丑的埃塔伊内。

"这么说,我们去阿塔巴伦的整个途中,你都会监视我们?"欧文声音嘶哑地问道,但实际上,他不问也知道了答案。

埃塔伊内回答道:"曼奇尼怀疑,你会告诉她关于我的事情。但他没有命令我今晚监视你们。我自己来的。就像我没有告诉他,我们在塔楼见过那样。我知道,最好的秘密是守得最严的秘密,大人。我会保守你的秘密。"

对于国王来说,一个更加艰难的决定是如何处理竞争对手家庭的幸存者。如果允许幸存者结婚生子,他们的孩子将来注定会变成威胁。在阿根廷家族第一代人中,一个叔叔把一个幸存的侄子关在地牢里活活饿死。这件事情没有官方记载。如何处理幸存者,这有一个野蛮的例子。塞弗恩是这样处理两位兄长的遗孤:他把他们留在帝泉王宫自己的身边。遗孤包括二哥的儿子当斯沃斯,现在已经是一个二十多岁的小伙子了,以及大哥的女儿爱丽丝——塞弗恩尤其不让爱丽丝离开自己的视线。塞弗恩不允许当斯沃斯和爱丽丝结婚,并命令"艾思斌"对他们严加监管。表面上看,他们自由自在,但对于这个年纪的人来说,这是一种很残酷的桎梏。

——波利多罗·乌尔比诺,帝泉王宫的宫廷历史学家

第十三章
王子的命运

那一次半夜相会之后,在接下来的几天里,欧文和伊薇就为他们的阿塔巴伦之行做准备。他们将乘坐一艘名为"瓦赛拉格号"的大船出发,塞弗恩还派遣了几艘满载士兵的战船护航,以防雅各做蠢事。欧文没有再去伊薇的房间,他知道埃塔伊内在监视他们的一举一动。

欧文需要乔装打扮成一名骑士,所以花了很多时间在训练场上。欧文很喜欢练剑,练剑时全身大汗淋漓,需要消耗大量的体力,这也分散了他对那个烦人问题的注意力。

他们出发去阿塔巴伦的那天清晨,欧文和宫廷剑术大师一起在训练场训练,另外两个人走进了训练场。欧文以为他们也是来训练的,但他们只是站在旁边,看着欧文和剑术大师相战正酣。训练告一段落,欧文归剑入鞘,喝了一瓢水,把剩下的水淋在头上降暑,并洗掉两颊上滴下来的汗水。

那两个人从身后靠近欧文——欧文能够听到小石子在他们的皮靴下嘎吱作响——欧文迅速转身,打量着这两个潜在的威胁。知道基斯卡登公爵在城堡里的人不多,很多人似乎认为他只不过是霍瓦特公爵的一个亲信骑士。欧文觉得这很有趣，只需要简单地换一件衣服，许多应该认识他的人就认不出他来了。一个人看起来像王子，或者穿得像国王，他的长相或者衣着就会让许多人误以为真。

"你是新来的骑士。"其中一个人对欧文说道。欧文立刻认出，这个年轻人就是儿时的敌人当斯沃斯。当斯沃斯的脸立刻唤醒了欧文那些不愉快的回忆。

当斯沃斯曾经是城堡一霸，塞弗恩对他也嘲笑讽刺得最多。塞弗恩的讽刺和嘲笑可能也扭曲了当斯沃斯的人格。自从被任命为西境公以后，欧文由北昆布布里亚郡公爵霍瓦特监护，就很少与当斯沃斯来往了。

当斯沃斯站在欧文面前，仍然比欧文高出一截。他已经是一个成年人了，肥胖得像一头奶牛，满脸横肉，脖子很粗，左眼耷拉，胡子拉碴，好像一个懒鬼懒得去理发店刮胡子，厚厚的褐色头发像大多数锡尔迪金人一样，剪得刚刚平齐脖子，一身酒味。

欧文吃惊地看着当斯沃斯，觉得越来越恶心。他已经很多年没有这么近距离地看着当斯沃斯了。很明显，当斯沃斯不再是一个严以自律的勇士。他块头这么大，那是暴饮暴食和缺乏训练的结果。欧文模模糊糊地记得，当斯沃斯小时候还是花了时间在训练场上的。但自从他回来以后，欧文还是第一次在训练场上看见当斯沃斯。

训练场上一片寂静，欧文回想着过去的事情，觉得记忆有点苦涩。

"我从北方来，"欧文生硬警惕地回答道，并且加了一点北方口音。当斯沃斯的同伴看起来很无聊，不高兴，几乎没有看欧文第二眼。

当斯沃斯说道："你的剑术很好。我敢发誓，我在什么地方见过你。"他皱着嘴唇,努力地想要想起往事,但他大脑迟钝,不习惯思考,很明显想不起欧文到底是谁。

欧文不想再和当斯沃斯谈下去,说道:"我必须走了。"他离开水桶,但当斯沃斯伸出手,把他推了回去,不让他走。

当斯沃斯拉长调子慢吞吞地说道:"我是王子。我让你退下,你才能走。"

当斯沃斯的同伴听了这话,转了一下眼珠,但什么话也没有说。欧文看得出来,那个人一脸轻蔑。他是当斯沃斯的谋士,而不是帮凶。

欧文拧紧眉头,轻轻地碰了一下自己的嘴唇。"您不是等屎何得大人吗?"

当斯沃斯恶狠狠地朝地上呸了一口,气得脸都扭曲了,叫道:"你叫我什么?"

"等屎很酷?"欧文又故意说道。"不,等屎屙屎。对了。我想我认识您。对不起,大人,我没有早一点想起您来。"

当斯沃斯的同伴开始哄笑起来,看着欧文,好像欧文真的疯了。

当斯沃斯咆哮道:"闭嘴,科登。"他用肘子戳了一下科登的肋骨,想要科登闭嘴。气急败坏,当斯沃斯的脸变得通红。

克拉克从训练场的另外一边快步走了过来。

"我很想留下来继续聊一聊,但我必须走了。"欧文边说边走开了。

科登仍然在欧文身后大笑,边嘟囔道:"等屎屙屎,我的天啊!"

欧文和克拉克一起大步离开。克拉克说道:"曼奇尼命令我来找你。他要你和他一起到瓦赛拉格号去看看,瓦赛拉格号现在正在装货。海上的暴风雨已经耽误我们很久了。我迫不及待地想要出发。"

欧文点点头，但仍然心不在焉。"我受不了他，"他朝身后的当斯沃斯点点头，说道，"小时候，他经常欺负我。刚才他几乎认出了我，但我想他脑子坏了，想不起来了。"

克拉克厌恶地看了当斯沃斯和科登一眼——当斯沃斯和科登仍然在训练场争论——说道："我可怜那个奉命跟随他的人。'艾思斌'没有人喜欢这个任务。"

欧文呵呵笑道："科登也是'艾思斌'的一员？那我也可怜他了。当斯沃斯是一个很讨厌的同伴。"

克拉克一直很严肃，现在变得更加严肃了。"几年前，这个任务是由我来执行的。"

欧文一脸震惊地看着克拉克，说道："是惩罚？"

克拉克皱眉说道："不。是任务。很悲惨的任务。"

"我只能想象。你有没有和当斯沃斯一起训练？是不是因为这个原因，你才被选中？"

"当斯沃斯多年前就对练剑失去了兴趣。他现在只有一个兴趣，但塞弗恩王又不允许他有这个兴趣。许多和他同龄的年轻人都已经经验丰富了……委婉一点说，对女人的肉体。塞弗恩王严禁他接触女性。当斯沃斯以前是宫中女仆的噩梦，这就是为什么现在塞弗恩王派一名'艾思斌'来与他作伴。他被禁止触碰任何女性，以免其中一个怀上他的孩子。"克拉克看起来觉得很恶心。

欧文的声音温和了下来，问道："塞弗恩王不准他结婚，对吗？"欧文回头看了当斯沃斯一眼，眼中闪过一丝怜悯。他无法想象，一辈子没有异性相伴是一种什么样的生活。扔进河里淹死肯定比这要好过得多。

"是的。当斯沃斯确实是惨不忍睹。他是一个王子，却被当作一个囚徒对待。我被指派承担那项遭罪的任务时,晚上不得不和他睡一张床,以确保他没有别的床伴。这工作真叫人恶心,大人。他每天借酒浇愁,现在几乎没有一天是清醒的。"

欧文感到十分恶心,问道:"你和他睡一张床?你怎么受得了那股气味?"

克拉克阴沉地说道:"这世界总得有人扫茅坑,大人。实话实说,我很乐意和你作伴。"

欧文最后一次回头看了一眼当斯沃斯。当斯沃斯也正在用恶毒的眼光看着欧文。欧文觉得很抱歉,刚才嘲笑了当斯沃斯。根据继承法,当斯沃斯是塞弗恩王位的合法继承人。但他绝不是按照那个角色来进行培养的。塞弗恩从来不让他参加内阁会议,一直把他当作可有可无,动辄鄙视嘲讽。当斯沃斯的父亲当了两次叛徒,最终在死刑执行令上签上了自己的名字。官方的说法是,当斯沃斯的父亲因为私自处决安凯瑞特·崔尼奥薇而被判处死刑——虽然安凯瑞特从瀑布上被扔下来后侥幸逃生。如果塞弗恩出了什么事……一想到当斯沃斯成为锡尔迪金的国王,欧文禁不住全身发抖。想到当斯沃斯,欧文自然而然地又想起了另外一个人。

"克拉克,我除了到这里的第一天,再也没有见过爱丽丝小姐。我在离开之前,想再见她一面。"欧文现在的身份是一名亲信骑士,不能造访爱丽丝的府邸请求见她。否则的话,各种各样的谣言会满天飞。欧文脑中闪过一个恐怖的念头。"塞弗恩王对她是不是像对当斯沃斯一样?是不是也有人在一直监视她?她是不是也是一名囚犯?"

克拉克用力摇头,说道:"哦,不!不是这样,塞弗恩王对她比对当斯沃斯好多了。塞弗恩王相信她,允许她去任何想去的地方,甚至允许她去圣泉圣母殿看望生病的母亲。"

欧文问道："这么说，王后的病还没有好？"

克拉克摇头说道："塞弗恩王派御医给王后看病，但王后持续萎靡不振。王后的健康对爱丽丝小姐来说，一直是一个沉重的思想包袱。爱丽丝小姐现在都不常去王宫了。'艾思斌'内部窃窃私语，说塞弗恩王想把爱丽丝小姐培养成自己的继承人，以防自己万一被毒杀或者被谋杀。爱丽丝小姐不是合法的继承人，但万不得已时，也可以变通一下。他们之间关系很密切，他们两个。"克拉克担忧地看了欧文一眼，担心自己说得太多了。欧文点点头，鼓励克拉克说下去。克拉克低声继续说道："这么多年来，每一个人都期待着塞弗恩王娶爱丽丝小姐，但塞弗恩王却没有。他不娶自己哥哥的女儿。"

欧文问道："他会不会允许爱丽丝小姐结婚呢？"

克拉克摇头说道："不会。理由和他不允许当斯沃斯结婚一样。爱丽丝小姐的任何一个孩子对塞弗恩王来说，都是一个潜在的威胁。"

"这么说，爱丽丝小姐拥有自由，是因为她忠于塞弗恩王。"

"正确。当斯沃斯是一个蠢货。没有其他合适的词来形容他了。他的父亲也是一个蠢货。一直搞阴谋诡计。一直想自己带上王冠。锡尔迪金王国中有些人——一些地位低下的人——希望一个软弱的人来当国王，比如说当斯沃斯，而不是一个强悍的人当国王，比如说塞弗恩。这个想法会害死我们所有人。塞弗恩可能残忍吝啬，但他带来了繁荣。国库重新充实起来了，甚至比以前略有增加。塞弗恩是一个坚忍不拔的强者。阿塔巴伦人将会有亲身体验。"

欧文和克拉克离开训练场，走上城堡的过道，欧文很奇怪地发现，他对当斯沃斯的鄙视已经变成了同情。欧文一想到不能和伊薇结婚，就觉得心痛不已。但不被允许结婚呢？每天都有一个人跟着你，无论白天还是晚上，这样的命运无法想象。

但国王有这样的权力。国王可以毁掉一个人的生活。如果当斯沃斯有一天当上了国王,他只要心血来潮,欧文就有可能失去他的公爵领地,像他的父亲一样被流放。或者,甚至更糟。

欧文越想越觉得悲凉。如果塞弗恩没称王,他可能就失去了一切。他可能被谋杀了或者流放了。欧文想着伊薇给他画的像,想着那个不停转动的车轮。

从城堡到船坞需要走很远,船坞在河的下游、瀑布的水潭。欧文有充分的时间思考,接下来如何与曼奇尼会面。他有很多话要对曼奇尼说,但他意识到,慎重是最好的选择。

埃塔伊内在塔楼里告诉过欧文,安凯瑞特有一条信息留给了欧文。曼奇尼掌握了这条消息,这个念头从此就一直在折磨欧文。如果欧文向曼奇尼问起这条信息,曼奇尼就会知道,欧文和埃塔伊内以前见过面。他想不想让曼奇尼知道,他和埃塔伊内见过面呢?安凯瑞特最大的本领就是,她知道的秘密永远都是秘密。

欧文又想起了新任毒药师埃塔伊内。他们是怎么找到她的呢?欧文仍然在想,他不应该这么轻率地说出了他和安凯瑞特的关系。但他为什么会去塔楼呢?他能够找到其他的解释吗?踏上塔楼就把自己卷了进去。埃塔伊内有多聪明呢?她会不会推断出,欧文预见未来的能力只是一个幌子?如果她意识到了这一点,她会怎么做呢?曼奇尼当然知道欧文预见未来的能力是假的。但很明显他并没有告诉埃塔伊内。

曼奇尼很擅长操纵塞弗恩,总是能够让"艾思斌"带来塞弗恩感兴趣、可利用的消息。拉特克利夫是事后采取措施,曼奇尼却能够把麻烦变成对自己有利的条件。他现在已经是塞弗恩身边不可或缺的红人了,却总是虚伪地说,他很荣幸很高兴为塞弗恩效劳。

现在，欧文马上就要成年。他知道这是一个危机四伏、危险重重的世界。在这个世界里，信用和忠诚像宝石一样稀少，所以更加宝贵。欧文对塞弗恩的忠诚，让他登上了公爵的爵位。但信用就像鸡蛋壳一样脆弱。塞弗恩并不知道，欧文曾经和安凯瑞特——甚至曼奇尼也包括在内——合谋来欺骗他。他们之间的信赖关系是建立在很久以前的那次欺骗之上。如果埃塔伊内为了实现自己的野心，告诉塞弗恩事情的真相呢？

甚至现在，欧文还在想如何利用圣泉的神力来阻止塞弗恩把伊薇嫁给雅各。塞弗恩只知道欧文有预见未来的能力。他并不知道欧文真正的天赋。

欧文和克拉克走下在悬崖绝壁上开凿出来的楼梯。克拉克喘着粗气说道："到了。这就是大人的船。"

欧文心里一阵兴奋。他将充分利用这次旅行。他要确保伊蕾莎白·维多利亚·莫蒂默嫁给他，而不是任何其他人。

尽管曼奇尼是这么安排的。

尽管塞弗恩是这么安排的。

在所有的王国中，锡尔迪金和奥西塔尼亚在历史文化传统这个问题上相同点最多。其他的王国确实信仰圣泉，但它们已经抛弃了一些传统和信仰。唯独锡尔迪金和奥西塔尼亚仍然把叛徒扔下瀑布处死，唯独锡尔迪金和奥克斯塔尼亚仍然把圣母殿中的圣母视为完美女性的典范。他们按照圣母的形象雕刻纪念碑，然后在纪念碑周围建起喷泉。我阅读过很多关于这些传统的地方志，有的地方志追溯到锡尔迪金第一位国王——安德鲁王——的神话。我用"神话"这个词是因为没有书面记载证明安德鲁王确实曾经活在世上，但每一个王国的每一个人都相信，历史上安德鲁王确有其人，他驾驶着一只小船离开了锡尔迪金，并发誓，如果锡尔迪金被敌人包围，他会重新掌握王权。这就是恶灵巫师的预言。奥西塔尼亚人害怕安德鲁王重回锡尔迪金。锡尔迪金人热切地盼望着安德鲁王回归。

——波利多罗·乌尔比诺，帝泉王宫的宫廷历史学家

第十四章
瓦赛拉格号

曼奇尼拍了一下撑起船舱舱顶的圆木，皱起鼻子，意味深长地朝欧文点点头，说道："这是一艘很结实的船，欧文，但还是经不起弩炮的射击。"

"弩炮是什么？"欧文问道。他看着那张为伊薇和贾丝廷准备的舒适的床。几个箱子已经放在船舱里了，她们别的物品正在用绳子吊下来。木板嘎吱作响，大船左右微微晃动，欧文抓住一根柱子，站稳自己。

曼奇尼解释道："弩炮是一种破坏力巨大的弩。埃东布里克有两座要塞，控制着湖口。每一座要塞大约装备有二十座弩炮。给弩炮上箭很麻烦，但弩炮破坏力致命。幸运的是，弩炮有一个缺点：用来上箭的绳子。我已经命令在埃东布里克的部下渗透进那些要塞，把绳子割一个口子。想象一下，在上箭时，绳子突然'啪'的一声断了时的情形。"曼奇尼耸耸肩膀。"这只是在你们急需逃命时才有用。我希望，"曼奇尼严肃地说道，"你们谈判成功。"

如果我能帮忙的话，谈判肯定不成功，欧文心里阴暗地想，但点头对曼奇尼的话表示同意。

曼奇尼抱臂在胸,看起来有点焦躁,说道:"你看起来接受了事情的现状。你至少现在没有生闷气了。"

欧文知道,曼奇尼是在探测他的弱点。他不想鲁莽回答,把自己出卖了。"你希望我现在就很高兴地接受一切,曼奇尼,那么你就误判了我对伊薇的感情。"

曼奇尼摇头说道:"不,我不是希望你高兴。婚姻与高兴无关。婚姻与政治息息相关。给我举个例子,贵族之间的婚姻,有哪一桩是幸福的,不是以灾难结局的?婚姻是为了争夺权力。结婚后,一个人的权力要么扩大,要么缩小。"

欧文撇撇嘴,想了一会儿,说道:"照你这么说,曼奇尼,可能因为大部分婚姻带政治性目的,所以结局都这么糟糕。如果你在井里投毒,喝了井水的人都会得病。"

曼奇尼气急败坏地看了欧文一眼,说道:"下一次提醒我一下,和你争论就像下巫哲棋一样。我总是输。"

欧文略带讥诮地笑道:"如果你需要我提醒。"

曼奇尼陪着欧文来到了伊薇房间的隔壁,继续说道:"你的房间在这里。一名骑士应当保护他的小姐。伊薇在房间里,你和克拉克轮流在过道巡逻,轮流睡觉。晚上,埃塔伊内会在伊薇的房间里守卫,所以不要有什么浪漫的想法。埃塔伊内还精通阿塔巴伦人的语言,如有需要,她可以乔装打扮成一个本地人。而且,埃塔伊内正在研究'艾思斌'的地图。她会帮助你们找到并抓住那个觊觎者。"

欧文点点头,用手指摸了摸嘴唇,说道:"这么说,你相信他是一个觊觎者,曼奇尼?"

曼奇尼愤世嫉俗地耸耸肩膀,说道:"这个年轻人突然从地里冒出来,出现在这座大陆的主要朝廷中,这理所当然让人起疑。一个成年人,而不是一个孩子。我听很多人说,他看起来像艾瑞德,但老实说,艾瑞德的王后还在,艾瑞德就已经开始不忠;塞弗恩的王后已亡故多年,塞弗恩却仍旧忠贞不二。"曼奇尼扭动手指。"我仍然在竭尽全力为塞弗恩寻找一位合适的王后。已经十年了。可能'十'是一个吉祥数字。"

欧文和曼奇尼穿过门,埃塔伊内朝他们走过来,裙子在地上窸窸窣窣。埃塔伊内打扮得像一名侍女,身上的长袍看起来要比伊薇的长袍低一个档次,假发是板栗似的褐色,没有佩戴安凯瑞特的项链和首饰,取而代之的一些简朴的首饰。但她的美貌仍然掩饰不住。

埃塔伊内问道:"一切都好吧?"

曼奇尼神秘地说道:"我和欧文刚才还在谈起你。"

埃塔伊内脸上露出两个酒窝,但没有说话。

"你看看你。"曼奇尼说道。他伸出手,托着埃塔伊内的下巴,把埃塔伊内的头抬起,偏向这边,又偏向那边,好像在审视一头牲口。欧文注意到,埃塔伊内的眼睛闪烁着厌恶的光芒,但并没有抵触。曼奇尼低声说道:"你是我最大的成就之一。你在任何一个国家都会是最好的毒药师之一。甚至比你的前任还要好。我可是不遗余力地训练她。"曼奇尼对欧文补充说道。然后,他盯着埃塔伊内的眼睛,继续说道:"你看起来几乎和莫蒂默小姐一样天真。几乎。"曼奇尼拍了拍埃塔伊内的脸,欣赏着自己的杰作,全身颤抖起来。"让我们骄傲,埃塔伊内。觊觎者必须死。"

埃塔伊内很快地看了欧文一眼,提醒道:"如果他撒谎。如果他是一个冒牌货。"

曼奇尼挖苦地笑道:"你和欧文一模一样。他是一个冒牌货。我对此确信无疑。你可以伪装成一个伯爵的女儿,或者伪装成一个牧羊女。我训练你伪装成任何人。这个叫做乌尔比克的小子也可以是任何人——甚至和你一样,是一个受过训练的毒药师。小心了。"

"我会一直小心。"埃塔伊内恭恭敬敬地说道,但欧文注意到,埃塔伊内的眼睛里闪过轻蔑的表情。曼奇尼认为埃塔伊内很驯服,但她其实有自己的想法。

甲板上传来响亮的声音,船长命令船员立正,欢迎伯爵的外孙女伊蕾莎白·维多利亚·莫蒂默小姐的到来。

曼奇尼说道:"莫蒂默小姐到了。我最好现在就回王宫。"他又转向欧文。"伊薇负责谈判,你负责她的安全,并统率我们的军队。塞弗恩王相信你,欧文。如果你想对阿塔巴伦开战,你有权这么做。塞弗恩想借此机会展示一下实力。他已经命令伊薇,尽量去烦扰雅各·卢埃林。确保这次外交之旅令人印象深刻,在其他国家传得沸沸扬扬。"

欧文看着曼奇尼的眼睛,回答道:"我会的。"他希望曼奇尼不用点破,主动招待,承认他蓄意破坏欧文的生活。但曼奇尼没有说到安凯瑞特的信这件事情。欧文也不想说自己知道这件事。暂时还不能说。

曼奇尼又拍了拍埃塔伊内的脸,然后悠闲地沿着过道走了,通过跳板下船。欧文看了曼奇尼一会儿,又转过头来看着埃塔伊内。埃塔伊内也在盯着曼奇尼的背影,眼睛里充满了恶心和鄙视。

欧文轻声说道:"你不是很喜欢他。"

埃塔伊内又傲慢地看着欧文。她的傲慢表情就好像一个面具,可以随时戴上。"别人只把你当做一件武器,不拿你当人看,你喜欢不喜欢?"埃塔伊内摸顺了一下长袍,嘴角露出迷人的笑容。"我一定要通过这次任务证明自己,大人。不能失败。看起来绝对不能失败。"她故意用一个愉快的语调说道,又把手放在腹部。"我想,为您效劳会很愉快。我们年龄差不多。你看起来十二岁多一点。"埃塔伊内朝欧文眨眨眼睛,让欧文知道她只是在开玩笑。

欧文暂时还不能接受埃塔伊内的玩笑。埃塔伊内到底是一条危险的毒蛇,他应该警惕避开?还是一个可以信赖的人?埃塔伊内一直保守着他们在塔楼见过面的秘密。欧文觉得,他能够瞥见面具下真实的埃塔伊内,但他在决定埃塔伊内是否可靠之前,还需要对她多进行了解。

甲板上喧哗起来,伊薇朝特等客舱走过来,水手们欢呼致意。伊薇信心满满地往前走,向水手们挥手,长袍上的宝石和银线在太阳的映照下闪闪发光。

欧文盯着伊薇看,埃塔伊内看着欧文,嘴角闪过狡猾的微笑。欧文知道埃塔伊内在看着他,但他还是不能把眼睛从伊薇身上移开,伊薇已经把他的心切下了一部分。

埃塔伊内把一只手放在欧文的肩膀上,低声耳语道:"我想,他们这么对你们两人太过分了。无论他们的目的是什么。"她拍了拍欧文的肩膀,然后悄悄地溜进了伊薇的房间,让欧文先去和伊薇打招呼。

◆ ◆ ◆

欧文以前从来没有出过海,听说了别人的经历,他担心自己也会像可怜的贾丝廷一样晕船。贾丝廷几乎所有的时间都蹲在一个木桶旁边,看起来惨兮兮的,甚至呕吐物都黏在她的头发上。伊薇不受影响。她从船头走到船尾，不断地提问，询问有关航海的术语，浓浓的兴趣和好奇心几乎把船长和全体船员迷住了。欧文像影子一样寸步不离伊薇左右，一只手按在剑柄上。咸咸的海风吹在头发上。他几乎能够感受到皮靴下的大海，那有节奏的晃动对于他来说温柔得像妈妈在哼着一支摇篮曲。

他们沿着锡尔迪金的海岸往上行，到达了东斯托郡，然后进入分开锡尔迪金和阿塔巴伦的公海。水手们在公海上都很紧张，但航线并不漫长。他们在预定的时间内看见了陆地。据船长说，这几天的天气与半个月前相比，出人意料地平静。到了阿塔巴伦的海岸之后，他们再往东走，到了海岛另外一边的埃东布里克。整支舰队无处可藏。欧文知道，他们即将到访的消息很快就会传到雅各·卢埃林那里。导航员来自一支商业舰队，很清楚哪里是峡湾，哪里是岩石，以及如何平安地驾驶着大船通过它们。

傍晚，欧文和伊薇一起站在船头。伊薇靠在护栏上，头发在风中飘拂，笑容满面，面色温柔，和欧文一起看着紫色的天空，太阳正在身后很远的天际落下。很多船员挤在船尾看日落，这是他们的习惯，但伊薇想往前看，面对着目的地。

欧文走到伊薇身边，把肘子放在栏杆上，问道："贾丝廷在哪里？"

伊薇歪着头看着欧文，回答道："在船舱里。"她高兴得发抖，眼睛闪烁着喜悦的光芒。"我以前从来没有出过海。我会习惯海上的生活。我想造访每一个国家，亲身体验一下当地人的生活。书本当然可爱，但我期待亲眼目睹阿塔巴伦。看那些山！他们美得令人难以忘怀。"

欧文转弯抹角地问道："那你是希望待在这里啦？"

伊薇厌恶地看了欧文一眼，说道："你不明白。我喜欢旅行，造访不同的地方。我不想待在这里。我还想去看奥西塔尼亚、日内瓦和皮桑。我想去看书上读到的所有地方。"她抱臂在胸前，靠着护栏，身体前倾，深深地呼吸着海风。欧文情不自禁地想抱住伊薇，给她一个小小的惊吓。

欧文四处看了一下，没有人在往他们这边看，于是真的抱住了伊薇的腰。

伊薇吃了一惊，也吓了一跳。她喘着气，转过来，在欧文的胳膊上打了一下，叱道："这可不好！我还以为我掉下去了！"

欧文忍住笑，越忍脸上笑意越浓。伊薇又打了他一下，责备道："别闹了。你还是一个孩子。我们不是还只有八岁，你知道的。我如果真的掉进海里了怎么办？"

欧文不得不抹去眼睛中笑出来的泪。"你不是一直说，你想知道从瀑布上掉下去是什么样子？这里还没有瀑布那么高。"

"可恶。"伊薇斥责道，但脸上又露出了微笑——那种温暖会心的微笑，像弩炮射出的强弩一样，直穿欧文的心脏。她背靠着护栏，双手放在背后，头侧向一边。太阳西沉，夜色像暴风雨之前的黑云一样笼罩着欧文和伊薇。

欧文又把手肘撑在护栏上，呼吸着空气中咸咸的味道。

"你为什么不亲我呢，欧文·基斯卡登？"伊薇低声问道，低得只有欧文一个人能够听到，几近于耳语。"我已经很明显地提醒你了，你要么是固执，要么是不想亲我。"

欧文脸红了，胃在翻腾，好像一条鱼在甲板上乱蹦乱跳。

"你不知道我心里有多想。"欧文禁不住说道。

伊薇淡淡地说道："这句话令人感到欣慰。至少说明你不是不想。那你为什么不亲我呢？"

欧文反问道:"我们为什么现在讨论这个问题呢?"

伊薇调皮地笑道:"因为我是一个女孩子,女孩子都喜欢讨论接吻。很多年了,我一直想要你亲我,你却从来没有。我几乎有一千次想主动亲你,但又想还是你主动好。贾丝廷现在在房间里的桶边呕吐。船员在船尾看日落。你想的却是假装要把我推下去,来吓我一跳。"伊薇有点气急败坏地叹了一口气。"我有时候想不出你的脑子是怎么转的。"

欧文说不清楚自己内心翻腾的情感。他感到既高兴,又羞愧,又尴尬,又热切,又警惕,又眩晕,各种感觉混合在一起。

欧文低下头,呵呵傻笑。伊薇可以坦率地讨论全世界最荒谬的事情。她很开朗,很自信。欧文嫉妒她这一点。欧文自己一直是顾虑重重,忧心忡忡。

欧文老实地说道:"我有时候也弄不明白。这是一个完美的时刻,但我搞砸了。"

"是的……你搞砸了。"伊薇伸出手,拉了一下欧文的胳膊。欧文抬起头来看着伊薇的脸,伊薇一脸温柔。欧文心里充满一种强烈的愿望,想要保护伊薇。

伊薇懊悔地咂咂舌头,说道:"唔,船长来了。我们明天就到阿塔巴伦了,将要面对遵循野蛮习俗的陌生人。阿塔巴伦人用手抓食物吃,吃饭时,把酒杯里的酒泼在对方身上,互喷脏话。"伊薇皱起鼻子。"他们还动辄打架斗殴。你是我的骑士,我指望你守护我的荣誉。"伊薇调皮地看了欧文一眼。

欧文直起身子,恭敬地朝伊薇行礼,说道:"我将用生命守护你的荣誉,小姐。"

听了欧文无所畏惧的话,伊薇扭扭嘴,然后点点头,命令欧文退下——船长正往这边过来。

半夜里，欧文在伊薇房间外的过道里来回踱步，责备自己浪费了亲吻伊薇最完美的机会。欧文内心充满了矛盾。他想要告诉伊薇自己的感受，想要以一种有意义的方式向伊薇表白自己的心。但他如果这么做，又觉得对塞弗恩不忠。这是一次考验，欧文安慰自己。这只是一次考验。欧文有一点相信，但大脑里有一个声音在絮絮叨叨地告诉他，塞弗恩确实想和阿塔巴伦结盟。如果是这样，现在亲吻伊薇将来会对他们更加不利，甚至会损害他们之间的友谊。

欧文答应了克拉克，后半夜会唤醒他，但欧文不知道自己现在能不能入睡。

伊薇的房间亮起一丝光。欧文立刻注意到了，神经紧绷，迅速转头，亮光中闪出埃塔伊内的身影。埃塔伊内示意欧文过来，欧文立刻走了过去。

"什么事？怎么啦？"欧文低声问道。

埃塔伊内摇摇头，低声说道："没事。我给了贾丝廷一剂昏睡药，很强的一剂药。她要直到明天清晨才会醒。"埃塔伊内的眼睛充满了调皮的表情。"我们要不要换一下位置？"

第十五章
埃东布里克

欧文盯着埃塔伊内,内心的冲突变得越来越激烈。想着自己可以和伊薇待在一起——真正意义上的待在一起——欧文的内心好像瀑布在轰鸣。但他又不相信埃塔伊内。

欧文皱眉问道:"你是什么意思?"

"我看门。你守住里面。"

巫哲棋里有一招是把棋子送到对手口里,让对手吃掉。在对手看来,你犯了一个错误,但其实你是有意而为之,对方如果吃了你的棋,以后会后悔。欧文站在黑暗的过道里,觉得自己如果接受了埃塔伊内的建议,那就犯了一个很严重的错误。可能埃塔伊内也在考验他。

欧文摇头说道:"谢谢,不用了。我有我的任务,你也有你的任务。"

埃塔伊内看起来有一点吃惊。她盯着欧文看了很久,然后点头表示尊敬,说道:"一个二十岁的年轻人是不会拒绝的。你是独一无二的。"埃塔伊内走了出来,轻轻地关上身后的门。没有了光线,黑暗笼罩了他们。

欧文在黑暗中说道:"我永远不会做任何令她蒙羞的事情。"欧文不喜欢这种情形,他看不清楚埃塔伊内的脸,只能根据埃塔伊内说的话来判断她正在做什么。

埃塔伊内略带生气地说道:"感谢圣泉,你和当斯沃斯不一样。如果当斯沃斯当了国王……唔,我可能先把他毒杀了。"

"我和他不一样。我小时候经常受他的折磨。"

埃塔伊内嘟哝道:"他折磨能够折磨的任何人。"欧文突然怀疑,埃塔伊内是不是以前也和当斯沃斯发生过冲突。"我尊重你。可悲的是,我见过的绝大部分年轻人都像当斯沃斯。那天晚上,我看见你溜进她的房间,我怀疑了你们两个。"

欧文往后靠在墙上,说道:"我进去看她时,贾丝廷也在那里,是完全清醒的。在她身边没有女伴的时候去看她,这是……不合适的。总之,不会是晚上去看她。"

埃塔伊内呵呵笑道:"你还遵循着过去的骑士宝典?听起来多么古色古香啊。你关心她的名誉,而不仅仅是如何满足自己的需要。"

欧文简短地回答道:"她也是我的朋友。我当然关心她的名誉。"

欧文有一点反感埃塔伊内了。可能他是在比较埃塔伊内和安凯瑞特。安凯瑞特年轻时可能也很世故,愤世嫉俗。欧文想,自己能不能相信埃塔伊内。他觉得自己现在想相信埃塔伊内了。

欧文问道:"除了下毒,你还有什么别的技能?"

埃塔伊内不置可否地回答道:"我训练有素。"她不会把什么事情都告诉欧文。"给我说一说安凯瑞特的故事。我只是通过曼奇尼的眼睛对她有所了解。她是我渴望超越的旗帜和标杆。你那时还是一个孩子,你还记得什么?"

欧文在黑暗中调整视线,现在能越来越清楚地看清埃塔伊内——和欧文一样,埃塔伊内也正在审视着欧文。

欧文尽量不带感情地说道:"我不想谈论安凯瑞特。那些都是很久以前的事情了。"

"好吧,那就等到你想谈的时候。如果你告诉我一些关于她的事情,我将感激不尽。和一个幽灵竞争是很困难的。"

"我也这么认为。"欧文说道。欧文想了解埃塔伊内,想知道她的防卫情况和弱点。在他的神法揭示之下,埃塔伊内会是什么样子呢?欧文打开了圣泉神力之门,开启了神力和洞察力,让圣泉在全身流动,然后将圣泉延展至埃塔伊内,探测她的弱点。每个人都有标志性的弱点——克拉克除外。探测克拉克就像探测一座水坝的墙壁。欧文想知道,埃塔伊内是不是也有弱点。

欧文很快就知道了,埃塔伊内是左撇子,但她经常为了避免尴尬而掩饰这一点。她训练自己,左手和右手几乎同样运用自如。但她肯定有一只手用得更多,这让她很难预测。欧文的神法更深入地探测埃塔伊内,想要找到埃塔伊内更多的弱点,埃塔伊内却突然打了一个冷战。

埃塔伊内颤抖着声音问道:"你在干什么?"欧文中止了神法,吃了一惊,埃塔伊内居然会有所察觉。

自己被当场抓住,欧文觉得有一点点内疚,问道:"干什么?"

埃塔伊内后退离开欧文,只是后退一点点。"你……是不是在我身上用了圣泉的神力?"

欧文看着埃塔伊内,内心十分矛盾,觉得没必要否认这一点。"是的。你感觉到了?"

"我以前从来没有这种感觉。"埃塔伊内低声说道,声音充满了敬畏和害怕。

"你是不是也有圣泉的神力?"欧文耳语道。

埃塔伊内说道:"我不知道。但我感觉到了什么东西。从你那里传过来的……像……像一条河。你怎么做到的?你刚才对我做了什么?"埃塔伊内问道,声音里有了不信任。

"我想,你可以说我刚才在考验你,用我自己的方式。"

埃塔伊内又颤抖起来。"这种感觉很怪,但令人很愉悦。船在晃动,我几乎没有注意到。你多少岁时发现自己拥有圣泉的神力?"

欧文掩饰住自己的笑容。"很小的时候。圣泉的神力通常起源于一个习惯或者一项任务——一件能够让你集中注意力、达到忘我境界的事情。一件你无比热爱、让你充满激情的事情。这件事情因人而异。这件事能够赐予你圣泉的神力。一旦你将这种神力储存于体内,你就可以用某种方式来使用它。如果有人施展了圣泉的神力,我能够感觉到。如果你能够感觉到我刚才对你施展了圣泉的神力,可能你是刚刚发现,你也拥有圣泉的神力。"

埃塔伊内突然向前,眼睛里微微闪烁着光芒。"你能够教我吗?"埃塔伊内问道。她的声音十分热切,欧文只能看着她,无言以对。

◆ ◆ ◆

瓦赛拉格号到达了埃东布里克。所有人都站在甲板上,看着船慢慢地驰入海湾。两边的悬崖威武雄壮。悬崖上面是圆木搭建而成的城垛墙。防御工事主要是用木头搭建的,欧文立刻注意到了这一点。日晒雨淋,圆木几乎都变成了黑色,所有的木桩都削得尖尖的,火把在铁烛台里燃烧,喷着黑烟。

大船驶入海湾，欧文注视着宽阔的湖一样的海港。和帝泉王宫的海港相比，这个海港比较小，但停泊着来自每一个王国的船只，包括来自锡尔迪金的船只，所以，瓦赛拉格号并不显眼。海底有些地方岩石凸出，一条瀑布奔腾入海，欧文从很远的地方就能听到瀑布的轰鸣声。埃东布里克的王宫修建在悬崖上瀑布旁边，只能通过建在悬崖上带护栏的木制楼梯拾级而上。海湾周围的悬崖上还建了许多房子，但都是山脊形状的简陋民居，很少有两层的。

欧文呼吸着带着鱼腥味的咸咸空气，突然意识到：这里没有石头建筑。一座石头建筑也没有。不需要运用圣泉的神力，他也知道埃东布里克的弱点。

火攻。几艘战船，载着弓箭手，射出箭头浸泡过沥青的火箭，就能够给这里带来一场浩劫。

大船驰过从湖底凸出来的高高石柱。欧文靠在护栏上，注视着船下的水域。耳朵里传来瀑布哗哗的流水声和海浪的拍打声，欧文突然觉得内心深处有什么东西在搅动。这种感觉很熟悉，像妈妈在低声抚慰。欧文盯着海水看，想看穿大海的泡沫，看到泡沫下面的东西，因为他突然明确无疑地感觉到，泡沫下面有东西。他的脑海里闪烁着帝泉王宫集雨池中那批稍纵即逝的财宝。

真正的埃东布里克其实被淹没在水下。

欧文突然清晰异常地看到了海底的一切，不由得倒吸了一口凉气。海底的景象在他的大脑中展开。他们的船正滑过一个失落的王国的废墟。废墟仍然在那里，深藏在海浪之下。石头搭建的城堡、陋屋、水井和篱笆墙，这些建筑物仍然在那里，隐藏在海藻和淤泥之下。

"你怎么啦，欧文？"伊薇关切地问道，拉了一下欧文的胳膊，把欧文从满目疮痍的幻象中惊醒过来。

欧文踉踉跄跄地后退几步,很快地深呼吸几下。埃东布里克的原住民都淹死了。只有那些住在山顶的居民幸存了下来。事实是这样的,只有山顶部分留了下来。这里没有石头建筑物是因为灾难让阿塔巴伦变成一贫如洗。欧文不知道这场浩劫发生在什么时候,但他几乎能够听到有人在水下尖声惨叫。

"你病了吗?"伊薇担忧地看着欧文,又关切地问道。

欧文觉得头晕目眩,想不出当时有多少洪水突然奔腾进这座山谷。这不是一个海湾,这是一座死亡陷阱。

欧文用衣袖擦了擦嘴唇,说道:"我不知道。"有时候圣泉会和他说话,但这种情况很少出现,而且已经很久没有出现了。圣泉和他交流之后,欧文会觉得骨头发软。他不想吓到伊薇,也找不到合适的词来描述刚才所看到的一切。"我想坐一会儿。"

欧文转过身来,背靠着护栏坐了下来。多少人死了?多少人被淹死了?似乎瀑布的轰鸣声淹没了死者的尖叫声。

贾丝廷蹲在欧文身旁,把自己的桶子递给欧文,同情地看了欧文一眼,然后拍了拍欧文的肩膀。

"别忍着,"贾丝廷说道,"忍着只会更糟糕。我一上船就感觉这样。"

欧文想笑,但喉咙像沙子一样干燥。他没有晕船。他只是吓坏了——好像一场大屠杀之后,他遇见了一座万人坑。

伊薇摸了摸欧文的肩膀,愉快地说道:"我们马上就到埃东布里克了。"

过了一会儿,欧文感到不那么震惊了。他把没用过的桶子还给贾丝廷,并感谢了她。他们从瀑布右边靠近码头。悬崖犬牙交错,参差不齐，巨石从水中突兀而出。他们必须小心翼翼，用竹篙撑，用桨划，直到安全靠岸。悬崖附近高处布满了令人迷醉的绿色苔藓。山顶是茂盛的松树和雪松，这也解释了为什么城市的大部分建筑物是木制的。欧文特别喜欢悬崖有些地方那种独特的天然构造，看起来像纤细的石柱，用绳子捆在一起，类似一堵盖了瓦的墙。悬崖脚下有一堆堆碎石子。

水手抬起跳板，乘客准备下船。欧文看见一个贵族率领着一群骑士走下码头。他们都没有穿盔甲，而是穿着像托加袍那样的披风和裙子，戴着熟皮制作的护腕和腰带，高筒皮靴盖住了羊皮长裤。每个人都是长头发，扎着辫子，留着胡须，看起来像野人。而且，每一件披风和裙子拼缝的图案不同，这又加深了他们都是野人的印象。

领头的贵族是一个成年人，发型狂乱，两腮和上嘴唇留着剪得很短的胡须，很英俊，个子很高。他一只脚踏在岸上，一只脚踩在跳板上，手放在一把巨大的剑上，剑用皮带绑在肩膀上，看起来像一把长弓。

贵族朝伊薇鞠了一躬，夸张地一挥手，带着很重的口音说道："来自锡尔迪金的小姐。"他仰望着伊薇，船长站在伊薇身旁，欧文和克拉克站在伊薇身后。"热烈欢迎来到埃东布里克。您即将大驾光临的消息已经提前传到了这里。我们英明的雅各王四世向您致以热烈的欢迎和崇高的敬意。你们来得正是时候，刚好可以参加我们的狂欢。"

伊薇眉头紧锁，一脸严肃地问道："什么狂欢，大人？"

贵族又深深地一鞠躬，夸张地一挥手，回答道："怎么啦，为庆祝喜结良缘而举行狂欢活动，小姐。锡尔迪金真正的国王和我们美好的国家的亨特利伯爵家的女儿喜结良缘。我希望您喜欢蜂蜜酒，因为那里蜂蜜酒大量供应。来,向您的新王致意,小姐。他也在盼望着您的到来。"

"现在有趣了。"伊薇低声对欧文说道。然后她骄傲地伸直一下身体,开始走下跳板。

第十六章
雅各·卢埃林

他们要爬上带护栏的长长木板台阶才能到达雅各的王宫。爬了一会儿，有一些随从就筋疲力尽，但欧文和伊薇习惯了长途徒步。他们沿着梯田似的木板台阶往上爬，瀑布的流水声有点嘈杂，但看起来很壮观。瀑布发源于一条河，河流蜿蜒蛇行，穿过一条两旁树木茂密的深深峡谷。瀑布好像把河流弯曲了一下，在空中划了一道新月形的弧线，又宽又陡峭。在瀑布顶端，一棵树镶嵌在岩石之间。水流的力量把树钉在那里，防止它从岩石中脱落，被水冲下来。上游更远处，离瀑布很远的内陆，木筏子停泊在河边的码头上。

他们爬到了一片宽阔的高地，雅各·卢埃林的简朴王宫就修建在这里。用"简朴"二字来形容这座王宫最为合适，因为它不像帝泉王宫那么雄伟壮丽。王宫很大，对称的屋顶上有几堵山墙，中间有一个巨大的烟筒，喷出黑黑的油烟。他们走了过去，到处都是雕梁画栋，装饰着黄金镶嵌的图案。图案的工艺水平很高，欧文想起了皮革编织时使用的图案。至少二十多个穿着皮制衣服和裙子的武士站在王宫前面，手持粗粗的长矛，头戴青铜头盔，扎着辫子，留着胡须，半张脸涂得靛蓝。

克拉克碰了一下欧文的肘子，朝一个贵族点了一下头。贵族站在门廊一边，身后站着几个戴着帽子、帽子上插着羽毛的仆人。贵族有点秃顶，前面几缕黑色的头发梳过头顶，耷拉在后脑勺上。

克拉克耳语道："他是'艾思斌'的一员。刚才给我打了一个手势。"

欧文点点头，跟着伊薇走上王宫前面的木板台阶。守卫王宫的武士后退，拽着粗壮的铁把手打开巨大的木门，每一扇门都要一个强壮的士兵才能打开。

门打开了。欢快嘈杂的庆祝活动淹没了瀑布的轰鸣声。人们在长笛和风笛的伴奏下，正在跺着脚快步舞蹈。王宫里烟雾滚滚，每两个男人中就有一个嘴里叼着一根弧形烟斗。正殿中间有一个火坑，火坑里火焰熊熊，火坑上悬挂着长长的烤肉串。几个年轻仆人蹲在火坑旁边，旋转着嗞嗞作响的肉串。空气中弥漫着噼里啪啦作响的油脂味、蜂蜜酒味和刺鼻的奶酪味。欧文觉得大脑乱糟糟的。他把手放在剑柄上，觉得威胁和危险无处不在。

"跟我来！"从码头上一直陪伴他们来到这里的贵族大声喊道，声音在一片嘈杂中只能勉强听到。伊薇点点头。他们沿着大厅的边缘走，穿过撑起巨大屋顶的木拱和横梁。屋顶正中间有一个巨大的开口，对着烟筒，把篝火和烟斗里冒出来的烟排出去，但欧文仍然觉得衣服和皮肤到处都是烟。

他们走向正殿的另外一端，宽阔的台阶上有一张空的木制王座。王座后面的墙上悬挂着火把，火把照亮了雕刻在墙上镶嵌了黄金的魔符。王座旁边有一个小小的基座，基座上面放着一个青铜酒杯，酒杯看起来好像随时要掉下来。

欧文想发现雅各或者那个觊觎者，但到处都是在旋转舞蹈的人，他们都在拍手跺脚，不可能看得出来。奥西塔尼亚人的舞步很复杂，和欧文熟悉的锡尔迪金舞步一点也不相同，锡尔迪金的宫廷舞步更加庄严肃穆缓慢。这里每一个舞者跳舞时都伸出一只手，呈半月形，揽住舞伴的腰，另外一只手也呈半月形。

如何描述这里的女人呢？她们的头发颜色很难区分，因为每一个人都戴着一顶不同样式的时兴头巾，完全盖住了头发。没有两块头巾是一样的，至少在欧文看来是这样。她们是如何戴稳头巾的呢？这是一个谜，尤其是考虑到她们跳舞的速度。娇小的侍女端着一托盘一托盘的饮料和食物在人群中进进出出，她们没有戴头巾，头发认认真真地扎成辫子，有的甚至还戴着花朵，但很明显头巾是财富、权力和地位的象征。相比之下，阿塔巴伦女性穿的长袍要比锡尔迪金女性穿的长袍简朴得多。

那个贵族带着伊薇一行到殿前那张空的王座旁边，请他们稍等片刻。一个让欧文联想到曼奇尼的高大男人举起一个巨大的号角，送到嘴边，吹出一声粗嘎的号声，几乎动摇了正殿的墙壁。号声停了下来，那个男人用衣袖擦了擦嘴巴。

舞蹈中途而止。

那个陪伴欧文一行人到来的贵族提高声音，说道："雅各国王陛下，您有一个客人从未开化的锡尔迪金来访。莫蒂默小姐已经到达钱布利斯正殿来寻求您的忠告。"

舞蹈者都挤成一团，很难判断那个贵族是在和谁说话。欧文看着那一张张脸，想从人群中找出雅各。然后，他看到了雅各，因为正殿中所有人都转头看着他，并闪出一条通道，以便雅各能够看到伊薇和她的随从。

148　小偷的女儿

雅各个子不高。

根据曼奇尼告诉他的话，欧文估计年轻的雅各将近二十岁。雅各现在满头大汗，鬃毛般的黑发因为跳舞而变得凌乱不堪。他穿的衣服和身边的人没什么不同，只是头上戴了一个深色的黄金圆箍饰环，刚才他站在人群里，欧文没有注意到。雅各牵着一个精致漂亮年轻女人的手。年轻女人穿着一件洁白如雪的丝绸连衣裙，系着耀眼的银色腰带，衣袖宽大，银色的头巾盖住了头发，一脸严肃，脸颊绯红，眼睛是淡绿褐色。雅各拉着她的手，护送着她穿过人群中间的过道，走到另外一个年轻人面前。雅各把年轻女人的手放到那个正在等候的年轻人手里，很显然是把新娘还给新郎，欧文立刻意识到，这个年轻人就是他们的猎物。

这个年轻人就是那个觊觎者，他看起来确实像阿根廷家族的一员。

雅各把头偏向那个年轻女人，用很重的地方口音说了几句话，然后用力地搓搓手，大步走过正殿，面带着迷人的笑容向伊薇打招呼。

"我漂亮的莫蒂默夫人！"雅各拿腔拿调地说道，"你正好赶上舞会。我能不能首先向你介绍一下我国的古老传统？"他夸张地鞠了一躬。

伊薇的眼睛像燧石一样无动于衷。她摆出一副盛气凌人的架子，没有半点百依百顺、受宠若惊的意思。

"陛下，莫蒂默夫人是我的母亲，"伊薇无礼地说道，"我是伊蕾莎白·维多利亚·莫蒂默，霍瓦特公爵的外孙女。十三年前，我外公在斯蒂恩之战中打败了阿塔巴伦人。我到这里来不是跳舞的，陛下。我到这里来是为了阻止另外一场战争。"

伊薇的语气居高临下，骄横跋扈，比刚才那个吹号人吹出的号角更加有效,人群立刻一片死寂。紧接着,阿塔巴伦人开始愤愤不平地嘟囔,欧文觉得伊薇是不是有一点过火了。

雅各眯着眼睛,汗水在脸上涔涔而下。欧文发现,人群把他们隔离在正殿离门最远的一端,他们现在很容易受到攻击。

"唔——"雅各紧巴巴地说道,脸上青一阵,黑一阵,没有一个好脸色。"——你很大胆,这么对一个国王说话,莫蒂默夫人。"

伊薇不客气地说道:"如果你拼不出我的全名,叫我伊蕾莎白小姐也可以。按道理说,你是这里的国王。但请记住,北昆布布里亚郡公爵的领地比这个小岛要大得多。"

伊薇如此大胆无礼,雅各气得咬牙切齿,但他很镇静地说道:"你倒是直言无讳。这么说,我表哥塞弗恩派一个小姑娘来给我上历史课?我不怕他,莫蒂默夫人。因为我的王宫里有锡尔迪金真正的国王。"他举起手,打了个响指,示意欧文刚才注意到的那个年轻人过来。

欧文的胃在翻腾,担忧伊薇该如何处理这种状况。伊薇是伯爵的女儿,却想和阿塔巴伦王平起平坐。她是在树立自己的权威,把自己当作一个使阿塔巴伦相形见绌的泱泱大国的特使,来挑战雅各,使自己平安无事。这一种方式挑衅性很强。欧文希望伊薇的声望不要受损。

觊觎者走了过来。他个子很高,很健壮,看起来比欧文和伊薇大几岁,下巴是典型的阿根廷家族人的下巴,但他没有塞弗恩那种威严的面容。他的头发是金色的,和艾瑞德一样英俊。穿白色连衣裙的年轻女子拉着他的胳膊,脸上充满了严肃、关切和担忧。她看起来懂锡尔迪金语,或者她脸上的表情说明她听得懂。

"来向埃里克·阿根廷,锡尔迪金真正的国王和他的王后亨特利伯爵的女儿凯瑟琳夫人致意,"雅各充满敌意地说道,"他们今天上午结婚。你们无理挑衅,打断的正是他们的婚礼庆典。"

埃里克——或者是乌尔比克?——和正殿内其他人的衣着不一样。他的正装和帝泉王宫中仆人的制服几乎没有什么区别,但这可能已经是整个岛国最好的服装了。就算是伯爵女儿的连衣裙——那件白色的连衣裙——也比不上埃塔伊内和贾丝廷的连衣裙,更谈不上时兴了。阿塔巴伦很明显还没有从原城堡被洪水淹没和一系列的战争中恢复过来。他们在财力上无力对锡尔迪金开战。

伊薇把冷冰冰的目光转向埃里克,故作高兴地说道:"我们终于见面了!怎么啦?几周前我驱散了你的战船,打败了你称之为侵略军的一群乌合之众。是的,冒牌货陛下。是我的军队把你赶了出去。你甚至没有勇气踏上陆地。"伊薇转向雅各,脸气得通红。"锡尔迪金没有人相信这个年轻人是他们真正的国王。我们有一个真正的国王,是由神父涂油并加冕了的。就算这个年轻人是埃里克·阿根廷,法律判定,他们这一脉没有合法王位继承权。我王塞弗恩陛下的律师可以证实证明这一点。他的'妹妹',爱丽丝小姐也可以证明这一点。你如此粗鲁无礼,挑衅塞弗恩王,雅各陛下,一切后果自负。我是来和你商谈停战的。但这可能是浪费我的时间。"

埃里克脸气得通红,向前迈出一大步,把新婚妻子的手从胳膊上拿开,站在雅各旁边——他比雅各要高很多。欧文想用圣泉的神力来试探一下这个年轻人,但他如果这样做,正殿内如果有其他人也拥有圣泉的神力,就会暴露他的秘密。

埃里克情绪激动,声音颤抖地说道:"你竟敢说我叔叔是锡尔迪金真正的国王。可能你没有听说过,我是如何躲开他的谋杀而幸免于难的。"

伊薇冷冰冰地看着埃里克,无动于衷地说道:"我在历史书上读到过,先生。但如我所说,锡尔迪金没有人相信这回事。"她转向雅各,不再看埃里克一眼。"陛下,我们有证据证明这个年轻人真正的父母是谁,他们写下了供状,交给了我们。这个年轻人是冒牌货。你为他提供庇护,挑衅塞弗恩王开战。你不仅支持他阴谋篡位,而且把手下贵族的女儿嫁给了他,这是对我们最大的冒犯。相信我,如有需要,塞弗恩王会亲自来抓这个年轻人。如果他这么做,你的正殿都会颤抖。"

伊薇义正辞严地谴责雅各时,欧文审视了一番凯瑟琳夫人,为她感到心痛。今天是她结婚的大喜日子。她相信自己嫁给了未来的锡尔迪金之王。从正殿里喜洋洋的气氛来看,他们所有人都相信,这个年轻人的故事是真的。但欧文不知道,他们是不是都被坦默尔骗了。

雅各傲慢地抱臂在胸,说道:"我一点也不怀疑,莫蒂默夫人,我的表哥塞弗恩会安排无数人来发誓说,埃里克是一个牧猪人的——"

"渔夫的儿子,但你说的也差不多。"伊薇回敬道。

雅各咬牙切齿,说道:"我知道这个年轻人的悲惨故事,我不是唯一相信这个故事的统治者。篡位者塞弗恩很快就会发现,他是唯一一个不相信这个故事的人。"雅各向前走了一步。"你以为我会害怕你的威胁?如果塞弗恩入侵阿塔巴伦,其他四个国家将从他的身后攻击他。你知道他们会这么做的。我们都相信,埃里克是锡尔迪金真正的国王。不合法的那一部分?塞弗恩捏造的关于艾瑞德以前的秘密婚姻的故事?"雅各哼了一声。"那是谣言。塞弗恩尽管想哄他的亲侄女上床,但仍然剥夺了她的合法继承权。埃里克一直东躲西藏,因为他还小,不能够挑战塞弗恩。但他现在长大成人了。锡尔迪金人看到他时,他们会向他们真正的国王效忠。然后,他们会把塞弗恩那个死驼背扔进河里,摔成碎片。"

埃里克拉住雅各的肩膀,说道:"这件事情让我来处理,表哥。"他站在伊薇面前,身材高大结实,具有王者之相。"我宣称我是谁,我就是那个人。我是埃里克·阿根廷。我哥哥在帝泉王宫被人谋杀了。但一个事后悔恨的仆人把我带到了圣泉圣母殿,然后又把我送到了布鲁格。现在是时候让我拿回法律上属于我的一切了。我告诉你,伊蕾莎白·维多利亚·莫蒂默,有一天,你会跪在我面前,尊称我为国王陛下。"

他是埃里克·阿根廷,但他说的不是真话。

欧文感觉到圣泉在大脑中对他耳语。他觉得恶心恐惧。

第十七章
博思韦尔勋爵

雅各的王宫比帝泉的王宫要小得多,同样的,他们的住房也比帝泉王宫的住房小很多。阿塔巴伦的很多贵族和夫人都来参加了这场王室婚礼,每一所酒店、旅馆甚至是谷仓都住满了人。雅各在皇家公寓给伊薇和她的随从安排了一间单间。一张带华盖的单人床就占据了房间很大一部分。房间里还有一张梳妆台,上面放着一罐水、一个脸盆和一面小镜子。房间有装饰性的踢脚板,边沿雕刻成欧文在正殿里看到的编织图案。地板铺满了厚厚的灯心绒垫。他们进来时,门槛前的松树树枝折断,嘎嘎作响,传来一阵馥郁的松树液芳香。

房间内家具无几,很明显,他们大部分人要睡在地板上的小垫子上,床要留给伊薇和贾丝廷。

宽大的木门一关上,欧文就开始检查房间,看有没有松动的木板,以防止有人偷听。

伊薇在房间里走来走去,脸气得通红。"如果我没有到这里来亲眼看看,我不会相信阿塔巴伦人会这么愚蠢。"

贾丝廷警惕地警告道:"小姐!"房间一角有一块换衣服用的屏

风,但屏风后面没有空间挂伊薇的长袍。贾丝廷开始在房间里走来走去,寻找一个合适的地方。

伊薇不顾贾丝廷的警告,继续说道:"我为亨特利伯爵的女儿感到十分担心。我对这个国家发生的各种阴谋诡计感到恶心。可怜的女孩!她的父亲用这桩婚姻毁了她。他怎么能够这么短视呢?"

欧文继续检查房间,一边听着伊薇的抱怨。埃塔伊内也在房间里做着同样的事情。克拉克搬了一个箱子到屋顶天窗旁边,拉开窗户插销朝外看。瀑布的轰鸣声和新鲜空气一起拥了进来。

贾丝廷向伊薇解释道:"女孩的父亲以为,他把女儿变成了锡尔迪金的王后。"

伊薇质疑道:"是的,但他们要这么快完婚?提醒你一下,那小子半个月前才到。不久以前,他还从莱高尔特乘船来攻击我们。现在他已经和一个阿塔巴伦人结婚了。他像一只癞蛤蟆一样四处蹦跶。"

听了伊薇的话,欧文呵呵笑了。伊薇跺脚道:"这并不好笑!可怜的女孩。她很漂亮,这是毫无疑问的。我明白他为什么这么热切地想要娶一个有钱的小姐,但一旦他宣称自己是锡尔迪金之王被证明是瞎编的,她该怎么办呢?我真想给他几记耳光!"

欧文知道,那个年轻人这么说能够给他带来一些好处。但在他开口解释之前,传来了一声轻微的敲门声。

克拉克仍然站在箱子上,所以,欧文绕过行李去开门。一个中年男人鬼鬼祟祟地站在门外,欧文认出了他,这个男人他们刚来时见过,就是那个给他们比划了一个艾思斌手势的男人。

来访者微微鞠躬,说道:"我是博思韦尔勋爵。雅各王派我向来自北昆布布里亚郡的小姐传话。小姐现在有没有空会见客人?"他的官腔十分得体,虽然还带着口音,但欧文听得出来,他受过语言方面的训练。

"进来。"伊薇说道,然后让正在替她解开搭扣、取下首饰的贾丝廷走到一边去。

欧文对博思韦尔的第一印象是,博思韦尔是一个油滑的家伙。他的黑头发差不多掉光了,剩下的头发涂了油,梳到了后脑勺,眼睛瞥来瞥去,衣服是阿塔巴伦的朝服,但皮靴很明显来自锡尔迪金。他还佩戴了一柄剑和一把匕首,但剑和匕首都镶嵌了珠宝饰物,看起来更像是仪式用剑而不是战争用剑。

门关上了,博思韦尔迅速地扫了屋内每个人一眼,脑子里好像在做一道数学题。

博思韦尔说道:"啊,你们在这里不会找到任何陷阱之类的东西,朋友们。这是雅各王宫中最安全的一间房子。我特意为你们挑选的。我的手下在外面的走廊里巡逻,防止不速之客进来。"他优雅地笑道:"很荣幸遇到我尊敬的锡尔迪金同行。小姐,您真了不起。"他继续说道,并朝伊薇夸张地致意,再次鞠躬。"您给雅各留下了深刻的印象,要做到这一点可真不容易。"

伊薇抱臂在胸,皱眉说道:"我想给雅各留下的印象是告诉他,他是一个十足的蠢货。"

博思韦尔嘿嘿笑道:"哦,他是一个十足的蠢货。愚蠢,易怒,过分慷慨,迄今为止……放纵。但他还年轻。因为年轻,我得给他自由。小姐大驾光临埃东布里克,已经在贵族之间掀起了一场暴风雨。小姐等着瞧。您没有把雅各当作一个国王,而是与他相提并论。甚至您的船——瓦赛拉格号——也有着隐含的意义。"博思韦尔呵呵笑道。"做得好。计划周密。"博思韦尔高兴地碰着手指头。"我继续说。首先,自我介绍一下。"

博思韦尔深深地鞠了一躬,说道:"我是塞弗恩安插在雅各内阁的间谍,也是雅各的密友和亲信。雅各确实很愚蠢。你恭维他几句,他就会像松鼠那样从你手中取食。作为他的高参,我可以随时来看你们,向你们传递信息,让你们知道谈判进展得怎么样了。"博思韦尔抓了抓脸。"如果你们需要什么,立刻告诉我,我会安排好一切。雅各让我照料你们的生活起居,命令我不要吝惜开支。事实上,雅各没钱花了!国库几乎是空的。没有贵族的支持,他不能实现计划好了的、年终以前的袭击。你们要知道,雅各计划入侵锡尔迪金。当然,坦白说,他如果入侵锡尔迪金,他支持不了半个月。一场突袭,如此而已,没什么大不了的。"

伊薇看了一眼欧文,又看着油滑的博思韦尔,说道:"你是雅各的高参?信得过的心腹?但你告诉我们这些?这是叛国罪。"

博思韦尔看起来有一点惊慌,说道:"是的,这是叛国罪,小姐。如果雅各知道了,我就要被送上绞刑架绞死。相信我,他没有那么聪明。我在这里所冒的风险,曼奇尼大人已经超额做出了补偿;如果我陷入危险,我可以逃到锡尔迪金,曼奇尼大人给我在锡尔迪金安排了一个位置。事实如此,我完完全全是你们的盟友。现在,谁是小姐的随从,嗯?"

克拉克从箱子上下来,说道: "你知道得越少越好。我叫克拉克。"

博思韦尔再次鞠躬,说道:"是的,是的,我听说过你。"有一种感觉越来越清晰:欧文不喜欢这个搞阴谋诡计的人。他身上有一些东西——事实上,有很多东西——令欧文感到恶心。

克拉克漫不经心地说道:"这是欧文·萨切尔,霍瓦特公爵的亲信骑士之一。"

"这么年轻就是骑士啦！"博思韦尔打量着欧文，又鞠了一躬。欧文正好借此机会使出圣泉的神力，让神法像一阵细雨一样遍及博思韦尔全身。博思韦尔比他看起来的样子要强壮，背心下面还有一把剑。这不奇怪，因为博思韦尔是一个间谍。博思韦尔似乎一点都不知道，欧文刚才试探了他的防御情况。

"这两个女孩是小姐的侍女，也会待在这里。小姐的其他仆从和律师将会暂时安歇在我们的船上，因为你们的酒店看起来都已经客满。"

博思韦尔自信地说道："一旦婚礼的狂欢活动结束，人群很快就会离开埃东布里克。几天后，王宫又会安静下来。小姐的仆从可以待在这里。雅各很少待在王宫里。他一直在外面打猎，豢养猎鹰，或者享受其他的娱乐活动。如果你们两位骑士想要和谁比武，他会十分兴奋地为你们安排一场。"

克拉克生硬地说道："这没有必要。"

伊薇向前一步，说道："告诉我们关于渔夫的儿子，乌尔比克的情况。他什么时候到的？"

博思韦尔的眼睛亮了起来。"啊，我确信你们想听他的故事！"他的声音听起来好像在搞阴谋诡计。"他来了还没有半个月，但他离开莱高尔特之前，雅各就邀请了他。老实说，每一个国王都想和这个年轻人交朋友，因为他们都想利用他来对抗塞弗恩王。这个孩子曾经去过奥西塔尼亚、布鲁格和莱高尔特。现在他来到了阿塔巴伦。"

伊薇摇头说道："但有没有人考验过他？那些应该确信或者质疑他真实身份的人有没有盘问过他？"

博思韦尔摇摇头，又摇摇手指，带着谄媚的笑容说道："事情没那么简单。首先，他看起来像阿根廷家族的一员，不是吗？我见过艾瑞德。我认识塞弗恩很多年。他看起来和他们一模一样。他的衣着也和他们一样。他在布鲁格那个所谓的婶婶肯定教了他如何表演。他被训练得很好，小姐。他能够脱口说出重要的名字、日期和数字。更重要的是，如果你听到他讲述自己的悲惨故事——他到了阿塔巴伦之后，雅各就听过——你会很同情他，并对塞弗恩充满敌意。人们想帮这个年轻的王子夺回王冠。"

伊薇哼了一声，说道："就算这是真的，法律也宣布了他的继承权非法。他不能继承王位。"

博思韦尔把手指竖在嘴唇上，说道："法律是可以改变的，莫蒂默小姐。埃东布里克都有谣言在说，塞弗恩想修改法律，让他的侄女拥有合法的继承权，说他正在训练他的侄女，让她成为他的继承者或者王后。这就是他为什么不允许侄女另嫁他人。国王可以想做什么就做什么。"

博思韦尔又一次鞠躬，说道："现在，我必须走了。我一定是有事才来，而且待的时间都很短暂。雅各邀请您，小姐，明天和他一起去打猎。他被您迷住了！河中有一道弯，名为巫哲瀑布，他想邀请您看一下。现在埃里克已经走了，他希望能够和您进一步详谈。"

"埃里克走了？"伊薇问道。

博思韦尔挥挥手，说道："他现在和年轻的妻子在一起，在他岳父的某栋庄园。别担心。未经允许，他不能离开阿塔巴伦。雅各大部分公务都是在户外处理。他坐不住。我再说一次。您给他留下了深刻的印象。他不习惯有人和他平起平坐，尤其是一个女人——一个年轻女人。您当他的对手绰绰有余，小姐。请尽力说服他，侵略锡尔迪金将会是一场灾难。"

"这么说，冒牌货王子不会和我们在一起？"伊薇问道。

博思韦尔摇头说道:"不。我相信,他们会离开王宫几个星期。"

克拉克直截了当地问道:"你知不知道他们具体会去哪里?"

博思韦尔咧嘴笑道:"当然。如有需要,我可以给你提供一匹快马,并告诉你具体方向。相信我,在阿塔巴伦,无论他去了哪里,没有我不知道的。随时为您效劳。"博思韦尔又一次鞠躬,然后告辞而去。

欧文关上门,然后抱臂在胸。整个谈话过程中,他都感觉不到圣泉神力的存在。博思韦尔的间谍方式让欧文想起了曼奇尼。他不是很相信博思韦尔,但有这样一个同盟是有帮助的。

伊薇皱着鼻子,直截了当地说道:"我不喜欢那个人。"

欧文问道:"你怎么看他,克拉克?"

克拉克看起来很严肃。"博思韦尔为塞弗恩效劳很多年了。是他通知我们,皮尔斯·乌尔比克在这里。他去过帝泉王宫几次。据曼奇尼所说,他不想待在阿塔巴伦。阿塔巴伦太落后了,不符合他的口味。"

欧文抓了抓后脑勺,说道:"我们有大麻烦了。"他看着伊薇。"我想,乌尔比克说的可能是事实。他可能真的是埃里克·阿根廷。"

欧文一说完,房里的人都吃惊地沉默了。

过了一会儿,伊薇颤抖着声音问道:"你怎么这么确信呢?"

欧文皱眉答道:"我不确信。但他说话时,我感觉到了什么东西。圣泉这么对我说,但信息并不清晰。他有些地方在撒谎,但我认为,关于他的身份他没有撒谎。"

伊薇担忧地说道:"哦,天啦。我又这么做了,不是吗?"

贾丝廷看起来紧张不安,忧心忡忡,问道:"做了什么?"

和博思韦尔见面的整个过程,埃塔伊内都没有说话,好像若有所思。就算欧文已经告诉了伊薇埃塔伊内将要扮演什么角色,埃塔伊内似乎仍然在照章办事,要对伊薇隐瞒身份。

"我以前对当斯沃斯也这么做过一次。故意冒犯他。现在我对埃里克做了同样的事情。"伊薇叹气道。"但你不会认为……欧文,你不会认为塞弗恩会对这个竞争对手做出让步,对吧?这将导致一场战争,对不对?"

欧文深深地叹了一口气,说道:"我想,我们现在的目标是阻止一场战争。"

第十八章
巫哲瀑布

他们从雅各的皇家马厩中挑选了一匹褐色的骏马给了欧文,让欧文陪伴着伊薇和雅各到埃东布里克周围的森林去打猎。那片森林是一片蛮荒之地,除了沿河有一条小径,其他地方都没有开发。威风凛凛的白头鹰栖息在高高的树上。森林里没有很多可供狩猎的动物,但也可能是马蹄声把它们都吓跑了。

伊薇和雅各骑马走在队伍的前面。雅各一个劲地吹嘘着阿塔巴伦的壮丽景色——雄伟的河流、浅滩、木材以及他的猎鹰如何如何地比锡尔迪金的鹰隼快。欧文舒适地骑在马背上,陪伴在伊薇身边,稍微落后一点点。他能够听到他们谈话的大部分内容。雅各热爱生活,十分健谈,这让欧文想起伊薇——老实说,这种感觉有一点恼人。

他们的马习惯了崎岖不平的地形,很轻松地爬上了山。打猎的队伍中,锡尔迪金这一方包括伊薇、贾丝廷、欧文、克拉克、埃塔伊内和一个叫沙德盖尔的律师。阿塔巴伦一方包括雅各、两名骑士、一个驯鹰师、一个猎手、两名律师和几个仆人。仆人骑在骡子上,骡子驮着他们的食品。

雅各和伊薇越说越起劲,欧文越听越烦躁。他现在的身份是一名骑士,不能够参与到雅各和伊薇的谈话之中。欧文看着身边的森林,搜索着麻烦或者埋伏的迹象,戴着手套握着马缰的手慢慢地松了。他一直在利用圣泉的力量警惕着身边可能的威胁。他感到每使用一次,圣泉的神力就减弱了一点点。圣泉的储备仍然充沛,但身处异国,面临各种独特的危险和威胁,欧文开始觉得有点累。他意识到,如果不够谨慎,神力就有可能衰竭——这种情况以前从来没有发生过。

他们整个上午都在打猎,放出威猛的猎鹰,去搏杀那些小动物。每一次猎鹰猛扑下去,把猎物擒在利爪之中,雅各都会开心地大喊大叫。他的言行举止十分和蔼可亲,风度翩翩,好像一点也不计较伊薇昨天对他的冒犯。

中午时分,他们到达了巫哲瀑布。

还没有看到瀑布,就听到了瀑布的轰鸣。欧文不得不承认,巫哲瀑布让他想起了北方。瀑布分几段跌落,水流很急,到处都是泡沫。河流转弯转得很急,穿过他们正在走的山路。这一片地区高低不平,遍布着火山爆发后的各种遗留物。尤其有趣的是那些自然天成的细细石柱,有的坍塌在地,像摔下来的瓦片。悬崖十分陡峭。蕨类和其他植物悬挂在道路上,迫使马匹成单行穿过狭窄的隘口,到达瀑布。

巫哲瀑布令人叹为观止,水流奔腾而下,汹涌壮阔,欧文胸中充满了敬畏之情。一行人停下来吃中餐。欧文亲自刷洗伊薇的坐骑,轻轻地拍着马肩隆,慢慢地刷下来,像一个普通的骑士那样尽职尽责。

雅各抓着伊薇的胳膊,指着通往瀑布的一条狭窄小路,热切地说道:"我一定要带你去看看那个地方!"

欧文不想伊薇离开他的视线,克拉克也皱起了眉头。他们拴好马,跟上雅各和伊薇。雅各半拽着伊薇穿过了灌木丛。

雅各说道:"我到这里来没有一千次也有一百次了。看到悬崖边的岩石没有?他们看起来像巫哲棋棋子,像不像?"

伊薇有点上气不接下气地说道:"我看得出来。他们像哨兵。那些岩石没有人工雕刻过?"

雅各说道:"只有河流雕刻过它们。他们一直都在那里,是远古时期巫师留下来的遗物!我希望现在还有巫师。马克斯韦尔公爵声称手下有一名巫师。这当然只是一派胡言。"

欧文听到雅各的话,耳朵竖了起来。

"我们生活的年代真是单调枯燥,到处都讲法律啦、条约啦。过去安德鲁王时期,两国之间发生了冲突,他们就在战场上见高低!刀对刀,剑对剑,这是他们处理纷争的方式。我喜欢那个年代。过去是最好的时代。现在人们只会空谈。"

伊薇反驳道:"但战争解决不了问题,只会让国库空虚,母失其儿,妻失其夫。"

"是的,但瘟疫和疾病也能起到同样的作用。人们总会因为什么事情而哭泣。战争才是决定性的,是对男人的终极考验,是一股力量,像那湍急的河水。啊,我喜欢这种雾轻抚脸庞的感觉!"

风改变了方向,把瀑布上空的雾气吹向雅各和伊薇。欧文走了过来,雅各和伊薇站在悬崖旁边,河流在他们下面远处奔流,下面到处都是碎石。

雅各抓着伊薇的胳膊,提议道:"我们再往下走。"

欧文的心开始惊跳。再往下走是一些巨石,每一块可以容纳一到两人,下面就是奔腾的河流。稍一失足,人就会掉进致命的深渊。瀑布在他们右边,水流咄咄逼人,永不停歇。

伊薇看着那些岩石,问道:"你以前去过那里?"

雅各指着最远处伸出岩壁之外的那块岩石，说道："我每一次到这里来都要下去。站在那块岩石上四处看，风景最美。"欧文往雅各手指的方向看了一眼，胃开始收缩起来。"你有没有胆量，莫蒂默小姐？"雅各挑衅道。

欧文想冲下去，把雅各撞下悬崖，但他僵在那里，犹豫不决。他想警告伊薇，但已经看到了伊薇眼睛里的表情，伊薇的眼睛里充满了来源于灵魂深处的跃跃欲试和大胆冒险。

雅各放下伊薇的胳膊，像山羊一样悠闲地走下悬崖，步子自信，经验丰富。他走到一块岩石上，站在那里，做出等候伊薇的样子。"岩石有一点潮湿，但你的皮靴很结实。来，我帮你。"

不，欧文在大脑中用意念对伊薇说。克拉克拍了拍欧文的肩膀，担忧地看了欧文一眼，似乎在问：我们要不要干涉？

欧文还没有说话，伊薇就跟着雅各爬下了悬崖，面带微笑，很明显地喜欢冒险。她步伐沉稳，面无惧色，一直跟着雅各走到了河流上方的那一排巨石。她走完最后一程，站在雅各旁边，雅各拉着她的手。欧文这才注意到，他刚才屏住了呼吸。

克拉克低声说道："她疯了。"

欧文茫然地看着前方，说道："差不多。"

雅各抬头看着欧文和克拉克，说道："你们如果没胆子下来和我们待在一起，介不介意扔一点食物下来？"

欧文当然不需要雅各刺激。虽然心提在脖子上，他还是立刻顺着楼梯一样的岩石走下悬崖，尽量不想如果掉下悬崖了会怎么样。唔，他有圣泉的神力。他不相信他会掉下瀑布摔死或者淹死。

欧文到了更下面的一排岩石，站在雅各和伊薇站着的那块岩石旁边，雅各钦佩地看着他。克拉克跟在欧文身后，恐惧地瞪着眼睛，心里抱怨他们这是在无谓冒险。

"你的骑士很勇敢,莫蒂默小姐。"雅各对伊薇说道,然后朝欧文和克拉克点点头。

"锡尔迪金的男人都无所畏惧。敦德雷南的瀑布更加雄伟壮观。"伊薇气定神闲地说道,好像眼前的冒险没有什么特别之处。

"我听说过,我听说过!"雅各低声哼道。

伊薇提醒道:"我叫伊蕾莎白·维多利亚·莫蒂默。莫蒂默夫人是我母亲的名字。"

雅各的嘴角露出了迷人的微笑,狡黠地问道:"你有没有你母亲的眼睛?我分辨不出你眼睛的颜色。"雅各比欧文矮,差不多和伊薇一样高,正好可以直视着伊薇的眼睛。欧文一直为自己比伊薇高而得意。雅各的声音充满了亲密感,欧文想一记老拳打过去。

莫蒂默夫人的眼睛是绿色的,欧文想要这么得意洋洋地对雅各说。欧文偶尔见过莫蒂默夫人。莫蒂默夫人很少出来。丈夫的死把她变成了一个遁世者。伊薇精力充沛,看起来却使她母亲筋疲力尽。她一点也不像伊薇那样充满活力。偶尔她会到敦德雷南去看望霍瓦特公爵,但通常只是为了参加庆祝活动。

"分辨不出,这是你的不幸。"伊薇说道。然后她抱臂在胸,充满敬畏地看着眼前湍急的流水,说道:"瀑布很漂亮。"

一个阿塔巴伦仆人扔下一袋子食物给雅各,雅各敏捷地接着。"您的食物,陛下。"仆人喊道。

雅各盘腿坐在岩石上,打开袋子,取出里面的食物——酥脆鸡、葡萄、面包和奶酪、一罐蜂蜜酒——接着又把食物摆在伊薇面前巫哲棋盘一样的岩石上。

欧文听到一声惊呼,回头一看,贾丝廷站在悬崖旁边,脸吓得惨白，充满惊恐地看着伊薇。她好像也想下来，但太恐惧了，不敢动。欧文想起身去帮她一把，但克拉克已经站起身来，爬上悬崖去授以援手。贾丝廷感激地抓住克拉克坚定的手，脸吓得抽搐，但还是一步一步小心翼翼地走下悬崖。

"谢谢你。"贾丝廷对克拉克说道，眼睛充满了感激，但仍然恐惧地圆睁着。她在欧文身边坐下来，浑身发抖，背靠着悬崖，尽量远离悬崖边缘。克拉克的脸红了，朝贾丝廷点点头，然后走到悬崖边，一条腿在半空中悬荡着。

贾丝廷又看了克拉克一眼，然后面带羞涩地把头转到另外一边。

欧文注意到了。

另外一个仆人扔下第二袋食品。欧文接住，把食物拿出来，一边继续倾听下面雅各和伊薇之间的对话。

"现在我必须问你这个问题，小姐。为什么你要为塞弗恩这样的人效劳呢？"雅各逼问道，"他为了登上王位所做的一切，难道你不恶心吗？我继承王位时年龄还小，阿塔巴伦的贵族都恨我的父亲，但他们绝对不会让我的叔叔当国王。"

伊薇回答道："你肯定不是很了解我们的历史。那是一部流血的战争史。你说你渴望流血和战争，其实这是很悲惨的。让我来回答你的问题，你似乎完全误解了塞弗恩王。我研究过锡尔迪金的国王，塞弗恩王不比任何先王差，他比大部分先王还要好。我给你举几个例子。"

克拉克咬了一口苹果，分散了欧文的注意力。欧文眼睁睁地看着雅各聚精会神地听伊薇讲话，内脏不停蠕动，忘记了饥饿。现在，欧文越来越熟悉那种叫做"嫉妒"的情绪了，感觉好像一个人在用钝刀捅他的内脏。雅各坐得离悬崖如此之近，欧文的大脑天马行空，幻想着雅各脚底一滑,掉下悬崖。

欧文给了贾丝廷一些面包。贾丝廷接过面包,无精打采地啃着面包皮,因为他们现在所处的位置实在太危险了。

伊薇开门见山地说道:"首先,我国国库充盈。塞弗恩王做出了明智的贸易决策,向有钱人和穷人公平征税,量入为出。国家没有欠什么债。如果欠了债,他在利息到期之前就把债务还清了。塞弗恩王还赞助了好几所学校,提高了人们的教育水平。"

雅各反驳道:"他只是在贿赂人心。"

伊薇强调道:"不是。锡尔迪金人并不喜欢塞弗恩王。塞弗恩王自己也很清楚这一点。但他还是从人们的利益出发。他做决定时大公无私,利用巡回审判制和上诉法院法官制来确保司法公正。他宽恕了很多犯了叛国罪的罪犯。"

欧文曾经多次被任命为上诉法院法官,伊薇拐弯抹角地赞扬他,他觉得自己的脸红了。

雅各举起一根手指头,说道:"但我听说他的脾气反复无常,常常大发雷霆,甚至在仆人面前。他们说,他的讽刺像匕首一样锋利。你否认这一点吗?"

伊薇说道:"是这样的。塞弗恩王确实脾气糟糕。这是他的弱点,确实是这样。但你想一下,别人说了这么多关于他的谎言,对锡尔迪金内务永无休止地干涉,以及各种不忠背叛,是的——他对这一切确实感到很烦躁。他是一个人,和其他人一样。"

雅各哼了一声,说道:"他是一个怪物。"

伊薇摇头说道:"不,他不是。很多人误解了塞弗恩王。他没有谋杀他的侄子。他的一个勋爵幕后操纵了这一切,目的是为了抹黑塞弗恩王,让另外一个人登上王位。你必须尊重他,他在战争中证明了自己的统治权。"

雅各说道："我确实尊重他这一点。但他可以通过武力赢得王位，也可以因为武力而失去王位。如果埃里克成了锡尔迪金之王，我大有好处可捞。"雅各挑战性地瞪了伊薇一眼。

伊薇也狠狠地瞪了雅各一眼，说道："如果埃里克失败了，你的损失更大。为什么你不和一个掌权的国王交朋友，赢得他的支持呢？想一下这会给你的人民带来什么。想一下现在，而不是以后，和锡尔迪金结盟会带来的好处。"

雅各略带不悦地说道："我正在想这个问题。但我想埃里克欠我的人情，而不是我欠塞弗恩的人情。"

伊薇摇头说道："你不明白我的意思。如果埃里克胜利了，你会得到一些好处，但如果他失败了，你会损失惨重。"

雅各得意地说道："我没有损失。我只挣不赔。"

"不对。你有可能丢掉性命，失去王冠。你没有妻子，没有孩子。如果塞弗恩和你开战——如果你继续支持这个暴发户，他会和你开战的——他会把阿塔巴伦作为下一个征服对象。他不会接受你当他的臣子。他会毁掉你，扶持另外一个人坐你的位子。"

雅各嘿嘿笑了，觉得很滑稽，说道："你在威胁我？"

"不，我在警告你。你不了解塞弗恩王。他和我外祖父以前打败过阿塔巴伦。他们还会那么做。"

雅各生气地拖长声调说道："那是我父亲。不是我。"

"你比你父亲更明智、更加经验老到吗？你有能力和锡尔迪金开战吗？我再说一次。想一下你所冒的风险。"

雅各摇头说道："我永远不会去考虑面临什么风险。如果我事事怕风险，就不要出门。我们现在坐在这块石头上，就是因为我不怕掉进河里。我想的是我将得到什么，而不是我可能失去什么。我以前向锡尔迪金寻求过结盟，但塞弗恩扫我面子。所以，我现在要和更加听话的人打交道。"

伊薇追问道："你要求得到什么？"

"联姻。这样命运就捆绑在一起了。我想娶爱丽丝公主。你看，我给了埃里克他想要的女孩。他一看到凯瑟琳就想娶她。我不怪他！"雅各面色阴沉地嘿嘿一笑。"埃里克会给我爱丽丝公主。你肯定能够看到这桩婚姻可以带来的好处！毕竟你是一个聪明的女孩。你知道，塞弗恩永远不会给我我想要得到的东西。"

伊薇皱起鼻子，眼中的表情告诉欧文，她正在冥思苦想。

别说出来，欧文心里想道。别说出来！

伊薇坐得更直了，说道："塞弗恩王明白你的处境。他准备和你结盟。联姻。"

雅各热切地向前倾，手几乎碰到了伊薇的手，欧文气得咬牙切齿。

"不是爱丽丝公主？哦，我明白了。我现在懂了。这就是为什么他派你来。"雅各往后靠了靠，想明白了这一点让他有了新的想法。新的希望。塞弗恩往钓钩上装了诱饵，现在钓钩在他面前晃荡。

"我觉得不舒服。"克拉克低声说道，声音听起来好像想吐。

欧文看了一眼克拉克。克拉克满脸大汗，好像随时会吐起来。

贾丝廷说道："可能我们应该回到马匹那儿啦。我也觉得不舒服。"

"你们吃了什么？"欧文立刻意识到发生了什么事情，问克拉克。

克拉克的胃开始收缩。他很快站了起来，知道自己现在有生命危险，但眼睛发花，脚下不稳。

然后，克拉克跟跟跄跄地身体后仰，贾丝廷尖叫起来。

第十九章
小偷的女儿

欧文闪电般地伸出一只手,在克拉克掉进河里之前抓住克拉克的短袍。克拉克挥舞着胳膊,脸吓得煞白。欧文觉得自己也开始失去平衡,于是尽力站稳自己。贾丝廷抓住欧文的肩膀,救了他们两个。

这一刻,旁观者的心脏都停止了跳动,但危险还远没有结束。克拉克一直脚步平稳,岿然不动,现在他的眼睛有一种痛苦不安的表情。他中毒了。欧文确信。从克拉克眼中的表情来看,他知道事情肯定是这样。

"发生了什么事?"伊薇已经站了起来,叫道。

克拉克终于平安地站在岩石上,但身体在微微摇晃,汗水不停地从毛孔里流出来。

贾丝廷抱着肚子,眼珠转来转去,说道:"我也觉得不舒服。"

克拉克抓着欧文的肩膀,手指头狠狠用力,声音嘶哑地低声说道:"你救了我的命。"

欧文意识到他们现在所处的困境,担忧地说道:"还没有。"如果是雅各下命令投毒毒害他们,他们无论在哪里都不安全。克拉克一阵抽搐,两膝发软。欧文把一只胳膊放在克拉克的肩膀下,帮助他抬起全身的重量,但伊薇正在爬上岩石到他们这里走来,欧文眼睛不敢离开她。

贾丝廷忍住眼泪,一脸痛苦,惨兮兮地看着克拉克受难。她自己也是脸色惨白,浑身发抖,好像现在是冬天,一场暴风雨打了他们一个措手不及。

"我们需要帮助!"欧文朝正在往下张望的仆人喊道。他用后背扛起克拉克身体的重量,帮助他爬上了另外一块岩石。瀑布和河流的轰鸣声永远在提醒他们,如果他们掉了下去会怎么样。一些手脚敏捷的仆人赶紧下来,抓住克拉克的胳膊,把他拽上悬崖。欧文转过去,向贾丝廷伸出手。贾丝廷的手掌都是汗,欧文抓住贾丝廷的手腕。贾丝廷突然往下跌倒,翻着白眼,欧文在贾丝廷摔倒之前揽住了她的腰。

"贾丝廷!"伊薇恐惧地大叫,冲上前去帮忙,但雅各抓住了她的胳膊。

"你会摔下去的!他抓住她了!"雅各说道。然后他喊道:"不要傻站在那里,蠢货!帮忙!"

欧文低身把贾丝廷扛在肩上,爬上下一块岩石,几个仆人站在那里,准备接过贾丝廷。克拉克已经被抬上了小径。欧文让仆人接过贾丝廷,就朝克拉克跑过去。仆人把克拉克放在灌木丛上。埃塔伊内已经跪在克拉克身边,耳朵贴在克拉克胸膛上。过了一会儿,贾丝廷也被放在克拉克身旁。

欧文感觉自己的胸膛像一个塌陷了的蜂窝,心潮澎湃。

"他们中毒了。"欧文低声对埃塔伊内说道,眼睛看着那些仆人,看其中有没有人有内疚的表情。以欧文的推论,投毒者一定是仆人中的某一个。他可能不是那个把食品袋扔给他们的人,但他中途拦截过食品袋。这些人当中,有一个人想要杀了他们。但是哪一个呢?

雅各扶着伊薇的腰,帮助伊薇走了上来,欧文强忍着内心的狂怒。

埃塔伊内担忧地低声说道:"他的嘴唇变蓝了。"她把手指头伸进克拉克嘴里,然后把克拉克的头拨到一边,克拉克把刚才吃下的东西全都吐了出来,脏兮兮地糊了一地。

埃塔伊内低声对欧文说道:"把他刚才吃的那一袋子食物拿过来。"埃塔伊内又走到贾丝廷身边,把手指头伸进贾丝廷嘴里,贾丝廷也脏兮兮地吐了一地。仆人们恶心地后退。伊薇推开雅各,奔向贾丝廷,眼睛里闪烁着担忧的泪花。欧文手握剑柄,走向悬崖边。

雅各看着欧文走近,眼睛圆睁,充满了惊恐。"我与此事无关。我以圣泉的名义起誓!这些食品袋是为我们准备的。"他的脸在担忧和愤怒中变形,使他的话听起来可信。"把我的御医找来!"他冲着一名骑士喊道。"我知道很远!现在骑马过去!"

"食品袋在哪里?"欧文说道,然后看见食品袋在下面的一块岩石上。

"我派人去拿。托尔!下去拿。现在去!"雅各喝道。

欧文转向围着克拉克和贾丝廷的人群,内脏突然变得冰凉。他意识到雅各刚才在无意之中救了他一命。如果他没有烦躁不安地关注着雅各和伊薇,他也会吃那个袋子里的食物。这样的话,三个人就都中毒了。

雅各挤进围着克拉克和贾丝廷的人群,把一只手放在伊薇的肩膀上,低声说道:"我不知道是谁干的。但我会把他找出来,严加惩处。我承诺。任何人都不能这样侮辱我的名誉。你到这里来,是在我的保护之下。我找出投毒者就剥了他的皮!"

欧文不管雅各承诺了什么。但雅各的反应是一个无辜者的正常反应。贾丝廷和克拉克剧烈地抽搐,面色苍白,嘴唇发蓝。欧文绝望地看着埃塔伊内,跪倒在埃塔伊内身边。

埃塔伊内看着欧文的眼睛,目不转睛,一脸严肃。"我需要我的器具,"她低声对欧文说道,"我们要把克拉克和贾丝廷送到埃东布里克去。"

"那我们立刻上马!"伊薇声音颤抖地说道。

◆ ◆ ◆

欧文眉头紧锁,看着病床上的贾丝廷。贾丝廷脸颊蜡白,看起来像一具尸体,眼睛下面有紫色的淤青,这更加加深了欧文心中不祥的感觉。贾丝廷的嘴唇也是惨白的,微微张开,两次呼吸之间间隔很久,看起来就像死了一样。克拉克躺在相邻的一张病床上,身体仍然在颤抖,好像在同致命的毒药作斗争。

埃塔伊内坐在两个病人之间,看起来疲惫不堪,面色严峻。伊薇坐在贾丝廷旁边,抚摸着贾丝廷的手。

伊薇低声问埃塔伊内:"你觉得她会活下来吗?告诉我事实。"

埃塔伊内伸伸胳膊,叹道:"我不知道,小姐。我已经竭尽所能。我给他们都服了解毒药,但他们都中毒太久。贾丝廷身体不如克拉克强壮。我想克拉克会渡过难关。"埃塔伊内伸出手,从小梳妆台上拿过一块湿布,擦拭了一下克拉克的前额,说道:"就是在睡梦中,他仍然在战斗。"

欧文把手放在伊薇的肩膀上来安慰伊薇。伊薇转过来,把脸贴在欧文腹部,哭了起来。欧文摸着伊薇的头发,觉得喉头发紧。贾丝廷陪伴了他和伊薇很多年,像是他们的姐姐,而不是一个女仆。现在她这么受苦受难,这很不公平。

时间已经将近半夜。雅各派来的男女御医已经竭尽全力,但埃塔伊内思维敏捷,对于毒药所知甚广,最终确定了解药。现在房间里没有其他人。雅各来了几次,表达他的愤怒和同情,但伊薇不想和他说话,也不想接受他的慰问。

欧文拍着伊薇的后背,伊薇的眼泪掉得没有那么多了。过了一会儿,她强忍着打了一个哈欠。

埃塔伊内对伊薇说道:"你也帮不到贾丝廷什么,小姐。你躺在她身旁,抱着她?让她保持温暖?"

伊薇热切地点点头,很快爬上床,躺在贾丝廷身后,抱住脸色惨白病怏怏的贾丝廷。埃塔伊内从椅子上站起来,走到打开的窗户前,手肘撑在窗台上,眺望着夜空。远处传来瀑布的轰鸣声,欧文想起了家乡。

伊薇抚摸着贾丝廷的头发,眼皮开始变得沉重,没过多久,就在一天的疲惫中入睡。欧文慢慢地走到克拉克身边,克拉克身上盖着山包一样厚的毯子,身体仍然在发抖抽搐。欧文当然不会爬上床,抱着克拉克,但他很高兴地看到,克拉克的脸变得红润起来了。

欧文又走回到伊薇身边,弯下腰,看着伊薇的胸膛有规律地起伏,心里感到一丝温柔,庆幸伊薇没有事。他弯下腰,轻轻地亲吻了一下伊薇太阳穴边的头发,然后走开,走到窗台边。埃塔伊内仍在眺望着夜空。

欧文诚挚地说道:"谢谢你。"

埃塔伊内看了看欧文,脸红了一下,说道:"我可能一个也救不了。明天早上再说感谢不迟。"

欧文摇头说道："你已经尽了全力，埃塔伊内。你知道该做什么。这就是为什么我要感谢你。如果你不在这里，我只能看着他们两个人在瀑布旁边挣扎，然后死去。至少他们现在还有机会。"

埃塔伊内耸耸肩膀，转过头朝着打开的窗户。月亮躲在一丛树林后面，发出淡淡的一丝光。埃塔伊内又转向欧文，说道："今天晚上会很漫长，欧文大人。你能不能教我一点神法？能不能告诉我该如何使用神法？"

欧文觉得又疲惫又累，但又不想让埃塔伊内整个晚上都睡不着。天这么晚了，可能这不是一种巧合。毕竟，安凯瑞特也是在晚上第一次教欧文使用圣泉的力量。

欧文疲惫地说道："我试一下。我不是一个好老师。首先，我们应该想出，如何才能装满你圣泉的杯子？做不到这一点，你就不能使用神法。"

埃塔伊内兴致勃勃地听着欧文说的每一个字，点头说道："装满杯子？"

"对于我来说，我小时候就开始了。我看见哥哥搭积木，然后把积木推到。我完全被吸引住了，就也开始学着搭积木。我每天可以搭几个小时的积木。搭积木对于我来说从来都不是一种负担或者一件苦差事。我喜欢搭积木。"欧文呵呵笑了。"我现在仍然搭积木。长大以后，我能够从下巫哲棋和阅读中得到同样的乐趣。我想，我喜欢的这些事情都和策略有关。提前策划将要发生的事情。这些事情是我圣泉神力的来源。想要发现你的力量，埃塔伊内，你首先要明白你的热情所在。你有没有什么特别喜欢做的事情？一些对于你来说不是苦差事或者麻烦的工作？"

"自从你在船上对我说了之后，我想过这个问题。我想我想出答案了。"但埃塔伊内看起来有点害羞,好像不想大声地把话说出来。

欧文小心翼翼地问道:"是什么呢?"

埃塔伊内回答道:"我想你会笑话我。"

"为什么呢?是很奇怪的爱好吗?"

埃塔伊内严肃地说道:"我恨别人嘲笑我。"

欧文想让埃塔伊内放下顾虑,劝说道:"我不会说。告诉我。"

埃塔伊内犹犹豫豫地说道:"我喜欢试穿衣服。"

欧文拧着眉头,好奇地等埃塔伊内继续说下去。

埃塔伊内很高兴,说道:"你没有笑话我。我知道我的话听起来很荒谬。我小时候就喜欢假扮成别人。我喜欢穿不同人的衣服。通过穿衣扮演我想象我是一个面包师的妻子,或者一个船用杂货店老板的情人,一个高级市政官的女儿。后来,我慢慢长大了,开始幻想更多的角色。我特别喜欢假装我是一位伯爵的女儿。"埃塔伊内低下头,脸上飞过一道红霞。"我喜欢偷偷地研究别人,研究他们是如何走路,如何移动,如何说话。我会在我妹妹和朋友们面前练习角色扮演,强迫她们把我当成一个真实身份之外的人——我的真实身份是一个小偷的女儿。"

埃塔伊内说完这些话,面具掉了下来,露出了真实的自我。现在埃塔伊内去掉了伪装,欧文看得出来,这么多年来,她是如何在苦涩、憎恨、谩骂和担忧中度过。这么多年来,她一直渴望成为一个重要人物,隐藏自己耻辱的过去。她的自信心消失了,取而代之的是一脸自我嫌弃和鄙视。

欧文轻柔地问道:"你是如何加入'艾思斌'的?"

埃塔伊内紧紧地抿着嘴唇,低声生气地说道:"是我父亲的原因。"然后她叹息道:"我不敢相信我会告诉你这一切。没有人问起过我的过去。他们只是想要我为他们做些事情。"埃塔伊内看了欧文一眼。"除了你之外。我父亲是圣母殿喷泉的守卫之一。我和妈妈还有妹妹在圣母殿外一间肮脏简陋的住所里长大,我父亲按照规矩不得不每天都待在圣母殿里。他利用我来欺骗别人。他让我穿上他偷来的好看衣服,教我如何去观察那些贵族,像他们那样举手投足,然后从他们那里偷东西。我甚至还偷窃了圣泉里的许愿硬币。十二岁时,'艾思斌'抓住了我,把我带到了曼奇尼那里。"埃塔伊内讲到这里,皱起了眉头,眼睛充满了警惕。"曼奇尼给了我一个机会,让我加入'艾思斌'。他需要一个年轻、可以教导、可以塑造的人。唔,我要么加入'艾思斌',要么跳到河里去!为了确保我父亲和我所认识的每一个人都相信我已经死了,曼奇尼把另外一具尸体扔进了河里。然后,他把我送到了皮桑。"埃塔伊内说到这里,颤抖了起来,极快地眨着眼睛。过了一会儿,她镇静下来。"因此,你看,欧文大人,埃里克只是一个小骗子,我才是一个大骗子。"她抽了一下鼻子,然后看着欧文的眼睛。"我猜你也是一个骗子。"

欧文觉得全身一阵冰冷。他知道埃塔伊内想说什么,但他不愿意承认。"是吗?"

埃塔伊内肯定地点点头。"我有一个疑问。曼奇尼从来没有告诉过我关于你的事情,你知道吗。他告诉过我关于安凯瑞特的事情——'艾思斌'最伟大的间谍——以及安凯瑞特如何帮助他成为'艾思斌'的掌控者。但他一次也没有提到过你。你和我见面之后,我在想为什么。我想,这是因为安凯瑞特帮助了你们两个人。你小时候被带到帝泉王宫,我记得听说过你。我想,我甚至有一次还在圣母殿看见过你。你是一个人。然后,我听说了那个能够在梦中预见未来的小男孩的故事。"埃塔伊内眨眨眼睛。"这不是真的,对不对?"

欧文深深地吸了一口气。和埃塔伊内谈话很危险。然而,埃塔伊内也有她的秘密,他现在知道了一些。埃塔伊内相信他,告诉了他自己过去的故事,一些她很少,或者从来没有,对外人说起的故事。

这么多年来,欧文一直想念着他和安凯瑞特之间的关系——他们绝对不会向对方撒谎,安凯瑞特熟悉并且能够加强欧文的神力。如果他失去了伊薇怎么办呢?没有一个知己可以倾诉相信,他的一生会很悲惨。欧文和埃塔伊内一样渴望友谊,但欧文内心充满了矛盾,尤其是他知道埃塔伊内能够以伊薇不知道的方式了解他。伊薇才是那个与他分享一切的人;伊薇没有圣泉的神力。

各种念头在欧文的脑海里像蛇一样搏斗。欧文说不出话来。但埃塔伊内正乞求地看着欧文,不顾一切地想要从欧文那里得到一种类似于友谊的东西。欧文无法抵抗。他摇头说道:"不是真的。"

埃塔伊内长长地呼出一口气,声音很低地说道:"你能够承认很不容易。感谢你的信任。"然后,埃塔伊内看着欧文的眼睛,脸上露出脆弱热切的表情。"我以圣泉的神力发誓,我不会告诉任何人。我发誓。"

欧文低声说道:"谢谢。我也不会告诉任何人关于你的事情。我承诺。"

埃塔伊内挺直了一下肩膀,说道:"我会做您吩咐的任何事情,欧文大人。任何事情。教我如何使用圣泉的神力。我如果真的拥有圣泉的神力,这个秘密我不想任何人知道。尤其是曼奇尼。"

欧文点点头。

埃塔伊内松了一口气,叹道:"那么,你是如何运用圣泉的神力的?你是如何召唤圣泉的神力的?"

欧文若有所思地说道:"这很难描述。对于我来说,这是自然而然的事情。我不需要强迫,但我确实需要对圣泉敞开自我。我能够感觉到圣泉在全身流动,像一条奔涌的河流,永远在流淌。如果我想使用圣泉的神力,我只要对圣泉敞开自我,让圣泉载着我就可以了。我给你演示一下。"

欧文呼出一口气,向圣泉敞开自我,让体内的圣泉流向埃塔伊内。他又有了那种感觉,体内的圣泉在逐渐枯竭,没有得到补充。这一次,他没有试探埃塔伊内的弱点,而是让埃塔伊内感受一下圣泉的样子。埃塔伊内闭上眼睛,微微抬起下巴,叹了一口气。

"我能够感觉到,"埃塔伊内嘟囔道,"圣泉像一阵雨。"

"好,"欧文劝诱道,"现在试着运用一下圣泉。我不知道圣泉会以一种什么样的方式向你展示它的力量,但首先让圣泉流遍全身,然后试着——我不知道——把圣泉导回到我这里来。"

埃塔伊内站在那里,闭上眼睛,手按在窗台边沿上。她在聚精会神,或者,冥思苦想是一个更好的词来形容她现在的状态。她看起来并不觉得这是一种负担或者这很艰难。

欧文想起了自己小时候,安凯瑞特如何教他辨别圣泉力量的细微区别。安凯瑞特是如此地耐心,如此地温柔。他看得出来,埃塔伊内这一生中从来就没有体验过温柔。

埃塔伊内问道:"安凯瑞特是不是长得像那个样子?我在你的脑海里看见一个女人的脸。这个意象来源于你。那是安凯瑞特·崔尼奥薇?"

欧文吓了一跳。埃塔伊内是不是能够读懂他的心思?

"是的,我刚才想起了她。"

埃塔伊内仍然闭着眼睛,说道:"她很漂亮。"欧文感觉到圣泉的流向发生了改变,好像一块巨大的石头扔进了平静的水面,然后起了一道涟漪。

欧文的视线也像波浪一样起了涟漪,他很快地眨着眼睛。

站在他身边窗户旁边的不再是埃塔伊内。

而是安凯瑞特。

"天啦!"欧文吃惊地喘着粗气。埃塔伊内看起来真像安凯瑞特!

埃塔伊内吃惊地睁大眼睛,安凯瑞特的身影消失了。"什么?发生了什么事?我觉得头晕。"埃塔伊内觉得全身发软,欧文在她跌倒之前扶住了她。

锡尔迪金和奥克斯塔尼亚一直深深地彼此仇视。几百年以来，奥西塔尼亚人为了争夺统治权而内战不断。规模最大、影响最深远的那次内战发生在将近五十年以前。一个来自奥西塔尼亚相邻小镇的年轻女孩来到奥西塔尼亚流亡王子的朝廷，声称圣泉给了她一条神谕，命令她带领王子到兰内斯圣母殿为他加冕。女孩做到了一切。永远不要低估那些泉佑异能者，他们能够成就伟业。

——波利多罗·乌尔比诺，帝泉王宫的宫廷历史学家兰内斯圣母殿

第二十章
伊薇的责任

埃塔伊内并没有头晕很久。欧文扶着她坐在附近的一张椅子上,找了一些克拉克和贾丝廷喝剩下的汤给她喝。埃塔伊内喝了一口,很快地眨着眼睛,然后又喝了一大口。

欧文看着埃塔伊内的眼睛,问道:"你以前这么做过没有?"

埃塔伊内摇摇头,回答道:"这是第一次。很奇怪,我这么快就累了。好像我被扔进一条河里,然后在河里挣扎地游。但如果多加练习,我想我会习惯的。"

欧文点头表示同意。"长时间使用神法很容易疲劳。但你是对的,埃塔伊内。如果你练习,这会变得越来越容易。"欧文可以想象运用这一神法的许多途径,尤其是一个"艾思斌"间谍,她将如何运用这一神法。

欧文诚挚地说道:"我想,我们现在还要为这件事情保密。至少一直到我们再见到曼奇尼。"

埃塔伊内揶揄地笑道:"我可以一直瞒着曼奇尼,没有一点问题。我能够想象,他会如何地利用我的这一天赋。"

欧文同意道:"那是肯定的。那这就是我们之间的秘密了。现在,你能不能再试一次?你恢复得足够好了吗?"

埃塔伊内精力充沛地点点头,把缸子放在地板上,说道:"我只是吓了一跳,就这样。帮我再感觉一下圣泉的神力。你能不能再次召唤圣泉?"

欧文再次召唤圣泉,圣泉起了一个涟漪,然后扩大。埃塔伊内闭上眼睛,沉浸于其中,眼睛越闭越紧,好像在与内心的一些不适进行斗争,然后,脸皮一颤,面容变了,变成了另外一个人——一个年龄稍微大一点的俊秀女人,深色头发,眼睛和颧骨边有一些皱纹。

欧文越来越兴奋,好奇地问道:"现在你是谁?"是的,泉佑异能者看得出来,埃塔伊内在使用神法,但他们肯定不知道,埃塔伊内是如何运用神法。埃塔伊内的神法令人叹为观止。很明显,埃塔伊内想伪装自己。欧文以前从来没有读到过这么一种超能力,所有的书里都没有这样的记载。

那个女人的形象抖了一下,然后消失了。埃塔伊内一脸严肃,说道:"那是我妈妈。"

◆ ◆ ◆

第二天早上,克拉克从高烧中醒来,身体虚弱,面色苍白,但已经不再虚弱地发抖。到了上午晚些时候,他可以慢慢地喝一点汤,挣扎着坐起来。他还不能走路,但他在慢慢恢复元气。

毒药给贾丝廷带来了致命的打击,她至今都没有动弹一下。伊薇一脸的恐惧和悲惨,这对欧文来说无异于一种折磨,就像他现在看着贾丝廷遭受折磨一样。贾丝廷的黑头发变得干燥脱落,以前白皙的皮肤现在有了一层绿色的阴影,颧骨凹陷,眼睛下面的淤青更是令人触目惊心。埃塔伊内已经竭尽全力,甚至迫使她喝下了一些汤,帮助她恢复元气,但可怜的贾丝廷就在他们眼前慢慢枯萎。

博思韦尔勋爵上午时分过来看望克拉克和贾丝廷,讨好地关切说道:"这一骇人听闻的事件震惊了我。我想你们想知道我的调查结果。"

克拉克从病床上看着欧文,拧紧的眉头充满了不信和愤怒。

欧文尽可能耐心地问道:"你知道什么?"欧文整晚没睡,觉得骨子里都累,又有点恶心。他看了伊薇一眼。伊薇仍然坐在贾丝廷床边,抓着贾丝廷无力的手。

博思韦尔勋爵皱眉说道:"你们不怀疑我是幕后主使?"

"我可能说话鲁莽,"欧文厉声说道,"但请直截了当,让我们决定是不是应该怀疑你,这样可能对我们更有帮助一些。小姐的女侍病得很重,我们很容易暴躁。"

博思韦尔满脸大汗,面色苍白,结结巴巴地说道:"明白了。我保证,我在竭尽全力找出事故的真相。幸运的是,你们带了一位训练有素的……医生。她的技能确实起了很大的作用。如我所说,我代替雅各调查了这一变故。雅各十分担忧,想知道是不是他的仆人投毒。现在有两个可疑对象。其中一个自从昨天外出之后,就没有回过王宫,现在仍然不知所踪,但我相信他是我们的人。我们正在四处找他。如果必要,我们会对他严刑拷打,迫使他招供。"

伊薇看起来很反感,说道:"一个人如果被严刑拷打,可能会什么话都说。尽可能多地找到这个人的信息,但在动粗之前,请让我们明白他的动机。"

博思韦尔看起来有点失望,说道:"我想锡尔迪金的习惯是这样。

请原谅,小姐。"

伊薇摇头说道:"毫无疑问,你道听途说了很多关于锡尔迪金的谣言。"

外面传来敲门声,一个仆人打开了门。"雅各陛下前来看望受伤者。"一个女仆笨拙地行了一个屈膝礼,说道。

博思韦尔看起来大吃一惊,深深地鞠躬,用完全不同的语气说道:"如我刚才所说,今天上午你们看起来有点不舒服,可能对继续外出不感兴趣。"

雅各轻松地走进病房,拍在博思韦尔的肩膀上,说道:"你在这儿,博思韦尔?我想,我已经叫你找出投毒者,并将他绳之以法?"

"我……我……我只是礼节性地到这里来告诉伊蕾莎白……莫——莫蒂默小姐,陛下确实已经委托了我这项任务——"

雅各看起来有点烦躁,说道:"那就继续完成任务,不要惹莫蒂默小姐生气。去。"

欧文听了雅各和博思韦尔之间的对话,觉得要重新估计博思韦尔。博思韦尔自视甚高,认为自己对雅各的影响很大,这其实很可能是夸大其词。雅各也可能并不像博思韦尔说的那样愚蠢。

雅各走过来,站在贾丝廷床边,心情忧郁,脸色阴沉,说道:"啊,我希望今天上午能够看到状况有所改观。事情并不是这样。"他又看了一眼克拉克。克拉克正挣扎着坐起来。埃塔伊内连忙跑过去帮他一把。"至少你的骑士看起来正在康复。你觉得怎么样,骑士先生?"

克拉克声音沙哑地回答道:"比昨天好多了。"

雅各尊敬地点点头,说道:"您为锡尔迪金带来了荣耀。希望您早日康复。"

"谢谢您,陛下。"

雅各转向伊薇,撇撇嘴,说道:"你看起来很糟糕。"

伊薇自从昨天匆忙归来后,还没有换长袍或者梳头发。她严肃地说道:"你看得出来,陛下,我的女伴病得很重。"

雅各挥挥手,说道:"我是在开玩笑,就这样。有人告诉我,你昨晚没睡,陪伴你的女仆。你的朋友,这么说可能更正确一些。这值得赞扬。你要不要和我出去走走?我想你需要一些新鲜的空气。"

伊薇皱眉说道:"我恐怕不得不拒绝。贾丝廷的状况看起来越来越糟糕。我要一直待在这儿,万一……"

雅各说道:"我们就在附近转转,不会走远,我保证。如果贾丝廷状况恶化,我们可以随时赶来。来,小姐。和我一起走走。"他向伊薇伸出手肘。

这是一个很敏感很体谅的动作。欧文心里抱怨,但又不得不佩服雅各。伊薇警惕地看了雅各一眼,似乎内心很矛盾,要不要接受雅各的提议。然后,她突然点点头,站了起来,摸顺一下长袍上的皱褶,拉住雅各的胳膊,又看了欧文一眼,点头示意欧文跟着他们。欧文当然早就想跟着雅各和伊薇了。

欧文看了一眼埃塔伊内。埃塔伊内点点头,表示她会留下来照顾克拉克和贾丝廷。雅各和伊薇开始在附近转悠,欧文跟在他们身后。雅各指着各种不同的建筑物,解释道那种金色的辫子形设计名为基尔特克编织法。欧文不是很关注雅各和伊薇之间的谈话,而是谨慎地跟在他们身后,欣赏着身边的一切。空气中弥漫着烟斗里发出来的酸酸的旱烟味道,和常绿植物树液的清新芳香混合在一起。周围闹哄哄的,樵夫在劈柴,铁匠在磨刀,孩子们跑来跑去,彩带四处飞扬,狗汪汪直叫。雅各的衣着和他的臣民没什么两样,他身上没有任何东西表明，他是这块土地的国王。

"你真的这么做?"伊薇吃惊地问着雅各，把欧文的注意力吸引了过来。欧文中间有一大段话没有听到。

"当然了!"雅各回答道，然后压低声音。"我经常在山谷里闲逛。不然的话，我怎么才能了解臣民的困难和需要呢?埃东布里克之外的大部分人都不知道我长得什么样子，旅行者又非常常见。我在很多干草房里睡过觉，和很多吃红豆者以及他们的妻子共进过晚餐。"

伊薇好奇地问道:"什么是吃红豆者?"

"他们还需要侍弄菜园。在锡尔迪金他们叫做什么?"

伊薇回答道:"农夫，我想。我以前从来没有听说过'吃红豆者'这一说法。"

雅各说道:"阿塔巴伦的土地崎岖不平。植物都是斜着生长，耕牛和耕马没有用武之地。吃红豆者整平土地，种上韭菜或者西葫芦或者任何能够在这里生长的东西。韭菜汤是我的最爱之一。"

伊薇笑道:"你和那些吃红豆者待在一起时，有没有听他们说过一些冒犯你的话?"

雅各愉快地笑道:"很经常的事情。但我从来没有泄露过我是谁。雅各在阿塔巴伦是一个很普通的名字。对应你们国家的詹姆斯。几乎没有人怀疑我。啊，我们到了。"他们走近一条带顶棚的走廊，走廊里摆着一张长凳、一张桌子和一块巫哲棋盘。走廊在户外，靠近一座小花园，花园围着石头篱笆。

伊薇不确信地问道:"你带着我走这么远，就是来下巫哲棋?"

"你不喜欢下巫哲棋?我教你?"

伊薇理顺一下耳边的头发，故意说道:"我不是很擅长。下巫哲棋时我总是输。"

"那我尽量不穷追猛打，"雅各殷勤地说道，带着伊薇走到长凳旁边。伊薇坐下，把手肘放在桌子上，雅各绕过去，坐在桌子另外一边，伊薇趁此机会很快地瞥了欧文一眼。

欧文想夸张地叹息一声，但又怕伊薇会咯咯笑起来，于是假装对花园很感兴趣，但仍然留心听着伊薇和雅各之间的对话。

伊薇说道："棋子是用木头雕刻出来的，而不是石头。"

"我想这套棋具没有你用惯了的那套棋具那么精美，但游戏规则一样。你选择了浅色的棋子？我用深色的棋子。"

伊薇四步棋打败了雅各，欧文不得不捂住嘴，藏起脸上的笑意。

雅各半傻笑半生气地说道："啊，我们再来一局？"

伊薇怯怯地说道："好吧。"

伊薇又是六步棋打败了雅各，使用了一个欧文教她的技巧。

欧文看了雅各一眼，雅各脸色阴沉。"我明白了，你是在有意谦虚。"

伊薇回答道："不，我下巫哲棋确实是输多赢少。"

雅各似乎明白了。"啊，我懂了。我忘记了。你是和那个泉佑异能者基斯卡登公爵一起长大的。我们再来一局。不要玩我。如果我赢你的话，我希望是靠本事赢的。"雅各又摆好棋。

伊薇八步棋打败了雅各。

雅各往后靠了靠，盯着棋盘，抱怨道："哼！如果你下巫哲棋下得这么好，我想看你和基斯卡登对弈一局。"

欧文只能用衣袖遮住嘴巴，忍住不咳嗽。他转过身去，背对着雅各和伊薇，不让他们看到自己的脸。

伊薇说道："坦白说，是他教我下巫哲棋。他很擅长下巫哲棋。"

雅各说道："我可以想象。"然后他的声音严肃了起来，说道：

"昨天在事故发生之前,你说过的话。你说,你到这里来是商谈两国之间停战,塞弗恩把你作为停战条件之一。"他暂停了一下,小心翼翼地选择用词。欧文的心开始往下坠。"这只是我的理解。唔……别人说,你和基斯卡登大人已经订婚,我想,这只不过是谣言。你这么做是为了取悦塞弗恩?还是真的愿意?"

欧文想捡起一坨泥土扔向雅各的头。伊薇会怎么说?欧文站得这么近。可能伊薇心里正在遭受折磨。欧文心里痛苦不堪,却又希望伊薇心里的痛苦能有自己的一半。欧文咬住嘴唇,不让自己骂出声来。他纹丝不动,悄然无声。

"你这么问真是太好了,"伊薇含糊其辞地说道,声音听起来越来越不悦。"但我不想在下巫哲棋时讨论私人问题。"

雅各唾了一口,说道:"你不能说这是一局巫哲棋。你彻底地粉碎了我的自信和骄傲。当然,我承认,我不是很喜欢下巫哲棋。我宁愿朝一个人挥刀弄剑,而不是在棋盘上移动几块木头。他们说,巫哲棋告诉别人你的大脑是如何运转的。你已经证明了,你远比我聪明,我这一辈子也比不上你。"雅各抽了一下鼻子,叹息道。"唔,莫蒂默小姐,如果你不愿意告诉我你的事情,你愿不愿意告诉我一些关于基斯卡登的事情?我听到的都是关于他的夸大其词,吹嘘他的能力有多么神奇。"

伊薇含笑说道:"这些传说很可能都是真的。"

雅各恼火地祈求道:"你能不能为我解开一些困惑?"暂停了一下,他的声音听起来镇静下来。"我能理解,基斯卡登和你分开一下为什么会心生嫉妒。你到这里来才一会儿,你的爽朗、智慧和勇气就已经吸引了我。我很钦佩你的这些特质,从来没有想过——一个来自冰冷的北方的女孩会有这些特质。"

伊薇回答道:"我们可能习惯了寒冷,但我们的血液是热的。"

"我已经知道了。现在告诉我一些关于欧文·基斯卡登公爵的故事。我坚持。这不是什么秘密。我和他之间没有私人恩怨。他长得什么样子?性格如何?是不是和你一样粗鲁?"

伊薇听到这些问题,笑了起来,说道:"遵命,陛下,如果你喜欢听。"伊薇暂停了一下,好像是为了站稳自己。欧文耳朵发烧,僵在那里,觉得十分悲惨。"欧文的哥哥是塞弗恩王的人质。因为父母阴谋造反,塞弗恩王在鞍鞭山之战胜利之后,把欧文的哥哥扔下了圣泉,然后和谋士商量如何处置他的家人。欧文于是被送到帝泉王宫,代替哥哥来当人质。"

雅各用沉思的语气说道:"他肯定吓坏了。"

伊薇说道:"是的。我外公霍瓦特公爵带我到帝泉王宫与他作伴。"

"你的父亲莫蒂默公爵在鞍鞭山之战中战死?"

伊薇暂停了一下,问道:"你知道这件事情?"

"我知道。这对于你来说肯定是一件很痛苦的事情。失去了父亲。我父亲的死对我影响很大。请继续往下讲。"

雅各比欧文想象得要敏感。欧文用皮靴尖碰了碰脚下的一团草,希望一群嘎嘎叫的鸭子会从头顶飞过,打断伊薇和雅各之间的谈话。

"唔,我想说,欧文和我变成了好朋友。从那以后,我们一直都是好朋友。"伊薇暂停了一下,欧文听得出来伊薇声音中的痛楚。"他现在对于我来说仍然很重要。"

欧文觉得眼泪灼痛了眼睛,一滴眼泪还控制不住,掉了下来,顺着脸颊往下流。欧文咬咬牙,迫使眼泪不要往下掉。

雅各低声同情地说道:"这么说,你出使阿塔巴伦,代价是巨大的个人牺牲。你要对塞弗恩效忠,又要对自己的心负责。我能够说的是，欧文·基斯卡登是一个幸运的家伙，能够有一个这么忠实的朋友。他在锡尔迪金是一个权力很大的公爵。听说他夜袭奥西塔尼亚人的营地，打得沙特里约恩落荒而逃，这相当于在巫哲棋盘上两步打败对手，理论上是不可能的。我希望有一天能够遇见他。他长得什么样子？"

"他长得很帅。"伊薇说道。她的声音，在欧文听来，似乎意味着她喜欢谈论欧文。"褐色头发，中间夹杂着几缕……他从不梳理。他的头发很难梳理。"现在他们没有谈论那个危险的话题了。伊薇继续说道："他很善良、体谅、勇敢。他维护弱者的利益，祈求塞弗恩王常怀怜悯之心。塞弗恩王知道欧文忠心耿耿，愿意接受他的劝告和建议。"

欧文觉得伊薇想要说：他现在就站在这里，倾听我们的谈话。但伊薇没有这么说。

欧文偷偷地拭掉脸上的泪痕，内心在为伊薇而燃烧。

雅各温柔地问道："我想我必须问你这个问题。如果一个人需要履行自相矛盾的职责，就必须二者选其一。我猜，如果你不打算听从塞弗恩的命令，你就不会来到阿塔巴伦吧？"

"你打不打算把埃里克交给我，让我把他带回锡尔迪金？"

雅各痛苦地叹气道："我现在明白了什么是自相矛盾的职责。我向埃里克发誓，我会帮助他，保护他。如果我违背了对他发出的誓言，你怎么相信，我会信守对你做出的承诺呢？"

伊薇直截了当地说道："你发誓发得太草率了。"

"是这样的。你要是早来一点就好了。但我们还是有办法解决这个问题。"雅各的声音严肃起来。"如果塞弗恩不是锡尔迪金之王，你就没有必要对他效忠了。"

雅各一说这话，欧文的心就开始狂跳起来。

突然，一个女仆跑上露台，说道："陛下，请原谅！小姐！你的女伴情况恶化，呼吸困难，有生命危险。他们派我来找你们。"

伊薇推开桌子和巫哲棋盘，朝病房跑去。欧文紧跟在伊薇身后。

第二十一章
安静的呼吸

　　欧文站在一边,眼睁睁地看着贾丝廷喘气,心里感到十分伤痛。伊薇跪在贾丝廷病床边,握紧贾丝廷的手,几乎控制不住自己的眼泪。阿塔巴伦的御医苦着脸摇头,像全世界所有其他无助的人一样耸耸肩膀,然后走了出去。克拉克现在不需要帮忙就可以坐起来了,看着面色苍白的贾丝廷,脸色阴沉苦恼。埃塔伊内站在克拉克旁边,看起来筋疲力尽,面色枯槁。所有的锡尔迪金人沉默着,聆听着贾丝廷安静费力的呼吸。

　　雅各没有在病房里陪伴他们,而是给伊薇空间,让她和国人一起悲伤。

　　伊薇脸悲伤得扭曲起来,祈求道:"求你啦,贾丝廷。你可以的!你能够渡过难关!请不要放弃希望。我们还有很多事情要一起去做。请竭尽全力活下来!你必须竭尽全力。如果你醒了,你就可以吃东西,恢复力气。"伊薇用手背抹去脸上的泪水,另外一只手仍然抓住贾丝廷苍白的手指。

　　欧文最不情愿的事情就是看着伊薇受伤。他向前一步,把手放在伊薇肩膀上。伊薇抬起头来，沮丧地看着欧文，伤痛欲绝地浑身发抖。

伊薇低声说道："我不能失去她。我不能。"

埃塔伊内疲惫地说道："我已经竭尽所能了，小姐。毒药对不同的人影响不同。克拉克身体强壮一些。"

"我感觉现在像小猫一样虚弱，"克拉克说道，又看了一眼贾丝廷的病床，扭着嘴巴，"可怜的贾丝廷。"

伊薇沮丧地说道："我决不放弃，我决不放弃希望！贾丝廷，求你啦！我需要你！我需要你的安慰和陪伴。你对我来说如此珍贵。求你啦！"

贾丝廷的喘息声越来越响，脆弱的胸口一起一伏，这对于其他人来说无异于一种折磨。在她的两次呼吸之间，没有人说话。

有人在外面怯怯地敲门。伊薇看起来对这突如其来的打断感到怒不可遏，欧文走到门边，打开门。博思韦尔站在门外，脸色通红。

"什么事？"欧文问道。

博思韦尔捂住嘴巴，说道："那……啊哼……那个我们在找的人。告诉小姐。"他伸长脖子，目光想要绕过有意挡住了他视线的欧文。"告诉她，我们找到他了。在瀑布底下。一个渔夫用渔网把他捞出来了。他的后背有一处刀伤。我怀疑，这意味着投毒者仍然在逃。小心了，先生。保护好小姐。她的安全现在看起来掌握在你手里了。"

欧文说道："我会的。谢谢，博思韦尔。"他开始关门，但博思韦尔撑住了门。

"如果有什么事情我可以效劳……？"

"小姐想一个人为朋友悲伤一会儿。"欧文说道，然后关上门，完全堵住了博思韦尔的视线。

贾丝廷粗重的呼吸安静了下来，最后发出一声叹息，就没有了呼吸。

"不！不！"伊薇苦涩地说道，心里感到一阵强烈的痛苦，不由自主地把头埋在贾丝廷胸前哭了起来。她哽咽着，啜泣着，胸口一起一伏。

欧文觉得圣泉在哗啦啦作响。他没有召唤圣泉，圣泉却在体内醒来。埃塔伊内猛地抬起头来，困惑地看着欧文。她也感觉到了。

"她走了。"克拉克下结论道，声音充满了绝望。

欧文插上门闩，几乎无意识地跟随着圣泉的指引，来到贾丝廷的床边。他能够感觉到房间里有什么东西存在。贾丝廷安安静静、纹丝不动地躺在那里。她的生命之火已经离开了蜡白的躯壳，然而，真正的贾丝廷仍然待在屋内，和他们在一起。欧文能够感觉到贾丝廷在冥冥之中安慰伊薇，伊薇却太痛苦了而感觉不到。

欧文慢慢地小心翼翼地走到伊薇身后，看着贾丝廷的身体，觉得体内有什么东西在膨胀，圣泉的泉水在翻腾，像波浪一样舔着他。欧文害怕得腿发抖。

埃塔伊内盯着欧文，眼睛睁得很大，充满了敬畏。房间里唯有她预感到将有什么事情发生。

欧文感觉到圣泉的边缘在缩小，然后又扩大，好像一条大河注入了体内。

欧文站在床架旁边，靠近贾丝廷的头部，看着贾丝廷凌乱的黑发。他知道自己需要做什么。在记忆深处，他能够看见塔顿庄园有一张病床，父母在悲伤地哭泣。宫殿里有个婴儿，一生下来就死了，头皮上有一缕毛茸茸的白发。一名助产士抱着这个全身是血滑溜溜的婴儿。助产士是安凯瑞特·崔尼奥薇——王后的毒药师。她已经绞尽脑汁，运用了各种药草来救他，却仍然没有把他救过来。但她有另外一种能力——一种需要耗尽元气的能力。

欧文知道，如果他运用这种能力，他将会感到十分虚弱，几天，甚至几周以内不能召唤圣泉。这对他们所有人来说是一次很大的冒险。但伊薇伤心的泪水和他自己对贾丝廷的感情动摇了他的心。更重要的是，他感觉到，这是圣泉的意愿。

欧文压制住内心的紧张和恐惧，走近来，一只手放在伊薇颤抖的肩膀上，弯下腰，另外一只手把贾丝廷的黑发从前额拨开。

伊薇抬起头，泪水还在从鼻子上往下掉，脸上充满了悲苦和一丝困惑。

没有人教过欧文应该怎么做，但欧文知道自己应该怎么做。

欧文低下嘴唇，在贾丝廷冰冷的嘴唇上方停住。贾丝廷的身体已经不冒热气了，但欧文仍然能够感觉到她的存在。圣泉在欧文体内汹涌。欧文镇静心神，想起了那句咒语，默默地说了出来。

"内希——啊嘛。"

呼吸。

欧文轻轻地亲吻了一下贾丝廷。当他们嘴唇相接时，圣泉的泉水从欧文体内涌出，注入贾丝廷体内。欧文觉得自己一时迷失在圣泉的漩涡里，耳朵和手指尖刺痛。

贾丝廷全身颤抖，长长地叹息一声，眼睛眨了几下，睁了开来。

欧文站起身来，仍然感觉到体内的圣泉在向外汹涌。他看着贾丝廷的眼睛。贾丝廷明白了。几秒钟以前，她还是一个死人，但她没有回归深无测。她站在深无测的边缘，正要纵身往下跳，欧文把她救了回来。

伊薇吃惊地大叫："贾丝廷！"

欧文觉得体内的圣泉全部离他而去，身体被掏空了——完完全全被掏空了，轻飘飘的，有如一根羽毛，双腿发软。他眼前一黑，摔倒在地。

◆ ◆ ◆

欧文再一次醒了过来，不知道已经过去了多少时间。

火焰在壁炉里噼里啪啦响，但窗户打开时的嘎吱声惊醒了欧文。外面传来风的叹息以及远处瀑布的轰鸣声。窗户的一根链条轻轻地嘎吱响，很轻很轻。欧文听了，觉得心神不宁。

欧文的眼皮像铁门一样沉重。他竭尽全力睁开眼睛，却只能看到一丝微弱的光。房间内一团漆黑，所以现在是晚上？他睡了多久了？他睡在病房里。欧文立刻闻出了病房的气味。

一只皮靴在窸窸窣窣地响。

欧文想转一下头，但他的头好像铁砧那么重，费了好大的力才转动一点点。他躺在一张病床上，盖着薄薄的被套，出了很多汗。他的锁子甲被脱了下来，挂在病床旁边的椅子上，在淡淡的光线中发着冷光。窗户边有一块黑影，比房间的其他地方要黑暗，而且，黑影在移动。

欧文心慌得快要发疯了。他感觉自己现在完全丧失了圣泉的神力，体内装圣泉的杯子是空的，一滴泉水也没有剩下。他以前从未有过这种感觉。自从他发现自己拥有圣泉的神力以来，体内圣泉的储量一直都非常充沛。现在，体内一滴圣泉也没有。欧文觉得很糟糕又很陌生，好像一条胳膊被锯掉了。

伊薇在哪里？克拉克和埃塔伊内在哪里？相邻的病床上，贾丝廷正在熟睡，黑头发盖住了脸，胸膛一起一伏。她的呼吸不再充满痛苦，而是一个熟睡的正常人发出的那种清晰柔和的呼吸声。

欧文一点点地想了起来。贾丝廷早些时候死了，但他救了她。那是上午的事情吗？还是已经过去一天多了？欧文不知道到底过去了多久。他只知道，现在肚子和体内的圣泉一样，都是空空如也。

黑影慢慢地离开打开的窗户，朝欧文走过去。欧文又听到了皮靴摩擦地板的窸窸窣窣声，黑影定在那里。欧文又想起了一些事情，心里慌成一团。博思韦尔来告诉他说，头号嫌疑人已经死了。

这意味着投毒者仍然在逃。

欧文惊恐地想到，投毒者很可能现在正偷偷摸摸地过来，完成没有完成的任务。

第二十二章
出卖

无助的感觉很恐怖。欧文看了一眼房间,想找到一条逃生的途径,但就算找到了,他现在四肢沉重无力,几乎动弹不得。他张开嘴想要说话。还好,他至少还可以说话。

"我看到你了。"欧文低声说道。

黑影在中途愣住了,然后是一阵沉寂,只听见打开的窗户外传来瀑布的轰鸣声。

"我也看到你了。"黑暗中传来熟悉的声音,声音不再矫揉造作。欧文立刻分辨出来了:是博思韦尔勋爵。

"为什么你到这里来?"欧文问道。他现在不得不拖住博思韦尔。他能不能开口呼救呢?援兵要多久才来?他现在不能自保,但博思韦尔知不知道呢?

"这还不是明摆的事情吗?"博思韦尔挖苦道。他又朝欧文走去,一直走在阴影里,手里拿着一把匕首。"有人付钱给我,让我帮助你们,但也有人付更多的钱给我,让我取你们的性命。"

欧文觉得后背起了鸡皮疙瘩。"我们所有人?"

"是的,尤其是莫蒂默小姐。如果她在阿塔巴伦被暗杀,塞弗恩一定会入侵阿塔巴伦。这样就转移了他的视线。"

"让塞弗恩的视线离开什么?"欧文逼问道。他觉得内心焦急如焚,却又绝望无助。

博思韦尔在黑暗中咂咂舌头,说道:"事情并不是它们表面上看起来的那样。现在,做一个乖孩子,老老实实地躺在那里,让我好好地杀了你。我不会让你痛苦,一切很快就会结束。我保证。"

博思韦尔又向前走了几步,欧文模模糊糊地看到了他的脸的轮廓。博思韦尔脸上那种逢迎的亲近感不见了。毫无疑问,他想要谋杀欧文。

"在瀑布旁边那一天,你没有和我们在一起。是谁投的毒?"欧文问道,一颗汗珠从前额上掉下来。

"本来这件事情应该做得像一起意外。一年前,我雇用了雅各·卢埃林的一个家仆,等待一个像这样的机会。你毁掉了这个机会。我不得不把他扔进河里。啊,唔,至少我现在可以离开这片不毛之地,回到一个更加文明的国度。明天快乐,小屁孩。"

博思韦尔居高临下,站在欧文的病床旁边,恶狠狠地看着欧文。

一把匕首刺入了博思韦尔的屁股。

一个女人手握着匕首柄,刺出这一刀。欧文想滚下病床,但只能微微抬起身体。他的心脏在胸腔里剧烈地跳动,新鲜血液在全身奔涌,手指头和脚趾头剧痛。

博思韦尔闪到一旁,朝贾丝廷的床边冲去,伸出匕首,严阵以待。床上躺着的并不是贾丝廷。

欧文只看到黑头发一甩,立刻认出了埃塔伊内的脸。埃塔伊内眼神狂野,一脚踢中博思韦尔的腹部。博思韦尔往后栽倒,打一个滚,避开埃塔伊内的锋芒。埃塔伊内也严阵以待,从床上跃起,手握匕首,朝博思韦尔冲过去。欧文踢着被单,想要伸出腿,做点什么。两个毒药师在黑暗中混战着,嘟囔着,诅咒着。一把匕首扬起,埃塔伊内抓住了博思韦尔的手腕,又是一阵恶毒的诅咒,一把椅子摇晃了一下,翻倒在地。突然,埃塔伊内跪倒在地,后退了几步,匕首递出,假发上的一些黑头发黏在汗津津的脸上。她在欧文床前扎下阵脚,护卫着欧文。

博思韦尔一脸阴沉,痛得直不起腰来,咆哮道:"你太年轻了。太嫩了。我在学校里听说过你。你肯定也听说过福尔卡特。你擅长伪装,但我更擅长刀法。你是知道的。"

埃塔伊内手背朝上,把匕首隐藏在手掌下面,双臂贴近胸口,警惕地说道:"你有多大把握?"

博思韦尔踉踉跄跄地向前迈出一步,然后脸朝下摔倒在地。

埃塔伊内呵呵笑道:"所以我在刺你之前,先在匕首上涂了毒药。"

博思韦尔浑身抽搐痉挛。

埃塔伊内踩在博思韦尔的手腕上,从他手中把匕首撬走。

欧文呼吸里都充满了感激之情,问道:"你认识他?"埃塔伊内伪装起来就像贾丝廷。她甚至穿上了贾丝廷的长袍。

埃塔伊内抹去脸上的汗水,回答道:"我们在皮桑上同一所毒药师学校。他用假名来隐藏身份。我想,他现在是奥西塔尼亚人的走狗了。我以前从来没有面对面见过他,否则,我应该能够认出他。"

埃塔伊内扶起摔倒的椅子,把昏迷的博思韦尔放在上面,绑住手腕和脚踝,任由他的头耷拉在一边。

欧文问道:"你用的毒药致命吗?"

"不会。只会让他瘫痪。我刺他的腿,让他移动困难,不能和我打斗,而且毒药会直接进入他的血液。"埃塔伊内把匕首放回腰间的刀鞘,走到床边,帮助欧文坐起来,背靠在床头挡板上。

欧文感激地看着埃塔伊内,说道:"谢谢你救了我的命。"埃塔伊内整理了一下欧文弄乱了的衬衣。

"我们以退为进,"埃塔伊内耸耸肩膀说道,"克拉克仍然不能动武。圣泉抽干了你的元气,你像一只刚生下来的小狗那样虚弱无力。我们散布谣言,说你也病重,贾丝廷病得动都动不了。我伪装成她的样子,躺在她的床上。伊薇小姐也很安全。我想另外一个毒药师会利用这个机会来刺杀你们两个。他果然上当。博思韦尔掉进了我的圈套。"

"我从来没有这么虚弱过。"欧文说道,心里不知道是一种什么样的感觉。埃塔伊内设计陷阱,却用他来做诱饵。

埃塔伊内说道:"我可以帮忙。"她先关上窗户,插好插销,然后点燃一支蜡烛,让房间亮堂一点。博思韦尔开始打呼噜了,头仍然耷拉在一边。埃塔伊内从包里取来一些药草,把它们放入梳妆台上一杯汤汁里,用调羹搅拌了一会儿,然后走到欧文身边。

埃塔伊内把杯子送到欧文唇边,欧文呼吸到鸡肉蔬菜汤的香味,看到几粒小扁豆。埃塔伊内斜起杯子,欧文咽了一口,汤汁是咸的,带着他和安凯瑞特在一起时就熟悉了的那种草药味道。助产士用这种草药来治愈病人。欧文小时候就喝过类似的汤汁。

欧文喝了几大口微温的汤汁。埃塔伊内叫他再多喝一点,欧文把剩下的全喝了下去。

埃塔伊内用手指头敲了敲欧文湿湿的嘴巴,说道:"好了,你的力气会更快复原的。"

埃塔伊内站得这么近，欧文觉得有点紧张和不适。埃塔伊内看着欧文，目光从他的头顶移到头发里夹杂的那几缕白色。欧文以为，埃塔伊内会伸手摸一下，但她没有。埃塔伊内往后靠了靠，又把杯子放在小梳妆台上。

埃塔伊内开始搜索博思韦尔的口袋。她取下挂在博思韦尔脖子上的一个小药水瓶，小心翼翼地闻了一下木塞子的尖端，又取下博思韦尔身上的第二把匕首以及手指头上的所有戒指。所有的毒药都是最近才收集的，不然的话，以欧文的能力，他应该能够感觉到。

埃塔伊内发现几张纸条藏在一个小袋子里，小袋子用皮条绑在博思韦尔胸前。

博思韦尔猛地抬起头，眨着眼睛。"嗝……"他呻吟道，眼睛里充满了惊恐，猛烈挣扎，椅子东倒西歪。埃塔伊内把手按在他的肩膀上，防止椅子跌倒。

"如果你往前摔倒，会磕掉鼻子，"埃塔伊内警告道。

"你赢了？"博思韦尔难以置信地问道，看起来怒气冲冲。

埃塔伊内居高临下地拍了拍博思韦尔的脸，说道："事情并不是它们表面上看起来的那样。现在，做一个乖孩子，老老实实地躺在那里，让我好好地杀了你。"

埃塔伊内有意羞辱，博思韦尔气得睁圆眼睛。"好得很，埃塔伊内。哦……加上合适剂量的毒药，一击得手。"他又挣着绳子，气愤地皱眉。"你对我用了什么？猫爪？"

"弗里格雷恩。"埃塔伊内回敬道。

博思韦尔嘟囔道："我接下来就要猜是弗里格雷恩了。哦，我明白了。第一刀那一下。你一直在等我背朝着你。"

埃塔伊内耸耸肩膀，尽力掩饰脸上的喜悦之情，说道："看起来你仍然在为沙特里约恩效力。"

博思韦尔憎恨地眯上眼睛。"我为那些出价最高的人效力。你也应该一样,"博思韦尔强调道,"不管曼奇尼给你多少钱,沙特里约恩都会只多不少。一个有你这样天赋的女子在奥西塔尼亚前途不可限量。但首先你要杀了欧文,他一直都在偷听。"

埃塔伊内说道:"我知道。听了你的报价,我都有点心动了。我的意思是,一点点而已,不是十分心动。忠诚系我心。"

博思韦尔诅咒道:"不要模仿我,埃塔伊内。你只对自己忠诚,为自己的利益服务。这个报价更高。如果你想为锡尔迪金效命,等篡位者垮台之后再说。如果你给我们当内应间谍,那更好。像曼奇尼那样。"

埃塔伊内皱起眉头,说道:"我在你身上找到了几张纸。"她在空中挥舞着那几张纸,逗着博思韦尔。"我在想,它们是用什么密码写的呢?"

博思韦尔惊恐地瞪大眼睛,说道:"还给我。"

埃塔伊内咂咂舌头,说道:"我打败了你,博思韦尔。记得吗?"欧文看着埃塔伊内展开那几张纸。"福尔米亚密码,"她夸张地叹息一声,问道,"真的,你让我失望。"

博思韦尔挣着绳子,说道:"我们没有想到他会派你来。"

"你是说沙特里约恩吧?"埃塔伊内尖刻地说道。欧文也断断续续地明白了一些,想再次用圣泉的神力来试探一下博思韦尔。他试着召唤一下圣泉,但他的努力就好像在朝一个空罐子吹气。他的神力已经完全消失了。

博思韦尔皱眉说道:"你不认识他。"

"不要这么自信满满。"埃塔伊内说道,一边很快地浏览着密码编

The THIEF'S DAUGHTER 207

写的信息。她把字条放到蜡烛旁边。欧文在一边看着,博思韦尔开始偷偷地活动手指,试着绳子的松紧粗细。欧文感觉自己恢复了一点力气,后背离开床头靠板,身体往前靠。虽然只是这么动一下,他仍然感到头晕目眩。他把双腿移到床边,但心里知道,如果现在想试着站起来,就有点太鲁莽以至于愚蠢了。

博思韦尔盯着埃塔伊内的脸,埃塔伊内看着纸条,脸色变得越来越阴沉。

埃塔伊内用手拍着纸条,问道:"这是谁下的命令?沙特里约恩?我认为他还没有那么愚蠢。"

博思韦尔的眼睛燃烧着怒火。

欧文警惕地问道:"什么事?"埃塔伊内和博思韦尔一直在谈论着毒药师和死亡,有点像在下巫哲棋,只是没有人拿下吃掉的棋子。

埃塔伊内转向欧文,面带忧色地说道:"他们派了一个毒药师去毒杀塞弗恩王。"

欧文吃惊地喘着粗气,转向博思韦尔,问道:"是谁?"

博思韦尔紧张地皱着眉头。"我只是完成我的任务,"他厉声说道,"锡尔迪金和阿塔巴伦之间不可能有和平。只可能是灾难!"

埃塔伊内逼问道:"回答这个问题!"

博思韦尔看了一下埃塔伊内,又看了一下欧文,提议道:"如果你释放我……"

埃塔伊内威胁道:"我把你扔到河里去!"

博思韦尔面色煞白,说道:"没有必要这么凶残!"

埃塔伊内摇头说道:"我们在这里多耽误一分钟,塞弗恩王就会多一分危险。我们忠于塞弗恩王,博思韦尔。我可以很明确地告诉你这一点。"

博思韦尔哼了一声，说道："那如果你发现他不再是国王，你会大惊失色。"

欧文想掐死博思韦尔。"然后谁会统治锡尔迪金？埃里克？锡尔迪金人不认识他，也不相信他。可能他确实有王位继承权，但他失踪太久了。锡尔迪金人现在很富裕。他们会团结在塞弗恩身后。"

博思韦尔摇头说道："可能你是对的。但你不知道什么事情正在发生。雾气弥漫，你看不到瀑布。可能你能够听到瀑布的轰鸣，但你看不到瀑布。"

埃塔伊内说道："不要打哑谜。可能我们应该使问题简单化。给你一剂天仙子怎么样？哼？或者更好……提纯的龙葵。"

博思韦尔眼睛鼓出来，开始在座位上摇晃，咆哮道："你干脆杀了我！如果我告诉你，我反正也是死。"

埃塔伊内说道："但最好的结果是，你甚至都不记得曾经告诉过我们。"

"愚蠢！"博思韦尔诅咒道，又叹息一声。"我说，我说！"他像斗败的公鸡一样摇摇头。"反正我现在说也可能晚了。沙特里约恩不想埃里克统治锡尔迪金。埃里克只是一个马前卒，一个幌子。那个自命清高的小子基斯卡登打败并羞辱了沙特里约恩。你瞧，沙特里约恩想打布里托尼卡的主意，实现自己的野心，但现在他改变主意了。他想要一颗更大的珍珠。他想要锡尔迪金。"

欧文摇头说道："这不是野心。这是疯狂。"

博思韦尔哼了一声，说道："可能是疯狂，但他已经下定了决心。他想谋杀莫蒂默小姐，挑拨塞弗恩对阿塔巴伦开战。然后，他计划毒杀塞弗恩，又强娶塞弗恩的侄女，通过塞弗恩的侄女来统治锡尔迪金。计划就是这样的，埃塔伊内。这就是计划的全部。沙特里约恩将通过妻子来统治锡尔迪金。坦默尔的任务是劝说爱丽丝。可能你不知道,坦默尔也有圣泉的魔力。几周以来,我们在给爱丽丝的母亲投慢性毒药,让爱丽丝对塞弗恩的印象变坏。你现在在阿塔巴伦,埃塔伊内,"博思韦尔阴森森地嘿嘿笑道,"只会让蒂雷尔更加容易接近塞弗恩。"

每一个泉佑异能者都有一种超乎寻常的能力，有些人还不止一种。他们的超能力对于全世界来说都是一个秘密，我只知道一些修行总则。用来描述他们神法修炼的术语有两个，分别是"严谨"和"活力"。"严谨"意味着严厉和严格。神力来源于修炼者严谨持续地遵守一些严苛的技艺或者惯例。这些人有钢铁一般的意志和异于常人的自律。"活力"意味着努力、能量和热情。他们出于热爱而完成某项任务，而不仅仅是为了野心的缘故。这两个概念就好比拉着圣泉神法这驾马车的两匹骏马。为什么有些人喜欢其中的一个而不是另外一个？这两种方法的效果是否有所不同？这两个问题对于全世界其他人来说一直是一个谜。

——波利多罗·乌尔比诺，帝泉王宫的宫廷历史学家

第二十三章
玻璃匠

博思韦尔被秘密押出雅各的王宫，监禁在伊薇座船船舱的一间牢房里。欧文的主意是把博思韦尔带回锡尔迪金与曼奇尼面对面，迫使曼奇尼招供他到底对塞弗恩有多忠诚。博思韦尔说的话吓坏了欧文。塞弗恩身处危险之中，欧文迫不及待地想要完成在阿塔巴伦的任务，回到锡尔迪金。

欧文和埃塔伊内以前都听说过蒂雷尔，但是在不同的环境下。欧文把蒂雷尔的名字同谋杀塞弗恩的侄子这件事联系了起来，而埃塔伊内在皮桑时听别人说起了一些关于蒂雷尔的故事。蒂雷尔至少和塞弗恩一般大，是一个有名的雇佣杀手，长相英俊，门齿之间有一个小小的缺口。幸运的话，这个特点能够帮助他们找到蒂雷尔。

抓住了博思韦尔之后，欧文和埃塔伊内告诉了其他人阴谋的一些细节。他们决定，克拉克立刻回到帝泉王宫去警告塞弗恩，并开始搜索蒂雷尔。欧文、伊薇和埃塔伊内留下来，尽快完成布置给他们的任务。

埃塔伊内又给欧文熬了一些汤，欧文觉得自己的力气和健康在恢复，但仍然不能运用圣泉的神法。他需要找一些书来读一读、下巫哲棋或者做一些别的事情来补充体内圣泉的储量，但做这些事情需要时间——他现在没有时间。

为了集中精力思考，欧文围着王宫快速行走，伸展伸展腿脚，舒缓舒缓肩关节，脑子里却一直在想着他们现在面临的各种威胁。散步时，他想要想出一条对策。过去他很容易就想到问题的关键。现在，体内圣泉枯竭，他几乎想不起奥西塔尼亚人阴谋的细节，更不用说想出一个行动计划。

中午时分，一个仆人走过来告诉欧文说，莫蒂默小姐想要见他。欧文立刻朝伊薇的房间走去。他觉得自己的身体像是一个陌生人。

欧文走进伊薇的房间，发现克拉克和埃塔伊内在房间后面的角落交谈。贾丝廷已经可以起来四处走动，现在正在摆弄伊薇的长裙。贾丝廷恢复得很彻底很有戏剧性。看见欧文，贾丝廷脸上飞霞，朝伊薇耳语了一番，伊薇立刻转头看着欧文。

"小姐？"欧文礼貌地说道。

伊薇容光焕发地看着欧文，说道："贾丝廷很害羞，不敢给你说，所以请我代替她来说。欧文，她知道她昨天死了，是你把她救了回来。"

欧文吃惊地看着贾丝廷。贾丝廷脸更红了，用力地点点头。

伊薇有点恼火地说道："我不明白为什么你不自己告诉他。你们又不是以前从来没有说过话。"

贾丝廷怯怯地说道："这次不同。"现在贾丝廷看起来对欧文完全是高山仰止了。

"我只是做了一些力所能及的事情而已，贾丝廷。"欧文发现贾丝廷变得有点不自在，自己也有点不自在了，于是改变话题，问道：

"克拉克,你什么时候出发?"

克拉克转过视线,说道:"我们将在海水涨潮时出发。有一艘载着木材的商船会载我一程,送我到停泊在海岸边我们的一艘船上。我希望半夜时分能够到达帝泉王宫。我在想,我要不要带上博思韦尔。"

埃塔伊内摇头说道:"你还很虚弱。最好把博思韦尔留下来。我可能可以从他那里逼供出更多的信息。欧文也想和曼奇尼谈一下有关博思韦尔的一些事情。另外,就算关在囚笼里,博思韦尔也是一个危险人物。"

克拉克撇撇嘴,说道:"我仍然想,我应该带着博思韦尔。如果博思韦尔能够帮助我们找到蒂雷尔的藏身之处,我们就节省了很多时间。"

欧文觉得两种观点都有道理。他再一次深刻地感觉到了圣泉枯竭带来的不便。"我想把博思韦尔带在身边。毫无疑问,他会设法逃跑。埃塔伊内,我想要你找出埃里克的藏身之处。我想,博思韦尔早些时候说过,埃里克藏在亨特利的一处庄园里。"

"我可以问雅各。"伊薇提议道。

欧文摇头说道:"你甚至不需要知道任务的这一部分。雅各比他看起来的样子要聪明。如果他知道我在这里,我就会被关在某座地牢里了。"

伊薇说道:"但我们不应该告诉雅各一些事情吗?奥西塔尼亚人在破坏他们和他缔结的联盟。他们在眼巴巴地指望着雅各失败!如果雅各知道这些,不会对我们的任务有利吗?"

欧文说道:"我知道你的想法。告诉雅各奥西塔尼亚人的阴谋,让雅各对奥西塔尼亚人心怀不满,但这并不能阻止雅各支持埃里克去推翻塞弗恩。你已经看到了,雅各有多么想要这场战争。我想,如果雅各知道你参与了我们的计划,反倒会弊大于利。我希望能够劝说埃里克加入我们。如果做不到,就要另作他想了。"他会心地看了埃塔伊内一眼。

"我最好还是现在就去船坞。"克拉克说道,但偷偷看了贾丝廷一眼。贾丝廷脸红得更厉害了,眼睛看着地板。

伊薇注意到了贾丝廷的表情,说道:"我有些东西忘在船里了。贾丝廷,亲爱的,你能不能到那里去帮我取来?那件有银边的蓝色长袍。我想穿那件衣服。"

克拉克的眼睛充满了希望,说道:"如果你愿意,我可以护送贾丝廷到船坞去,小姐?"

贾丝廷吃惊地眨眨眼睛,嘴角闪过一丝胆怯的笑,说道:"那件蓝色的锦缎长袍?我记起来了。我很高兴为你去取回来。我不在时,不知道埃塔伊内小姐愿不愿意陪护你。"

埃塔伊内深深地、恭敬地鞠了一躬,但眼睛里闪烁着揶揄的光芒。

克拉克伸出手肘。贾丝廷拉着克拉克的手肘,感激地看了伊薇一眼,和克拉克一起走了。

门关上了,伊薇叹气道:"他们两个人都安安静静,很可能会一言不发地走完全程。"她思索了一会儿,又转向欧文,说道:"我不知道该怎么感谢你。"她的眼睛温柔了起来,眼睛里的蓝色看起来多于银色或者绿色。她抓着欧文的手,紧握了一下。"我的心几乎碎成了两半。然后你救了她。谢谢你。"

欧文脸红了,说道:"我不知道我做了什么,我更加不确定我能否再做一次。别客气。"

伊薇拉了一下欧文的手,说道:"你还是感觉不到圣泉的存在?

你今天看起来有点孤苦伶仃，像一个迷途的游魂。我看到了你的面色，说对了没有？"

欧文点点头，觉得胸痛加剧。伊薇很懂他的心情——一直都很懂。

"我是这么想的。如果是这样，我想为你准备了一些有用的东西。早餐时，我向雅各要了这个东西。他命令手下的玻璃匠给我做了这个。这也是我叫你来的原因之一。来看一看。"

伊薇把欧文带到梳妆台，上面有一个木盒子。伊薇打开盒子，里面是一排排闪闪发光的长方形玻璃积木。欧文的心开始剧烈地跳动起来。

伊薇看到了欧文脸上的笑容，高兴地说道："我想，这可能会有所帮助。"

欧文看到这些积木，几乎开始颤抖，好像一个几乎渴死的人可以豪饮，或者干渴的大地等来了一场倾盆大雨。这是一种发自肺腑的、贪婪的感觉，一种孩子般的惊奇和兴奋。

伊薇搬下盒子。两个人不约而同地跪下，移开地面上的灯芯草垫，清理出一块平地来搭积木。玻璃匠给他们准备的积木颜色不同，形状各异。欧文跪在地板上，摸着手中的积木。一时间他又变成了那个八岁大的孩子，跪在厨房的地板上，几乎能够闻到莱昂娜厨房里的烤面包香味，听到仆人们忙来忙去的声音。他一开始搭积木，就感觉到了圣泉的细流在流动，第一滴圣泉泉水"嘀嗒"一声掉了下来。

伊薇在一边给欧文递积木，嘴角上挂着胜利的笑容。

"谢谢你。"欧文温柔地说道。他们挨得如此之近，欧文能够闻到伊薇头发上散发出来的芳香。芳香似乎又加速了圣泉流入欧文体内的速度。欧文第一次意识到，伊薇和他的神法有着某种联系。但欧文没有时间多想,因为他的大脑在高速运转,手指在娴熟地搭着积木。

盒子空了。欧文让伊薇推倒第一块积木。玻璃积木倒塌下来,发出一种不同的声音,叮叮当当地在欧文体内回响,欧文的心充满了好奇和兴奋。那一刻,他又变成了一个孩子。每一件事情都非常简单。他和伊薇知道,他们是天作之合。他们手拉着手跳进集雨池,吃着涂了蜜的松饼,享受着阳光……

门外传来敲门声,打断了这一纯粹的美妙时刻。欧文跳了起来,不想让仆人看到他在搭积木。每个人都知道欧文·基斯卡登公爵喜欢搭积木,下巫哲棋。如果他被发现了……

外面的人敲门敲得更紧了,并压低嗓子说道:"我是贾丝廷!"

埃塔伊内打开门,让贾丝廷进来,又很快地关上门。

贾丝廷看起来面红耳赤,愁眉苦脸。她离开了大约一个小时,但感觉好像只离开了几分钟。那件蓝色的长袍搭在她的胳膊上,但她的脸上愁云密布。

贾丝廷喘着粗气说道:"我想告诉你们:一艘来自布里托尼卡的船刚刚到达港口。我前脚刚上台阶,他们后脚就来。我想,布里托尼卡女公爵到了!他们正在去往正殿的路上。"

欧文和伊薇对视了一眼。布里托尼卡?

◆ ◆ ◆

很快,欧文穿上了锁子甲和霍瓦特家族的短袍。伊薇换上了那件蓝色的锦缎长袍,长袍和伊薇的眼睛相映成辉,如梦似幻。贾丝廷梳理着伊薇的头发,埃塔伊内很快地把积木放回盒子。

欧文又能够感觉到圣泉的存在了。体内储存圣泉的杯子还远没有装满，就好像王宫集雨池里的水，浅得只能够达到测量水深石柱的最低一级刻痕，但他至少不再感到体内空空如也。

伊薇摆弄着长裙，一边不断地向贾丝廷发问，问哪些访客来了。贾丝廷不确定到底谁来了，只能够重复当时身边人的猜测。有些人认为，布里托尼卡女公爵到了，但贾丝廷没有看到有贵妇从船上下来。

他们准备好了，离开伊薇的房间，朝正殿走去。他们刚到阿塔巴伦时，正殿里挤满了来参加婚礼的客人。那些客人早已散去，现在正殿里到处是仆人、侍卫，雅各·卢埃林在紧张地走来走去，看见伊薇，他又吃惊又高兴地眨眨眼睛，朝她跑过来。

雅各高兴地说道："我也是刚刚听到消息。一个使者刚从布里托尼卡来。这可是少有的荣耀。"

伊薇向贾丝廷点点头，说道："我的女伴刚才告诉了我。你知不知道是谁来了？"

雅各摇头说道："我不知道。这一次到访完全出乎意料。"他看起来有一点烦躁。"我看不到博思韦尔的影子。今天没有人见过他。"

欧文一行人不动声色。欧文感到很宽慰，他终于恢复了一点圣泉的神力。有了这点神力，他可以更好地理解身边人的表情和言行举止。直到完全失去了神力之后，欧文才意识到自己神力到底有多深，以及每一层修为到底是什么样子。他也想知道布里托尼卡女公爵是否来了。欧文以前从来没有见过布里托尼卡女公爵，心里也好奇，想要了解更多。

他们在正殿里没有等很久，大使就到了。殿外响起号角声，宣告客人光临。

"布里托尼卡公爵领地的布伦登·鲁元帅勋爵大人来访！"那个发福的侍者大声宣告道。

来者不是欧文期待的人。欧文觉得有点奇怪，一个和他同样位高权重的人居然作为一名使者，来到另外一个国家。难道他是来宣战？鲁元帅可是布里托尼卡公爵领地的守护者和布里托尼卡女公爵的监护人。

欧文立刻认出了鲁元帅。鲁元帅灰色的短发梳成奥西塔尼亚人的流行发型，和在沙特里约恩摒弃的兵营中见到他时一样，眼神凝重，若有所思。这一次，他肩负着事业和重任，大步走入殿内，看见雅各和伊薇并肩站在台阶附近，不由得皱起了眉头。欧文越来越恐惧地意识到，鲁元帅很可能看穿了他的伪装。可能站在鲁元帅视野之外才是明智之举。

好像听到了欧文脑海里的小算盘，鲁元帅转过来看着欧文，眉毛扬起——只是一点点——眼睛好像在说，他认出了欧文。

您好，元帅大人，欧文气得咬牙切齿，恨自己没有及时采取规避措施，只好利用圣泉的神法向鲁元帅打招呼。

与此同时，欧文的心往下沉，怀疑鲁元帅又一次比自己棋高一着。

第二十四章
元帅大人

　　欧文忧心忡忡,担心鲁元帅会向雅各揭穿自己。如果雅各发现欧文·基斯卡登伪装成伊薇的一名侍卫,他可能会感到尴尬,甚至大发雷霆。欧文更关心的是鲁元帅为什么来到阿塔巴伦。是什么样的命运让欧文和鲁元帅再次聚在一起?

　　雅各·卢埃林得意洋洋地说:"欢迎来到阿塔巴伦,大人。希望您一路上没有遇到突如其来的暴风雨?"

　　鲁元帅坚定严肃地说道:"唯一的暴风雨是陛下将要为自己招致的那一场暴风雨。"他走到台阶前,僵直地向雅各鞠躬,然后向伊薇漫不经心地点点头,也鞠了一躬。

　　雅各问道:"元帅大人以前遇见过莫蒂默夫人没有?需要我介绍你们吗?"

　　"我现在才有幸遇见莫蒂默夫人的女儿,"鲁元帅回答道,巧妙地承认他认识伊薇,"小姐,我代替布里托尼卡女公爵西尼亚小姐向您致意。我注意到您没有佩戴头巾,猜想您不是来自阿塔巴伦。"

　　伊薇警惕地回答道:"我确实不是阿塔巴伦人,大人。我听说过很多关于您的故事。"

鲁元帅狡猾地看了伊薇一眼,回答道:"毫无疑问,您是从基斯卡登大人那里听说的。代我向基斯卡登公爵致意。我奉西尼亚小姐之命到这里来,是有话要对雅各王说。"

雅各皱着眉头说道:"那就说吧,大人。我想劝说伊蕾莎白小姐等一下和我一起去打猎。您想不想和我们一起去?"

鲁元帅说道:"我很快就回布里托尼卡。我没有时间浪费在这种无聊的活动上。我们现在处在战争的边缘,陛下。我到这里来是想请您重新考虑一下忠诚问题。"

雅各眉头拧得更紧了。"莫蒂默夫人先你而来,她也是这么说的,"雅各深表关切地说道,"我想,我已经被足够充分地告诫了,大人。我很奇怪,您不嫌其烦,不远千里,到这里来就为了这件事情。"

鲁元帅向前一步,诚挚地坚持道:"陛下唤醒了一匹沉睡的狼,一匹冬眠的狼。您知道冬眠的狼,陛下。狼在远处,人很容易大胆。但当你看到了狼的耳朵,听到了狼的号叫,这又是另外一种感觉了。"

雅各不胜其烦地挥挥手,说道:"我想,塞弗恩的徽章是一只野猪,不是一匹狼。野猪是猎物,害怕猎狗。而且,野兽可以号叫,打响鼻,或者呻吟,但这不意味着我需要害怕它。"

伊薇气得眼睛发绿,抗议道:"锡尔迪金王不是野兽。我抗议这种说法。"

雅各平静地说道:"这只是说说而已。"

欧文盯着鲁元帅,精神高度集中,看有没有人使用圣泉的神力。他什么也没有感觉到,只是知道正殿里的气氛越来越紧张。

鲁元帅严肃地说道:"请原谅,小姐,是我措辞不当。"他又把注意力转向雅各,说道:"如果陛下入侵锡尔迪金,您也需要同时面对布里托尼卡。我们小姐刚刚从沙特里约恩的魔掌下逃脱。我们不会轻易忘却此事。布里托尼卡准备随时支持塞弗恩王。"

欧文心里对鲁元帅感激不尽,钦佩不已,但又始终保持着警惕。

雅各怒目而视,气得满脸通红,说道:"请注意一下,大人,不要结仇太多。我们都知道,大人不会让布里托尼卡放松戒备,尤其是沙特里约恩正在舔自己的伤口。基斯卡登可以智取奥西塔尼亚人一回,但如果沙特里约恩倾全国之力前来进攻,西境公会发现他的小伎俩也于事无补。"

鲁元帅笑了,但笑得像狼一样,说道:"我想,陛下和沙特里约恩都低估了基斯卡登公爵的狡猾和能力。"

雅各威胁道:"我知道如何杀死一个泉佑异能者。"伊薇倒吸一口凉气。雅各看了看伊薇,尴尬地说道:"小姐,我说话太草率了。"

"确实如此,陛下,"伊薇声音颤抖,脸上绯红,生气地说道,"男人们都怎么啦?不要这么吓唬来吓唬去。"伊薇摇头说道:"让我来说一下事情的真相,因为你们没有人愿意说。阿塔巴伦王,我看得出来,为什么西尼亚小姐派鲁元帅前来向您传话。鲁元帅见多识广,久经沙场,尽管严重敌众我寡,仍然成功地守护了布里托尼卡。陛下应当听从他的劝告。陛下年轻而又莽撞。我不想冒犯您,陛下。陛下渴望在战场上证明自己。奥西塔尼亚王也有同样的渴望。陛下想像过去的王那样,在战场上散播威名,荣誉加身。但想一下多少人会因此送掉性命?多少母亲和孩子会受苦受难,失去儿子和兄长?陛下下巫哲棋,但陛下只有一半的棋子。陛下会一败涂地。"

雅各看着伊薇,惊愕地眉头紧锁,略微感慨地说道:"你说的是真的,小姐。"欧文听得出雅各是以退为进。"我很鲁莽。是这样的,但幸运偏爱勇敢的人。你认为阿塔巴伦人没有能力抵挡锡尔迪金人倾力进攻,这也是对的。但你也应该知道,无论还有多少棋子在棋盘上,王被吃掉了,巫哲棋才结束。锡尔迪金真正的王是我的朋友、伙伴和同盟。帮助合法的统治者登上王位不是犯罪。然后,所有其他的棋子都要听从他的了。"

雅各又转向鲁元帅,气得嘴唇发抖,说道:"很抱歉,元帅大人,你赶了这么远的路,却没有完成使命。我想建议西尼亚女公爵重新考虑一下她现在所处的形势。她拒绝了那个可以让她成为皇后的男人。如果锡尔迪金被打败了,就没有人可以保护布里托尼卡了。元帅大人可以告诉她,她的盟友是弱者。现在,我想去打猎了。元帅大人可以走了。"

鲁元帅面无表情,直挺挺地向雅各鞠了一躬,然后转向伊薇,说道:"谢谢您的坦率,小姐。在我离开之前,可以占用您一点时间吗?"

"好的,大人。"伊薇回答道。

雅各哼了一声,转向一个仆人,说道:"把我的马牵来。这座正殿令人窒息。"

接下来是一阵喧闹。欧文注意到,很多阿塔巴伦人阴沉着脸看着他们,眼睛里充满了愤怒和憎恨。他们想要战争。他们想要打仗。光劝说是不行的。

伊薇示意欧文跟着她和鲁元帅。他们一起来到正殿一侧的角落。

鲁元帅眼睛仍然看着伊薇,压低声音说道:"您到这里来可是冒着极大的风险,大人。您可不缺乏勇气。"

"谢谢。"欧文回答道。

伊薇说道:"感谢您到这里来帮忙。我看得出来,阿塔巴伦人脑子里想的只有制造事端。"

鲁元帅说道："有一句话叫做：自己和自己过不去。我发现这句话用在骡子和人身上最合适。小姐，我必须警告您。并通过您，来警告塞弗恩王。我担心，有人会采用不道德的手段来将塞弗恩王赶下王位。如果没有一点成功的希望，一个人不会轻易冒战争的风险。我率领舰队，把这座城市烧成灰烬，仍然有时间赶回去守卫布里托尼卡。雅各·卢埃林没有意识到，如果形势对他不利，他将会是如何得不堪一击。我相信形势肯定会对他不利。他们低估了塞弗恩和塞弗恩的力量。但你们也不要犯错误，低估他们想要除掉塞弗恩的疯狂程度。"

欧文意识到了鲁元帅的言外之意，说道："您相信，有人想阴谋暗害塞弗恩王。"

鲁元帅很快地瞥了欧文一眼，说道："是的，但我没有确凿证据。"

伊薇说道："您是一位忠实的盟友。我想我们应该离开阿塔巴伦了。我的任务失败了。"

鲁元帅看了看伊薇，又看了看欧文，眼睛里闪烁着什么东西——一些他没有说明的东西，一些他不愿意说明的东西。"那么我告辞了。"鲁元帅声音粗哑地说道，然后走了。

欧文想知道鲁元帅有什么弱点，但在这么开阔的地方，他不敢使用圣泉的神力。如果他在这里使用圣泉的神力，他不仅会把自己暴露给鲁元帅，而且会再次感到枯竭——他不敢冒这个险。欧文怀疑，布里托尼卡支持锡尔迪金，不仅仅是出于感激。

然而，他们的任务还有一部分没有完成。沙特里约恩想要利用一个毒药师来推翻塞弗恩，为埃里克的到来做准备。塞弗恩对敌人也想以彼之道，还施彼身。欧文觉得嘴唇发干。很明显，他必须把埃里克拿下巫哲棋盘，但他不想杀了埃里克。另外，塞弗恩也让欧文相信，塞弗恩并不想自己的亲侄子丧命。如果他们可以把埃里克绑架到锡尔迪金，力量的天平就会倾斜，但欧文知道，他们没办法劝说埃里克心甘情愿地跟他们离开阿塔巴伦。

突然，欧文脑子里冒出一个念头，或者说一时灵感，一个策略。

欧文低声对伊薇说道："小姐，我有一个主意。"

伊薇回答道："洗耳恭听。"

欧文在脑海中看到一块块积木堆积在一起。事情该如何先后发生，积木该如何搭建，才能按照预定的计划倒下来。"我想你征求雅各许可，去看望埃里克·阿根廷。"

伊薇看起来大吃一惊，问道："为什么呢？"

"去试一下他说的是不是真话。告诉雅各，你知道一些关于埃里克童年的事实和细节。你想明天去拜访他。我想，雅各会答应你的请求，并派一名使者陪你一起去。"

伊薇问道："你要做什么？"

欧文微笑道："我和埃塔伊内会先于你们去拜访埃里克。"

◆ ◆ ◆

欧文紧张地走来走去，希望克拉克仍然在这里。他不想伊薇身边没有人保护。伊薇和贾丝廷在附近散步，等候雅各打猎归来。欧文和埃塔伊内在伊薇的房间里，安排计划中他们应该做的那一部分。

欧文仍然在房间里踱步，听到换衣屏风后面传来衣服的窸窸窣窣声。千头万绪在欧文脑海里萦绕，像潮水一样就要一个浪头把他打翻在地。欧文渴望结束冒牌货的角色，渴望恢复原来的身份，采取行动。沙特里约恩利用雅各，雅各利用埃里克，想要推翻塞弗恩。但沙特里约恩的目标是强娶爱丽丝，然后自己当锡尔迪金之王。欧文看到排在棋盘上的一枚枚棋子。雅各骄傲自负，看不到背后正在发生的事情。欧文也意识到，有一些棋子摆在棋盘上，但他也没有看见。

"我快要好了，"埃塔伊内说道。几分钟以后，埃塔伊内从屏风后走出来，穿着伊薇的长袍，戴着伊薇的首饰。欧文看了，心跳加剧，心急如焚，呆呆地看着埃塔伊内。埃塔伊内没有理会欧文，径直走到放着镜子的小梳妆台边。梳妆台边放着一个箱子——埃塔伊内的箱子。埃塔伊内打开箱子，在里面寻找了一番，找出了自己想要的东西——一顶深褐色的假发。埃塔伊内已经取下了以前常戴的金色长假发。她戴上这顶深褐色的假发，看着镜子里的自己，开始擦粉描眉。欧文越看越入迷，埃塔伊内点唇上胭脂，在欧文面前华丽变身。欧文觉得圣泉的涟漪正流入埃塔伊内体内，埃塔伊内越忘我，圣泉流入体内的速度也越快。埃塔伊内看着自己，在脸上加上微小的斑点，模仿伊薇皮肤上的细微瑕疵，手上的动作更加如梦如幻。过了一会儿，她似乎是在无意识地动作。欧文感觉到，埃塔伊内已经完全沉浸于伪装之中，和自己搭积木时的感觉一样。看着埃塔伊内变身真是太美妙了——或者，老实说——有点诱惑太大了。欧文把一些不相干的想法挤出脑海，集中精神在即将来临的任务上。

埃塔伊内将最后一点胭脂擦在脸上，然后开始模仿伊薇的表情，眼睛变得活力四射，双手几乎开始兴奋地上下翻飞。"我喜欢你的发型，贾丝廷，"埃塔伊内说道，声音和伊薇的声音几乎一模一样，语气和语调也完全吻合。"我想我的发型有点单调。我希望我也有一缕白色的头发，就在这里，像欧文的头发一样。但，天啦，我们不可能都看起来那么英姿飒爽。"埃塔伊内调皮地咧嘴笑了，看着镜子中的欧文。欧文已经盯着埃塔伊内看太久了，埃塔伊内发现了。

欧文赞许地点点头,结巴道:"我能够认出你。但如果站在远处,我也分不清楚。你比伊薇高一点,但我认为没有人会注意到。"

埃塔伊内得意地笑道:"我做了一些其他调整。我已经竭尽全力了。"

欧文摇头说道:"不,你还没有。你还没有竭尽全力。现在,我想要你召唤圣泉的神力。在这里,在这间房子里。我想要你让我相信,我看见了伊薇。就像上次你在我的脑海里让我看到了安凯瑞特一样。我想知道,如果我仔细看,能否看穿你的伪装。"

欧文心里兴奋异常。埃塔伊内的神力有很多种可能性和使用方法。他想知道埃塔伊内的神法到底有多深。如果她学会了控制神力,她将是一个很难对付的盟友。

埃塔伊内伸直一下肩膀,看着镜子中的自己,说道:"我要怎样才能召唤圣泉的神力?"

欧文说道:"你以前做过。"

"是的,但召唤神力可不像压水井的手柄。我上一次是回应你的神力。你首先使用了圣泉的神力。"

欧文点头说道:"安凯瑞特去世以后,塞弗恩王教我如何使用神法。有时候,他需要触摸一下某个人才能让体内的圣泉流动。我不是这样的,但我从他那里学到了这一招。来,站到我面前来。"

埃塔伊内站到欧文面前。欧文眨了几下眼睛,控制自己,不要被埃塔伊内的伪装所迷惑。

"塞弗恩王教了我一个动作。像这样伸出胳膊。不要太僵硬。好。现在伸出手指,闭上眼睛,想象……想象你体内有一条河,河水渴望奔流而出。从你的手指尖奔流而出。"

"我需要碰到你吗?"埃塔伊内皱着眉头问道。欧文皮肤刺痛,迫不及待地想要拉着埃塔伊内的手。

"不需要！就这样……站在那里，就是这个样子。有时候闭上眼睛可能会更好。想象一下，圣泉在你体内流动。释放它，感觉一下圣泉流过胸腔，流过胳膊，流出指尖。我还没有召唤圣泉。我希望这一次你先召唤体内的圣泉。"

埃塔伊内站得很近，欧文感觉汗水开始在头皮上蠕动。他控制住内心的冲动，尽全力保持平静。他忠于伊薇，但他和伊薇永远不能交流如何使用圣泉的神力，并且站得如此之近。

"好的，"埃塔伊内说道，然后闭上眼睛。欧文立刻感觉到圣泉流遍了埃塔伊内全身。

"你能感觉到圣泉吗？"

"我能。"埃塔伊内微笑地说道。

"好的，现在我希望你运用圣泉。我想要你变成伊蕾莎白·维多利亚·莫蒂默。让我相信这一点。"

埃塔伊内深呼吸一下，又长叹一声。她这么一呼一叹，整个人就在欧文眼前变成了伊薇。她甚至看起来体格变小了一点，缩了一点，以便与伊薇身材相当。欧文看着埃塔伊内，感觉到埃塔伊内体内的圣泉正流入自己体内，劝说他，让他相信她就是伊薇。他想要相信埃塔伊内的话。欧文看着埃塔伊内，觉得心痛，又充满了渴望。但他同时也感觉到，圣泉在他身上绕道而行，他没有上当。埃塔伊内看起来很像伊薇，但欧文知道她不是伊薇。埃塔伊内骗不了他的心。

"睁开眼睛吧。"欧文轻柔地说道，同时放下心来，埃塔伊内的神法还没有强大到能够欺骗他，但他确信，即使一个泉佑异能者也有可能上当受骗。

埃塔伊内睁开眼睛，圣泉的神法开始减弱。

"继续使用神法。"欧文说道。

弱点消失了,伊薇的幻象得以继续。欧文拉着埃塔伊内的肩膀,把她转动一下,让她面对着镜子,看着镜子中伊薇的影像。

埃塔伊内的声音充满了敬畏,恭敬地低声说道:"天啦,我可以变成任何人。"

欧文赞赏地说道:"很明显,你有圣泉的神力。现在,你有没有感觉到圣泉的边缘?像体内有一个巨大的碗。碗有没有正在变小?你有没有觉得虚弱?"

埃塔伊内如痴如醉地点点头,说道:"但我还不觉得累。这有点像……游泳。我可以游一会儿,但不能永远游下去。"

欧文说道:"很好。上一次,你维持影像只维持了一会儿。"

埃塔伊内若有所思地说道:"我想,我穿上了小姐的衣服,戴上了她的首饰,并尽力看起来像她,这对于变身有所帮助。这一次我能够感觉到有所不同。我花了时间和伊蕾莎白小姐待在一起,也更了解她了。我可以学着她说话的声音,模仿她的一举一动。"埃塔伊内看了一眼镜子里的欧文。"我让你相信,我就是伊蕾莎白小姐了吗?"

欧文摇头说道:"我能够认出,你不是真的,但那是因为我也具有圣泉的神力。如果有人使用了圣泉的神力,我能够感觉到。你也能感觉到。"

"好像你用神力试探我那样,"埃塔伊内狡猾地说道。"那么,你的计划是什么,欧文大人?"

欧文盯着埃塔伊内看了一会儿,觉得最后几块积木放在了正确的位置上,说道:"我们去拜访埃里克。我们两人。现在就去。"

第二十五章
阿达奈斯庄园

马车嘎吱嘎吱，一路颠簸，欧文觉得很不自在。他宁愿骑在马背上，这样就可以快一点到达阿达奈斯庄园，但马车也是计划的一部分。马车很简便，前面和后面有蝴蝶结形状的帘子。帘子是敞开的，路上的行人可以看到里面坐着美貌惊人的伊蕾莎白·维多利亚·莫蒂默——其实是塞弗恩的毒药师埃塔伊内假扮的。欧文坐在马车夫的位置上，离埃塔伊内很近，彼此可以交流。一个仆人拿着鞭子，坐在一匹头马上，掌控着马车行进的步伐。四周是茂盛的森林，道路由夯土修筑而成，偶尔有一两条车辙。

埃塔伊内还没有使用圣泉的神力，但从远处看，她的伪装确实能够以假乱真。两个仆人骑着马，跟在马车两侧。欧文给了他们一些贿赂，让他们作为随从帮助照料马匹。欧文眼巴巴地看着他们的马，变得很不耐烦。一行人走进森林深处，朝亨特利伯爵的一处庄园走去。刚刚结婚的埃里克和凯瑟琳在那里度假。

欧文的计划很简单，出奇制胜。雅各毫无疑问已经提前给埃里克送去了消息，说伊薇想第二天在皇室人员的陪同下，拜访埃里克和凯瑟琳。但伊薇却带着少量随从提前一天到了，埃里克他们肯定会大吃一惊。埃塔伊内会与凯瑟琳夫人单独会面，给欧文一个机会，单独面对埃里克。欧文觉得埃里克不会接受他的建议，但他会尽量劝说埃里克心甘情愿地和他一起回到锡尔迪金。与此同时，埃塔伊内会麻醉凯瑟琳，穿上一件凯瑟琳的衣服，假扮成凯瑟琳出现。如果欧文失败，他们希望埃塔伊内能够成功。然后马车会载着他们到船坞，把埃里克藏在伊薇的船上。

如果欧文成功，凯瑟琳将和他们一起回到锡尔迪金。

计划很大胆，很有欺骗性，无数种情况可以让计划失败。他们离阿达奈斯庄园越近，欧文感到越担心。

欧文回头低声对埃塔伊内说道："你还记得凯瑟琳夫人长得什么样子吗？"

埃塔伊内回答道："有一点印象。我需要仔细了解她一会儿，才能伪装成她的样子，并模仿她的言行举止。你觉得你能够拖住埃里克多久？"

"希望足够久。"欧文说道。

拿着鞭子的仆人回过头来，用鞭子指着前方，说道："庄园到了！"

葱绿的树木向两旁退去，展现在他们面前的是一片庄园，周围有高大的树木和草坪。庄园没有篱笆，一路上有粗糙的巨石指明方向。马车走出树林，欧文看见一片苍翠之中有一座富丽堂皇的石头庄园。马车从泥土路转向车道，砂石在车轮下吱嘎作响，朝正门前的一条巨大环道走去。

庄园是用四方形的石砖建筑而成，上面有不同形状的灰色阴影，看起来好像一块拼缀图。屋顶都是斜的，几十座烟囱在不同的地方伸出来。房子只有两层高，但很长，在最西端有一排L形状的厢房。墙上爬满了各种各样的植物,包括一片常春藤藤蔓。正门前面道路上的角楼尤其显眼,上面插着一个风向标,旁边是巨大的石头花圃,长满了金雀花。常春藤几乎完全覆盖了庄园最西端的建筑物,烟囱也是绿意盎然,但窗户周围的常春藤被剪掉了,以便不影响视野。这是一个与世隔绝的迷人地方,几座但不是全部烟囱懒洋洋地冒着青烟。

马车在环道上转弯,在朝着正门的一侧停了下来。欧文小心谨慎地跳下马车,绕道去打开车门。埃塔伊内已经伪装成了伊薇的样子,欧文能够感觉到她体内圣泉正在流动翻腾。

庄园的正门打开了,一个瘦瘦的管家走了出来,灰白的头发夹杂着几缕黑色,眉毛也是如此,鼻子瘦削,面带忧色,眼睛乌黑严肃。

欧文伸出手,接住埃塔伊内的手,扶着她走下马车。

管家立刻走到他们面前,不安地说道:"我们以为莫蒂默夫人您明天才到。"他很快地打量了欧文一下,目光又转向埃塔伊内。

埃塔伊内漫不经心地说道:"明天?肯定是什么地方出了纰漏。我们走了很远的路才来到这里。不欢迎?"

管家脸色苍白,说道:"当然欢迎,莫蒂默夫人!我只是很奇怪这么快见到您。我叫劳森。我将为您服务。"

埃塔伊内甜甜地说道:"我叫伊蕾莎白·维多利亚·莫蒂默。莫蒂默夫人是我母亲的名字。"

"啊,很抱歉。欢迎来到阿达奈斯庄园!"劳森笑了,但眉头仍然紧锁,脸上的表情仍然很严肃,很紧张。欧文怀疑,他并不是仅仅被突然到访的客人打了个措手不及。

"请跟我来。"劳森僵直地鞠了一躬,然后快步朝正门走去。埃塔伊内看了欧文一眼,不信任地撇撇嘴巴。

砂石在欧文的皮靴下滚动。欧文转向那几个已经下了马的雇佣随从,轻声命令道:"把马车准备好,就在附近活动,随时待命。"

随从们点点头,调转马车,准备随时从原路返回。

欧文跟上埃塔伊内和劳森。

庄园装饰得比雅各·卢埃林的王宫更加奢华。很明显,亨特利伯爵比雅各有钱得多。仆人们跑来跑去,看起来很紧张,但欧文只看到六七个仆人而已。这个庄园比塔顿庄园小得多,欧文觉得里面的仆从也要少得多。

劳森回头问道:"小姐从埃东布里克一路过来,旅途怎么样?"

"很好。"埃塔伊内简明扼要地回答道。

劳森带着他们向右转,来到一扇打了蜡的木门。劳森稳健地敲门,然后拧着把手。

这是一间漂亮的客厅,家具豪华,悬空的常春藤遮住了凸窗的一部分。窗帘是拉开的,室内阳光明媚。埃里克和凯瑟琳已经在里面等候了。

埃里克身穿一件简便的猎装,衣领宽松,没有携带武器,欧文觉得很庆幸。埃里克正在紧张地走来走去,头发凌乱。埃塔伊内和欧文走了进来,埃里克的注意力立刻集中在埃塔伊内身上,但他眼睛中没有迹象表明,他已经看穿了埃塔伊内的伪装。

埃里克鞠了一躬,说道:"伊丽莎白小姐,我可以把您介绍给我的妻子,凯瑟琳夫人吗?"

埃塔伊内朝凯瑟琳鞠了一躬,凯瑟琳低头谦让,好像在向上级行礼,事实上她们都是伯爵的女儿。

凯瑟琳没有戴头巾,身穿一件漂亮的绿色长袍,剪裁得体,也没有佩戴首饰,只是手指头上戴着一枚戒指,耳朵上戴着一副简朴的耳环,头发是栗红色。凯瑟琳没有戴头巾,这也表明他们的来访让这对新婚夫妇措手不及。凯瑟琳的头发扎成圆环，盘在头后，但仍有几缕散落在额前。

根据锡尔迪金的线报，凯瑟琳是一个少有的美人，但她脸上没有丝毫傲慢之色。淡绿褐色的眼睛天真无邪。欧文不用神力试探也知道，凯瑟琳小时候肯定无忧无虑。凯瑟琳嘴唇圆润，有一点淡淡的忧伤，看着欧文和埃塔伊内，眉毛微微皱起，充满关切之情。

凯瑟琳温柔地说道："我才应该感到十分荣幸，伊丽莎白小姐。您大驾光临，蓬荜生辉。"

埃塔伊内无所谓地说道："很抱歉，中间出了差错。不知道谁传错了信息，但恐怕这种事情时常发生。"

劳森看着凯瑟琳问道："我端茶点过来？"欧文注意到了这一微妙的情形。

凯瑟琳点点头。劳森走了出去，关上了门。

凯瑟琳说道："您突然来访，我们确实措手不及，但肯定热烈欢迎。这座庄园是我父亲送给我们的结婚礼物，我们的新家。"凯瑟琳娇羞地看着埃里克。埃里克也仰慕地看着凯瑟琳。他走了过去，拿起凯瑟琳的手，轻轻地亲吻了一下。

埃里克脸色阴沉地对埃塔伊内说道："我想，你到这里来是为了威胁我。如果这是你此行的目的，你要白来一趟了。"

埃塔伊内假装腼腆地笑道："一点也不是。我们有很多事情要谈，但我恐怕要和凯瑟琳夫人待一会儿。"埃塔伊内压低声音说道："刚来这里的路上，我突然想起了一个很女人的问题，需要寻求您的帮助，凯瑟琳夫人。"

欧文几乎笑出声来，但他强忍着，目光看起来漠不关心。

凯瑟琳夫人眼睛充满了同情，说道："莫蒂默小姐，当然可以了。来。"

埃里克看了凯瑟琳一会儿，然后很理解地微笑了，说道："显然，有些问题非常重要。我会在这里等你，亲爱的。"

凯瑟琳和埃塔伊内手挽着手走向门边，裙子拖着地。凯瑟琳回头温柔爱恋地看了埃里克一眼，然后陪着埃塔伊内走了。门关上了，欧文简直不敢相信，计划进行得如此完美。所有的积木会不会都按照安排落在应该落在的地方？

埃里克一直看着凯瑟琳，看起来如痴如醉，最后终于叹了一声，双手背在身后。他看了欧文一眼，当然，在他眼里，欧文只是一名骑士，一个护卫，无关紧要，没有和他说话的资格。

欧文似乎很随意地说道："祝大人新婚快乐。"

埃里克又开始踱步，脸上的爱意开始变成了担忧。他一脸疲惫——很显然经常被追杀，也厌倦了被追杀——年轻强壮英俊。毫无疑问，他深爱着凯瑟琳，而凯瑟琳也同样深爱着他。

埃里克又看了欧文一眼，眉头紧锁，心不在焉地说道："谢谢。"

欧文慢慢地走到窗户旁边，看着窗户下面的世界。外面很美丽，松软洁白的云团让这一切看起来更加具有田园风味。树木在微风中摇曳。欧文从窗户玻璃的缝隙中闻到了常春藤的味道。一名他雇佣的仆从在庄园附近走动，查看地形。仆从走过窗户时，小心翼翼地朝欧文点点头。欧文也微笑着朝他点了点头。

埃里克问道："你知道伊丽莎白小姐想要讨论什么问题吗？你是她忠实的仆人，你不会告诉我吧。"

"我不是她的仆人。"欧文看着窗外高大挺拔的树木，回答道。他和埃里克只相差几岁，但他觉得埃里克比他要大得多。他们小时候都受苦受难，但埃里克的生活经历更加痛苦。

埃里克猛地抬起头,眼睛里闪烁着警惕的表情。"你是谁?你是……你是一名毒药师?"他突然意识到,自己是一个人,手无寸铁,却面对着一个全副武装的对手,声音几乎恐惧得发抖。

欧文慢慢地释放圣泉的神力,试探埃里克,寻找他的弱点。埃里克在他面前像书本上的文字一样展开。他是一个心地善良的人,不擅长用剑,从来没有接受过系统的训练,整个灵魂都浸泡在恐惧之中,这让欧文想起了自己。埃里克一直担心自己被活捉。他害怕欧文,害怕一个普通的骑士就会打败他,害怕自己不能保护自己的妻子。

欧文摇头说道:"我不是你的敌人。"他记起了安凯瑞特教过他的一些东西。这需要冒风险,但他决定试一下。如果埃里克害怕了,他就不会平静地或者理性地思考。欧文需要驱散埃里克内心的恐惧,和他建立一种互相信任的关系。建立信任关系最快捷的途径是乘人之危。

"你是谁?"埃里克有一点恐慌地问道,并瞥了一眼门,脸上的表情表明,他在想要不要夺门而逃。

欧文取下头盔,露出头上狂放不羁的头发,说道:"你离开帝泉王宫太久了,不认得我了。我是欧文·基斯卡登。"

埃里克气喘吁吁,呼哧呼哧地呼吸着,好像刚才受到了重击,说道:"你……你有圣泉的魔力!"他开始喘着粗气。

欧文回答道:"是的。你没有圣泉的神力。我能够感觉到这一点。"

"雅各知道你吗?我认为他不知道。如果知道的话,他会告诉我!"

"如果雅各知道我是谁,我现在可能已经是他的阶下囚了,"欧文坦率地说道,"我告诉你我的秘密。作为回报,我也希望你相信我。

告诉我你是谁。不要撒谎。如果你撒谎，我会知道的。"欧文有意加强语气说道。他相信埃里克是货真价实，但事关重大，他想要埃里克当面确认。

埃里克看着欧文，一脸惊诧，说道："你走了这么远。你冒着生命危险到这里来。"

欧文点点头，说道："你叔叔需要确认。他不相信谣言或者线报。这些很容易弄虚作假。"

埃里克略带气愤地说道："我叔叔？我叔叔当然想抓到我了。他想要我死。"

欧文摇头说道："他不想，我很有把握地告诉你。告诉我你是谁。"

"我是埃里克·阿根廷，艾瑞德的儿子。我以圣泉之名起誓。"

他说的是真话。

欧文说道："我相信你。'艾思斌'报告说，你可能是一个渔夫的儿子，叫皮尔斯·乌尔比克。"

埃里克点点头，说道："乌尔比克一家人保护了我，把我养大。有人给了他们很多钱，让他们说我是他们的亲生子。"

欧文离开窗户，逼问道："为什么要欺骗呢？为什么要给他们钱，让他们撒谎呢？"

埃里克眯上眼睛，说道："我没有必要告诉你。"

欧文摇头说道："为什么不告诉我？发生了什么事？"

埃里克含糊其辞地说道："发生了很多你不知道的事情。发生了很多塞弗恩不知道的事情。他不能继续称王。他不能继续带那顶名不正言不顺的王冠。我必须从他那里把王冠夺过来。"

欧文直截了当地说道："我不认为你能够成功。布里托尼卡的鲁元帅刚才到了埃东布里克,警告雅各,不要支持你造反。锡尔迪金人不会团结在你身边,埃里克。沙特里约恩只是利用你和你叔叔作对。他想强娶你妹妹爱丽丝,然后通过你妹妹来统治锡尔迪金。"

埃里克脸色阴沉,说道:"我不相信你。"

欧文寸步不让,说道:"沙特里约恩和雅各都在利用你。想一下,伙计!沙特里约恩只想扩大权力,雅各想利用你推翻塞弗恩,然后从中渔利。你只不过是他们手中的傀儡。让我来帮你割断身上的绳子。"

埃里克生气地说道:"怎么帮?"他皱着眉头,又开始踱步,看起来好像想要抓起一个花瓶,狠狠地摔在地上。"如果塞弗恩抓住了我,他会做完他多年前他没有完成的事情。我那时还是一个孩子!"

欧文向前一步,说道:"感同身受。相信我,我感同身受。我在帝泉王宫生活了很久,每天害怕得发抖,认为塞弗恩会派人谋杀我,或者把我扔下瀑布。我父亲在鞍鞭山之战中背叛了他。"

埃里克呵斥道:"你对他来说有价值。你有圣泉的魔力。当然,他想留你一条命。我是他的竞争对手。他派你来杀我。如果我不和你一起走,你会杀了我。你能否认这一点吗?"

欧恩缓缓地吸了一口气,努力镇静下来,说道:"除非你真的是冒牌货,除非你真的是皮尔斯·乌尔比克,我才会杀了你。但你不是。你是埃里克·阿根廷。我们刚到埃东布里克,在雅各的王宫第一眼看到你时,你说你是埃里克·阿根廷。圣泉告诉我,你说的是真话。"

埃里克睁大眼睛,说道:"那你就知道,我宣称自己是锡尔迪金之王是名正言顺。你知道我是锡尔迪金合法的王!"埃里克的眼睛闪烁着希望。"如果你帮助我获得王位,你在我内阁中的位置将会独一无二。列出你的条件,我都会答应,即便你要半壁江山。有你做内应，欧文大人，我能够做到这一点！"埃里克的眼睛闪烁着来自于内心深处的光芒。"无论你想要什么，我都答应你。"

欧文的耳朵在轰鸣。那时雄心在轰鸣，当雅各和伊薇在下巫哲棋时，他听到过一次。他看到了事情的可能性，看到了把伊薇拥为己有的机会。塞弗恩不愿意让他们的公爵领地合二为一，但埃里克肯定会很高兴地答应这个请求。欧文一生中从来没有感到诱惑如此之强烈。他看到了眼前的路。但这就意味着背叛塞弗恩，背叛那个曾经引导他、赐予他西境公爵位的那个人。这个人也派他来到阿塔巴伦，命令他帮助伊薇去赢得另外一个男人的心。欧文的心痛了起来。这就是为什么人类会有背叛。这就是人类为什么会堕落。

欧文慢慢地摇头说道："我没有能力把人扶上王位。我读了足够多的历史书，知道这些人最后的下场是什么。如果你想当王，你要靠自己的美德。我会反对你当王。不遗余力。"

埃里克呼了一口气，说道："你的忠诚为您带来了荣誉，大人。"

欧文直截了当地说道："忠诚系我心。重新考虑一下你的要求和雄心。你还是王子时是尤奥克郡公爵。"

埃里克狠狠地唾了一口，说道："我叔叔已经剥夺了我这个头衔。"

欧文向前一步，说道："但如果他重新赐予你这个头衔呢？你是他哥哥的儿子。我知道，他为发生在你和你哥哥身上的事情感到很后悔。你哥哥的死和他无关。"

"和他无关？他从我们手里篡夺了王位！"

欧文摇头说道："那是因为你母亲。她想要从你叔叔手里夺走你们的监护权——你父亲已经把你们的监护权交给了你叔叔。我知道这段历史，埃里克。过去的事情无法改变。但如果你来到锡尔迪金，我确信，塞弗恩王不仅会饶你一命，而且会让你成为一个贵族。你涉世未深,没有接受过训练,一生大部分时间都疲于奔命。和我一起到帝泉王宫去。我会替你说话。我保证,塞弗恩不是你想象中的那个恶魔。和他和解吧,你会得到比现在更多的东西。这是一座美丽的庄园,你有一位美丽的妻子,放下你对锡尔迪金王位的索求,和我一起回去。我恳求你。"

埃里克粗重地呼吸,眼睛里闪烁着狂野的表情,汗珠从太阳穴上涔涔而下。"如果你知道……"他嘟嘟囔囔地说道。

"知道什么?"欧文追问道。

埃里克抬起头来看着欧文,说道:"这个秘密我不能说。"

门突然打开了,管家指挥着一伙护卫冲了进来,大叫道:"抓住他!立刻抓住他!"

欧文不知道他们想要抓住谁。然后他看到了埃里克眼睛中胜利的目光。

埃里克说道:"你有机会和我联手。没有你,塞弗恩肯定垮台。塞弗恩一垮台,你就什么也没有了。"

我认真地研究了锡尔迪金的历史，仔细地阅读了关于圣女丹瑞米的有趣故事。确实，丹瑞米可能是几百年以来这片土地上最有名的泉佑异能者。丹瑞米是一个农家女子，来自布里托尼卡和奥西塔尼亚相邻的一座小镇。在锡尔迪金之王和奥西塔尼亚之王的纷争中，她扭转了乾坤。更有趣的是，她是在见过奥西塔尼亚王之后才登上权力的宝座。奥西塔尼亚王命令她证明自己拥有圣泉的神力。她来到法尔博斯圣母殿，伸手探入泉水，取出一把宝剑。宝剑锈迹斑斑，但略加擦拭，锈迹就全部掉了下来，变得寒光闪闪，剑身上面镶嵌着五颗星星。关于这把宝剑，我们就只知道这么多。最后，丹瑞米被俘，身边没有了这把宝剑。没有人知道宝剑在哪里。奥西塔尼亚人认为，如果敌人再次入侵，会有另外一位圣女崛起，手持宝剑，率领他们驱逐侵略者。在研究过程中，我发现一条谣言。有人声称，丹瑞米不是在法尔博斯找到宝剑，而是在布里托尼卡岛上的那座圣母殿。

　　　　——波利多罗·乌尔比诺，帝泉王宫的宫廷历史学家

第二十六章
逃亡

欧文打碎凸窗,"哗啦"一声,碎玻璃和木屑像雨点一样落下来。欧文纵身跳下。他刚才一直有意站在凸窗旁边,心里知道凸窗是最直接最有效的撤退途径。身后传来一阵吵闹声,追逐者在迫近。欧文拔出宝剑,冲向前门,希望仆人已经解开了马车牵马的缰绳。

欧文利用圣泉的神力,用意念给埃塔伊内发送信息。我们必须走了。现在!

欧文转过庄园一角,发现两匹牵马都已经解开了缰绳。手持皮鞭的仆人站在马匹旁边,听到吵闹声,惊恐地睁大眼睛。前门打开了,两个手持刀剑的护卫跑出来,直奔欧文而去。

手持皮鞭的仆人脸色苍白,立刻脚踩马镫上马,然后猛抽马的两侧,逃命而去。只有一匹马留下来给欧文和埃塔伊内了。

欧文朝不知所措的马跑去,又意识到,即使他上了马,在有机会逃脱之前,还是会被拽下来。因此,他改变了策略。他不再逃避那两个人,而是朝他们冲过去。在训练场上一小时又一小时的训练像旋风一样浮现在脑海里。他朝离得近的追击者冲过去,一点也不减速,举起剑朝下就劈。欧文最后一秒改变了策略,追击者措手不及。他身体前跃,狠狠一脚踢在追击者的腹部,追击者向后栽倒,差一点摔了个嘴啃泥。

另外一个追击者朝欧文冲过去,兵器相交,欧文挡了两下,一弯腰,一刀划开追击者的膝盖。一股鲜血喷了出来,但欧文不想切断他的腿,只是想让他伤残,不再追击。

我把凯瑟琳用药迷倒了。埃塔伊内的意念传了过来。我打算给埃里克的手套下毒,让他失去自理能力。

不!欧文用意念回应道。他看了一眼庄园的最远部分,长满了植物的那一部分。赶快出来!和我在那里碰面。他知道埃塔伊内能够在脑海中看到欧文所指的地方。

这可能是我唯一的机会!埃塔伊内用意念生气地回答道。这次任务我绝对不能失手!

欧文感觉到了埃塔伊内的决心。在皮桑,最好的毒药师训练了埃塔伊内,她不想自己的第一次重要任务就令自己蒙羞。然而,欧文也意识到了,如果他不和埃塔伊内一起逃出去,埃塔伊内可能会被抓住杀害。安凯瑞特曾经无意中毒杀了任务目标的妻子,为此愧疚终身,饱受折磨。匆忙采取行动很危险。

听我说,埃塔伊内!欧文用意念命令道。他跑近马匹,跃上马鞍,护卫绕过庄园一角,朝他蜂拥而来。欧文用兵器的平坦面策马疾行。追兵如此之近,欧文的心怦怦直跳。赶快出来。现在!我绕回去接你!

不,大人。我会偷一匹马和你在埃东布里克见面。我能抓到埃里克。我知道我能。让我试一下!

欧文的马开始飞奔。欧文不得不用膝盖夹紧马,弯下腰,贴近马的脖子。一个追击者在欧文身后狂奔。他跑得很快,但再快也快不过骏马。他们之间的距离越来越远,欧文看着追击者笑了。追击者放弃追击,骂了一句。

这样不好,埃塔伊内。他们知道我是谁了。我们要立刻离开,回到埃东布里克。我不会把你留下来。现在,不要倔强了,赶快出来!不要让我骑马冲进去接你。

欧文能够感觉到一阵阴暗的念头。遵命,大人。

欧文绕道回去,纵马进入树林,寻求掩护,心里想他把自己暴露给埃里克,这样做是否正确。他咬紧牙,很生埃里克的气,怪他太害怕塞弗恩了而不相信他的话。欧文很生气,但他知道自己不应该吃惊。埃里克这一生被人灌输的思想就是要害怕塞弗恩,不要信任塞弗恩。现在埃里克有了一个漂亮的妻子,妻子是阿塔巴伦最富裕的伯爵的女儿。埃里克对凯瑟琳做出了什么承诺呢?埃里克对所有其他人又做出了什么承诺呢?不,欧文意识到,他居然认为自己有最微小的机会,来劝说埃里克改变主意,这个想法太幼稚了。但他也不忍心谋杀埃里克,尤其是他知道塞弗恩本人也反对这么做。埃里克是锡尔迪金的敌人,但不是叛徒。他有权声称自己是锡尔迪金王位的合法继承人——可能不是十分合法。和埃塔伊内一样,欧文也在苦恼地想,他此行任务失败了。他到阿塔巴伦来是为了阻止一场战争,但从事情发展的趋势来看,他可能助长了战争发生的可能性。

你在哪儿?欧文用意念和埃塔伊内说道。两旁的树木朝身后移动。屁股下的骏马神经紧绷,生气地朝欧文打着响鼻。

埃塔伊内没有回答。

欧文紧张得心怦怦直跳。从树林的缝隙,他能够看到庄园的一部分。他骑马驰入树林,靠近常春藤覆盖的墙壁那一端,刚才他用意念告诉了埃塔伊内,他们将在那里会合。如果他靠得太近,会被人发现。欧文再次使出圣泉的神力,认真倾听。他听到了人喊马嘶的声音。树林外面,埃里克站在庄园前面,在向护卫下命令。马夫在从马厩里牵出马匹,一次牵出一匹。欧文擦去上嘴唇的汗水。埃里克打算纵马追击。欧文能够听到他们在嘟囔着什么,但距离这么远,欧文也听不清楚。

埃塔伊内! 欧文咬紧牙齿,再一次用意念联络埃塔伊内。

埃塔伊内没有回答。

屁股下面的骏马响亮地打着响鼻。欧文皱起眉头,希望闹哄哄的人群没有听到。"你在哪儿?"欧文盯着庄园,生气地嘟囔道,感觉屁股下面的马鞍硬邦邦的。

然后,欧文看见埃塔伊内从常春藤覆盖的那间房子后门偷偷地溜了出来。突然,有人尖叫,大声喊:"那里!他们有一个人在那里!她刚刚从后门走出去了!快!"

在前门转圈的护卫立刻朝后门跑去。其中一个骑在马背上,策马小跑。

埃塔伊内穿着一件阿塔巴伦式白色长袍,溜进了树林。长袍是凯瑟琳的。欧文咂咂舌头,吹了一声口哨。埃塔伊内的眼睛朝欧文扫过来,脸上露出宽慰的表情。欧文在半路上与埃塔伊内会合,弯下腰,抓住埃塔伊内的手,把她拉上马鞍,坐在自己身后。

"你为什么不回答我?"欧文朝埃塔伊内怒吼道。

埃塔伊内摇摇头,脸色灰暗,说道:"我听不到。我的神力……我的神力变弱了。"埃塔伊内看起来筋疲力尽,坐在马鞍上微微左右摇晃。欧文明白了。埃塔伊内维持伊薇的幻象太久了,已经耗尽了神力。如果她以后勤加练习,随着时间的推移,神力会有长进,但这一次如果她一个人留下，很可能会晕过去。

"很高兴你听了我的话。"欧文略带满意地说道。

"在树林里！在那边！"

"我看到他们了！"

乱哄哄的声音吓了欧文和埃塔伊内一跳。

欧文叹道："抱紧我。我们要赶在埃里克之前到达埃东布里克。"

埃塔伊内点点头，抱着欧文的腰，抓紧自己的手腕，低声说道："谢谢！"她的眼神看起来很脆弱，在表白什么。欧文笑了笑，转了过去，心里想埃塔伊内现在在想什么？事实上，他害怕看到埃塔伊内的眼神。埃塔伊内是一个小偷兼圣母殿护卫的女儿。他是西境公。

而且，他的心属于一个伯爵的女儿。

◆ ◆ ◆

"我不明白你为什么要走得这么急？"雅各说道。他们正走在通往码头的木制台阶上。欧文落后伊薇和雅各几步，看着伊薇和雅各走在前面。"你们肯定可以等到明天？我还以为，你想去看望埃里克和凯瑟琳呢？"

伊薇模棱两可地回答道："是的，陛下。但我收到紧急传召，需要立刻回到帝泉王宫，必须即刻动身启程。"

雅各看起来心烦意乱，说道："这是什么意思？为什么塞弗恩想要你这么快回去？今天和你一起散步很开心，我还以为我们的关系前进了一大步呢。你是一个非同凡响的女子。我期待你在这里待很长时间。"

"但我必须走了。"伊薇目带忧色地回头看了欧文一眼，说道。她已经知道了在埃里克庄园里发生的一切,和欧文一样,她现在也迫切地想回到锡尔迪金寻求庇护。他们没有时间告辞。雅各看起来像一只郁郁寡欢的小狗。欧文想踢他一脚。埃塔伊内已经提前去通知船长,做好一切准备。

他们来到码头的最后一级台阶。瀑布轰鸣,他们不可能轻言细语地交流,因此,雅各提高嗓门说道:"我什么时候可以再见到你?"

雅各穷追不舍,伊薇心慌意乱,结结巴巴地说道:"我不知道,陛下。"悬崖最高处传来吵闹声。伊薇抬头一看,吓得脸色煞白。"唔,陛下看起来有一些朝政需要处理。感谢陛下的盛情款待。"

雅各转过头来,看着悬崖顶端。上面的人朝他挥手,大喊大叫,但他们的声音淹没在瀑布的轰鸣中。雅各恼火地皱眉。伊薇想要走下码头上船,雅各一把拉住她的胳膊。伊薇看着雅各,眼睛里闪烁着被当场抓住的恐惧。

雅各走近一步,温柔地用双手握住伊薇的手,说道:"我想告诉你,我已经诚挚地考虑过了塞弗恩提出的条件。关于两国之间停战的条件。我无法用语言来表达,这个诱惑对我来说有多大。"

欧文听了,感到十分恶心。他咬紧牙,怒目圆睁,只想尽快离开阿塔巴伦,远离阿塔巴伦那些奇异的风俗和时尚。他想回到自己的国度,回到锡尔迪金,戴上自己的徽章。雅各看都不看欧文,欧文一直在眼睛冒火地瞪着雅各。

伊薇没有说话,脸上飞起一片红霞。

"我在道义上需要帮助埃里克。我真希望在我发誓之前遇见了你。但我承诺,莫蒂默小姐,"雅各不诚实地咧嘴笑道,"我把你当做朋友。如果埃里克统治了锡尔迪金,我会为你说话。"雅各把伊薇的手放在唇边,盯着伊薇看,脸上的表情突然变得脆弱不堪。"你的眼睛最迷人。"雅各温柔地喃喃说道。欧文几乎一脚把他踢下码头,去和水里的鱼儿作伴。

伊薇用力把手抽回,说道:"我真的必须走了。"

雅各点点头,松开了伊薇的手。伊薇转身上船。雅各一时莽撞,大步向前,抓住伊薇的肩膀,低下嘴唇,在码头上亲吻了伊薇,在所有人面前——在欧文面前。这是一个宣告爱意的接吻,能够让女孩眩晕、让男人嫉妒得想杀人的那一种接吻。

伊薇大吃一惊,立刻推开雅各。"陛下!"她脸颊绯红,斥责道。"这……太放肆了!"她抹了一下嘴唇。

雅各像白痴一样咧嘴笑了,说道:"我知道。我无所顾忌,喜欢冒险。我想要你记住我。再见了,小姐,直到我们再一次见面。"他优雅地鞠了一躬。

令欧文十分恼火的是,码头上传来了口哨声和喝彩声,雅各·卢埃林似乎沐浴于其中。欧文看了看伊薇,伊薇正注视着雅各。

伊薇叹了一口气,摇摇头和欧文一起上船。伊薇狠狠地瞪了欧文一眼,说道:"顺便说一句,接吻就是这么做的。"

欧文羞得无地自容,心情残暴得难以形容,耳朵发烫,脸颊发烧,知道自己永远也不可能忘记那个吻。那是伊薇的初吻,他知道得很清楚,但亲吻者不是他。

船长命令水手们走开,埃塔伊内满脸忧愁地走了过来。她穿着一件披风,盖住了从凯瑟琳夫人那里拿过来的长袍。

欧文看见了埃塔伊内眼睛里的表情,担心地问道:"发生了什么事?"他们从阿达奈斯庄园回来,到了埃东布里克之后就分开了,没有再说过话。

埃塔伊内低声对欧文说道:"我到船舱里去看了一下博思韦尔。

他不在那里。关在牢房里的是克拉克。他被绑住了,堵上了嘴巴,不省人事。"

欧文瞪大了眼睛,说道:"克拉克在船舱里?他没有去帝泉王宫?"

埃塔伊内摇头说道:"我想应该没有,这意味着塞弗恩可能已经死了。"

第二十七章
四季无常

　　风把瓦赛拉格号的帆吹得鼓起，欧文在船上走来走去，贾丝廷在照料克拉克的伤势。克拉克后脑勺有一条特别深的伤口，因此人事不省，记忆模糊。埃塔伊内忧心忡忡，想着逃跑了的博思韦尔。毒药师的报复心都很强，所以她有理由担心。

　　克拉克坐在船舱里的一个桶子上，痛得龇牙咧嘴。灯笼随着船的晃动而摇晃。伊薇看着贾丝廷照料克拉克，愁容满面，看得出神。

　　欧文尽力压制住内心的烦乱，追问道："你别的什么也记不起来了？"欧文觉得他们步步受挫。他不喜欢在游戏中被别人打败，更不用说在现实生活中被人打败，尤其是现在塞弗恩王命悬一线。

　　贾丝廷替克拉克包扎着伤口，克拉克痛得手指按进了桶盖，手上青筋暴突，但他仍然耐心地忍受着。"我不知道谁袭击了我。有人瘫倒在那个囚笼里。"他用手指了一下。"我喊了一声，想要喊醒他。然后有人从背后给了我一棍。醒过来后，我发现我被绑住了，堵住了嘴巴，脑袋里嗡嗡作响。我知道，我错过了去锡尔迪金的船。我没有露面，船长肯定开船了。"他满脸忧愁地皱着眉头。"回去以后，我肯定又会被派去监管当斯沃斯，"他苦涩地抱怨道，"我活该。"

"废话。"欧文摸着下巴，说道。

伊薇安慰道："重要的是，他们没有杀了你。"

贾丝廷猛地抬起头，眼睛睁得大大的，又不停地眨眼睛，满脸通红，然后又埋头照料克拉克的伤势。

克拉克对贾丝廷嘟囔道："谢谢你，贾丝廷。"

贾丝廷看起来有点尴尬，回答道："不用谢。"

欧文停了好一会儿，说道："有人一直在把我们当傻子玩。问题是，有太多人对我们心怀恶意。塞弗恩王有太多的敌人。"

埃塔伊内脸色阴沉地补充道："包括他的侄子。"

伊薇看着埃塔伊内，说道："告诉我更多你们去埃里克那里发生的事情。"

欧文觉得心里不安，力气无处发泄，一拳打在支撑甲板的柱子上。他看了一眼埃塔伊内。埃塔伊内两眼低垂，认为自己此行任务失败。欧文看得出来，埃塔伊内是在担心曼奇尼会如何处置自己。欧文更关心的是，确定曼奇尼是否真的忠心。

欧文说道："我相信埃里克货真价实。我也知道，塞弗恩王不想把埃里克谋杀在阿塔巴伦。"欧文坚定地摇摇头。"埃里克大难不死，这确实是一大奇迹。我半生都和塞弗恩王打交道，很了解他的为人。两个侄子被谋杀，这件事情现在仍然在困扰着他。爱丽丝小姐如果知道一个哥哥还活着，会高兴得发疯。不，我们饶了埃里克一命，这样做是对的。"

埃塔伊内的眼睛和嘴角的表情表明，她并不这么想。"然而，埃里克准备入侵锡尔迪金，夺取王位。你不会有什么幻想吧。"

欧文赞同道："我没有幻想。而且，我相信雅各·卢埃林会和埃里克联手入侵。我们伤害了他的自尊心。他是一个骄傲的人。"最后一句话是说给伊薇听的。

伊薇听得出欧文话中带刺,但没有回击。"雅各也是一个亡命之徒。阿塔巴伦几近破产,贵族们各怀鬼胎,但雅各不知道敌人的真正力量。他就像一个孤注一掷的赌徒,赌注大,赢得多,输得也多,但他没有意识到,他的赢面并不大。这是一场毅力的比拼。我不认为雅各像塞弗恩王那样有毅力。但我明白,他为什么想要面对这场危险。他认为自己胜算很大,而且这是一次摆脱国内贵族控制的机会。"

欧文个人不喜欢雅各,但他赞同伊薇的看法。"唔,如曼奇尼所说:你会冒险,别人也会冒险。"

"如果你命都没了,你就没办法冒险了。"埃塔伊内忧虑地说道,提醒他们,塞弗恩面对的危险,不仅仅来自战场。

这句话让所有人陷入绝望之中。

过了一会儿,贾丝廷把手往正在用着的毛巾上擦了擦,说道:"我已经竭尽全力了。"

克拉克谦卑地说道:"谢谢,小姐。"

贾丝廷笑了笑,跟着伊薇回到房间。伊薇示意欧文跟着她们,欧文遵命。走出船舱的楼梯很陡、很狭窄。他们走上甲板,天已经黑了,星星在天上眨着眼睛,像一群小小的萤火虫。他们和第一大副交谈了几句。大副告诉他们,回锡尔迪金的旅程要比来时短,因为现在是顺风,预计明天晚上之前可以到达锡尔迪金。

伊薇的房间看起来很狭小。船上的一切都很拥挤,像船舱里的囚笼,但尺寸大小并不是真正的问题。欧文心神不宁,觉得自己的人生处处受制。他渴望挣脱责任和义务的束缚,渴望自由。但他又不愿意一时莽撞谋反,而失去已经得到的一切。忠诚系我心。

伊薇叹息一声，说道："你看起来很烦躁。"贾丝廷开始帮助伊薇取下首饰。

欧文苦涩地说道："不是每一天你都能看到另外一个男人亲吻你心爱的女人。"

伊薇叹息道："这……很不幸。请不要以为我喜欢。"

"这一次出使，几乎没有什么事情是我喜欢的，"欧文说道。在这个时候表现得这么夸张，他想踢自己一脚。"请原谅我闷闷不乐。"

伊薇嘴角露出一丝微笑，说道："我不能责备你。你不得不忍受雅各当着你的面谈论你！你每天看着他奉承宠爱我。这个负担对你来说不公平。"

欧文不需要伊薇同情，说道："我们不要装作不知道：你和我一样感到不舒服。这一次任务对我们来说都不容易。很抱歉，我没有像雅各那样关心你。"

伊薇看着欧文，摇头说道："你永远都是我最亲最近的朋友，欧文。你的痛苦我感同身受。我不想你还有时候不知道，我是多么地在意你和你的感受。"伊薇叹了一口气，脸上忧色更浓。"你认为……塞弗恩会不会强迫我嫁给雅各？如果雅各入侵锡尔迪金，我无法想象塞弗恩还会想和他结盟。"

欧文呵呵笑道："那就让我们祈祷雅各入侵锡尔迪金！"

伊薇斥责道："认真一点。你知道雅各不可能赢。雅各又太自以为是，意识不到这一点。他不知道自己在招惹谁。但你认不认为塞弗恩仍然会让我嫁给雅各？我是当局者迷。"

欧文突然变得很严肃，说道："你以为我不是一样？失去你是我这一生中最大的恐惧。很抱歉，但我认为雅各·卢埃林配不上你。他需要你，他不仅仅需要你的关系网和继承权，还需要你的智慧和谨慎。所有的一切都对他有利。你能够带给他他最需要的稳定。我一点也不怀疑，他是真心实意地追求你，只是动机有点自私。"

伊薇听到欧文的恭维，变得脸色通红，说道："你这么说真是太好了。"

欧文嘟囔道："我是实话实说。"他心中的痛在膨胀，痛得他几乎无法呼吸，于是他想着说一些轻松的话题。"但我很难想象你戴着那些时髦的阿塔巴伦头巾会是什么样子。你会看起来像一个傻子。"

伊薇笑了起来，这对于欧文来说无异于天籁之音。

伊薇和欧文对视了一会儿，觉得痛苦的心灵得到了一点慰藉。伊薇想要欧文抱着她。欧文在伊薇的眼睛里看得到这种渴求，他也看得出伊薇不会主动。这一次，欧文不需要劝说。他走过狭窄的房间，吓了贾丝廷一跳，伊薇也跑到欧文怀里。欧文紧紧地抱住伊薇，让伊薇紧贴着自己。伊薇在欧文的怀抱中微微发抖，她的头发闻起来很香，很柔软，紧贴着欧文的前臂，她的脸紧贴着欧文的胸膛和脖子。

"什么事情会发生在我们身上？"伊薇带着哭腔低声问道。

"我不知道，"欧文回答道，感觉自己的心被撕成两半。他抱着伊薇抱了很久，享受着现在这一刻——船在微微晃动，爱人就在身边，他感到十分舒适。欧文想亲吻伊薇一下——抬起伊薇的头，亲吻伊薇一下——但满脑子想得都是雅各如何夺走了伊薇的初吻。欧文又有点得意地想，如果雅各知道基斯卡登公爵曾经去过阿塔巴伦，这个吻就没有这么甜了。

贾丝廷有点孤苦伶仃地看着欧文和伊薇，说道："天晚了。"

伊薇后退了一步，脸上有一点羞涩。她摸顺了一下长袍上的皱褶，眼睛看起来更蓝了。

"你在亨特利伯爵的庄园看到了埃里克和凯瑟琳。你觉得他们怎么样?"伊薇好奇地问道。

欧文想了一下,说道:"毫无疑问,他们爱得很深。看见他们在一起有一种特别的感觉。表面上看,这是一场政治婚姻,但我确信,他们互相关心。我相信,凯瑟琳对埃里克的人和故事深信不疑。他们的爱令人感动。"

伊薇似乎很高兴听到这些话,但立刻又担忧起来,低声说道:"如果埃里克真的当了锡尔迪金之王,什么事情会发生呢?"

欧文好像有了一种不一样的预感,说道:"一个国王被推翻后通常会发生的事情。这个国王宠信的大臣很少还能够继续掌权。你外公会失去公爵的头衔。我也是一样。如果塞弗恩垮台,我们损失会很大。"

"你认为埃里克不会接受次于国王的头衔?"

欧文摇头说道:"我向埃里克提到了尤奥克郡公爵这个头衔,他拒绝了我。他不信任塞弗恩。这么多年来,别人一直这么教他。他害怕塞弗恩。他甚至很可能还憎恨塞弗恩。是的,我认为埃里克不会对尤奥克郡公爵这个头衔动心。他要么当国王,要么什么都不是。"

伊薇脸气得发黑,说道:"那他有可能失去一切。"

欧文淡淡地说道:"也可能是我们失去一切。"

伊薇的嘴唇抿成一条直线。欧文以前曾经在伊薇脸上看到过这种表情。这种表情很坚毅,她是在警告别人,任何人不得违背她的意愿。

◆ ◆ ◆

第二天,天空布满了厚厚的灰云。欧文伸长脖子,觉得寒风刺骨,需要立刻回到房间里加上一件披风。水手们都在摩擦着手掌,朝双手呵气，看起来有点心不甘情不愿，这么冷的天还需要拉绳子，打绳结。

欧文去找伊薇。伊薇和贾丝廷在甲板上和船长说话。

瓦赛拉格号乘风破浪前进，欧文凝视着翻腾的大海，问道："我们离帝泉王宫还有多远？"

船长眼睛里有一种奇怪的表情，回答道："就在那里。"船长左眼下有一条小小的伤疤，划过脸颊，很细微，欧文以前没有注意到。

欧文手搭凉棚，更好地看一眼眼前的陆地，吃了一惊。

"这不正常啊，"欧文摇头说道。"我以前从来没有看见过帝泉王宫这么早就下雪了。离入冬还有两个月呢。"

帝泉王宫的宫殿和树木都铺了一层薄薄的、刚刚落下来的雪。欧文以前冬天曾经在帝泉王宫里待过，但他大部分冬天都在西马奇郡度过，那里冬天没有那么冷。这一场雪来得太早了。

欧文问船长："你以前见过帝泉王宫这么早下雪没有？"

船长摇头答道："我在海上行船二十年，从来没有见过。我从来没有见过帝泉王宫这么早下雪。"

欧文想起了什么，感觉到体内的圣泉也在随之微微翻腾。

那是很久以前的一天清晨，塞弗恩在吃早餐，他对迪肯·拉特克利夫说了一句话。欧文坐得很近，听到了这句话。这句话也一直在他的脑海里萦绕。

"还记得那次月食吗，迪肯？南妮特去世那天发生的月食？我对南妮特的死负有责任。"然后，塞弗恩压低声音说道："月食可能也是因我而起。我那一天心情阴暗。我可是一个泉佑异能者。"

是这样的，圣泉低声对欧文说道。

第一片雪花开始悄无声息地落在甲板上。

第二十八章
背叛

一个仆人接过欧文雪花覆盖的风衣，在门槛处抖了一下。帝泉王宫内部到处都是点亮的火盆，空气中弥漫着薄薄的烟雾，看起来如梦似幻，超越现实。回到锡尔迪金让欧文松了一口气，但经历了如此多的戏剧性变化，感觉像在阿塔巴伦一样怪诞。欧文大步朝王宫走去，半路上遇见了曼奇尼，不由恼火地皱起了眉头。

"你回来得太及时了，"曼奇尼说道。他看起来压力很大，睡眠不足，"你回来了，我们一直在担心，你们在埃东布里克遭遇了不测。"

欧文深深地呼吸了几口温暖的空气，抵御旅途的寒冷，然后生气地说道："我们确实曾经遭遇不测。克拉克和贾丝廷中了毒。我也应该中毒，但那一次外出，我没有吃他们吃了的东西。我们抓住了投毒者，又让他跑了。你要知道，投毒者是博思韦尔勋爵。他在毒药师学校受训时名叫福尔卡特。"

曼奇尼说道："博思韦尔？他出卖了我们？我付了这么多钱，想要赢得他的效忠，他还出卖我们？"

曼奇尼听起来大吃一惊，欧文不得不佩服曼奇尼演技超群，但他不会告诉曼奇尼,博思韦尔已经把他供了出来,他要等到和塞弗恩单独相处时,才告诉塞弗恩这一切。

"塞弗恩王怎么样了?我派克拉克提前回国警告塞弗恩王,奥西塔尼亚人想要毒杀他,然后欺骗爱丽丝小姐。克拉克中途被人拦截,打晕了过去。我们一路上麻烦够多的了,多米尼克。"

曼奇尼吃惊地说道:"奥西塔尼亚人派来了一名毒药师?我们怎么不知道。我命令'艾思斌'调查了每一个想要到王宫工作的人。塞弗恩王身体很好,但不是很健康。你知道了爱丽丝小姐的事情?消息怎么传得这么快?你居然知道她逃跑了?"

欧文揶揄地看了曼奇尼一眼,说道:"我有圣泉的神力。"欧文松了一口气,塞弗恩还活着。

曼奇尼嘲弄道:"那请让雪停下来。老百姓害怕河流会冻起来。你可以想象一下这给圣母殿带来的恐慌。"

欧文问道:"怎么啦?"

"你知道圣母殿的传说。圣母殿的权力会一直持续到瀑布停止流动。瀑布从来没有停止流动过,至少有一千年了,从来没有,人们相信圣泉圣母殿的权力将会持续到永远。现在,圣母殿里的人认为,他们会失去圣泉的庇佑。这帮迷信的蠢货。"

欧文鄙视地摇摇头,问道:"爱丽丝逃跑多久了?她是怎么逃跑的?是不是被绑架了?"

"不,我认为她不是被绑架了,虽然我不是百分之百确信。她是在前任王后葬礼结束后的那一天消失的。"

欧文惊叹道:"前任王后去世了?我在阿塔巴伦获悉,有人在给她投喂慢性毒药。"

曼奇尼无奈地耸耸肩膀,和欧文一起走向正殿。正殿的门是关着的，站在两边的侍卫手持长枪。曼奇尼做了个手势，侍卫向他们敬礼，然后打开了门。

"你们走后没多久，前任王后就死了。她已经病了几个月了。她的死对于爱丽丝来说是一个沉重的打击。我认为，坦默尔利用了前任王后的死和爱丽丝的悲伤，来劝说爱丽丝接受沙特里约恩的求婚。爱丽丝化了妆，偷偷溜出了圣母殿，登上了奥西塔尼亚人的一艘商船，那天清早就扬帆离开了锡尔迪金。你可以想象，遭遇如此背叛，塞弗恩有多愤怒。我告诫了他，叫他把爱丽丝管紧一点。派人监视她！但他相信爱丽丝，说她永远不会抛弃他。唔，爱丽丝抛弃了他。但我不能责备爱丽丝，想一下她日益暗淡的前景，塞弗恩又不愿意娶她为妻。塞弗恩很生气，欧文。我从来没有看见他这么生气过。你回来真是太好了，因为他不听我们任何人的。"

欧文跨过门槛，咽下一口口水，内心心急如焚。曼奇尼站在壁炉旁边，离他和塞弗恩很近，能够听到他和塞弗恩之间的对话。塞弗恩跌坐在王座上，看起来筋疲力尽，焦虑异常，头发灰白了很多——至少从他闷闷不乐的表情看来，他的头发是灰白了很多。他坐在那里不说话，脸色阴森森的，戴着黑手套的手摸着下嘴唇。火炬的光照亮了他很久没刮的下巴和乱糟糟的头发。他还戴着王冠，这很不寻常，因为除了仪式场合，他很少戴上王冠。王冠看起来是用暗无光泽的铁制成的而不是用黄金制成的。

欧文走近王座，单膝跪下。他抬起头来看着塞弗恩的眼睛，看到的是囚禁在笼子里的熊熊烈火。塞弗恩静静地坐在那里，内心其实是在爆炸，在咆哮。他的视线转向欧文，好像一时间认不出他来。

"欧文？"塞弗恩沙哑着嗓子问道。

欧文回答道："我回来了，陛下。但我恐怕回来得不够早，未能阻止灾难发生。"欧文希望曼奇尼离开正殿，这样他才能告诉塞弗恩心中的怀疑，但现在不是正确的时机。

塞弗恩声音有点哽咽，他在尽量控制自己的情绪，然后轻描淡写地说道："你听说了？"

欧文回答道："陛下，我在阿塔巴伦听说过这个阴谋。我设法送信，但我让陛下失望了。"

塞弗恩的表情变了，像牵线木偶一样从王座上站了起来。"你让我失望了？我心下猜疑，饱受折磨。我甚至担心你也是谋反者之一。这样你就会毁灭自己。但现在你在这里，跪在我面前。起来，我的朋友。你永远不需要在我面前下跪了。"

欧文慢慢地站起来，看着塞弗恩，感受着塞弗恩的伤痛之深。"发生了什么事？"欧文压低声音，追问道。正殿里没有仆人，感觉像一座墓穴。

塞弗恩走下台阶，胳膊搭在欧文肩膀上，领着他走到熔炉一样的壁炉。欧文很快全身是汗，但塞弗恩看起来不受影响，凝视着火焰，忍受着内心的折磨。

塞弗恩开口说道："前任王后身体每况愈下，爱丽丝来王宫也越来越少。我并不感到担心。前任王后时日不多，爱丽丝去安慰母亲，这很正常。有一次，她来到我这里，那时已经很晚，她看起来很累，很悲伤。我不知道该如何安慰她，因为我恨她妈妈，她妈妈也恨我。但我没有说尖刻的话，只是安慰她，劝她不要悲伤过度。爱丽丝"——爱丽丝的名字似乎灼伤了塞弗恩的舌头，塞弗恩退缩了一下——"问我会不会强娶她。我很久以前就承诺了，我绝不会这么做。我又重复了我的誓言。她沉默了一会儿，又问我会不会允许她出嫁。她说，她能理解，她生下来的任何一个孩子都会有人视之为王位的继

The THIEF'S DAUGHTER   263

承人。"塞弗恩盯着火焰,用拧紧的拳头顶住嘴巴。

欧文抹掉脸上的一行汗珠,说道:"陛下怎么对她说?"

塞弗恩的眼睛充满了忧虑的神色,说道:"我对她实话实说。我说我不能让她结婚。现在还不能。然后我告诉她,她是我的继承人。如果我出了什么事,她将继承王位。"塞弗恩露出一个哭脸。"第二天清晨,她就不见了。"

塞弗恩转身离开壁炉,气得脸色发青。"她为了沙特里约恩那个狗崽子而抛弃了我,沙特里约恩承诺让她当皇后。那个流鼻涕的暴发户,乳臭未干,还从来没有亲手杀过人,从来没有用自己的剑杀过人!他以为他可以通过爱丽丝来统治锡尔迪金。他以为我会躺在那里,让他们的皮靴把我踩成碎片。"塞弗恩的眼神看起来吓人,声音听起来怕人。"我不会是他们宴席上的肉,随他们任意享用。这只野猪长了獠牙,我会顶得他们浑身是血。"

曼奇尼警惕地说道:"陛下,我们还没有听取欧文大人的消息。觊觎者皮尔斯·乌尔比克怎么样了?死了没有?"

欧文看了看曼奇尼,又看了看塞弗恩,说道:"我相信埃里克是货真价实的。陛下,听我说完。我知道曼奇尼的间谍发现,有人声称是他的父母。我想,这是有人故意放出烟雾弹。我见过埃里克,陛下。不止一次。他没有圣泉的神力。他身边也没有人有圣泉的神力,至少我感觉是这样。我们到了阿塔巴伦,刚好赶上他的婚礼?"

曼奇尼喘着气问道:"婚礼?"

"是的。雅各·卢埃林让他和亨特利伯爵的女儿凯瑟琳小姐结婚了。他们现在结婚不到半个月。阿塔巴伦的所有贵族都相信,埃里克是他自己所说的那个人——阿根廷家族的一员,陛下的侄儿。我也相信。"

塞弗恩吃惊地盯着欧文，问道："他怎么幸免于难的？为什么他现在还没有设法回到锡尔迪金？你肯定知道，他肯定知道，他声称自己是锡尔迪金王位的继承人，这里疑问很多。"

欧文伸出手，抓住塞弗恩的肩膀，说道："如果陛下遇见埃里克，我想陛下会得出同样的结论。埃里克害怕您，陛下。他相信所有关于您的谣言。我想要劝说他和我一起回到锡尔迪金。事实上，我计划绑架他，但凯瑟琳的管家听到了我们之间的对话，派人来抓我。我和埃塔伊内一起逃跑了，并即刻回国。我认为雅各知道了我的双重身份是不会高兴的。"

塞弗恩厉声说道："我才不管雅各高兴不高兴。你逃回来了，没有被抓住，这很明智。你如果被抓住了，我无论付多少赎金，都会将你赎回。现在，我可以省下我的黄金，用它来征服阿塔巴伦和奥西塔尼亚。"

欧文摇头说道："陛下没必要进攻埃东布里克。雅各会过来。他迫不及待地想要证明自己是一个男人。他很鲁莽。我想，他对陛下提出来的条件感兴趣。他……喜欢伊蕾莎白。但我认为他希望埃里克带上王冠后，他仍然能够娶到伊蕾莎白。他们会发起侵略的。"

塞弗恩皱眉说道："让他们来吧，让他们都来。我能够守卫我的王国。如果这些小母羊想刀口舔血，他们想舔多少，我就给他们多少。他们会看着他们的男人死去，看着他们的庄园被烧毁。他们会听到他们的母亲在哭泣。"

"还有更多的消息。"欧文迫切地说道。他能够感觉到塞弗恩胸中的怒火，觉得最好还是一次性告诉他所有的坏消息。

塞弗恩难以置信地竖起眉毛。

欧文说道："他们并不想在战场上面对陛下。我们隐藏在雅各内阁的间谍博思韦尔勋爵是一个在皮桑接受过训练的毒药师,化名为福尔卡特。他的任务是杀掉我们所有人,挑拨锡尔迪金和阿塔巴伦开战。从他身上,我们了解到了另外一个谋杀陛下的阴谋。沙特里约恩雇用了一名毒药师,埋伏在王宫里。据博思韦尔所说,沙特里约恩并不想埃里克统治锡尔迪金。我想,博思韦尔说的是对的。沙特里约恩只是想利用埃里克和雅各来转移视线,让陛下的注意力集中在北方。布里托尼卡的鲁元帅也证实了这一点。鲁元帅来到了埃东布里克,警告雅各,不要和陛下开战。"

曼奇尼震惊地说道:"鲁去过阿塔巴伦?我不相信!"

欧文朝曼奇尼点点头,又对塞弗恩说道:"鲁元帅亲自去了阿塔巴伦。我认识他,他也认出了我。我想,他拥有圣泉的神力,陛下。鲁元帅说,布里托尼卡女公爵仍然是我们的盟友。"

塞弗恩敬佩地看着欧文,胸中的熊熊怒火终于开始慢慢地熄灭。他像父亲一样伸出手,搂着欧文的脖子,然后又拍了拍欧文的后背,说道:"做得好,欧文。你为塞弗恩王效劳,并带来了荣耀。我会赏赐你。你向埃里克暴露身份,这会冒巨大的危险。但我知道你为什么这么做。你想劝说他,对不对?你想劝说他心甘情愿地回来。"

欧文点头说道:"是的。我向他承诺,他将会得到一块公爵领地。他小时候拥有的那块公爵领地。"

塞弗恩笑道:"我也会兑现你的承诺。但他不但得不到一块公爵领地,还会失去一切。希望他的岳父一切安好,因为他需要用自己的钱财来供养这些孩子。哦,这件事情太具有讽刺意味了,让我感到厌烦!如果埃里克能够证明,他是我们的盟友和伙伴,他可以成为我的合法继承人。但他希望得到一个他不够高够不着的奖品。他还是孩子。"塞弗恩摇摇头。"一个不听话的孩子。这么多天以来,我第一次感到高兴。我一直都在被猎杀,被压迫。狼群撕咬着我的脚跟。但我有忠实的臣民。我有战舰和一支军队。敌人唤起了一个他们害怕的敌人的怒火,尝到了血淋淋的獠牙的味道,他们会明白这一点的。开战吧,热烈欢迎。"

塞弗恩把手搭在欧文肩膀上,领着欧文回到王座,又点头对曼奇尼说道:"现在,去把霍瓦特的外孙女找来。我想看到她优雅的丰姿和乐观的面孔。我敢说,如果她叫我在正殿里挖一个鱼塘,我也会照办的!"塞弗恩笑了起来,可能这几周以来第一次笑了起来,又拍了拍欧文的后背。"干得好,欧文。干得好。"他的脸色变得严肃起来。"哦,曼奇尼,把坦默尔从塔楼带过来,和我们一起吃晚饭。他已经两天没有吃饭了。我肯定他饿了。"

欧文的笑容消失了。他明白了塞弗恩的意思。坦默尔已经被拽出了圣母殿。

第二十九章
最高机密

欧文和曼奇尼并肩走在"艾思斌"修建的地下通道里,地下通道通往关押囚犯的塔楼。阴暗的过道里冷飕飕的,欧文能够看到自己呼出的一团团小小白雾,心里有一种不祥的感觉,这种不祥的感觉比冬天笼罩着帝泉王宫的乌云还要浓。

欧文努力控制住自己的怒火,说道:"你终于劝说了他。"他仍然不相信曼奇尼,但他现在需要让曼奇尼认为,他们是站在同一条战线上。

曼奇尼问道:"劝说谁做什么?说清楚点,年轻人,我每天需要劝说很多人。"

欧文恼火地说道:"你知道我的意思。把坦默尔从圣母殿里弄出来。"

曼奇尼轻蔑地说道:"我们几年前就应该这么做了。坦默尔一直在圣母殿幕后操纵一切。为什么他犯了叛国罪还能安然无恙呢?"

"你是怎么做到的?"

曼奇尼把手中的灯笼换到另外一只手,举高了一点点,说道:

"只要给的钱足够多,有人愿意为你做任何事情。"比如说你,欧文阴沉地在脑海中说道。"我派几个人转移司事的注意力,又派六七个人拦截坦默尔,绑起来,堵住嘴巴,扔上一辆大车,盖上防水油布,直接绑架到王宫。"曼奇尼打了一个响指。"容易得很。"

"你怎么劝说塞弗恩同意你绑架坦默尔呢?"

曼奇尼哼了一声,说道:"根本不用劝。发现爱丽丝逃跑了之后,你应该看一下塞弗恩有多生气。我认为他从来没有这么生气过——拉特克利夫叛变,他也没有这么生气。爱丽丝叛逃了,这尤其让他难以接受,因为他一直相信爱丽丝。"曼奇尼转过身来,会心地看了欧文一眼。"就算你背叛他,他也不会伤得这么深。他需要报复。是坦默尔蛊惑爱丽丝去投靠沙特里约恩的。"

欧文嘟哝道:"我很奇怪,塞弗恩为什么没有把坦默尔扔下瀑布。"

"我们都知道,扔下瀑布不一定能够处死那些泉佑异能者。不,塞弗恩已经命令波利多罗调查处死圣女丹瑞米的全部细节。他要确定能让坦默尔必死之途。"

欧文觉得内心更加荒凉。他不同情坦默尔,但把坦默尔从圣母殿里绑架出去,欧文总觉得有什么地方不对。因为小小的私人恩怨而违背古老的传统,这站不住脚。欧文觉得关于圣泉的有些民间习俗纯粹是迷信,但他知道,圣泉是实实在在存在的。现在有人冒犯了圣泉,欧文有一种古怪的感觉。

过道尽头站着几个"艾思斌"守卫,他们在等候欧文和曼奇尼。

一个守卫说道:"晚上好,曼奇尼大人。"

曼奇尼把手里的灯笼递给一个守卫,看了欧文一眼,说道:"我让守卫轮班看守坦默尔,每小时检查他的牢房一次。坦默尔已经两天没有吃饭睡觉了。"

欧文心中闪过一丝怜悯。

一名守卫狡猾地笑着补充道："奉塞弗恩王之命，要让他过得很不舒服。"

"今天晚上，塞弗恩王想要坦默尔和他共进晚餐。"

另外一个守卫嘿嘿笑道："塞弗恩王会给他上什么菜呢？炖老鼠肉？"

曼奇尼喝道："一块夹肾馅饼。开门。"

守卫打开沉重的铁门，一阵微风吹过。欧文和曼奇尼一起走上塔楼。风在黑暗的塔楼里呜咽哭泣，听起来好像人在痛苦地呻吟。欧文心里这么想着，觉得有点发抖。

欧文问曼奇尼："你认为塞弗恩会不会放了坦默尔？"

"哼，不会！我也不会建议他放了坦默尔。不，坦默尔会被处死。在这个问题上，塞弗恩不会改变主意。孩子，塞弗恩已经变了一个人。爱丽丝背叛了他，有些东西就被撞松了。或者我要换一句话来说？塞弗恩的性情突然发生了戏剧性的改变。"

"怎么变了呢？"欧文追问道，觉得内心越来越沉重。他曾经宣誓效忠从前的塞弗恩，爱丽丝背叛了塞弗恩，塞弗恩受伤如此之重，变成了另外一个人，如果欧文不愿意效忠这个人，那该怎么办呢？欧文的财富、地位和所有的一切都归因于效忠塞弗恩。他愿意冒这些风险吗？他会背叛塞弗恩吗？

曼奇尼回答道："很多、很多方面都变了。刚开始，他想暗杀沙特里约恩。现在他慢慢冷静下来了，决定亲手摧毁他。他计划入侵奥西塔尼亚，粉碎那个小毛孩的王国。他可能需要勤俭节约好几年，才能攒够足够的钱，来支持这场战争，但他已经下定决心，要废黜沙特里约恩，把王冠从他头上拽下来，爱丽丝只能绝望地在一旁观望。他再也不会相信爱丽丝了。我不知道,从此以后,他还会不会再相信任何人。你听:那是风声,还是坦默尔在呻吟?"

曼奇尼好像终于注意到了呻吟声。

欧文和坦默尔到了塔楼楼顶,另外两名守卫在门外紧张地踱步。

一名守卫担忧地说道:"他一直在像疯子一样呻吟。我已经警告过他,叫他闭嘴,否则我们会堵上他的嘴巴,但他现在在胡言乱语。他疯了,他已经疯了!"

曼奇尼严厉地说道:"开门。"

守卫把钥匙插入锁眼,打开了门。

塔楼的阁楼像冰一样冷,所有的窗户都是打开的,冰冷的牢房内布满了厚厚的积雪,屋里没有床,只有一个打翻了的火盆,一个脏兮兮的草垫和一个臭烘烘的便盆,除此以外,没有任何其他家具。

一开始欧文没有看见坦默尔,只听得到呻吟声,后来发现双层窗旁边有一张凳子,刚才没有注意到,坦默尔站在凳子上。坦默尔的双臂抓着窗户边缘,嘴里发出恐怖的声音,眼睛里充满了绝望。

曼奇尼逆风叫道:"你在……从那里下来……你在干什么,坦默尔?"

坦默尔脸上黏着冻雪,头发竖起,皮肤透着灰色的阴影,看到了欧文,眼睛里露出狂暴的表情。

"呀——!!!"坦默尔立刻认出了欧文,呻吟道,"还不晚!还不晚!感谢圣泉!还不晚!"

欧文看着坦默尔,不解地问道:"你怎么啦?"

"我已经是一个死人了。我看到了埋葬我的河水,我看到了深无测,所以我以为,一切都已经晚了。但你在这里。你有圣泉的魔力!恶灵巫师来了!他回到了锡尔迪金!他一定会戴上王冠,欧文。他一定会!"

曼奇尼生气地问道:"你在胡说八道些什么?"

欧文觉得有什么东西伸进了他的胸腔,抓住了他的心脏。是一只冰冷的手?还是一把刀?"谁会来,"欧文问道,"埃里克·阿根廷?"

坦默尔痛得脸部变形。"埃里克不是恶灵巫师!你会知道答案的。你会认识他!你是他的一部分!你为他效忠。你一直在为他效忠!效忠你真正的国王,基斯卡登。"

"基斯卡登王!"曼奇尼吃惊地叫道。欧文知道,曼奇尼弄错了。

坦默尔脸上露出狂热的表情。"还不晚!现在还不晚!那个箱子!孩子,那个箱子!你要把那个箱子换个地方,否则一切就全完了!把箱子带到圣彭里恩的圣泉。那里的泉水能够压制住诅咒。赶快照做,欧文!否则,一切都完了!"

曼奇尼低声说道:"他在胡说八道。"

欧文朝坦默尔走近一步,问道:"谁是恶灵巫师?你知道吗?"

"他来了!他回来了!像以前一样,以后也会是这样。你是他的大将。真正的王……!"

狂风呼啸,塔楼都颤抖了一下,一阵冰雪吹了进来,打断了坦默尔的话。欧文用手遮住脸庞,挡住刺骨的冻雪。

曼奇尼朝守卫喝道:"抓住他!在他跳楼之前抓住他!"

太晚了。欧文眯着眼睛,看着坦默尔从窗台上栽倒下去。他跑到窗户旁边,一脸震惊,心脏剧烈跳动。寒风卷起一阵阵冰雪,像刀子一样朝塔楼刺去。他朝下一看,坦默尔身体呈大字型,瘫倒在下面的石板上。

曼奇尼抓住欧文的肩膀,大叫道:"他自杀了?"曼奇尼看着下面坦默尔的尸体，厌恶地摇摇头，命令守卫赶快下去收尸。塔楼这么高，欧文觉得一阵眩晕。坦默尔的话让他在骨子里感到震撼。

曼奇尼担忧地问道："他胡说了些什么？我听不明白最后几句话。他是不是认为你……他是不是认为你就是国王，欧文？"曼奇尼抓住欧文的肩膀，手上用劲。"我想他是这么想的。他是圣母殿施洗长老。这是预言吗？"

欧文知道曼奇尼弄错了，但他大脑一片混乱，觉得很恶心，不知道该说什么。

欧文摇摇头，回答道："他疯了。你把他关在这里，把他逼疯了。"

但欧文记得，他曾经在圣泉圣母殿的泉水里看到一个箱子。他第一次是在王宫下面的集雨池里看到过这个箱子。欧文觉得困惑了，动摇了，坦默尔的话也不完全是胡言乱语。

曼奇尼问道："所以他还要兴风作浪？想在你心中播下反叛的种子？我不会放过这一点。坦默尔是一条狡猾的鳗鱼。他说了一些关于圣彭里恩的事情。那是西马奇郡的一座圣母殿，对不对？"

欧文希望曼奇尼没有听到坦默尔说过的这一段话。"是的，"他回答道。圣彭里恩是西马奇郡腹地的一个渔村，靠近海岸。欧文听说过关于那个地方的一些有趣故事。渔夫们经常从沿海一带打捞上一些奇怪的东西——盾牌、生锈的头盔以及马蹄掌。

圣彭里恩历史悠久。但欧文并不是很了解，他在北方待的时间太长了。但欧文知道，有两个人肯定很熟悉圣彭里恩的历史。他要去拜访一下伊薇和帝泉王宫的宫廷历史学家波利多罗·乌尔比诺。

但首先，他和曼奇尼要一起去向塞弗恩汇报，告诉他坦默尔已经跳下高塔自杀了，不能和他一起共进晚餐了。

我在帝泉王宫待过很长时间,我发现关于锡尔迪金第一任国王的传说最广为人知,也最稍纵即逝。追寻这些传说,无异于追逐一个幽灵。锡尔迪金第一任国王的轶事很少有官方记载,绝大部分有关的官方文件要追溯到几个世纪以前,而且还都是复制品。传说讲述的是遥远的过去,那时候巫师在锡尔迪金大地上行走,那时候勇敢是最重要的美德。一个年轻人,一个叫做安德鲁的年轻泉佑异能者统一了四分五裂的锡尔迪金,阻止了折磨锡尔迪金的战争和流血。这个年轻人变成了一位伟大强势的国王——可能是所有国王中最强势的一个。安德鲁王有巫师给他当参谋。据说,他有一套有魔力的巫哲棋具,棋局能够预示战争的结果,决定国家的命运。安德鲁王十分睿智,终其一生,只输过一局——输给了他的私生子。输棋之后不久,安德鲁王就被打败了,世界陷入黑暗之中。但伟大的巫师米尔丁预言道,安德鲁王有一天还会回来。这一预言被称之为恶灵巫师的预言。

——波利多罗·乌尔比诺,帝泉王宫的宫廷历史学家

第三十章
莱奥内伊斯

欧文跪在地板上，小心翼翼地把最后几块积木放在一座高塔上。高塔搭建得很精巧，已经开始摇摇欲坠。欧文觉得圣泉的神力渗入全身，补偿了以前的消耗。贾丝廷在旁边刺绣，偶尔瞥一眼跪在地上的欧文和伊薇。欧文和伊薇聚精会神地搭最后几块积木，头几乎碰在了一起。

欧文已经告诉了伊薇他和坦默尔在塔楼中见面的细节。他大声告诉伊薇见面的细节，同时也在过滤自己的想法，把自己知道和不知道的东西好好梳理一下。他知道，他还没有想透解决谜团的所有细节。

伊薇把最后一块积木递给欧文，问道："塞弗恩对坦默尔的死有什么反应？"

欧文摇头说道："他吃了一惊，但并不感到悲伤。我要说，他很高兴，坦默尔跳下高塔自杀而死。"

"但你没有告诉塞弗恩你刚才告诉我的事情。有关箱子的事情。"

"没有。曼奇尼也没有说。我想，曼奇尼会继续监视圣母殿。但曼奇尼认为圣泉只是一个迷信。他看不到圣泉下面的财宝。现在坦默尔死了，我可能是唯一一个能够看到圣泉财宝的人。我想，曼奇尼认为坦默尔只不过是一个疯子，自杀前在说胡话。"

"但你认为坦默尔并不是在说胡话。"伊薇温柔地说道。她的眼睛改变了颜色，从银白色变成了蓝色，又变成了绿色，似乎陷入沉思之中。

欧文抱怨道："这真让人感到沮丧！所有的暗示和秘密越来越疯狂了。当我面对埃里克时，我看得出来，有人告诉了他什么事情。一个传说？一个秘密？我不确信是什么。但这件事情极大地影响了埃里克。埃里克想要说服我，站到他那一边。我如果不知道得更多一点，怎么可能站到他那一边呢？我可不想当一个蠢货。"

伊薇伸出手，拍了一下欧文的手，睿智地说道："我知道。没人愿意当傻瓜。你很聪明，对坦默尔说的话保持警惕。坦默尔的意思是，危险即将降临，你是唯一一个能够阻止危险的人。这自然而然会引起你的好奇心，但也可能只是一个陷阱。"

欧文看着伊薇的眼睛，说道："因为这句话，坦默尔居然自杀了。这句话好像是坦默尔一直背着的一个负担。他告诉我，我必须这么做，却不解释原因。如果我听他的话，如果我把箱子搬到了圣彭里恩，这岂不把我卷入一场更大的阴谋之中？但如果我告诉塞弗恩，塞弗恩会怎么说？他也有圣泉的神力。他会不会把圣泉里的财富捞出来？"欧文皱着眉头，努力控制住自己的沮丧。"我记得安凯瑞特曾经说过，当斯沃斯的父亲艾瑞德能够看到泉水中的财宝，但不能捞出来。他气疯了，最后投水自杀了。"

伊薇提醒道："你也想把箱子捞出来，差点淹死了。"

"不，我没有！"

伊薇摇摇头，有点气急败坏，说道："我记得很清楚，欧文。我很担心你。你在水下待得时间太长了。你做的事情什么地方有点不对。我能感觉到。"

欧文仍然皱着眉头看着伊薇,但伊薇说得也有道理。"我不知道我该怎么做,伊薇。有三个人想侵略锡尔迪金。埃里克、雅各和沙特里约恩——一个接着一个——想和我们开战,夺取塞弗恩的王冠。"

伊薇简明扼要地说道:"雅各不想,但你继续说。"

欧文抑制住内心突然冒出的那股嫉妒,说道:"唔,雅各想要得到什么东西。我的意思是,有人会入侵我们。但还有别的事情也在发生。我们看不见的一些事情。另外一个参赛者也在棋盘上移动。这些事情与过去有关,但影响着现在的我们。谜团的中心是关于恶灵巫师的神话。我告诉过你,我过去从圣泉那里听到过关于恶灵巫师的低声细语。我现在还能听到。不知道怎么搞的,我现在变成了恶灵巫师预言的一部分。"

伊薇眨眨眼睛,问道:"你就是恶灵巫师?"

欧文看着伊薇,说道:"你为什么这么问?我当然不是。"

"只是随便想一下。你很久以前就告诉了我这个故事。你生下来是死胎,然后又复活了,就像你在埃东布里克把贾丝廷从死亡的边缘带回来一样。欧文,你有这个能力。这不是迷信。这是真的。我见识过。可能你会让这个预言实现。"

欧文仍然看着伊薇,心脏剧烈地跳动着。他感觉到圣泉在全身流动,在他体内流动。然后,欧文听到了圣泉的声音。

你不是恶灵巫师。但你是最早看到恶灵巫师的人之一。

欧文全身颤抖了一下。伊薇吃惊地看着他。

"怎么啦?"伊薇问道。

欧文摇头说道:"没什么。但圣泉告诉我,恶灵巫师即将来临,而我是最早看见他的人之一。"

房间安静了下来。贾丝廷停下了手头的针线活，眼睛乌黑严肃，像现在弥漫在王宫里的气氛那样阴郁。

欧文低声说道："我不能告诉塞弗恩。现在还不能。我想知道得更多一点。"

伊薇点头说道："我们去拜访波利多罗。他从到达锡尔迪金的那一天起，就在研究安德鲁王的神话。如我前面所说，我对圣彭里恩一无所知，但我想他可能有所了解。"伊薇暂停了一下，接着说道："我认为，你不能告诉波利多罗你的'幻觉'——如果这个措辞正确。波利多罗十分忠诚于塞弗恩。我不确信，我能不能完全相信波利多罗。"

"这个建议很好。我们去拜访波利多罗。你请？"欧文指了指可以推倒高塔的第一块积木，问道。

伊薇微笑了，推倒了积木搭建起来的高塔。

◆ ◆ ◆

波利多罗·乌尔比诺是一个很有趣、很热情的家伙，又高又瘦，皮肤因为风吹日晒而像皮革一样粗糙，银褐色的头发永远整整齐齐地往后梳，眼睛充满了智慧，穿着在皮桑流行的朝服——那里的衣服比塞弗恩喜爱的黑色衣服更加花哨——声音又高又尖，听起来好像上气不接下气，辞藻华丽，好奇心强烈，很明显很崇拜伊薇。贾丝廷在附近一张椅子上坐下，欧文朝贾丝廷热情地笑一笑，点了点头。

波利多罗用力摇着欧文的手，脸上欣喜若狂，低声说道："我告诉你：伊蕾莎白·维多利亚·莫蒂默小姐是这个辽阔的王国最聪明的人。"他又朝伊薇鞠躬，夸张地一挥手，说道："毫无疑问，塞弗恩王的王国有一颗明珠。我刚刚浏览了一下关于圣女丹瑞米的官方记载,这个故事很有趣。我知道你也会想阅读一下,莫蒂默小姐。很高兴,你抽时间来拜访这个地位卑微的宫廷历史学家。如果我能够为你效劳,你知道的,你只需要开口即可。"

波利多罗见面就是一通恭维,伊薇禁不住露出了微笑。贾丝廷眼珠子滴溜溜乱转。"波利多罗大师,我有一点事情需要请教。我想,您的知识能够帮助解决我和欧文之间的一场争论。"

波利多罗又鞠了一躬,说道:"听候你的吩咐,小姐。我想说,你们俩是天生一对。"波利多罗站直身子,摸着嘴唇,说道。"我一直对你们印象深刻。你们如此志同道合,会因为什么而发生争执呢?"

伊薇说道:"实际上是一个地理问题。欧文告诉我说,圣彭里恩的圣母殿在西马奇郡,但我认为圣彭里恩曾经属于奥西塔尼亚。您能够帮我们解决这场争论吗?"

伊薇很巧妙地提出了问题,欧文不仅暗中叫绝。

波利多罗摸着嘴唇,嘟哝道:"圣彭里恩,圣彭里恩。"然后,他咂着舌头。"莫蒂默小姐,我恐怕你们两个在这场争论中都不能得分。你们俩都错了。"

欧文好奇地看着波利多罗,说道:"我看了我公爵领地的地图,先生。我确定,圣彭里恩在地图上。"

波利多罗摇摇头,脸上露出干瘪的笑容,说道:"毫无疑问,你在地图上看到了圣彭里恩圣母殿,但地图上有没有标记莱奥内伊斯?肯定没有。莱奥内伊斯现在已经淹没在水下了。"

欧文觉得心里抽搐了一下,问道:"你说什么?"

波利多罗用力地点头说道:"这个王国已经消失了。莱奥内伊斯是安德鲁王传说中的一个国家。安德鲁王的私生子在那里杀死了安德鲁王。唔,具体来说,不是杀死。安德鲁王受了致命伤,几乎毙命。他们把他放在一条船上,顺着瀑布推下去。之后不久,洪水就淹没了莱奥内伊斯。只有少数几个人得以幸免。圣彭里恩圣母殿位于高处,逃到那里的人们幸存了下来。现在各个圣母殿都能够给人们提供庇护,这是原因之一!很有趣,对不对?"

欧文问道:"你是说,圣母殿的庇护特权历史可以追溯到这里?"波利多罗讲的故事和欧文刚到埃东布里克时在船上所看到的情景惊人地相似。欧文想知道,这个世界上到底有多少座城市被淹没了。

波利多罗摇头说道:"不,这种习俗在那以前就存在了。那些在洪水中幸免的人加强了这种信仰。我听说,西马奇郡海岸的渔夫时不时从那一片水域下被淹没的房子里打捞出一些物品。有一些小贩子专门从事这些物品的买卖。我还听说,布里托尼卡的买家愿意出大价钱。"

"布里托尼卡?"伊薇抢在欧文之前问道。

"是的。布里托尼卡女公爵是一个狂热的历史文物收集者。我想,每一个人都知道这一点。你知不知道,安德鲁王最伟大的骑士之一就是来自莱奥内伊斯?他和安德鲁王的妻子有染,安德鲁王把他流放到了布里托尼卡。"

"您能告诉我,您是在哪里读到了这一段历史的吗?"伊薇问道,声音听起来十分好奇。

"这不是历史,伊蕾莎白小姐。确实,很多人声称,安德鲁王是真实的存在,但没有任何证据表明,他是一位真正的国王。传说只是用来娱乐百姓。就这样。但如果你感兴趣,我想向你推荐一位奥西塔尼亚诗人。我想我在什么地方有一个译本。我找到了就带给你。"

"谢谢您,乌尔比诺大师。"伊薇高兴地微笑着回答道。

"你们看,你们俩都错了。从技术层面来说,圣彭里恩远离西马奇郡海岸,实际上属于莱奥内伊斯王国的领土。安德鲁王在那里遭遇了他的宿命。人们说——"波利多罗开心地呵呵笑了,继续说道,"——他也会在那里王者归来。希望你们觉得这个故事很有趣。"

欧文意味深长地看了伊薇一眼,说道:"确实很有趣。"他和伊薇以及贾丝廷离开了波利多罗的住所。他们走开了,但仍然能够听到波利多罗在房间里呵呵笑,并哼着一只什么歌。

欧文压低声音,说道:"集雨池的财宝看起来年代久远。"

伊薇狠狠地看了欧文一眼,说道:"你是不是认为,那些财宝是在莱奥内伊斯被洪水淹没之后,来到了那里?"

欧文回答道:"我想,我想要找到答案。当然,我们先要假定集雨池还没有冰冻起来。"

伊薇说道:"我不觉得天气会有那么寒冷。"

贾丝廷担忧地问道:"我们要去哪里?我不喜欢听到你们说的这些话。"

欧文看了看伊薇,问道:"你有没有告诉贾丝廷那件事情?"

伊薇摇头答道:"这是我们之间的秘密。记得吗?"

欧文转向贾丝廷,说道:"你有没有恐高症?"

第三十一章
集雨池

帝泉王宫有一部分被高墙隔开，集雨池就在高墙之内。雪中有一行足迹，一直通往集雨池旁边。天很冷，厚厚的雪花像秋天的落叶一样掉下来。欧文站在集雨池旁边，朝下观望。水箱里的水比他们小时候看到的样子要深很多，水蓄得很满。

伊薇强迫自己不打冷战，说道："这里看起来比敦德雷南的韦尔恩河还要冷。"

贾丝廷警告道："你们俩头脑都有点不正常，居然想下水。水肯定冷得要命！你们在水下待不了多久，肯定会得重感冒。又怎么能够游回来呢？"

欧文朝一块常春藤覆盖的墙壁点点头，说道："那里有一扇门，然后有台阶，顺着台阶上去，就可以找到箱子。"他紧张地看着水面，叹了一口气，继续说道："水看起来确实冰冷。"

贾丝廷摇头说道："小姐，这太荒谬了。你外公不会同意你这么做。离集雨池远一点。"

伊薇叛逆地看了贾丝廷一眼，说道："亲爱的，给我们取几床毛毯过来。我想我们用得上。"

"你不会——"

伊薇伸出手,握住欧文的双手,说道:"一起下去?像以前那样?拉特克利夫已经死了,所以,我想不会有人再排干集雨池来暗害我们。"

欧文哆哆嗦嗦地吸了一口气。

贾丝廷脸色煞白,说道:"有人想暗害你们。小姐,拜托了,别!"

欧文握住伊薇的手,说道:"跳。"他们面对面站在集雨池旁边,同时跳下,落入水中。

集雨池比韦尔恩河还要寒冷。绝对是这样。冰冷的水泡湿了衣服,像锋利的针一样刺遍全身,欧文几乎喘不过气来,只觉得眼前一黑,几乎冻晕过去了。但他静止不动,自由下落的重力让他沉到集雨池底部。欧文渴望呼吸一口新鲜空气,他的肺在尖叫,说想要新鲜空气。他的皮靴很快就踩在集雨池的底板上——毕竟,他现在比小时候高了很多——胸腔里憋满了气,身体开始上浮。因此,他吐出几个气泡,迅速地眨眨眼睛,尽力看清水下模糊的一切。

财宝仍然在那里。

下面有很多打开了的箱子,里面装的硬币多得掉了出来。破旧的盾牌上面刻着奇怪的花纹和不熟悉的徽章。这些东西真的是来自莱奥内伊斯吗?欧文觉得有人拉了一下他的手。伊薇示意他往回游,游上去。

欧文需要带走一样东西,这样东西能够向伊薇证明,财宝确实存在,他确实能够看到财宝,尽管其他人都看不到。

欧文看到了一个褪色了的长盒子,大约一把剑大小,上面有皮带和搭扣，闭住了盒子。盒子上面印着图案，看起来模模糊糊有点眼熟。

拿走它。你会需要它。

圣泉在对欧文低声耳语。欧文觉得身体又在上浮，于是又呼出了一些气泡。他挣开伊薇的手，游向盒子。水太冷了，肌肉在抽搐收缩，视线在变得模糊。欧文咬咬牙，双腿猛蹬，奋力用不听使唤的手指拿起盒子。他拿不住，冰冷的手指没有反应。欧文决心已定。他用前臂把长盒子拨向自己，又用左臂将盒子夹在身体一侧。然后，他用右臂划水，朝水面游去。盒子有点重，肺里没有空气，欧文差一点又被冰水吸了回去。但过了一会儿，他终于露出水面，大口喘气，冻得牙齿发抖。

"往——往——往——这——边！"伊薇结结巴巴地说道。她抓住欧文的衬衣，两个人立刻朝台阶游去。

"你们还好吗？"贾丝廷站在上方集雨池入口，惊慌担忧地喊道。"我去找人帮忙！"

"不要！"伊薇说道。"拿——拿几床毛毯就——就好了！"

"我马上回来！"贾丝廷说道，然后走了。

伊薇剧烈颤抖，低声说道："真——真冷——冷。"

欧文笑了笑，说道："我喜欢上——上一次……更喜欢……"他的手指头现在有点听使唤了。"看到了没有？我没有凭空臆想出一个盒子吧？"

伊薇睁大眼睛，用力点头，惊叹道："不会吧，是真的。我们先——先出——出去，烤——烤火。"

欧文没有反对。他一手抱着盒子，一手抓着伊薇的胳膊，把她拽上台阶。欧文觉得手指麻木，身体抖个不停，"艾思斌"的门闩都有一点难以打开,但他还是打开了,又用身体撞开了门。撞门的冲力很大,欧文和伊薇都跌跌撞撞地踩在门外的积雪上,但仍然紧紧地抓住对方。伊薇的脸色看起来像雪一样苍白,嘴唇隐隐约约有一丝蓝色。

他们牙齿都在剧烈打架,说不了话。每一次他们对视一眼,都开心地笑起来。欧文想起了小时候,他在泉水旁边追逐着伊薇,追得伊薇团团转,直到伊薇最后掉进泉水。可能伊薇和欧文想的一样。她的眼睛里闪烁着淘气的光芒,欧文最爱伊薇这样的眼神了。

他们到了一条敞开的过道,顺着这条过道,他们可以回到通往集雨池的那条温暖走廊。欧文把伊薇拉了上来。贾丝廷已经拿着毯子,朝他们跑了过来。她一边用毯子把伊薇包裹住,一边狠狠地把伊薇训了一顿。

欧文把盒子从窗户递了过来,又挣扎地爬过窗户,身体抖得太厉害了,有点不听使唤,但他终于爬了过去,却在另一边摔成一团。欧文坐在地板上笑了起来,笑得肚子痛。

贾丝廷说道:"从草垫上起来,欧文少爷。"贾丝廷依然皱着眉头,脸上却带着好笑的表情。她也给欧文裹上一床毛毯。他们很快回到伊薇的房间,一个女仆正在往火里加柴。欧文和伊薇跌倒在壁炉前,享受着壁炉里传过来的一阵阵热浪。女仆斜视了他们一眼,伊薇止不住又咯咯笑了起来。欧文也跟着笑了起来。

贾丝廷抱臂在胸,在欧文和伊薇身后走来走去,说道:"小姐,你必须立刻换掉那些湿了的衣服。你弄坏了了长袍。到换衣屏风后面去。欧文少爷,你还是穿着那些湿衣服坐在那里。我才不管你呢。"

欧文忍住笑,说道:"我会没事的。"伊薇笑了笑,按了一下欧文的肩膀,站起来,匆匆走到换衣屏风后面。

贾丝廷低声责备道:"如果你外公知道了……"

伊薇说道:"你最好别告诉他。你是唯一一个知道我们秘密地点的人。这件事情仍需保密,贾丝廷。"

"你知道的,你可以相信我。"

伊薇从屏风上探头说道:"不要打开盒子。我能够听到,你正在摆弄盒子的皮带!我快要换好衣服了。"

伊薇说对了。欧文不再摆弄盒子的皮带。伊薇匆匆从换衣屏风后面出来。贾丝廷想用一块毛巾盖住她的头,伊薇把她轰走了,跑了过来,跪在欧文身旁,湿湿的头发从脸上垂下来,有点乱糟糟,又很迷人。

欧文嘿嘿笑道:"你看起来像一只淹得半死的老鼠。"

伊薇回敬道:"你就是一只淹得半死的老鼠。打开盒子!"

有人在用力敲门,然后又推开了门。曼奇尼匆匆走了进来,欧文和伊薇都吓了一跳,转过头来。他们没有时间把盒子藏起来了。

曼奇尼大步走向欧文和伊薇,生气地说道:"你们俩在这儿。看一下你们俩!好像在游……游……游……"曼奇尼的声音低了下去。欧文和伊薇脸上躲闪的表情,欧文湿湿的衣服和伊薇凌乱的头发说明,他猜对了。

曼奇尼这么快就把他们逮了个正着,欧文很生气,问道:"什么事情?"

"外面冷得要命,你们俩又在集雨池里玩耍?"曼奇尼张大嘴巴瞪着欧文和伊薇,然后又看到了他们身前的盒子。"那是什么?盒子里是什么?"

欧文回答道:"我不知道。我们还没有打开盒子呢。你怎么到这里来了?"

"因为塞弗恩王命令我把你找过去见他,有人看见你们浑身湿漉漉的,在王宫四处乱跑!东斯托郡的杰克·保伦来了,冒着暴风雪带来了消息。塞弗恩王想要立刻见你,欧文。我也有消息要告诉你。盒子里是什么?看起来长得可以装下一把宝剑。打开盒子。你从哪里得到了这个盒子?"

欧文并不完全相信曼奇尼,但他不知道该如何拒绝曼奇尼的请求。

"打开盒子,欧文。打开盒子。我们又没有做错什么。"伊薇漫不经心地看了曼奇尼一眼。有时候伊薇是一个伟大的演员。

欧文的好奇心起来了,身体前倾,开始解开关上盒子的皮带。皮带不知道在水里浸泡了多久,硬得令人吃惊。搭扣也生锈了,但锈迹立刻掉了下来,露出亮晶晶的金属。伊薇解开一条皮带,欧文解开另外一条皮带。很快,两条皮带都解开了。欧文咬住嘴唇,打量着盒子上的图案。仔细一看,图案好像一只渡鸦的头。那不是布里托尼卡的象征吗?

欧文打开包了皮革的盒子。盒子链条轻轻地嘎嘎一响,甩掉了锈迹,打开了。

曼奇尼失望地说道:"剑鞘?只有一个剑鞘?"

盒子里确实只有一个剑鞘,剑鞘里没有剑。

但这可不是一把普通的剑鞘。剑鞘是用皮革制成,外面又包着一个木质护套,护套上面有一条手工缝制的宽皮带。鞘口处和盒子一样,有一个渡鸦头像。剑鞘磨损严重,血迹斑斑。几根皮条打成了装饰性的结。整个剑鞘工艺精美,看起来年代久远。剑鞘末端的金属包铜有装饰性细丝图案。

欧文把手伸进盒子,拿出剑鞘。剑鞘一直藏在寒冷的地方,握在手里却很温暖,欧文觉得有点吃惊。盒子里没有水渍,没有渗透的迹象,这没有理由啊。

"只是一个剑鞘。"欧文说道。但这个剑鞘里装的是什么剑呢?

圣女之剑,一个声音告诉欧文说。

曼奇尼声音很严厉,质问欧文道:"你从哪里得到的?集雨池?"

贾丝廷喘了一口粗气,赶紧用手捂住嘴巴。伊薇厌恶地转着眼珠。

"这就解释通了,"曼奇尼朝伊薇呵呵笑道,"小时候,你们说集雨池下面有金银财宝。我不相信你们。集雨池被抽干时,我也在那儿。别忘了,是我把你们从瀑布里救了出来。但集雨池底什么也没有。一枚硬币也没有。"

欧文转过身来,看着曼奇尼,说道:"那里有财宝。只是,你看不见。"

"但你能。"

欧文点点头。

"坦默尔胡言乱语,说的也是这个?他是不是在圣泉圣母殿的泉水里也留下了金银财宝?"

欧文不想回答,但他知道他不得不回答。"是的。我在泉水里看到过一个箱子。箱子没有打开,不长,和这个盒子一样长。大约这么大。"欧文张开双手,与肩同宽。

曼奇尼摸了摸嘴唇,说道:"有意思,好奇怪。你知道的,我不迷信。但我似乎听说过一两个关于宝剑和圣泉的传说。"他看了一眼伊薇。"你也知道的。"

伊薇点点头,说道:"最传奇的是安德鲁王的传说。安德鲁王是一位公爵的庶出。他从泉水中抽出一把宝剑,然后用宝剑获得了锡尔迪金的王位。"

曼奇尼点点头，说道："另外一个呢？"

"另外一个传说发生的年代更近。丹瑞米圣女从奥西塔尼亚的泉水中抽出一把宝剑，用它打败了锡尔迪金。没有人知道这些宝剑后来怎么样了……或者这两把宝剑是不是同一把。"

曼奇尼撇撇嘴，说道："有意思。唔，欧文，你最好现在擦干自己，去见塞弗恩王。我刚才说了，保伦来了。塞弗恩王想和你讨论捍卫锡尔迪金的策略。我要到别的地方去一会儿，然而也去你们那里。不用很久。"

欧文不喜欢曼奇尼说话的语气。"你要去哪里，曼奇尼？"

曼奇尼神秘莫测地看了欧文一眼，说道："你别管。你也保守着你的秘密，欧文。我们王宫正殿见。告诉塞弗恩，我有毒药师蒂雷尔的消息。埃塔伊内快要找到他的踪迹了。看起来蒂雷尔是五天前从布鲁格乘船来到这里。我等一下会有更多的消息。最好先别让塞弗恩期望太高。"

曼奇尼看了一眼那个空剑鞘，抽了一下鼻子，说道："很遗憾，不是宝剑。塞弗恩这个时候正需要一个传说来帮助自己。当然，最好是奇迹发生。"

第三十二章
曼奇尼之死

欧文换了一身干衣服，然后去了王宫。他把新剑鞘挎在腰间，又把宝剑插入其中。插入宝剑时，他心里想，圣泉会不会有什么预兆。圣泉没有给他任何预兆。但剑鞘在水里浸泡了这么久，没有理由还保存得这么好啊。

欧文到了正殿，头发还是湿的，有点乱糟糟。杰克·保伦还在那里。塞弗恩正在烦躁地踱步。

欧文不喜欢杰克·保伦，原因之一是杰克·保伦比他高很多。杰克·保伦甚至比塞弗恩还要高一点点，脸庞英俊，长长的深褐色波浪形头发，年龄是欧文的两倍，妻子比他年轻，有两个孩子，公爵领地的徽章是熊抱着布满树茬的树干——徽章是从祖先那里继承而来。一只熊戴着口罩，用铁链拴在一棵高高的树上，树枝都砍掉了，留下树茬。熊面朝着树干，伸出两只前掌，抱着树干。图案象征着权力和力量——人类有能力降服凶猛的原始生物，比如说熊。杰克按道理来说应该和蔼可亲——相貌英俊，而且是锡尔迪金为数不多的几个公爵之一——却和塞弗恩一样性格尖酸刻薄。

塞弗恩看见了欧文,停止了踱步,但仍然满脸阴郁。"你来了,欧文。花的时间可够长的。"

欧文装作没有听见塞弗恩的话,恭恭敬敬地点头问道:"曼奇尼说有消息?"

"是有消息。但该死的暴风雪把消息延误在路上了。杰克从东斯托郡骑马赶来。我让他告诉你。"

欧文朝杰克点头致意:"你好,杰克。"

杰克很不高兴地看了欧文一眼。他和欧文从来都不是朋友,因为欧文的忠诚属于北方和霍瓦特公爵,但他们过去也没有发生过什么过节,让他现在这么生气。"路况很糟糕,陛下,"杰克与其说是在和欧文说话,不如说是在向塞弗恩禀报。"很难走,很冷。但我知道陛下想立刻听到这条消息。"

"开门见山,杰克,"塞弗恩怒道,"我想听一下欧文的意见。"

杰克肯定是觉得自己受到了轻视,眼睛眯了一下。"遵命,陛下。"他又看着欧文,胸中怒火熊熊。"阿塔巴伦那边传来了消息。你和那个莫蒂默姑娘出使阿塔巴伦,破坏了两国之间的感情。刚才塞弗恩王告诉我说,你和她一起去了。我还不知道。"欧文再一次感觉到了杰克心中的怨恨。"我们的一艘贸易商船回来报告说,雅各·卢埃林已经召集贵族,他们正在往船上搬供应品。征召令已经发出,号召国内的勇士下山,到埃东布里克集合。亨特利伯爵最积极。我听说,你毁掉了他的一处庄园。"

欧文哼了一声,说道:"只是打坏了一扇窗户。还有什么?"

杰克呵呵笑道:"国外的消息总是夸大其词。我不要犯同样的错误。他们想在港口拦住我们的商船,但这艘船杀出一条血路。港口的防御工事朝他们开火,商船遍体鳞伤,但最后还是逃了出来。很明显,雅各不想让他们警告我们。这就意味着——如我对塞弗恩王所说——阿塔巴伦人打算尽快侵略我们。"

欧文转眼去看塞弗恩。塞弗恩正在点头,说道:"我也是这么认为,欧文。你是不是也是这么想?"

欧文抱臂在胸,叹了一口气,紧巴巴地说道:"我赞同你们的结论。我们警告过雅各,不要那么做。"

"你?还是伊蕾莎白小姐?"杰克问道,挑衅的语气不言而喻。

"当然是伊蕾莎白。但我也劝说了埃里克。雅各对这场结盟投入了很多。埃里克娶了亨特利伯爵的女儿。亨特利伯爵是阿塔巴伦最有钱的贵族。我认为,我们避免不了这场战争。"

杰克哼了一声,说道:"我也这么认为。陛下,我命令战船在东斯托郡沿岸巡逻。我们的将军英勇善战,可以广泛撒网。我的意见是,我们甚至不想让阿塔巴伦人踏上我们的沙滩。我们在海上和他们开战。"

塞弗恩听着杰克说话,然后又转向欧文。杰克气得怒目圆睁。

欧文问杰克道:"你有没有警告史蒂夫·霍瓦特。阿塔巴伦人如果攻击北方,会像攻击东斯托郡一样容易。"

杰克吃惊地眨着眼睛,说道:"但东斯托郡离阿塔巴伦最近。我……我想——"

塞弗恩轻蔑地说:"也就是说,你没有。你一路匆匆赶来,就是为了告诉我这条消息,得到我的赏赐。但你考虑的是你的公爵领地,而不是整个王国。"

杰克又气又觉得羞辱,脸色煞白,不知所措。

欧文说道:"不,杰克这么做对了。在这个时候,换了是我,我也会直接赶过来。"

塞弗恩哼了一声，说道："不一定吧。"欧文希望塞弗恩能够把尖酸刻薄的舌头收到牙齿后面。

欧文咳嗽了一下，想改变谈话的内容。"然而，我们还是需要派人立刻去通知霍瓦特公爵。"

"是这样。我会派他的外孙女过去。这一点小雪阻止不了她。你可能听到了，老百姓在抱怨这场暴风雪。我感到真恶心。我喜欢看见王宫笼罩在白色之中。"

欧文注意到，杰克仍然在生气，眼睛在偷偷地瞪着塞弗恩。

"同意。陛下应该立刻派伊薇到北方去向她的外公示警。"

塞弗恩又开始踱步了，一边嘟囔道："我不会在这里干等，什么也不做。如果埃里克想要我的王冠，我就要躺在自己的鲜血里，然后他从我的头上把王冠拽过去。我不担心雅各或者埃里克。埃里克如果当时听从你的建议，到我这边来，他会过得好得多。我想我应该去北方。他们对我最忠诚。如果敌人攻击我们，人们会成群结队地聚拢过来，保卫锡尔迪金。"

欧文摇头。

"你不同意？"

"我们不知道阿塔巴伦人会首先进攻哪里。我最近也没有做梦，没有得到指引。我的建议是，陛下，如果您愿意听从我的意见，我们采取另外一种策略。"

塞弗恩笑容满面了，说道："这就是我为什么传召你，欧文。我想要你来计划一下我们的防御。"

"但我们的战船已经在保护我们啊！"杰克生气地说道。

塞弗恩只是嗤笑了一下杰克，懒都懒得回应。

欧文也放弃了帮杰克说话。"你的战船很可能太分散，彼此沟通不便。雅各会率领一只舰队,撕破你布下的罗网。雅各的手下都是水手和勇士。他们会猛烈进攻。雅各向埃里克保证,陛下,您将会被杀死,为他让位。奥西塔尼亚人派了一名毒药师来完成这项任务!陛下最好是行踪不定。到蜂岩城堡去吧。那里是锡尔迪金的腹地。"

杰克冷冷地说道:"那里离西马奇郡更近。"

欧文说道:"很高兴你熟悉地理,大人。因为我们无法预测雅各将在哪里登陆,我们应当做好准备,随时回击。让雅各试一下包围我们的一座城市。让他看一下会发生什么事情。"

塞弗恩阴冷地笑了,说道:"然后我们从四面八方包围他。"

欧文补充道:"我们首先要截断他的去路。把他围困在锡尔迪金。然后,我们教训一下他轻举妄动的代价。"

塞弗恩呵呵笑了起来,说道:"我喜欢你的思路,欧文。你的计划是回到西马奇郡,聚齐兵力,做好准备。所有的公爵都应该这么做。一直等到雅各登陆,然后——"塞弗恩突然拍了一下手掌,把杰克吓了一跳,"我们像拍苍蝇一样抓住他。"

欧文觉得有点心神不宁,脑子里闪电般地闪过雅各亲吻伊薇的画面。唔,如果雅各死了,他们之间的竞争就结束了。但……欧文还是觉得这对雅各有点不公平。雅各被欺骗了,来攻打锡尔迪金。他失败了,但这只是一场更大的阴谋的一部分。雅各情报不灵,却轻举妄动。

塞弗恩皱眉问道:"你在担心什么?"

欧文摇摇头。"我不能说,"欧文回答道,但言语之中还是透露了他的困惑,"让我先想一想。"

"没问题。"塞弗恩说道。他走了过来,亲热地拍了拍欧文的肩膀,然后转向杰克,说道:"乘船回到东斯托郡,杰克。如果这场暴风雪持续下去，道路会十分难行。召集你的手下，召集那些宣誓向你效忠的人，准备战斗。去。"

塞弗恩语气坚决地叫杰克退下。杰克只能生硬地鞠躬，但脸上的表情暴露了内心的嫉妒和忿恨。欧文觉得很奇怪，杰克看着塞弗恩的眼睛充满了狂怒，远不是受到了屈辱那么简单。杰克的眼神是想杀了塞弗恩。

塞弗恩已经转过身来，背朝着杰克，说道："我来和你说一下曼奇尼。"欧文的眼睛还是不能离开杰克——杰克的眼神越来越狂躁。欧文感觉到圣泉向他发出了警告，同时意识到，圣泉的力量已经渗透到了正殿。

塞弗恩也感觉到了，猛地抬起头来，手按在匕首柄上。

欧文绕过塞弗恩，快步走到杰克面前，手按在杰克肩膀上，低声问道："你在干什么？"

欧文的手一落在杰克的肩膀上，就觉得圣泉好像被分开了——好像河水被一块巨石分开。杰克突然眨眨眼睛，脸上的盛怒消退了。

"我……我觉得不舒服。"杰克结巴道，额头上突然冒出了汗滴。圣泉的力量来源于正殿外面的过道，朝欧文和杰克站的地方汹涌而来。现在，欧文站在那里，力量也就中断了。欧文想了起来，埃塔伊内曾经说过，蒂雷尔有圣泉的魔力。

"来了——"欧文说道。

"——从过道来的。"塞弗恩补充道。

欧文和塞弗恩拔出武器，朝关上的正殿门走去。

"打开所有的门。"塞弗恩命令外面站岗的守卫。

圣泉那种汹涌而来的感觉消失了。

守卫拉着门的把手，打开了所有的门。门打开了，外面传来一片嘈杂声。仆人和士兵在过道里跑上跑下，乱成一团。人很多，分不清到底是谁召唤了圣泉的神力。欧文走到门边，感觉到门框上残留着圣泉的气息。

克拉克从人群中挤出来，跑了过来，脸色阴沉，一脸是汗。

"发生了什么事？"欧文在一片嘈杂声中喊道。克拉克跑进正殿，关上门，正殿安静了一点儿。

克拉克背靠着门，对塞弗恩说道："陛下，人们在街上闹事。王宫的门都闩上了，封住了。我在召集您的卫兵。"

"为什么？"塞弗恩喝问道，眼睛恶狠狠的，似乎想要穿透克拉克。"把我的剑拿来！发生了什么事？"

克拉克背靠着门，喘着粗气，说道："陛下，曼奇尼死了。他去了圣泉圣母殿，带着几个'艾思斌'手下。他到了圣母殿，圣母殿施洗长老对他破口大骂，说他绑架了坦默尔，违背了圣母殿的庇护特权。施洗长老说……施洗长老说，陛下亲手把坦默尔从塔楼上扔了下去。"

欧文叫道："撒谎！"

克拉克摇头道："去对那些暴民说吧。他们抓住了曼奇尼，把他拖到了河边。"

塞弗恩一脸惊恐，嘴里嘟嘟哝哝地说了一声："不！"

欧文觉得胃在恐惧中收缩。克拉克用力点头说道："暴民把曼奇尼扔进了河里，陛下。他从瀑布上掉了下去。我的一个朋友亲眼看见曼奇尼从瀑布上掉了下去。现在，暴民正在朝王宫行进。我们必须把您带出城。暴民很快就要来了！"

第三十三章
报应

欧文看着塞弗恩。塞弗恩性格十分固执，脸庞已经变成了一块石头，体内的圣泉发出一阵阵涟漪，弥漫了整座正殿，眼睛犹如燧石，嘴唇扭曲，眉头紧锁。

"如果暴民一来，我就放弃王冠。"塞弗恩用一个紧巴巴、难以掩饰忿怒的声音对克拉克说道。他很快就抬高声音，开始大喊大叫："那我就不配戴这顶王冠。以圣泉的名义起誓，我要让这群乌合之众顺从地跪倒在我面前！"他抓住杰克·保伦的短袍，推了他一把，说道："走遍城堡的每一个角落，号召每一个有胆的人参战——每一个管家，每一个人，甚至包括我的护林人德鲁。我们在院子集合，然后打开大门。"他又转向欧文，说道："我需要我的盔甲和战马。我不会心甘情愿地让他们把我驱逐出王宫。你会站在我身旁吗，欧文？"

欧文钦佩塞弗恩的勇敢和勇气。他不知道接下来会发生什么，但直觉告诉他，塞弗恩是对的。如果暴民一来，塞弗恩就跑，他就再也回不来了。而且会有流血事件发生。暴民只会屈服于武力，而不会听从甜言蜜语。

欧文手握剑柄,严肃地说道:"忠诚系我心。"

"这是最好的证明。"塞弗恩又看着杰克。杰克已经害怕得畏畏缩缩。"你为什么还站在这里,杰克?"塞弗恩喝道。杰克赶紧走了出去。

欧文转向克拉克,说道:"召集王宫里的每一个'艾思斌'成员,给他们分发武器。我们和国王一起战斗,或者说是在帮助我。每一个'艾思斌'成员都将和我们一起淹死。任何人不得离开船坞。任何一条船不得起航。关闭港口,克拉克。现在就去!"

"遵命。"克拉克脸色阴沉地说道,然后跑出了正殿。

过了一会儿,一些头脑还清醒的仆人到了,并为塞弗恩和欧文带来了盔甲。塞弗恩对这些仆人很不耐烦,一直在抱怨,但他们还是设法帮塞弗恩穿上了锁子甲和铠甲。欧文穿上锁子甲,戴上头盔,这一次佩戴了自己家族的徽章。塞弗恩还在穿盔甲,欧文走到敞开的过道,看到过梁上有污迹。过梁上以前没有这道污迹,看起来血淋淋的,好像是有人故意涂抹在那里。这可涂错了地方,兆头不好。欧文叫一个仆人拿来肥皂和水,把污迹擦掉。

伊薇走了过来,脸色通红。贾丝廷跟在伊薇身后。

伊薇焦急地说道:"城市在暴动。"她在门槛旁欧文身边停住脚步,又看着塞弗恩,说道:"塞弗恩王要和暴民们战斗?"

塞弗恩说道:"你让我怎么做,小姐?"他每一举手一投足,身上的盔甲都会铿锵一下。"向暴民投降?如果他们把我扔下瀑布,我不摔成碎片,也会淹死。"

伊薇看着塞弗恩,说道:"他们只是害怕了,陛下。天降大雪,他们很迷信,认为是陛下把坦默尔绑架出了圣母殿,导致了这场大雪。"

塞弗恩说道："他们脑子里有很多不理智愚蠢的想法。他们只认武力。"

塞弗恩看着欧文，说道："时间到了。"

伊薇拉住欧文的胳膊，但眼睛仍然看着塞弗恩，说道："不要杀了他们，陛下。他们只是惊慌了，对这么早就来临的暴风雪感到害怕。先尽力安抚他们。"

塞弗恩气得脸都变形了，充满厌恶地说道："他们认为我是一个屠夫。唔，羊看到了狼都逃跑。"

伊薇说道："陛下不是一匹狼。陛下是一个人，一个被误解了的人。不要用行动来坚定他们的想法，让他们更加害怕。如果陛下控制不住自己的怒火，让欧文代表陛下去和他们谈判！坦默尔从高塔上跳下来时，他就在那里！他是目击证人。"

塞弗恩摇头说道："他们不会相信我们。他们只相信他们相信的东西。我不害怕他们。我不害怕死亡。"他哼了一声，眼睛几乎冒火。"我欢迎死亡。"但他又暂停了一下，考虑伊薇说过的话。"如果他们不听从劝告，我会强迫他们听从。"

伊薇放开欧文的胳膊，说道："先劝说他们，陛下。"她的脸都红了。"我们只憎恨那些我们真正不懂的事情。陛下，您的说服力很强。先试着劝说他们。先试着运用一下陛下的口才。"

塞弗恩叹道："我只是一对一时有口才。我永远不可能一次性劝说这么多人。"

伊薇乞求道："至少试一下。"

塞弗恩怜爱地看了伊薇一眼，好像觉得伊薇很幼稚，然后又看着欧文，征询他的想法。

欧文说道："我相信伊薇的判断。最坏的结果是暴民把陛下拽下马,扔进河里。形势稍微好一点就是胜利。如果陛下被扔进河里,我会陪你。我们说不定还能够侥幸逃生。"

塞弗恩听完欧文的话,呵呵笑了,然后又脸色阴沉起来,说道:"说得好,欧文。"他手持宝剑,大步走出了正殿。

◆ ◆ ◆

院子里站满了佩戴白野猪徽章的士兵,也有一些士兵佩戴着欧文家族的徽章,还有少数几个士兵佩戴着东斯托郡的徽章。士兵们听说塞弗恩要亲自镇压暴乱后,又重新鼓起了勇气,聚集在塞弗恩身后。脏雪堆积在石板上,马夫在用粪耙清除。天空还在下着小雪,黏在士兵们黑色的短袍上,给短袍加上了一层银色。

欧文的坐骑紧张地将身体重量从一条腿换到另外一条腿,冻得直打响鼻。王宫铁闸门外传来暴民制造的噪声,比远处瀑布的轰鸣声更加嘈杂。塞弗恩骑在战马上,脸色坚定刚毅,戴着头盔,头盔上面顶着王冠——他在鞍鞭山之战中也戴着这顶旧头盔。在决定命运的那一天,欧文的父亲做出了不同的决定。现在,欧文骑马站在塞弗恩身旁。

让欧文感到烦恼的是,伊薇也在那儿,率领着一群佩戴了霍瓦特公爵家族徽章的士兵。她不愿意置身事外,坚持说,有女士在场可以帮助阻止暴力发生。

塞弗恩在一片嘈杂声中喊道:"打开大门!但不要吊起铁闸门。除非我下命令。"他看了一眼右边,又看了一眼左边。"我一声令下,就一起冲锋。你们的刀剑很锋利。你们的勇气久经考验。这些人是我们的同胞,但他们要么投降,要么死。选择权在他们手里。"

"遵命，陛下！"守卫城门的将领大声答道。城门两边都站着四个士兵。他们帮忙，一起打开了城门。外面乱七八糟地站满了人，看见塞弗恩骑在马上，他们大声尖叫鼓噪，石头像雨点一样落在王宫大院内，长棍短棒敲得铁闸门的铁条嘎嘎作响。

塞弗恩朝愤怒的人群喊话，想要人群安静下来，但人群的嘈杂声越来越大，挑衅性越来越重，一些人在抬铁闸门，想用蛮力把铁闸门吊起。

"他们听都不听。"塞弗恩轻蔑地说道。欧文看见塞弗恩举起手，准备命令士兵打开大门，冲杀出去。屠杀即将来临，欧文的胃在绝望中翻江倒海。暴民很凶狠，确实是这样，但有多少人在战场上幸免于难？有多少人习惯了披坚持锐的勇士能够带来的疼痛和身体残缺不全？

伊薇骑着战马，冲到铁闸门旁边，挡在塞弗恩前面。欧文一脸惊恐，所有其他人都吃了一惊，包括闹事者在内。那些站在前排的闹事者安静了一点儿。

"愚蠢的女孩！"塞弗恩嘟囔着策马向前。欧文也纵马向前。

伊薇清晰坚定地喊道："停下来！立刻停下来！在暴力降临之前回家去。想一下你们的家人！想一下你们的孩子和姐妹！立刻撤离。你们当中没有人会受到伤害！"

"塞弗恩闯入了圣母殿！"有人大声喊道。人群立刻又乱作一团，尖叫声、嘲笑声、嘈杂声大得伊薇的声音再也听不见了。欧文觉得一丝骄傲，同时也感到一丝惊慌。伊薇完全无所畏惧……同时也彻底地把自己暴露在危险之中。

有人从门缝中扔进一根短棒，砸中了伊薇坐骑的前腿。战马吓了一跳，扬起前腿，用后腿站立起来。伊薇抓紧鞍角。战马马蹄又在冰上划了一下,和伊薇一起跌倒在地。欧文惊恐地喘着气,未能及时采取行动。但他立刻跳下马鞍,朝伊薇冲过去。

伊薇躺在石子上一动不动,脸色苍白。欧文的心痛得抽搐,慌成一团。他跪在伊薇身旁,扶起她的头,托在自己的胳膊上。

铁闸门绞车嘎嘎作响,铁齿慢慢地从地下的洞中升起来。突然,暴民害怕了,彼此推搡着,转身就逃,逃离即将落在他们头上的雷霆之怒。城垛上传来弓箭手的放箭声,第一波乱箭开始落在暴民之中。欧文扶着伊薇的头,绝望得心都碎了。

塞弗恩怒不可遏,第一个冲出铁闸门,一群久经沙场的骑兵紧随其后,白野猪战旗在寒风中哗啦哗啦响。欧文抚摸着伊薇的头发,胸口一起一伏,悲痛万分。伊薇死了吗?他把耳朵靠在伊薇嘴边,想在一团混乱中听到或者感觉到哪怕是伊薇呼出来的一口气。

欧文愿意耗尽神力来救伊薇的命。他开始召唤圣泉,让圣泉在体内流动。伊薇的头颅有没有摔破?脖子有没有摔断?欧文看不到血迹,但他感觉到伊薇的后脑勺有一个包。

伊薇亲吻了一下欧文的耳朵。"我没事,傻孩子。我以前也从马背上摔下来过。"

欧文抬起头,看着伊薇,伊薇的眼睛在昏暗的光线中是灰色的。伊薇在欧文怀中醒了过来,很快地眨着眼睛,脸上露出了笑容。

欧文不敢相信自己,伊薇脸色如此苍白,居然还能说话。伊薇坐了起来,抱住欧文的肩膀,收回腿,以免被冲杀出去的战马踩伤。城垛上弓弦仍然在咚咚作响,士兵们大声欢呼,暴民已经被赶跑了。

伊薇把手放在欧文脸上,说道:"到塞弗恩王那里去。赶快去。"

欧文摇头。他感觉到有一只手放在他的肩膀上,但他不想回头去看是谁。"我不会离开你,"他坚定地说道。

伊薇眨眨眼睛，看了欧文一眼，好像在说欧文又在做蠢事。她把手放在欧文脸上。"我从马上摔了下来，欧文。这不是第一次。我没事。你要到塞弗恩王那里去。在他把暴民赶尽杀绝之前，劝他住手。"她盯着欧文的眼睛。"他现在十分生气。在他做过火之前阻止他。"她的大拇指滑过欧文的下嘴唇。"埃塔伊内会帮助我。我会没事的。"

欧文回头一看，埃塔伊内的手放在他的肩膀上。埃塔伊内走向前，压住伊薇的伤口，止住流血。

"我把小姐送回王宫。"埃塔伊内说道。

欧文心里充满了矛盾，但他知道伊薇是对的。伊薇永远是对的。事后来看，伊薇中间调停，也打乱了暴动。她受伤了，暴徒对自己的行为感到羞愧，开始落荒而逃。

欧文看着伊薇，心几乎碎了。"我爱你。"他低声说道。

伊薇闭上眼睛，好像在品尝什么美味一样微笑了。然后她又睁开眼睛，拍了拍欧文脸。"你终于说这句话了。"她开心地叹了一口气，说道。

我没有想到，这么重大的时刻来临，我会在王宫。那些迷信的市民，在圣母殿的人——其实他们生下来都是罪犯——的挑拨下，想要推翻塞弗恩的统治，把塞弗恩扔进河里。他们的企图遭受惨败，大雪和塞弗恩王骑士钢铁般的勇气扑灭了造反。城市恢复了秩序，人们待在家里，不准乱走。除了施洗长老和司事之外，圣泉圣母殿的其他人都已经作鸟兽散。那些受圣母殿庇护的不法之徒都已经逃命去了，躲进了酒馆或者黑暗的窟窿里。塞弗恩王和基斯卡登公爵一起待在圣母殿。造反一事很快就会传开。没有人知道接下来会发生什么事情。

——波利多罗·乌尔比诺，帝泉王宫的宫廷历史学家

第三十四章
伊利圣母殿

　　暴力结束了，暴乱被镇压了。大街上空无一人，地上的雪乱七八糟，夹杂着猩红的血迹。欧文感到十分恶心。他不知道多少人死于暴乱之中，但那些冷冰冰的尸体将在他的记忆中萦绕。

　　欧文从来没有看见过圣泉圣母殿这么空荡荡的。正厅里那些黑白相间的地板以前总是让欧文想起一个巨大的巫哲棋盘。现在数百名避难者拿着自己的物品仓皇而逃，东西掉了一地。欧文用皮靴踢了一下一本书的破书脊，感到更加担忧绝望。

　　"陛下，"圣母殿施洗长老凯尼尔沃思声音颤抖地对塞弗恩说道，"您为什么前来拜访圣母殿？这里已经被洗劫一空。那些家伙……在逃命之前，跳进了喷泉，捞尽了里面的硬币。"凯尼尔沃思的声音充满了悲伤。

　　欧文把破书踢到一边，站在塞弗恩旁边。凯尼尔沃思和司事都是上了年纪的人，穿着袈裟和长袍，看起来被压垮了，打败了。

　　"别在我面前装得愁眉苦脸，先生们，"塞弗恩讽刺道，"不要以为我不知道这里发生了什么事情。"塞弗恩指了指宽阔空荡的圣母殿。

"圣母殿一直就是一个幻想。一个梦。"

凯尼尔沃思痛苦的表情变得阴冷,说道:"您是在和一些您并不清楚的事物纠缠,陛下。"

"是吗?"塞弗恩有点气急败坏地说道。"你们利用人们的恐惧来控制他们。我并没有把圣母殿夷为平地,凯尼尔沃思。你们庇护的恶棍自己逃跑了,因为他们不相信圣泉能够保护他们不受到我的惩罚。"

司事几乎大喊大叫道:"他们不相信,那是因为陛下命令'艾思斌'的间谍绑架了伊利圣母殿前施洗长老!"

塞弗恩恶狠狠地瞪着司事,目光几乎刺穿了他。欧文走近一步。他觉得塞弗恩应该不想让人在圣母殿流血,但欧文又不是完全确信。司事很愚蠢,反驳得这么大声。

"已经有确凿证据表明,坦默尔是锡尔迪金的叛徒,"塞弗恩恶狠狠地说道,"这么多年以来,他一直在和奥西塔尼亚人合谋,而你们一直在为他提供庇护。坦默尔把我的侄女拐走了,你们是多久以前知道了他的阴谋?你们犯了这样的叛国罪,还以为我会认为你们无罪?"

凯尼尔沃思的眼睛充满了恐惧,喘着粗气说道:"这件事情我什么都不知道。"

塞弗恩咂了一下舌头,说道:"我很难相信你的话。据我所知,你们是这场阴谋不可缺少的一部分。你们在等着我失败,等着我垮台。哦,不要否认了,你们俩都是!"施洗长老和司事准备否认,塞弗恩训斥道。"我对叛国者手下留情太久了。我太仁慈了。"

司事看起来好像要晕过去了。

凯尼尔沃思沙哑着嗓子问道:"陛下要如何处置我们?"

塞弗恩嘲笑道:"你们要等巡回法官来审判你们,不是吗?不幸的是,你们横插一杠子,让我卷入战争之中。阿塔巴伦人将会入侵。

毫无疑问，沙特里约恩会利用这件事情作为借口，收回基斯卡登大人从他们那里夺过来的土地。我的敌人认为，我没有能力同时进行两场战争。他们完全低估我了。我让曼奇尼带走了坦默尔，但我并没有把坦默尔从塔上扔下去。你们以为我有这么蠢？那个满嘴胡言的懦夫自己跳楼死了。基斯卡登大人可以为我作证，因为他当时在场，亲眼目睹坦默尔从塔上跳下来。拜你们所赐，曼奇尼现在死了——在我最需要他的时候。我不会忘记这一点，先生们。请相信我。"塞弗恩看着圣母殿内建筑物的拱形屋顶，银色的光穿过窗户的彩色玻璃照射进来。"我会让士兵在圣母殿门口站岗。这是人们做礼拜的地方。你们却把它变成了小偷和杀人犯的巢穴。现在，我暂时允许人们在这里做礼拜。他们犯了罪，让他们往泉水中投硬币，来减轻良心的不安。但每天晚上，你都必须让做礼拜的人全部回去。每天晚上，圣母殿内都不能有人，否则，你们性命不保。我的部下会锁上圣母殿大门。"塞弗恩严厉愤怒地瞪了凯尼尔沃思和司事一眼。"清楚了没有，先生们？"

"明白了，陛下。"司事胆怯地鞠了一躬，低声答道。

"明白了。"凯尼尔沃思说道。

"退下。"塞弗恩喝道。凯尼尔沃思和司事拖着脚走了，鞋子踩得地板啪啪作响。

塞弗恩走到正中间的主喷泉旁边，看着泉水。欧文走到塞弗恩身旁。避难者在泉水里四处乱踩，偷窃财宝，弄得到处都是淤泥，一片狼藉。欧文的心痛了起来，目光开始寻找以前见过的那个箱子。他记得箱子的具体位置。淤泥中有两道痕迹，显示有人已经将箱子拖到了喷泉旁边。

箱子不见了。另外一个泉佑异能者已经把箱子带走了。

欧文咬住牙，感到沮丧不已。他把手放在栏杆上，眼睛顶着脏兮兮的泉水，觉得很无力，很恶心。

塞弗恩把手放在欧文肩膀上，问道："我是不是太严苛了，欧文？我很生气，十分十分生气。我几乎要把他们从桥上扔下去。但我没有，因为你在这里。你能够起到一种镇静作用。他们当中太多人依仗圣母殿的保护，一直蔑视法律。"塞弗恩抬头望着喷泉最前面的智慧女神像。"我认为这不是圣母殿神圣化的初衷。"

"陛下打算如何处置凯尼尔沃思？"欧文问道。他现在都懒得问塞弗恩会如何处置司事了。

塞弗恩眼中有一种恍惚的表情，然后嘴唇开始气得发抖。"我想这就要看情况了，欧文。看我能不能在战争中幸存下来。雅各和埃里克刺激我和他们开战，但幕后操纵者是沙特里约恩。奥西塔尼亚人自远古以来就是我们的敌人。沙特里约恩拐走了我的侄女。我永远不会原谅他。永远不会。爱丽丝应该当王后。"欧文看得出，各种表情在塞弗恩脸上闪烁。很明显，塞弗恩想念爱丽丝。爱丽丝背叛了他，塞弗恩感到很痛苦。伤口正在流脓。

欧文低声说道："爱丽丝没有背叛您，陛下。我确定。"

塞弗恩眼睛里闪烁着怒火，看着欧文的眼睛。

欧文说道："都是坦默尔的错。陛下知道坦默尔的天赋。坦默尔也拥有圣泉的魔力，巧舌如簧。爱丽丝是一个与众不同的人，我知道。我们都很赞赏爱丽丝。我刚到王宫时，爱丽丝是第一个向我伸出友谊之手的人。但陛下和爱丽丝之间没有可能。陛下担心不合礼仪，不能迎娶爱丽丝，而爱丽丝在人们的眼里，不应该只是艾瑞德王的女儿。她的处境越来越绝望，然后，王后又去世了，很可能是被人毒杀了。所有的一切聚集在一起。爱丽丝这时候最脆弱，很难抵御一个泉佑异能者——一个疯子——的扭曲和操控。"

　　塞弗恩眼睛的睫毛上挂着泪水，但塞弗恩意志坚定，不让泪水掉下来。"爱丽丝应该到我这里来，"塞弗恩声音沙哑地说道，"她应该来！我最相信她了。我相信她甚至超过相信你。"塞弗恩下巴微微颤抖，阴沉着脸继续道。"如果她都背叛我，我在这个世界上就没有可以相信的人了。我哥哥艾瑞德知道，我永远不会畏缩。他知道，忠诚永远约束着我。"塞弗恩皱着眉头，看起来悲痛不已。欧文不禁为他感到伤心。"我身边没有这样一个人了。不再有了。唔，我希望爱丽丝和她的丈夫一切都好。但这个丈夫不会陪伴她很久，因为我打算打垮奥西塔尼亚，把奥西塔尼亚变成锡尔迪金的一个附属国。我也会打垮阿塔巴伦。如果他们认为我现在是一个怪物，他们不会喜欢他们把我逼成的那个样子。"

　　欧文感觉心在颤抖。"陛下不是怪物！"欧文说道，但他看得出来，塞弗恩已经发生了变化。一直以来都有人在强迫他变成另外一个人，这种压力胜利了。安凯瑞特对塞弗恩性格的判断多么准确啊。现在，塞弗恩已经无法挽回地改变了，好比一块积木被上下倒置，想把这块积木恢复原状绝非易事。

　　"听我说，"塞弗恩转向欧文，眼神坚定无情，说道，"我会到蜂岩城堡去准备防御。我听从你的建议，视你为战略大师——你本来就是。我会让雅各先攻击我，让他先尝一下胜利的甜头，然后我会打垮他的入侵军队，让他依赖于我——我也有可能处决他。我命令你到西马奇郡去，守护你从奥西塔尼亚人那里夺来的土地。我命令你带上埃塔伊内。"

　　欧文大吃一惊，结巴道："但那个想要毒杀陛下的毒药师怎么办？"

塞弗恩的眼神冷冰冰的。可能他私下里希望自己被毒死吧。"我多年来一直生活在毒药师的威胁之下。我们在这里挫败了他的计划。所有的'艾思斌'报告显示，那个毒药师已经趁混乱之际逃跑了。可能他现在正在逃回奥西塔尼亚的路上。我现在倒担心你了。如果沙特里约恩亲自来，你就命令埃塔伊内毒杀他。你要一个人守护西马奇郡，欧文。我不能派人来支援你。守护好西马奇郡，欧文，证明你值得我的信赖。如果你让我失望了，希望圣泉为你哭泣吧。"

塞弗恩的手指头几乎按进了欧文的肩膀，欧文感觉到塞弗恩想把自己的意志强行输入到他的大脑。他知道塞弗恩很诚挚，但从小到大，他第一次感觉到了，他的生命受到了塞弗恩的威胁。

欧文咽了一口口水，手放在剑柄上，鼓起勇气，庄严地说道："我不会让您失望，陛下。"

"那现在就去。一刻也不要耽搁。到西马奇郡去。"

欧文心里充满了矛盾。他想去看一下伊薇好了没有，但塞弗恩的眼神告诉他，他现在在考验他。霍瓦特公爵在鞍鞭山之战失去了女婿——伊薇的父亲。他没有到北方去安慰女儿和外孙女，而是去了塔顿庄园带来了欧文。霍瓦特知道，塞弗恩想要他这么做，虽然他并没有说出口。

欧文强行忍住心中越来越强烈的不舒服感，坚定地说道："通知埃塔伊内，叫她到我这里来，陛下。我现在就出发。"

塞弗恩骄傲地呵呵一笑，说道："祝福你，欧文。愿圣泉祝福你。"

塞弗恩的手搭在欧文的肩膀上，两个人一起走过那些黑白相间的地板，来到圣母殿大门。他们迈过门槛，欧文发现天上的云都消失了，深蓝色的天空和地平线首尾相接。雪和冰柱开始融化，形成涓涓细流。

塞弗恩略带讽刺地说道："暴风雪已经过去了。就这样。一场暴风雪而已。"

但欧文清晰地感觉到,是别的事情导致大雪减退。这件事情和圣母殿泉水里奇迹般消失的箱子有关。欧文心里想,自己什么时候能够再次找到箱子,以及那个偷走箱子的人?欧文现在就去西马奇郡,但他不去塔顿庄园,也不去刚刚从奥西塔尼亚人那里夺过来的阿弗朗奇。

不,他会直接去圣彭里恩圣母殿。

第三十五章
圣彭里恩

清晨，天气寒冷。欧文手按着剑柄，走过士兵的军营。他的宝剑插在从帝泉王宫集雨池里捞上来的有饰带皮革的剑鞘里，剑鞘给了欧文一种奇怪的宁静感。天空是灰色的，一场小雪落在大地上。欧文能够听到附近海浪拍打海岸的声音。

欧文离开中军帐和帐篷里温暖的小火炉，沿着一条长满灌木的沙滩路，来到海边。他觉得十分担忧困惑，脑子里萦绕着混乱的计划和微妙的计谋。他感觉像在下巫哲棋，只是看不清棋盘上的棋子和那些在阴影中移动棋子的手。

道路突然中断，陡峭的断崖下面浪花滔滔。大海波涛汹涌，不停地拍打着海草和海胆覆盖的突出岩石，令人叹为观止。沙滩平平的，一片金黄，沙子又细又光滑。圣彭里恩圣母殿在北边不远处，建在悬崖旁边，是一座高高的、坚固的建筑物，每一面都有很多拱顶，下面是宽宽的矮护墙，正面两边各有一座塔楼，塔楼有三角形的屋顶。

欧文一条腿踏在巨石上，看着不远处的圣彭里恩圣母殿。房子是用各种颜色的砖头建造而成，看起来斑斑驳驳。这是一座古老的建筑物,在锡尔迪金成为国家之前很久就存在了。

欧文打算在这里设下陷阱。

像往常一样,欧文又想起了伊薇。他最后对伊薇说的话是他对伊薇爱的宣言。这些话在欧文胸中熊熊燃烧,同时,欧文又觉得十分害怕,害怕塞弗恩会仍然分开他们。欧文心里有点希望雅各·卢埃林在接下来的战争中被杀。这个想法显得欧文胸襟狭窄,但他确实这么想。他越想着塞弗恩有可能命令伊薇嫁给雅各,越感到心急如焚。

积木如此之多,但搭积木的是另外一个人,这个人知道要把积木搭成什么样子,知道要取得什么样的目标。欧文越想越觉得布里托尼卡的鲁元帅是站在烟雾和阴影后的操纵者。欧文一直以来就怀疑鲁元帅也拥有圣泉的神力。布里托尼卡女公爵肯定会挑选最能干、最聪明的人为她效劳——那种能干大事的高人。那天晚上,欧文进攻沙特里约恩的军队,鲁元帅也在那里。然后,鲁元帅又到埃东布里克送信警告雅各,欧文一行人正好也在。鲁元帅去埃东布里克有没有其他的理由呢?博思韦尔已经逃跑了。欧文以前一直想不出个所以然,现在他认为坦默尔可能是鲁元帅的盟友。这个剑鞘上面有渡鸦的图案,是不是因为这批财宝和布里托尼卡有关呢?如果是这样,线索就理顺了:鲁元帅肯定也知道财宝的事情,并想要拿走箱子。但就欧文目前所知,鲁元帅从来没有掩盖过自己的行踪,他和其他人之间也不存在看得见摸得着的联系。另一方面,蒂雷尔是一个技艺高超的杀手。博思韦尔说,沙特里约恩派他来暗杀塞弗恩。有更多的迹象表明,是蒂雷尔偷走了箱子,但这个结论并不确定。

欧文眺望着圣彭里恩的墙壁,眉头紧锁。他确信,坦默尔藏在圣泉圣母殿的箱子已经被带到了圣彭里恩。圣彭里恩墙壁上以及欧文军营帐篷上厚厚的积雪进一步证明了欧文的直觉。暴风雪已经转移到了海岸。欧文确信，是箱子里的什么东西导致了这一切。虽然箱子多年来一直藏在王宫，最近发生的事情促发了里面的什么东西，这件东西的力量强大得足以影响气候。

道路上传来脚步声。欧文转过身来，看见传令官法恩斯在薄雾中。天慢慢地亮了。海鸥的尖叫声划过天空。

法恩斯哼了一声，摩擦着胳膊来抵御寒冷的天气，说道："您在这儿，大人。有人告诉我说，您朝这边走了。最好和部下待在一起。这些悬崖很危险。"

欧文离开自己倚靠的巨石，朝法恩斯走了几步，问道："有什么消息，法恩斯？"

"大人说过，如果那个'艾思斌'女孩到了，我要告诉您一声。她现在在您的帐篷里。"

欧文点头说道："谢谢。"他迫不及待地想要看到埃塔伊内，希望她带来伊薇的消息。

"阿弗朗奇也有消息，"法恩斯眼睛放光，继续说道，"您是对的，大人。他们报告说，奥西塔尼亚人的军队正朝着阿弗朗奇行进。大人派了几百名士兵在那里扼住要塞。他们能够坚持到援兵到来。"

欧文摇头说道："我们不去阿弗朗奇，法恩斯。他们正想要我这么做。我们待在圣彭里恩。"

法恩斯眉头紧锁。"为什么？"他困惑地问道，"这里没有敌人。也没有防御工事。"

欧文微笑道："暂时还没有。"

法恩斯看起来更加困惑了，问道："您是不是做了——一个梦，大人？"

欧文摸了摸嘴唇，说道："你可以那么说。我们待在这儿。让沙特里约恩攻打阿弗朗奇一会儿。他会一直担心我们背后偷袭。我认为他真正的目标并不是阿弗朗奇。"

欧文朝军营走去，法恩斯跟在身后。士兵们在冰天雪地里低声交谈。附近没有酒店和旅馆，条件很恶劣，但这些士兵都来自西马奇郡。欧文从他们当中穿过，走向中军帐，能够在他们眼中看到尊重和决心。

欧文的手指头和脚趾头都冻木了。他活动了一下手指头，握拳，又张开拳头，命令法恩斯在帐篷外等候，自己低头走进温暖的帐篷，立刻感到热浪扑面。

埃塔伊内跪在两个大鞍囊前，正在解开鞍囊的带子。欧文进来了，她转过头来，看了欧文一眼，脸微微红了一下，又犹犹豫豫地笑了一下。

"她正在好起来。"欧文还没有提问，埃塔伊内就抢先说道。欧文不胜感激。

"感谢圣泉，"欧文摸着前额，叹气道，"她看起来比实际情况要糟糕。"

埃塔伊内说道："我亲手缝的线。她的前额会有一道小小的疤痕，但如果不仔细看，看不出来。我离开帝泉王宫时，她正准备骑马北上。"

欧文开始踱步，觉得心情烦躁，焦虑不安，声音沙哑地问道："塞弗恩王有没有给你什么命令？"

埃塔伊内抬起头来，一脸严肃，但立刻点头说道："我希望在塔顿庄园找到你，但他们说你到了圣彭里恩。"她站了起来，理顺一下衣服。"你把军队带到了一个荒凉的地方。为什么到这儿来呢？"

欧文希望自己能够和伊薇商讨一下计划，但伊薇不在这儿。埃塔伊内迄今为止表现得很忠心。欧文相信，如果自己的推断有偏颇，埃塔伊内会告诉自己实情。

"我能相信你吗？"欧文低声问道。

埃塔伊内脸上的表情变了。她走向欧文。"我愿意为大人做任何事情。"她诚恳地说道。欧文感觉到，埃塔伊内希望他说出实情，但他选择了暂时回避。

欧文问道："你现在圣泉的法力怎么样了？从阿塔巴伦之行恢复过来了没有？"

埃塔伊内点头答道："我每天都在变得更强。"

欧文朝埃塔伊内笑了笑，又摸了摸嘴唇，决定相信埃塔伊内，告诉她自己的全盘计划。安凯瑞特说过，最重要的天赋是眼光，是判断另外一个人动机和目的的能力。在他和埃塔伊内打交道的过程中，欧文了解到这个小偷的女儿一直遭受虐待和不信任，但她又渴望肯定和关注。欧文肯定了她，关注了她，当她是一个人而不是一件杀人工具。他注意到了，埃塔伊内对他日益依赖，日益忠诚。曼奇尼死了，埃塔伊内现在不再受任何人的约束。埃塔伊内曾经需要忠诚于曼奇尼，但欧文相信，她会更加忠诚于自己。

欧文凝视着埃塔伊内的眼睛，说道："我相信雅各很快就会进攻。不是这里，而是北方或者东方。我想东斯托郡最有可能是他的目的地，因为他不想直接攻打伊薇或者霍瓦特公爵。一块公爵领地的兵力足以抵挡雅各的进攻，更不用说两块公爵领地的兵力。因此，威胁不在于阿塔巴伦人。威胁来自于这个地方。"

埃塔伊内看起来在开动脑子，问道："为什么呢？"

欧文解释道："雅各进攻我们，只是在转移视线。雅各想吸引我军主力，让西马奇郡兵力空虚。我想，埃里克准备在这里登陆。他准备在这里宣称自己是锡尔迪金之王。安德鲁王死在这里。"欧文指着圣彭里恩方向。"那一块地方以前是陆地,埃塔伊内。那里有另外一个王国。一个叫做莱奥内伊斯的国家。现在莱奥内伊斯在水下了,被大海淹没了。"

埃塔伊内惊恐得嘴唇扭曲,惊叹道:"居民全部淹死了?"

欧文继续踱步,说道:"是的。有预言说,安德鲁王还会回来。他将在这里回归,拯救锡尔迪金。这个预言被称之为恶灵巫师的预言。埃里克不是安德鲁王。但很多人相信他就是。他们给他带来了残留的神法,希望能够扭转局势。神法甚至能够让海水倒流。奥西塔尼亚是计划的一部分,但我确信,沙特里约恩脑子里有自己的算盘。我想布里托尼卡也是一样。我不相信鲁元帅。一些我弄不明白的事情在发生。一些没有人愿意解释的事情。所以,我也计划出人意料。我计划设一个陷阱,让鲁元帅现出原形。如果我的直觉正确,他现在不在布里托尼卡。他正在乘船来这里的路上。"欧文用食指戳另外一只手的空手掌来强调自己所说的话。"我们在这里等他。"

埃塔伊内瞪大眼睛,说道:"欧文,你说过,一块公爵领地的兵力就足够抵御阿塔巴伦人入侵。但上一次面对沙特里约恩时,你并不是一个人。霍瓦特公爵和你在一起。现在,你要一个人面对奥西塔尼亚和布里托尼卡。"

欧文点头说道:"我知道。我会是一个诱人的目标。你不这么认为吗?"

"你会被打惨的!"埃塔伊内担忧地眨着眼睛说道。

欧文微笑了。"如果他们认为我站在他们那一边,就不会了,"他低声说道,"安凯瑞特曾经给我讲过一个故事,说锡尔迪金以前有一个国王,手下的贵族造反。贵族召集了一支军队,想要打败他。国王的儿子——一位王子——去和他们商谈停战。王子的话很有说服力，造反军自动解散。然后王子摧毁了他们。他们可能想对我采取同样的策略。我无意相信沙特里约恩或者埃里克，但我会让沙特里约恩和埃里克都认为我相信他们。埃里克承诺给我权力，我打算接受埃里克的承诺。"

埃塔伊内朝欧文笑了笑，眼睛熠熠生辉，说道："你诡计多端。"

欧文朝埃塔伊内点点头，说道："但我需要你帮助，埃塔伊内。为了让我的计划成功，我需要你变成另外一个人。我能不能看一下你的鞍囊？我希望你带了一件东西。你知道你的任务是什么，我希望你带来了这件东西。"

埃塔伊内眉毛上扬，会心妩媚地笑了，说道："我想，我知道你想要我变成谁。是的，大人，我带来了她的一件长袍。"

这年代，道听途说的消息几乎没有可靠的。如果一定要说有什么可靠的消息，那就是雅各·卢埃林王确实入侵锡尔迪金了。雅各的军队在阿贝斯维斯特登陆，然后朝帝泉王宫直接行军，一路上烧杀抢掠。东斯托郡到处都是逃难者。一些逃难者南下去帝泉王宫，但大部分逃难者向北方塞弗恩王军队的扎营地聚集。如果这些消息还不够坏的话，西马奇郡传来报告说，奥西塔尼亚王进攻了我们在西马奇郡的要塞，欧文公爵叛变了，和奥西塔尼亚人狼狈为奸。如我前面所说，我不相信这种谣言。

——波利多罗·乌尔比诺，帝泉王宫的宫廷历史学家

第三十六章
骗局

欧文用手搓着疲倦的眼睛,听着法恩斯急切地报告阿弗朗奇的消息。形势很糟糕,而且越来越糟糕,欧文的军队军心不稳,无所作为。士兵们想要战斗,想要进攻,想要有所作为,但他们却驻扎在圣彭里恩冰天雪地的荒原上。

法恩斯用手指头用力地梳着乱糟糟的头发,说道:"阿弗朗奇大约能够抵御围城半个月左右,但如果没有解围的希望,他们会转回去和沙特里约恩商谈投降的条件。"

欧文坚定地看着法恩斯,有力地说道:"我们会替他们解围。但他们首先要尽可能长时间地守住城堡。他们有多少军粮?"

法恩斯摇头说道:"他们的粮草坚持半个月没有问题。阿什比将军不担心这个。他在给士兵限量供应军粮。他担心的是本地人可能会背叛我们,比如说阿弗朗奇市市长。"

欧文摸了摸嘴唇,说道:"我相信阿什比。他会听从命令。通过海路给他们运送军粮,支持他们继续战斗。"

"遵命,但奥西塔尼亚人的战船迟早会封锁阿弗朗奇,"法恩斯说道,"我什么时候告诉他,大人会前往阿弗朗奇解围?"

"我说不准,法恩斯。圣彭里恩的形势很危险。我知道沙特里约恩想要引诱我去阿弗朗奇。我不会像鳕鱼那样吞下诱饵!沙特里约恩想把我调离圣彭里恩。圣彭里恩是埃里克登陆的地方。我知道。我决定像耐心的猎人那样在这里等候。"

"但要等到什么时候,大人?"法恩斯请求道,"如果被包围的士兵失去了救援的希望,他们就会退缩。奥西塔尼亚人这一次带来了一支强大的军队。他们会重新夺取阿弗朗奇。一旦他们夺取了阿弗朗奇,他们就会进攻西马奇郡。我们让士兵乘船撤离阿弗朗奇,到圣彭里恩来,这样不更加稳妥吗?我们可以在自己的土地上面对沙特里约恩。"

埃塔伊内打断了法恩斯。"欧文大人不会放弃那些效忠于他的人,"埃塔伊内严厉地说道,"沙特里约恩也不会对市长大人和那些以阿弗朗奇市纳降的人手下留情。"

欧文听了埃塔伊内的话,觉得很吃惊,但他立刻看穿了埃塔伊内的伪装。埃塔伊内的语气和语调都模仿得惟妙惟肖。

法恩斯脸红了。"我没有不尊敬的意思,小姐,"他惊慌失措地说道,"只是我们在冒险,恐怕时间上会来不及。士兵们焦虑不安。战事在西方,不在这里。大人在这里等得越久,风险越大。"

欧文说道:"我不会放弃阿弗朗奇。法恩斯,传令给阿什比,命令他守住阿弗朗奇,战至最后一人。我不会让他失望。"

法恩斯撇撇嘴唇。"遵命,大人。"他点点头,鞠了一躬,退出帐篷。

欧文又开始踱步,觉得中军帐里的气氛越来越紧张。锡尔迪金命悬一线。从接到的报告来看,塞弗恩故意不加抵抗,让雅各孤军深入。然后，霍瓦特会切断雅各的退路，塞弗恩的军队会雷霆万钧，夹击雅各。欧文确信，塞弗恩一定会赢。

欧文走到桌边，看着桌子上的地图，手指头沿着西马奇郡和奥西塔尼亚之间的海岸线游走。锡尔迪金和奥西塔尼亚之间正中央有一块V字型的水域。这片水域以前就是莱奥内伊斯。欧文看着布里托尼卡的轮廓，摇摇头。鲁元帅在哪里？他在做什么呢？他好像正在阴影中等候，等着欧文先采取行动。欧文这么想着，不由得沮丧地咬咬牙。

埃塔伊内走了过来，温柔地说道："你看起来忧心忡忡。"甚至埃塔伊内涂的香水都让欧文想起伊薇。

欧文叹了一口气，用手指戳着地图说道："我不能在这里待太久。如果埃里克不很快到来，我就不得不回到阿弗朗奇去解围。你是对的……我不会放弃阿弗朗奇。但我总觉得，有人在逼迫我向前一步。什么地方不对，与布里托尼卡和布里托尼卡女公爵真正的忠诚有关。"

埃塔伊内微笑着看着欧文，说道："你也不想犯错误。我从来没有见过一个人主动承认他做出了错误的选择。"

欧文呵呵笑道："我确实也不想犯错误。但我知道我是对的。圣彭里恩有一件重要的东西。我还弄不明白，但我能够感觉到它的存在。"欧文又赞赏地看了一下埃塔伊内的伪装。"你不使用圣泉的神力，看起来也像伊薇。"

埃塔伊内听了欧文的夸奖，脸上露出了酒窝。她优雅地点头表示感谢。

欧文拿来一个酒瓶，喝了一口里面不新鲜的酒，立刻龇牙咧嘴，把酒瓶放下。"告诉我一些关于那个毒药师的事情。那个暴乱期间逃离了帝泉王宫的毒药师。"

"你是说蒂雷尔，"埃塔伊内说道，"他伪装成一个圣母殿司事，乘船从布鲁格来到圣泉圣母殿。一个水手发现他牙齿之间有一个缺口,所以我知道是他。他住在圣母殿和王宫之间那座桥上的一家酒馆里。我找到了他的藏身之处,但他已经渗透进了王宫。是他挑拨起暴乱,是他散布谣言,说塞弗恩把坦默尔扔下了高塔。我知道他有圣泉的魔力。我感觉到他使用了圣泉的魔力。"

欧文皱着眉头,点头说道:"你觉得他的魔力是什么样子?"

埃塔伊内皱着鼻子,说道:"他的魔力是制造憎恨。他会利用一种药剂。我收到报告说,他带了一箱子什么药剂。他把药剂涂在门上。从门边经过的人会对他们看见的人恨之入骨。他通过毒害别人的大脑来实施暗杀,让别人来谋杀他的暗杀目标。像我们怀疑的那样,他的目标是塞弗恩。不仅仅是暴风雪导致人们暴乱,他也在圣母殿的门上涂抹了一些药剂。"

欧文看着埃塔伊内,说道:"可怜的杰克就是受到了药剂的影响。我想杰克想杀了塞弗恩,虽然他这么做没有意义。"

埃塔伊内敏锐地看了欧文一眼,说道:"幸运的是,你不受圣泉魔力的影响,欧文,否则,你可能会想刺杀塞弗恩。"

欧文轻声嘿嘿笑了。"这么说,暴乱开始时,你几乎抓住了蒂雷尔。蒂雷尔可能从圣泉圣母殿偷走了箱子,带到了圣彭里恩。"

埃塔伊内提醒道:"或者,这只是你所想的。鲁元帅呢?"

"不可能是他们两人偷走了箱子,对吧?我怀疑是蒂雷尔偷走了箱子。他想把箱子交给埃里克。箱子能够在一定程度上改变战争局势。箱子很重要,但我还不知道箱子为什么重要。"

埃塔伊内问道:"为什么你不直接到圣彭里恩圣母殿,取回箱子?"

欧文摇头说道:"因为我想自己发现真相,埃塔伊内。我厌倦了待在黑暗中,对敌人和敌人的计划一无所知。如果我假装站在他们那一边，他们会把他们的计划全部告诉我。"

一阵匆忙的脚步声传到中军帐，法恩斯闯了进来，脸色通红，说道："大人！"

欧文厉声说道："什么事？"

"埃里克的船刚刚在圣彭里恩港口停泊！四条渔船。埃里克现在在圣彭里恩圣母殿！大人猜对了！"

欧文心中看到了希望，说道："传令给阿什比。告诉他我立刻就去解围。"

◆ ◆ ◆

欧文走在通往圣彭里恩的路上，手里举着火把照亮前路。一路上以及圣彭里恩圣母殿周围都埋伏着"艾思斌"的哨探，是他们告诉法恩斯，埃里克已经登陆了。欧文想念克拉克，但塞弗恩已经派克拉克护送伊薇和贾丝廷去了北方。欧文想，克拉克不会介意承担这项任务，因为这项任务能够让他走近他关心的那个女人。

一个叫做维克托的"艾思斌"穿着乞丐的衣服，手里摇着一个杯子，站在阴影之中。欧文停了一下，在口袋找了几枚硬币，投进了杯子。

"他们有多少人？"欧文低声问道。埃塔伊内穿着一件厚厚的银色披风，盖住了长袍和头发，面朝着圣彭里恩圣母殿，只能够看到侧影。在薄雾中，她看起来像一个幽灵。

"大概一百来人吧。"硬币"叮当""叮当"落入杯子，维克托摇着杯子，呼哧呼哧地说道。"他们在圣母殿的尖塔上竖起了一面军旗——太阳和玫瑰旗。被军旗所吸引，现在四面八方都有人来加入他们。但埃里克还是准备好了一条船,准备逃跑。他安排了士兵守卫那条船,要求刀剑出鞘。哦,他的夫人和他在一起。"

"凯瑟琳?"欧文吃惊地问道,"亨特利伯爵呢?"

衣衫褴褛的维克托耸耸肩膀,说道:"没有看到。"

"谢谢。"欧文说道,然后扯了扯埃塔伊内的手肘,朝圣母殿走去。他感觉到,圣泉的神力已经开始在埃塔伊内体内流动。

"还没到时候,"欧文提醒道,"站在我旁边。如果蒂雷尔也在,我要他认为,是我导致圣泉在流动。他们都知道,我有圣泉的神力。"

道路盘旋而上,到了几步台阶。他们登上台阶,朝圣母殿走去。一道石头垒成的篱笆围住了圣母殿,入口处是一扇锈迹斑斑的熟铁铁门。他们走进铁门,脚步声在人行道上回响,欧文开始召唤圣泉的神力。

圣母殿内也有人拿着火把。海上的雾很浓,风很大,几乎刮走埃塔伊内的风帽。埃塔伊内一只手抓住欧文的胳膊,另外一只手按住风帽。

圣母殿司事在正门等候他们。

"基斯卡登大人,爱丽丝小姐,"他热情地打招呼道,但声音里透着一丝紧张,"他们都在等你们两个。跟我去圣泉吧。"

他们走过门槛,埃塔伊内取下风帽。欧文感觉到圣泉在埃塔伊内体内流动,像微风一样有益无害。她看起来就像爱丽丝,穿着爱丽丝的长袍,头发扎着爱丽丝最喜欢的发型。欧文故意看起来焦虑紧张,时不时回头看一眼来路,好像怀疑有人背叛。埃塔伊内的伪装很完美。

圣泉旁边有一圈火把,泉水的拍打声掩盖了嘈杂声。欧文立刻认出了埃里克,只是埃里克现在穿着镀金的盔甲,腰间系着一把宝剑,宝剑的圆头闪闪发光，镀金的盔甲很合适。凯瑟琳站在埃里克身旁，拉着埃里克的胳膊。她看起来很漂亮，也很警惕，很紧张。欧文和埃塔伊内走了过来，凯瑟琳认真地审视着他们。

另外还有几个人和埃里克站在一起，包括圣母殿施洗长老和扎着辫子、看起来很粗犷的几个阿塔巴伦勇士。欧文走近来，他们瞪着欧文，眼睛里明显充满了厌恶。站在圣母殿施洗长老身后的是一个穿着司事长袍的人，门牙之间很明显有一块缺口，个子很高，头发红褐色，皮肤有雀斑，长袍不能掩盖他矫健的步伐，看起来好像来自莱高尔特。欧文能够感觉到圣泉的神力从他身上释放出来。那个人目光犀利地看着欧文和埃塔伊内，渐渐地皱起眉头。

圣泉旁边有一张装饰台，那个箱子放在台上，箱盖已经打开，放在一边。欧文的心好奇地狂跳。那些人都围在箱子旁边，欧文和埃塔伊内走了过来，他们都转过头来。

"姐姐！"埃里克开心大叫。凯瑟琳放开埃里克的胳膊。埃里克跑上前去，欣喜若狂地抱住埃塔伊内。埃塔伊内也抱着久别重逢的"弟弟"，毫不费力地进入角色，甚至还掉下几滴眼泪，让埃里克确信无疑。欧文几乎为这场骗局感到内疚，但他知道，他瞒不过毒药师蒂雷尔。

欧文走向前去，拿起凯瑟琳夫人的手，优雅地鞠躬说道："请原谅，凯瑟琳夫人，我在离开之前，打坏了您庄园的一扇窗户。希望您原谅我。"

凯瑟琳凝视了欧文一眼，脸上除了紧张之外，没有任何其他的表情，说道："考虑到当时的情景，我认为这没有什么不适当的。您欺骗了我们，基斯卡登大人。我相信，您不是到这里来再次欺骗我们。"

凯瑟琳的话刺中了欧文的心脏，尤其是考虑到她现在是如此脆弱。

埃里克把埃塔伊内抱了起来转圈。"我亲爱的、亲爱的姐姐！"他摇着头，低声哼道，"就算是五十年过去了，我还是能一眼认出你来。这是我姐姐，亲爱的，"他转身看着凯瑟琳，说道，"我在任何地方都能认出她来。"

凯瑟琳夫人的嘴唇向下一撇，说道："如你所说，夫君。"她的声音有点怀疑。

"什么风把你吹到了圣彭里恩？"埃里克拉着埃塔伊内的手，几乎得意洋洋地问道，"我们没有想到你会来。但当然，我感到出乎意料，又大喜过望！"

欧文拍了一下凯瑟琳的手，又看着蒂雷尔的眼睛。蒂雷尔看起来很不舒服，几乎不安地扭动着身体。欧文的目光最后终于落在那个打开的箱子上。

里面是一套巫哲棋具，但远不是一套普通的巫哲棋具，只要看上棋具一眼，就能够感觉到圣泉神力的存在。

棋盘很小，大约两扎长，用灰褐色的石头制成。深色的棋子是用大理石，浅色的棋子是用其他一些抛光了的石头制成。棋子的形状没有什么特别，每一枚棋子都是手工雕刻而成，小小的，矮矮的。比如说，王棋坐在王座上——和欧文的巫哲棋子没什么两样——但每一枚棋子上都刻着一张脸，脸上带着表情。一枚王棋身体前倾，用拳头支着下巴。每一枚棋子都做工精细，看起来有几百年历史了，有一些磨损和裂缝。棋子已经摆好，棋局似乎进行了一半，很多被吃掉了的棋子放在棋盘四周小小的凹槽里。

欧文审视着棋局。蒂雷尔看着欧文，脸气得扭曲。"殿下，"他警惕地对埃里克说道,"您会有时间和姐姐亲近。现在,您必须动子了。该下棋了。"

欧文觉得胃里有东西在扭曲。

埃里克对埃塔伊内的到来感到欣喜若狂,只顾着爱慕地看着埃塔伊内,完全没有意识到身边的紧张气氛。他亲吻了一下埃塔伊内的手,温柔地笑道:"沙特里约恩还会支持我吗,姐姐?"他乞求道。"当我听说你结婚了,我开始怀疑,沙特里约恩会不会想自己当锡尔迪金之王。欧文大人早些时候对我也是这么说的。"

蒂雷尔咳嗽了一下,说道:"棋局,殿下。"

埃里克挥手示意蒂雷尔退下,说道:"我有十多年没有看见姐姐了,蒂雷尔。稍安勿躁。"

欧文忍住笑,骄傲地看着埃塔伊内惟妙惟肖地扮演着爱丽丝。埃塔伊内的声音甚至都和爱丽丝的一模一样。

"夫君。"凯瑟琳看起来越来越关切,请求道。

凯瑟琳的话打断了埃里克对埃塔伊内的痴迷。埃里克转过来看着凯瑟琳,然后顺从地点点头,回到桌边,看着棋局。欧文看不出来棋盘上的棋子是如何布局,但他看一眼就知道,对弈双方势均力敌,都采取了守势。他立刻记住了棋盘上棋子的布局,并想利用以前下过的棋局来分析眼前的棋局。

"该殿下动子了。"蒂雷尔焦躁地重复道。

"但我不是很懂巫哲棋。"埃里克看着棋盘,手在棋子上徘徊,不安地说道。

"这是什么棋?"欧文和埃里克肩并肩站在一起,看着箱子,问道。

"你一看就明白,"蒂雷尔恶狠狠地说道,"殿下,问题不是你选择那一枚棋子。我们只是想看一下殿下能不能移动棋子。"

欧文觉得大脑中的圣泉刺了他一下。

埃里克动不了棋子。但他的妻子可以。凯瑟琳怀着恶灵巫师。保护这个王位继承人。

欧文吃惊地眨着眼睛,第一次注意到凯瑟琳在温柔地抚摸着肚皮。

第三十七章
忠诚

埃塔伊内紧张地看了欧文一眼。欧文不知道埃塔伊内是不是也听到了圣泉的声音。恶灵巫师是一个还没有出生的孩子！是埃里克·阿根廷的儿子！欧文不由得头晕目眩。他立刻感觉到了即将落在肩膀上的重任。他需要保护这个孩子，就像当年安凯瑞特保护他一样。

埃里克手朝箱子伸过去，想要移动一枚棋子。但棋子纹丝不动。埃里克担忧得皱起眉头，手上用力。

"棋子动不了。"埃里克担忧地说道。

蒂雷尔皱着眉头。埃里克未能移动棋子，这证明了一些事情。"因为殿下现在还不是锡尔迪金之王，"蒂雷尔说道，"殿下声称塞弗恩的王位属于你，但你还没有夺回王位。一旦你戴上了王冠，就能移动棋子了，殿下。直到那时才能。"蒂雷尔迅速拿起箱盖，盖住了巫哲棋具。

凯瑟琳夫人拉着埃里克的手，担忧地看了埃里克一眼，说道："这么说这是真的。你必须征服锡尔迪金才能登上王位。夫君，我为你感到害怕。"

埃里克温柔地看了凯瑟琳一眼,然后理顺了一下凯瑟琳前额的一缕头发,说道:"圣泉会帮助我,凯特。看一下圣泉已经带来的盟友。"他回过头来看了一眼爱丽丝和欧文,目光落在欧文身上。"你是来加入我这一边吗?"他问道。"你以前拒绝了我。当时我最热烈地欢迎你的加入,公爵大人。是我姐姐说服了你吗?"

欧文知道他必须控制住自己的表情。身边有这么多事情发生,要做到这一点很难。他尽力让自己的声音听起来闷闷不乐,说道:"凯瑟琳夫人抛弃了他以后,塞弗恩就变了。他现在是另外一个人了。他冒犯了圣泉圣母殿,人们几乎把他扔进了河里。"欧文冒险瞥了蒂雷尔一眼,想判断一下蒂雷尔的反应。

"我劝说了欧文大人,"埃塔伊内说道,声音和语调模仿爱丽丝模仿得惟妙惟肖,"来加入我们的事业。我知道你如果不确信,不会接受他的帮助。欢迎回家,弟弟。王冠天经地义是属于你的。"

埃里克感慨得嘴唇颤抖,说道:"我会拿回属于我们的东西,姐姐。塞弗恩侮辱了我们的名声、我们的家庭和我们的继承权。他派遣'艾思斌'杀手来谋杀哥哥和我。布莱奇利命令泉佑异能者蒂雷尔来完成这项任务。圣泉阻止蒂雷尔杀死我。因此,蒂雷尔把我偷偷送到了布鲁格。是时候把那个魔鬼赶下王位,以免他的疯狂祸害整个锡尔迪金。他应该从来都没有戴过王冠。"

埃塔伊内摸了摸欧文的胳膊,说道:"只有欧文大人才能让他暂时息怒。坦白说,他现在已经变了个人,我不能继续站在他身边。弟弟,我必须回到奥西塔尼亚我丈夫身边。"

"在你离开之前,夫人,"蒂雷尔说道,声音充满了警告和不信任,"我建议,王子殿下,你问姐姐一个问题。关于一件只有你和她知道的事情。"

埃里克哼了一声，说道："蒂雷尔，她是我姐姐。我认得她，就好像我们从来没有分开过。"

欧文知道，蒂雷尔感觉到了圣泉的神力，但他不确定神力是从谁身上发出来的。

欧文说道："我也很熟悉爱丽丝公主。我在帝泉王宫长大。相信我，蒂雷尔大师，如果她是冒牌货，我会知道的。"

蒂雷尔眼珠子愤怒地滴溜溜转，尖酸地说道："我确信你知道。"欧文感觉到圣泉在蒂雷尔体内沸腾。

凯瑟琳夫人关切地皱着眉头。埃里克拍了拍她的手，安慰道："没必要烦恼，亲爱的。危险确实存在，但现在塞弗恩冒犯了圣泉圣母殿，我相信人们会聚集在我身边。他们会成群结队而来，像羊群需要一个耐心的牧羊人一样。你是我的王后。"

欧文想拿走箱子。箱子就放在桌上，在挑逗着他，告诉他他随时可以把它拿走。箱子就是一个谜，一个秘密。欧文想解开谜团。但他确信，蒂雷尔绝不会允许他拿走箱子。

凯瑟琳的眼睛也充满了怀疑，说道："夫君，你的叔叔是一个狡猾精明的人。他派欧文大人欺骗了我们一次。为什么他不能再欺骗我们一次呢？我觉得"——凯瑟琳暂停了一下，手放在胸口上——"我们可以相信欧文大人，但我担心如果你被抓住了，会发生什么事情。我不能失去你。"凯瑟琳看起来很温柔，很爱恋埃里克，欧文为自己接下来要做的事情感到有点犹豫。

埃里克压低声音说道："如果我被抓住了，我们已经讨论了我会怎么做，我会怎么说。鼓起勇气，亲爱的。是时候采取行动了。雅各·卢埃林可以帮我们一次性永久地除掉这个恶魔。我们必须现在就朝他进军，潮水现在对我们有利。我们没有另外一次机会。"

这是事实。

埃里克转向欧文，问道："我叔叔的军队在哪里？"

"在北方。"

埃里克坚定地点点头，说道："北方一直是他老巢，他在那里有很多支持者。但我曾经是尤奥克郡公爵。那里的人们会像别人一样抛弃他。他原本就不应该统治锡尔迪金。现在是时候纠正这个错误了。"

"抱住我。"凯瑟琳投入埃里克的怀抱，担忧地低声说道。埃里克抱着凯瑟琳，抱了很久。欧文的心开始抽搐，不得不看向一边，然后看到了蒂雷尔的眼睛。蒂雷尔的脸愤怒得扭曲。原因很容易猜到：他想制造分歧，却失败了，因为欧文的神力能够使其他人的魔力转向一边。蒂雷尔在欧文面前无能为力。他也知道这一点。

"来，殿下，"蒂雷尔几乎哭出声来，说道，"让我们召集士兵。我们现在有两百人，每天都会有更多的人加入我们。我们越早行军，人们就会越快聚集在太阳和玫瑰旗下。"

欧文向前一步，说道："我完全同意。我在不远处有一座帐篷。为什么你和凯瑟琳夫人不和我们一起共进午餐呢？"

埃里克摇头说道："夫人不会离开圣母殿，除非我回来带她去加冕。我不在时，圣泉会照看好你。"他抬起凯瑟琳的下巴，缠绵地亲吻着她。凯瑟琳夫人眨着眼睛，不让眼泪掉下来。

"我会为你回来，亲爱的。我发誓。"他转向欧文和埃塔伊内。"我们在你的军营里集合。我想对你的部下讲话。我希望帮助他们看清楚他们正在承担的正义事业。"

蒂雷尔摇头说道："殿下，我认为这不明智。"

"来吧，蒂雷尔。我潜伏在阴影中已经够久了。是时候见见阳光了。"埃里克最后看了一眼凯瑟琳，又转向圣母殿施洗长老。"大人，我把我最宝贵的珍宝交给你保管。小心守护它们。"

施洗长老笑容满面地说道:"遵命,王子殿下。"

凯瑟琳夫人乞求地看了欧文一眼。欧文不忍心再看到凯瑟琳的眼睛,想转身离开,但凯瑟琳抓住了他的衣袖。

"谢谢,"凯瑟琳迅速地眨着眼睛,低声说道,"我知道你冒了很大的风险,欧文大人。我不会忘记你的大恩大德。亨特利伯爵的女儿知道感恩戴德。我父亲给你的报答会很丰厚。"

欧文觉得嘴唇发干,说道:"谢谢你,凯瑟琳夫人。但我这么做并不是为了报答。"欧文看着凯瑟琳的眼睛,知道凯瑟琳眼睛中的信任这一辈子都会在他的记忆中萦绕。这没有关系。他有任务需要履行。圣泉告诉他保护埃里克的儿子,但圣泉并没有告诉他保护埃里克。尽管如此,欧文还是觉得内心痛苦不已,充满了矛盾。

蒂雷尔拿起箱子,夹在胳膊下面。他们走出圣母殿。欧文感觉到蒂雷尔在箱子后面藏了一把匕首,但蒂雷尔并没有穿盔甲,很容易被刀剑所伤。天很冷,有一点薄雾。一群人打着火把,朝他们走来。一群阿塔巴伦勇士立刻站在埃里克等人身边警卫。人群中有人喊着埃里克的名字,另外一些人拉起了太阳和玫瑰旗。埃里克抬起手,微笑了。他长得很帅,看起来像一个真正的王子。

一只鸟在远处鸣叫。

他们到了圣母殿大门边,蒂雷尔鬼鬼祟祟地看了几眼夜空,看起来很疲惫,很紧张。"殿下,您的其他卫兵呢?我们不把他们也带上吗?"

埃里克哼了一声,说道:"只是吃一顿饭,蒂雷尔。我今晚会和夫人待在圣母殿。士兵们听了我的讲话之后,消息会传播得更快。相信我,老朋友。"

蒂雷尔变得更加烦躁。他知道，穿过大门就会危机四伏，但他似乎感觉到了，形势变得对他不利。欧文看着埃里克，用意志力催促埃里克赶快走。

"天有点冷。"埃塔伊内搂紧披风，颤抖了一下，说道。欧文想，埃塔伊内的伪装是不是要露馅了。

"是有点冷，"埃里克勾住埃塔伊内的胳膊，"我们把你送到火炉前。来，蒂雷尔，不要偷偷摸摸了。我们走。"

蒂雷尔呻吟道："殿下，我有一种不祥的感觉……"

埃里克又哼了一下，摇摇头，嘲笑蒂雷尔的愚蠢，然后拉上埃塔伊内，走出了大门。蒂雷尔把箱子抱在怀里，在门槛徘徊了好一会儿，眼睛喷火地盯着欧文，但欧文只是困惑地看了他一眼，然后轻轻地耸耸肩膀，跟着埃里克走了。蒂雷尔咬咬牙，也走出了圣母殿。

一行人在薄雾中朝欧文的军营走去，皮靴嘎吱嘎吱地踩着路上的砂砾。欧文虽然心里有点难过，却觉得看到了希望的曙光。计划成功了。再走几步，只要再走几步就好！

那个手里拿着杯子的乞丐仍然坐在路边，摇着杯子，里面的硬币叮当叮当作响。"施舍一点吧，大人们！施舍一点吧！"

埃里克打开钱包，拿出一枚硬币，说道："给你，大好人。你在转运。"

硬币叮当一声掉进杯子。"谢谢你，大人。你也一样。"

阿塔巴伦护卫慢慢地放下火把，扯开短袍，露出下面欧文家族的徽章——一片碧蓝下的三只雄鹿头。

欧文转向埃里克，冷冰冰地说道："我以埃里克·阿根廷的名义逮捕你。"

欧文也会一辈子记住埃里克脸上的震惊和恐惧。

小偷的女儿

"怎……怎么!"埃里克下巴在发抖,喘着粗气说道。

箱子"砰"的一声掉在地上。一道寒光,欧文看见蒂雷尔的匕首朝自己的心脏刺来。

埃塔伊内抓住蒂雷尔的手,另外一只手掌掌缘切在蒂雷尔的喉咙上,击碎了他的气管,又扭转手腕,蒂雷尔一头栽倒在地。几个"艾思斌"部下跑过去按住了他。蒂雷尔恨得怒火中烧,奋力挣扎反抗,却几乎窒息而死。

两个"艾思斌"成员——其中一个就是化装成乞丐的维克托——抓住了埃里克。

埃塔伊内从衣袖中取出一个小药水瓶,拧开瓶塞,趁蒂雷尔喘气时,很快地将里面的液体倒入蒂雷尔嘴里。欧文在一旁看着埃塔伊内的一举一动。是他命令埃塔伊内这么做的。他不愿意冒险活捉另外一个毒药师,尤其是这个毒药师是蒂雷尔,手段娴熟,招招致命。

"你在做什么!你做了什么?"埃里克尖叫道,奋力挣扎。但他很快就意识到他被骗了,开始歇斯底里地哭起来。不会有内战了。希望的火焰几秒钟以前还在熊熊燃烧,现在已经被踩灭在脚下了。

蒂雷尔也意识到了埃塔伊内给他服了什么样的毒药,喘气声变得越来越上气不接下气。埃塔伊内后退几步,伪装不见了,但除掉傲慢、冷冰冰的表情,她看起来仍然像爱丽丝。

又过了一会儿,蒂雷尔软绵绵地不动了。在他临死之前,圣泉发出了一声嘶叫和一声叹息。

欧文走到蒂雷尔扔在沙滩上的箱子旁边,捡起箱子。他觉得很奇怪,箱子很沉重,但箱子夹在胳膊下,重量正好合适。埃塔伊内看着欧文,眼睛在火把的照耀下闪闪发光。

埃里克脸色苍白,结结巴巴地问道:"你……打算怎……怎么处置我?"

欧文面无表情地说道:"我们打败了沙特里约恩之后,我会把你交给你叔叔。相信我,埃里克,我不会让你离开我的视线。"

埃里克气得嘴唇变形,说道:"你,你和他是一路货色。"

埃里克的话里有真实成分,欧文避开埃里克的话。他不想犹豫,不想在最后一刻犹豫,现在想改变他选择的事情进程已经太晚了。欧文只能希望他是在做正确的事情。"在阿塔巴伦时,你应该听从我的警告。你现在能够得到的,比你当时能够得到的要少得多。"

"我是锡尔迪金名正言顺的王。"埃里克声音颤抖地说道。

"不,"欧文淡淡地回击道,"你只是一个马前卒。"

第三十八章
巫哲棋具

欧文把箱子夹在腋下，回到了温暖的中军帐。计划成功了，进行得很顺利，欧文喜出望外。他曾经还有过担心，蒂雷尔意识到自己制造仇恨的能力对欧文无效后，可能会做莽撞的事情。

"干得漂亮，大人！"穿乞丐服的维克托说道，脸上露出了灿烂的笑容。

埃里克走进帐篷，看起来形容枯槁，愁云密布，身后跟着埃塔伊内，埃塔伊内仍然穿着爱丽丝的长袍。

欧文说道："你们的工作还没完。我想要你们安排'艾思斌'在圣彭里恩圣母殿四周，逮捕任何来加入这群乌合之众的人，然后把他们送到蜂岩城堡。"

"大人是不是也打算把这个觊觎者送到蜂岩城堡？"维克托问道，嘲弄地看了埃里克一眼，把埃里克气得须发皆张。

欧文嘿嘿笑道："哦，不。他和我一起离开。我们去解开阿弗朗奇之围后，我会把他转交给塞弗恩王。船准备得怎么样了？"

维克托用力地点头说道："我们已经遵命照办了。来自阿塔巴伦的船只已经不适合航行,大人。明天早上,我们的船只会封锁通往圣彭里恩的水域。没有大人的特别允许,任何人不得出入。"

"我的妻子怎么办呢?"埃里克问道,声音愤愤不平。

欧文转向埃里克,说道:"凯瑟琳夫人怎么办?"

"她会不会和我一起去?"埃里克有点坐卧不安,问道。

欧文皱着眉头,说道:"我想她不会离开圣母殿。你怎么想?"

埃里克摇摇头。"我不知道你还会不会遵守圣母殿的特权。你会吗?"埃里克嘲笑地问道。

欧文没有回答这个问题,而是转向副将,说道:"传令给阿什比,我们来了。我们清晨之前骑马出发。留下足够的人看守圣彭里恩。送信给塞弗恩王,我们抓住了埃里克。"

"遵命,大人。"

"退下,"欧文说道,然后把箱子放在最近的一张折叠桌上。除埃里克和埃塔伊内之外,其他人都离开了中军帐。

埃里克看起来垂头丧气,坐在一张椅子上,沮丧地按摩着眼睛。"为什么你们要谋杀蒂雷尔呢?"他有点哀伤地问道。

埃塔伊内回敬道:"你不能称其为谋杀。他拿着淬了剧毒的匕首冲向欧文!"

埃里克叹息道:"他只是想救我。把我从愚蠢中搭救出来。"他抬起头来,怒视着埃塔伊内。"你厉害,毒药师。我发誓,你就是我姐姐。现在你看起来还像她,但我能够说出你们的不同了。在圣母殿时,你完全欺骗了我。我很幸运,你拥抱我时没有暗中捅刀子。"

埃塔伊内冷冰冰胜利地朝埃里克笑了笑,优雅地鞠了一躬。

欧文问道:"这么说,是蒂雷尔从布莱奇利那里救了你?"

埃里克黯然点头说道:"他用一种奇怪的力量,刺激一个手下闯死我们。但他将一种药水涂在枕头上。这种药水使我们失去了知觉。"埃里克看着地面，颤抖了一下，好像看到了鬼魅。"我永远也忘不了当时那种感觉，那个人用枕头蒙住我的脸。我不能呼吸，但闻到了一股恶臭味，一种不好闻的味道。我晕过去了。他们把我们的尸体扔进了王宫下面的集雨池。"埃里克摇摇头。"我几乎不会游泳。我哥哥完全不会游泳。他再也没有醒过来，在那里淹死了。"埃里克哽咽了。

欧文看着埃里克，觉得他说的是真话。

欧文提醒道："接下来发生了什么事情？"

埃里克抬起头来看着欧文，眼睛里布满了血丝。"蒂雷尔来救了我。我哥哥死了，他很伤心。集雨池上有一条船。他把我偷偷送到伊利圣母殿，又送到一条开往布鲁格的船。我不再是王子。但他告诉我，我有一天还会回来。正如恶灵巫师的预言那样。一个国王死而复生，东山再起。"

欧文摸了摸下巴，说道："但你不是恶灵巫师。"

埃里克哀伤地耸耸肩膀，说道："我不是。我现在只是一个亡灵。"他用手捂住脸，肩膀弓起，强忍着哽咽。

欧文说道："你叔叔不会杀了你。如果你和我一起从阿塔巴伦回来，你的日子会好过得多。随着时间的推移，他可能会信任你。甚至让你做他的继承人。"

埃里克又抬头看着欧文，眼睛里满是泪水，说道："你以为我会相信？我听说了，他是怎么对我的堂兄当斯沃斯。我宁愿跳下瀑布，也不愿意受这种侮辱。"

欧文深深地叹息了一下，说道："你叔叔可能已经让你重新当尤奥克郡公爵了。但你现在两次试图入侵锡尔迪金，废黜你叔叔。他已经几乎没有信任的余地了。"

"我没有理由相信他的话!"埃里克喝道。"也没有理由相信你的话。你到阿塔巴伦来欺骗我。你得逞了。干得漂亮,大人,"他轻蔑地补充道,"但我的妻子比我明智。她会待在圣彭里恩圣母殿。她会待在那里,像我妈妈待在圣泉圣母殿一样。她会待在那里,直到……"他打住话头,意识到他几乎说错话了。但欧文已经知道了秘密。圣泉已经告诉了他。

"直到什么?"欧文追问道。

"没什么。"埃里克面带愠色,回答道。

欧文低声说道:"直到孩子生下来?"埃里克猛地抬起头来,惊讶不已。

"你到底是一个什么样的巫师?"埃里克喘着粗气,问道。

欧文忍住笑。埃塔伊内吃惊地睁大眼睛,但没有说什么。

"我是一个泉佑异能者。"欧文轻松地说道。他取来一个杯子,又怀疑地看着杯子,怀疑是不是有人想毒杀他。他又想到了塞弗恩。塞弗恩多年来一直生活在这个阴影之下。欧文放下杯子,走向箱子,打开插销,揭开箱盖。埃里克惊恐地睁大眼睛。

欧文看着箱子里的巫哲棋具,感觉到魔力从中奔涌而出。他只是看一眼这套棋具,就觉得神经紧绷,危险四伏。棋子的布局没变,还是和他们离开圣彭里恩之前一样,那些雕刻在棋子上的脸表情丰富。

"这是什么?"欧文问道,想要弄清楚棋局的套路。他最先注意到的是一些卒子互相堵住彼此的去路,好像两个巫哲棋大师在寸土必争,拒不认输。深色棋子局势不利,好像要输,棋局好像马上就要结束。但深色棋子布下了一道防御线,阻止浅色棋子不能轻易越过界河。欧文研究着棋局,觉得体内的圣泉汹涌。

有人拉了一下欧文的胳膊。欧文吓了一大跳,眨眨眼睛,目光离开了棋局。埃塔伊内正在担忧地看着欧文。

欧文颤抖了一下，觉得棋局的魔力远远超过自己的神力，自己在棋局面前根本就不堪一击。他盖上了箱盖。

埃塔伊内盯着欧文，问道："你就是恶灵巫师吗？"

欧文吃惊地眨着眼睛，反问道："为什么这么问？"

"你看着巫哲棋具的样子。好像巫哲棋具在和你说话。"欧文摇摇头，但埃塔伊内继续说道："这件事情很难解释。每一个人都听说过你的故事。你小时候如何死而复生？如何成为全锡尔迪金最年轻的泉佑异能者？你是不是每个人都在翘首以待的那个国王？"

欧文觉得埃塔伊内的推理很有趣。"我不是。"他实话实说。圣泉告诉他，埃里克的儿子是恶灵巫师，他需要保护恶灵巫师的安全，这条指令在欧文心里翻腾。欧文指了指身后的箱子，问道："这是什么？"

埃里克脸色一沉，说道："我不能说。"

"你不能说，还是不愿意说？"

埃里克揶揄地笑了起来，说道："如果你让我回到圣母殿，和我妻子待在一起，我就告诉你。不要让我们分开。"

欧文摇头说道："不可能。"

埃里克意味深长地耸耸肩膀，说道："那我就帮不到你了。棋局有魔力。你需要真正弄懂棋局。"

欧文意识到埃里克是在有意刺激自己。他改变了策略，问道："你了解爱丽丝的情况吗？她是主动去了沙特里约恩那里，还是被绑架了？"

埃里克摊开手，说道："我不能说。鲁元帅警告过雅各，奥西塔尼亚和阿塔巴伦之间的结盟会是一场空。鲁元帅又奸诈又聪明。如果我们听从了他的意见，今天的事情就不会发生了。"

欧文生气地说道："如果你听从了我的意见，你的结局会好得多！"

埃里克皱眉说道："我没有和我姐姐说过话。我不知道她为什么那么做。但我相信她是心甘情愿的。这是她逃脱我叔叔为她搭建的监狱的唯一机会。锡尔迪金是一座监狱，大人。无论监狱的铁条怎样镀金。如果我姐姐不是那么忠于我们的妈妈，她可能早就离开了。她不愿意像很多其他人那样，抛弃我们的妈妈。"埃里克的声音充满了感情。"你想象不到，我一家人受了多少罪。"

欧文回答道："在我看来，所有的受罪都是因为选择错误。你妈妈想要阻止塞弗恩履行职责。她肯定知道塞弗恩忠于你父亲。塞弗恩一直忠诚于你父亲。"

埃里克严厉地皱着眉头，说道："我认为我妈妈没有意识到事情的复杂性，没有。她也没有意识到，塞弗恩为了维护自己的利益会采取什么手段。塞弗恩难辞其咎，欧文。你支持塞弗恩，你也是一样。你只不过是塞弗恩的一条小哈巴狗。一条有圣泉魔力的小哈巴狗。等着吧，看塞弗恩是如何像踢一条狗那样踢你。"

埃塔伊内立刻向前一步，好像要给埃里克一记耳光。

欧文阻止了埃塔伊内，说道："埃塔伊内，我想我们的客人是累了。给他喝点东西。"

埃里克惊恐地瞪大眼睛。

◆ ◆ ◆

头发凌乱的埃里克很快在铺了毛毯的垫子上打起了呼噜。欧文坐在椅子上，按着鼻梁，想要解开那些未能解开的秘密。埃塔伊内换下了爱丽丝的长袍，换上了一件自己的长袍，式样要简单得多。她走到欧文身后，手放在欧文肩膀上，用大拇指在欧文绷紧的肌肉上画圈。

欧文回头看了埃塔伊内一眼，问道："你怎么看他？"

埃塔伊内毫不掩饰自己的轻蔑，回答道："他只是一个傀儡，欧文。他可能拥有皇室血统，但有人在控制他。"

欧文问道："但是谁呢？坦默尔声称，他救了埃里克，先把埃里克偷偷送到布鲁格，又送到莱高尔特。但坦默尔是为谁服务呢？每一个人都相信埃里克是艾瑞德的儿子。但好像他们希望埃里克统治锡尔迪金，只是因为埃里克是一个傻瓜。"

埃塔伊内轻声笑了起来，说道："不是每一个人都有你那么聪明，欧文，包括我们的塞弗恩王。"

埃塔伊内话中有话。欧文转过头来，看着埃塔伊内的脸，也看清楚了埃塔伊内的表情。埃塔伊内的脸上是完全彻底的投降表情，好像在说：你可以当锡尔迪金之王。我可以帮助你。

这个表情很有诱惑性。欧文觉得体内有东西在噼里啪啦作响，像引火物上的火星。但他也知道，如果他屈服于这种诱惑，他就再也不能看着伊薇的眼睛了。埃塔伊内的眼神、建议和按摩着他的手指头——所有这一切都让欧文觉得不舒服，因此他站起身来，开始踱步。埃塔伊内的手在空中停留了一会儿，又慢慢地放下来。欧文思维开始混乱，产生了背叛的冲动。他摇摇头，努力控制自己。

埃塔伊内低声问道："大人认为，塞弗恩王会选择谁代替曼奇尼？"

欧文几乎忘记了这件事情，说道："可怜的多米尼克。我刚开始听说他被扔进了河里，我在想是不是有人在造谣。你看见他被扔进河里了吗?"

埃塔伊内点点头。"我没办法救他,"她说道,"事情发生得太快了。我想曼奇尼去圣母殿是为了寻找什么东西。他一到达圣母殿,圣母殿施洗长老就恶狠狠地谴责他。现在我想是蒂雷尔在背后捣鬼。这也和埃里克告诉我们的相符合。"她向欧文走近了一步。"曼奇尼死了,我不觉得难过。他看起来也是这场阴谋的一部分,只不过我们现在还弄不清楚。"埃塔伊内的眼睛意味深长。欧文怀疑她和曼奇尼之间发生过什么阴暗的事情。"大人,你觉不觉得塞弗恩王会委派你掌控'艾思斌'?"埃塔伊内的眼睛里充满了希望,埃塔伊内的眼睛在询问。

欧文沮丧地叹了一口气,说道:"我不知道。这取决于我们能否在接下来的半个月里幸存下来。"欧文严肃地看着埃塔伊内。"无论塞弗恩王的意愿是什么,我都会向他效忠。我和曼奇尼不一样,"欧文坚定地说道。

埃塔伊内点点头,说道:"是的,大人不像曼奇尼。他很……自私。"埃塔伊内不再讨论这个话题,转身离开,背对着欧文时加了一句。"我认为塞弗恩王不会让你娶莫蒂默小姐,"埃塔伊内转头说道,"我知道,曼奇尼也曾劝说塞弗恩王,不让你和莫蒂默小姐结婚。塞弗恩王想利用大人来扩大领土。即使这将使你心碎。"

欧文感觉好像一个巨大的破城槌在撞击一座城堡的大门。他颤抖了一下,不希望埃塔伊内的话是真的,但又害怕埃塔伊内的话是真的。欧文的骨头都颤抖了。他觉得很绝望,不摧毁塞弗恩的话,就不能阻止塞弗恩分开他和伊薇。

欧文声音沙哑地低声问道:"你怎么知道?"

埃塔伊内回头看了欧文一眼,几乎有一点腼腆,手紧张地顺长袍。"我无意之中听到他们讨论这个问题。"

欧文想要但未能掩饰脸上的惨笑,问道:"他们不知道你在那里?"

埃塔伊内耸耸肩膀,说道:"艾瑞德统治锡尔迪金时,命令塞弗恩做了很多不愉快的事情——形势所迫的事情,考验忠心的事情。"埃塔伊内转过身来,看着欧文的眼睛。"塞弗恩也会这么对你,大人。他会考验你的忠心,一直让你到崩溃的边缘。"

欧文咬紧牙齿,觉得脸又红又烫。

埃塔伊内冷冷地眯上眼睛,声音几不可闻。"但记住这一点,欧文。我忠诚于你。"

我们在焦急地等待消息。塞弗恩王的军队在汤顿村和雅各·卢埃林的军队对峙。他们在暴风雪中交战。我们现在还不清楚到底哪一方获胜。有人说,有人背叛了塞弗恩王,塞弗恩王阵亡了。自从鞍鞭山之战以来,锡尔迪金的命运还从来没有这么不确定过。如果西境公也在汤顿村,会发生什么事情呢?但西境公已经加入了奥西塔尼亚人的军队。欧文·基斯卡登背叛了塞弗恩王,他将永远生活在耻辱之中。

——波利多罗·乌尔比诺,帝泉王宫的宫廷历史学家

第三十九章
锡尔迪金女王

欧文盯着地图,觉得心跳加速,胃在扭曲。他刚刚长途跋涉,回到军营,感到很疲惫,但等候他的消息却很不利。他又看了看地图,希望眼前的局势只是一场噩梦,就像他以前经常做的噩梦一样,吓得他直眨眼睛,醒了过来,心怦怦直跳。

欧文吞了一口口水,再次问道:"沙特里约恩有多少人?"

斯托克副将回答道:"至少两万。我们大概有四……几乎五千。他们一直在攻打阿弗朗奇,但也做好了与我们交战的准备。他们的军营纪律严明,日夜有卫兵站岗放哨。"

欧文看着地图。这一次沙特里约恩没有靠运气。上一次失败,他这一次带来了大军的主力。这不是一次边境小冲突,而是一场大会战。

欧文敲了敲地图,地图上布满了金属标志物,说明参战各方兵力的多少和构成。"布里托尼卡的军队,你说他们也封锁了海港,并有军队驻扎在这里……以及这里?"

"是的,大人。鲁元帅统领着这支军队。"

"他的兵力部署在这里,在我们和沙特里约恩之间?他可以加入任何一方,"欧文阴沉地说道,"我们有没有收到他的消息?"

"只有一条消息。鲁元帅派传令官通知我们,说布里托尼卡和我们站在一起。大人,如果你下令进攻奥西塔尼亚人,将会给鲁元帅一个绝佳的机会来包抄我们。"

"我看得很清楚,"欧文嘟囔道,"鲁元帅有多少人?"

"两千。也可能是三千。在港口的船上可能还有一些人。"

欧文咬咬牙,说道:"没办法看出来有多少人?"

负责的"艾思斌"间谍凯万摇头说道:"我们不能靠近。鲁元帅的战船阻止我们向阿弗朗奇提供援助。如果船上还有额外的兵力,他们也会和岸上的兵力轮岗,所以我们不知道。大人,这很明显是一个陷阱。阿什比的人被困在阿弗朗奇。我建议我们撤回西马奇郡,选择熟悉的地方守城。失去五百人比失去全部兵力要好。"

欧文怒视了一眼凯万,说道:"我不会抛弃阿什比副将。"

斯托克副将看起来很生气,说道:"我也不这么建议,大人。如果塞弗恩王的军队从后面跟上来,可能我们有机会,但塞弗恩王没有。"

欧文摸着嘴唇,说道:"塞弗恩王在暴风雪中面对雅各·卢埃林。"帐篷的帘子移到一边,脸色阴沉的传令官法恩斯走了进来,看起来好像被一阵恶风吹了进来。

"什么事情,法恩斯?"欧文问道。

"奥西塔尼亚人的传令官刚刚到了。大人还记得他吧。安耶斯。"

他们上一次见面时,安耶斯想贿赂欧文,放弃战争。帐篷里的士兵都面带愠色。欧文希望埃塔伊内和他在一起,但埃塔伊内在另一座帐篷里看守着埃里克,确保埃里克不知道他们的计划。

"让他进来。"欧文喝道。

过了一会儿,安耶斯走进帐篷。这一次,他头低得足够低,没有像上一次那样,头撞到帐篷的帘子。安耶斯走了过来,穿着花哨的奥西塔尼亚人服装,脸上带着嘲弄的表情。

"这么快就回来了?"欧文说道。

安耶斯脸气得红了。"还这么趾高气扬,基斯卡登大人?"安耶斯粗鲁地回答道。"那你肯定还没有收到塞弗恩在汤顿之战中身亡的消息。"安耶斯搓着双手,傲慢地看了欧文一眼。"爱丽丝女王陛下现在是锡尔迪金合法的统治者了。女王陛下让我命令你与我们合兵,一起去夺取帝泉王宫的都城,否则格杀勿论。"

欧文看得出来,副将们脸上露出了不安的表情。欧文小心翼翼地控制自己,装作无动于衷,问道:"事情有点不大合理,大人,你居然会比我先收到消息。消息是什么时候传过来的?"

"消息来自于我们的毒药师,"安耶斯轻蔑地说道,"你知道他是谁,我确信,因为他在阿塔巴伦骗过你。鸟儿传信比马儿要快,大人。"安耶斯高人一等地补充道:"我们要么和你一起去帝泉王宫,要么踩过你去帝泉王宫。如果你想保住官衔和封地,立刻向爱丽丝女王陛下投降。否则将被视为叛国。"

欧文问道:"爱丽丝真的在奥西塔尼亚人的军营里吗,安耶斯?如果我能够看到她,和她说几句话,我可能会相信这个天马行空的故事。"

"随你的便!欢迎你和我一起去拜见爱丽丝女王陛下,"安耶斯说道,"但不要以为我们会这么愚蠢,让她到一群想伤害她的人中间来。或者到一群冒名顶替她的人中间来。"安耶斯加强语气补充道。"你的答复是什么,大人?你这么拖拖拉拉,我越来越不耐烦了。你会向合法的女王投降吗？"

欧文点头答道："如果有合法的女王，我会很高兴地向她投降。谢谢你不辞劳苦来通告这条消息。你很快就会收到我们的答复。"

安耶斯哼了一声，双脚并拢，朝欧文鞠了一躬，走出了帐篷。安耶斯一走出去，欧文就呼出了憋在胸中的一口气。

斯托克压抑地低声问道："塞弗恩王真的战死了吗？我不相信塞弗恩王会输给那个阿塔巴伦农夫！"

欧文拳头按在地图上。他小时候起就开始研究战争，读过过去几个世纪里所有主要战争的报告。本能告诉他，这是一条诡计。如果塞弗恩战死了，"艾思斌"会给他传来消息。但现在曼奇尼死了，信息的处理和传达陷入混淆和混乱之中，这也是可以理解的。

欧文看着地图上的标志物，己方只有几个小小的桩子，而奥西塔尼亚人却是一只大军。正面交锋，形势对己方不利。他没有选择有利地形，离塔顿庄园越远，供给线也越长。欧文龇牙咧嘴，如何做出正确的决定，责任重大。如果塞弗恩已经战死，继续作战将被视为叛国。另外，爱丽丝统治要比埃里克统治要好——埃里克已经不熟悉自己的国家和国人。欧文愿意向爱丽丝投降，但首先要看到塞弗恩的尸体。

斯托克焦急地问道："我们该怎么办，大人？"

"出去，"欧文喝道，"我需要想一想。全部——出去！"

副将们都出去了，欧文一个人留在帐篷里。帐篷里很安静，但欧文有点思维混乱。他看着地图，释放了圣泉的神力。他要如何才能把局势变得对自己有利呢？奥西塔尼亚人肯定猜到了他有可能夜袭，并做好了防备。他不可能以同样的方式欺骗沙特里约恩两次。他也可以派埃塔伊内潜入奥西塔尼亚人的军营去暗杀沙特里约恩,但奥西塔尼亚人肯定也想到了这一点。欧文搓着悸动的太阳穴,觉得涓涓圣泉正在流入体内。他看着地图上代表布里托尼卡人军队的标志物。如果布里托尼卡真的是盟友,鲁元帅驻军在那儿当然可以帮很大的忙。但他不相信鲁元帅真的是盟友。自从欧文第一次与奥西塔尼亚人交战,鲁元帅每一次都参与其中,但动机不明。鲁元帅很精明,似乎永远知道他应该出现在哪里,什么时候出现……不,欧文想道,他不能相信鲁元帅。但他可以考验一下鲁元帅。

圣泉充满了欧文的大脑。一个巫哲棋盘在欧文大脑中展开,好像安凯瑞特就在帐篷里陪着他,指引着他从深无测里走出来。欧文觉得喉头发紧,眼睛里全是泪水。是安凯瑞特教会了他下巫哲棋,教会了他如何迅速地、决定性地打败对手。但安凯瑞特也教了欧文另外一招。如果受到对手威胁,最好的应对方式不是面对威胁,而是反其道而行之,给对手制造一个新的威胁。

赢得巫哲棋的判定方式是捉住对方的王。

一个应对策略在欧文脑子里展开,像被第一缕阳光亲吻的花朵一样盛开了。

◆ ◆ ◆

欧文一边对埃塔伊内和盘托出自己的计划,一边观察着埃塔伊内的脸,看她有什么反应。

埃塔伊内听了欧文的计划之后,眉毛抬了起来,说道:"你要朝奥西塔尼亚人的首都——普雷市——行军?"

欧文点点头,说道:"这样我就不需要粮道,沙特里约恩需要运送粮草给自己的军队,我们可以打劫他们的运粮车。更重要的是,我们可以牵着他们的鼻子走,带着他们远离帝泉王宫,为塞弗恩王争取时间。"

"但如果塞弗恩真的死了呢?"埃塔伊内问道,仍然觉得这条计划让她目瞪口呆。

欧文摇头说道:"我不相信塞弗恩已经死了。如果真的是这样,我们早就听到消息了。我们需要给塞弗恩时间,让他把军队带到这里。然后,我们就可以夹击奥西塔尼亚人。而且,我们在这一侧行军,"欧文指了指地图,继续说道,"奥西塔尼亚人就在我们和布里托尼卡人之间。布里托尼卡人没有机会偷袭我们的侧翼。如果鲁元帅站在我们这一边,我们事实上就把奥西塔尼亚人夹在了中间。他们会意想不到。"

埃塔伊内摇头说道:"但我们只有几千人。这个计划充满了危险,欧文。"

"一支更小的军队多年前在阿金克普打败了奥西塔尼亚人。他们肯定也没有忘记这个教训。我准备留下一队人马堵住去路,然后命令部下绕圈行军,制造假象,好像援兵在源源不断地到来。兵不厌诈,埃塔伊内。如果我们要面对沙特里约恩的军队,我想在我们选择的地方。形势对我们有利,而不是对他们有利。"

埃塔伊内摇头说道:"你要么就是疯了,要么就是天才。你打算什么时候这么做?"

"现在,"欧文答道,"鲁看起来永远领先我一步。我希望这一次让他措手不及。通知副将们进来。我们立刻拔营。留下所有的帐篷,掩饰我们的行动。我想天还亮着就开始行军。"

副将们听完了欧文的冒险之举,都大吃一惊,但他们告诉欧文，军队已经准备好了，可以随时出发。从海岸边飘过来的云在天空中翻腾，预示着有雾，或者海上会有一场暴风雨。欧文把宝剑佩在腰间，穿上锁子甲，朝司旗官点点头。法恩斯已经去通知了安耶斯，欧文不会投降。但欧文没有告知安耶斯自己的计划。

欧文看着部下几个人一排行进，心里感到很担忧。奥西塔尼亚人的军队有动静——士兵在列队备战，形成前锋。风呼呼地刮着，旗帜猎猎作响。空气中弥漫着泥土和污垢的味道。欧文记不起上一次洗澡是什么时候了。

欧文和副将们率领着军队，一些弓箭手骑在马背上，在前面开路。"艾思斌"哨探选择的道路穿过一块小树林，可以绕过阿弗朗奇，又踏上通往普雷的大道。

一场小雨噼里啪啦地打在欧文和胯下战马的身上。乌云在头顶翻腾。很快小雨变成了倾盆大雨。欧文阴沉着脸行进，尽量不让天气弄坏了自己的心情。道路变得越来越泥泞难行，士兵们开始低声抱怨。

远处的天空电闪雷鸣。

他们到了通往普雷的大道，现在一排可以走更多的士兵了。他们在奥西塔尼亚人的侧翼，切断了奥西塔尼亚人的粮道，堵住了他们撤回国都普雷的去路。欧文觉得一只巨大的手在头顶若隐若现，摆出一枚巫哲棋子，阴森森地说道：危险。

过了一会儿，一个全身湿透、脸上全是污泥的"艾思斌"哨探骑马从普雷方向走向欧文。"大人！"他在暴雨中报告道。

"有什么消息，伙计？"欧文大声喊道。

"奥西塔尼亚人的运粮车卡在了那边的淤泥里，"哨探指着前路，回答道,"足够我们吃很久。但有一个问题,大人。几千奥西塔尼亚士兵正从阿弗朗奇方向赶过来,阻止我们打劫运粮车!他们一个小时以内就会赶上我们了!"

欧文有一种奇怪的感觉,下一步将会对他不利。

第四十章
阿弗朗奇之战

欧文指挥的第一场战斗是在阿弗朗奇附近的一个山谷中进行的，当时正下着暴雨。奥西塔尼亚人的军队立足未稳，欧文的部下从另一条路绕过他们。积木开始倒塌，一发不可收拾。欧文命令弓箭手列队，堵住奥西塔尼亚人的去路，射出一波又一波的利箭。暴雨模糊了弓箭手的视线，但奥西塔尼亚人人数如此之多，弓箭手几乎都是箭无虚发。弓箭手后面是一排排的长枪手，随时准备冲锋。

战争一旦开始，就没有办法控制或者预测走向。

欧文真切地感觉到了战争的残酷性，荣誉让愤怒的士兵想要砸碎彼此的脑袋。奥西塔尼亚人看起来无穷无尽，一波接着一波，像海浪一样拍打着海岸的岩石。他们没有退路，没有退缩。泥泞的道路被血染红了。他们不是人，而是一群满身泥浆的可怜虫，他们用刀砍，用枪刺，用盾砸。欧文很快就记不清楚自己杀了多少敌人，只是觉得剑成了身体的一部分。多年的训练，在训练场上训练得筋疲力尽，现在总算看到成果了。欧文筋疲力尽，但绝不手下留情，鼓励手下士兵迎着暴风雨和敌人的刀剑，冲锋再冲锋。他喉咙冒火，想喝一口水，但没有时间。他必须同时出现在每一个地方。一旦有敌人冲向他，他把注意力集中在攻击者身上，利用圣泉的神力找出对手的破绽，挡住敌人的进攻，尽快把敌人打发掉。每一次击出宝剑，他都觉得圣泉的力量在体内汹涌，每一击似乎都带着令人难以置信的力量。

欧文抹去脸上的淤泥和雨水，看着道路上正在进行的大屠杀。他的部下都脸色阴沉恐怖，寸步不让，身边到处都是尸体和伤兵。

"大人！"有人从欧文身后走来，喊道。是斯托克副将。斯托克的剑正在滴血。

"他们有多少人？"下一批敌人正要扑过来，欧文大声吼道。一个受伤的士兵在呻吟，欧文的战马惊了，几乎前腿抬起，用后脚站起来。欧文立刻抓紧缰绳。

"大人！"斯托克脸上容光焕发，说道。"是布里托尼卡人！他们从背后袭击了奥西塔尼亚人！把沙特里约恩困在我们中间！所以奥西塔尼亚人疯狂进攻我们。我们拦住了他们逃生的去路！"

欧文吃惊地咳嗽了一下。鲁元帅在袭击？袭击沙特里约恩的军队？

"你确定，斯托克？"欧文大声问道。他想相信斯托克，但他不敢相信。

"鲁元帅的军旗是一只渡鸦！"斯托克点头说道，"他的部下现在在战场上！沙特里约恩一攻击我们，他们就投入了战斗，帮我们抵消了一点劣势，大人！暴风雨这么大，很难分清楚敌友！"

闪电划过天空，雷声轰鸣。欧文抬起胳膊，手搭凉棚，想要看清楚一下形势。一只利箭正好射中他的胳膊。一阵剧痛立刻传到手腕，整只胳膊麻木了。欧文恐惧地意识到，如果他没有正好在那个时候抬起胳膊，这支箭就已经刺穿了他的喉咙……或者要了他的命。

"大人！"斯托克大声惊呼。

利箭好像一根烧红了的捅火条，刺入欧文的胳膊。欧文痛苦地咒骂。胳膊断了吗？欧文又觉得庆幸，这不是他握剑的那只手。一个弓箭手认出了他。一种奇怪的麻木感开始传遍欧文的整条胳膊，蔓延到肩膀。欧文觉得身体开始僵硬。

毒箭。箭头淬了剧毒，剧毒已经进入了他的血液。

欧文转向斯托克，很快地眨着眼睛，说道："埃塔伊内！给我找埃塔伊内！"

一块黑幕布好像在欧文脸上从上往下拉，欧文在马鞍上侧向一边，栽倒下来，脸先着地，然后在泥水中呛起来。

◆ ◆ ◆

欧文感觉好像待在蜂巢里，眼睑外面有光线，有人在拽他，在推搡他。突然，所有的蜜蜂都在叮他的左臂。他的牙齿之间咬着什么东西。左臂针扎般的剧痛越来越厉害，他一口咬在牙齿之间的那个东西上。

欧文摇摇头，想要醒过来，然后睁开了眼睛。埃塔伊内蹲在他身边。他们在一个小小的帐篷里，外面的雨噼里啪啦地打在帐篷的帆布上。欧文醒了过来，那种在蜂巢里的感觉消失了。

"别动。"埃塔伊内说道，一边手疾眼快地治疗着他的左臂。欧文往下一看。他想象中的针扎是实实在在存在的——埃塔伊内正在用羊肠线缝他的左臂，那根针看起来像铲子一样钝。

欧文用另外一只手从嘴里取出一根刚才咬过的箭杆。"好痛！"他说道，声音很粗很疲惫，听起来好像青蛙在呱呱叫。

埃塔伊内关切地看了欧文一眼,说道:"是月亮花。箭头淬了月亮花。足够杀死你……很快杀死你。谢天谢地,我知道解药。"

"发生了什么事情?"欧文说道,想要坐起来,但埃塔伊内把他按在病床上。

埃塔伊内亲热地朝欧文笑了笑,说道:"战争结束了。你胜利了。"

欧文摇头说道:"我都不在战场上,怎么可能胜利呢?"他又想要坐起来,埃塔伊内又把他推了下去。

"休息一下,欧文。如果现在站起来,你会呕吐一大堆,然后瘫倒在地。躺着别动,让我把线缝完。"

欧文又躺了下去,埃塔伊内接着缝线,欧文痛得怒目皱眉,龇牙咧嘴。埃塔伊内缝完线,在伤口周围涂上伤药,又用打了小结接起来的亚麻线把欧文的左臂包扎起来。一张小桌上有一个血迹斑斑的箭头,箭头很大,欧文看到了,颤抖了一下。

"我的胳膊断了吗?"欧文问道。

埃塔伊内回答道:"没有,但箭射得很深。我给你上一点药止痛。"

欧文摇头说道:"我会忍住痛。我想保持头脑清醒。斯托克副将在哪里?"

"他在你的帐篷里和鲁元帅说话。"

欧文四处看了一眼,说道:"我在哪里?埃里克在哪里?"

"我以前把埃里克藏在这里。埃里克现在在你的帐篷里,与斯托克和鲁在一起。你胜利了,欧文。你打败了奥西塔尼亚人的军队。你知不知道,你将会得到多少赎金?"埃塔伊内摇着头,高兴地看着欧文。"你知道这场战争之后,你会变得多么富有?你会拥有多少土地?"

"沙特里约恩在哪里？"欧文问道。

埃塔伊内摇头说道："他从来没有来过这里。他派出了所有的元帅和将军来打败你。但他担心自己的小命。他一直都在普雷。"

欧文又想坐起来。这一次埃塔伊内帮助他坐起来。欧文的胳膊仍然钻心地痛。他有点后悔了，刚才拒绝了喝一点止痛药汤。他很快地眨着眼睛，慢慢地恢复了意识。战争结束了。他胜利了。

埃塔伊内说道："让我找一下，他们把那件衬衣放在哪里了。"欧文这才意识到，他上半身已经脱光了。他的锁子甲破烂不堪，血迹斑斑，扔在地上。地上还有一堆糊满污泥、沾满污垢的衣服和一盆脏水。欧文又看了看自己，自己已经被擦干净了。埃塔伊内似乎注意到了欧文审视自己的原因，脸微微红了一下，匆匆忙忙给欧文找来了一件衬衣。

埃塔伊内帮助欧文把衬衣穿上，欧文左臂穿过衣袖时，她尤其小心翼翼。

"谢谢！"欧文说道。埃塔伊内帮欧文系上围脖，找来一件加厚背心——背心很容易穿上——帮助欧文站起来。欧文的腿在发抖，头在旋转，几乎摔倒在地。埃塔伊内扶稳了欧文。

欧文终于站稳了，不再颤抖。埃塔伊内认真地打量了欧文一番，帮助他整齐一下衣服，让他看起来像一个公爵，而不是一个满身淤泥的农夫。然后，她把剑鞘和宝剑挎在欧文腰上，敏捷而又高效。欧文觉得不舒服，埃塔伊内站得离他如此之近，还在帮他穿衣服。

"我是说，谢谢你救了我的命。"欧文说道，想要看着埃塔伊内躲躲闪闪的眼睛。

埃塔伊内轻轻地摇头，没有理会欧文所说的话。"天仍然在下暴风雨。你需要一件披风。"

欧文再一次感觉到,埃塔伊内对自己的感情已经超出了友谊和感激。他想,他要向埃塔伊内说清楚,他们永远不可能在一起,只有这样才公平。但埃塔伊内刚刚救了他的命,他就这么做……唔,他这样是不是有点冷血。胳膊又是一阵剧痛,欧文哼了一声。

埃塔伊内取来一件披风,披在欧文肩膀上,又把风帽盖住欧文的头。然后,她自己也穿好雨具,带着欧文走过大雨淋透的营地,来到中军帐。中军帐外有两面军旗——雄鹿旗和渡鸦旗,都湿漉漉的在滴水。

欧文低头走进中军帐。天色已是黄昏,中军帐站满了人,欧文立刻看到了阿什比副将和阿弗朗奇市市长。他也看到了鲁元帅。鲁元帅盔甲外面还是穿着那件满是淤泥的短袍。他几乎用责备的目光看了欧文一眼,好像感到很生气,欧文这么晚才来开会。

"看到你身体健康,我很高兴,大人。"鲁元帅热情地说道,眼睛却保持警惕。

"谢谢你,元帅大人,"欧文说道,"你这次出兵,和上次一样,真是太及时了。"虽然鲁元帅这次参战对战局有决定性意义,欧文还是觉得鲁元帅身上有一种东西让他感到不安。埃里克坐在帐篷一角,听着其他人的谈话。

鲁元帅直直地鞠躬道:"布里托尼卡女公爵信守承诺。"

阿什比走向前来,说道:"大人,元帅大人给阿弗朗奇提供了好几天的供给。他命令船只用桶子运来粮食,确保阿弗朗奇供给充足。城被围住了,但我们吃得像国王一样好!我想送消息给大人,我们能够坚守很久,但我们冲不过城门边的敌人。"

欧文觉得有点内疚,自己太不信任布里托尼卡人了。但就算知道了布里托尼卡人是这么慷慨大方,他仍然觉得不自在。

阿弗朗奇市市长看起来松了一口气，说道："我们感激涕零，基斯卡登大人。大人信守承诺，没有抛弃我们。阿弗朗奇市市民热烈欢迎大人回到大人的城市。我可不可以建议，大人把军营搬到城堡内，避避这场暴风雨？"

市长话音刚落，天上又是一记响雷，市长吓了一跳，愣了一下，欧文不由得笑了。

"谢谢你，市长大人，但我必须谢绝你的好意，"欧文摇头说道，"我渴望走出这个潮湿的世界，但我们必须立刻骑马赶回去，把胜利的消息告诉塞弗恩王。你可以确信，在合适的时候，我们会举行仪式庆祝胜利。到那时，我希望能够很荣幸地看到布里托尼卡女公爵出席？"欧文认真地看了鲁一眼。

鲁元帅十分镇静，说道："女公爵很少离开布里托尼卡，基斯卡登大人。你可以想象，她的周围充满了危险。很多人企图绑架她，把她变成人质。她已经授权我代表她商谈和平条款和赎金分配，但她也已经习惯了对西马奇郡的盟友慷慨大方。我确信我们能够公平处理这些事情？"

"当然。"欧文说道，觉得自己对女公爵的好奇心增加了，但左臂又开始抽搐着痛，额头上冒出了汗珠。欧文希望谈话能够快点结束。

鲁元帅看了一会儿欧文的脸，说道："那我们告辞了，到城堡里去待一会儿，到市长大人那儿去做客。如果大人允许的话。"

"当然。"欧文点头说道。

"我们一定盛情款待，大人。"市长热切地笑道。他看起来很喜欢招待那些位高权重的客人。

欧文下令道："阿什比将军，给留下来的卫戍士兵准备军粮。斯托克将军，命令法恩斯开始登记有名望的俘虏。登记完毕，把名单送到帝泉王宫我那儿。塞弗恩王的侄子和我,"他看着埃里克,说道,"会一起去看名单。"

鲁元帅侧着头,准备离开。

欧文示意鲁元帅暂时停一下,问道:"大人,你有没有听到关于我国国内战争的消息?安耶斯坚持说塞弗恩王已经战死了,但我确信这只是一个骗局。"

鲁元帅微微蹙眉。"我向圣泉祈祷,贵国国王平安无事,"他神秘莫测地说道,"我们在锡尔迪金没有间谍,大人。我们也希望贵国不要派遣间谍到布里托尼卡。"鲁元帅话里略微带了责备的意味。

"向女公爵致以最良好的祝愿。"欧文说道。

鲁元帅点点头,眼睛又转到了装着巫哲棋具的箱子。他撇了撇嘴巴。"您可能会希望,大人,"他低声说道,"把某些贵重物品放在一个不容易被偷走的地方。"

鲁元帅低头走出帐篷。欧文对鲁元帅的话感到有点好奇。将军们也都准备离开中军帐,再一次走进暴风雨,欧文走到箱子旁边,小心翼翼地揭开箱盖,担心里面的巫哲棋具可能丢失了。棋子仍然都在,原样不动。

除了一枚棋子。

有人走了一步棋。欧文意识到了这一点,不由得嘴唇发干。白方的一枚卒子被吃掉了。欧文看着被吃掉的棋子,心脏开始剧烈地跳动起来。是棋盘左边的一枚棋子。那枚棋子现在放在相邻的盘子上,盘子里装着其他被吃掉的棋子。

是不是有人走进了帐篷,移动了棋子?还是棋子自己会移动呢?

塞弗恩·阿根廷国王率领着被冻伤的得胜大军回到帝泉王宫。毫无疑问，圣泉保住了他的命，他才是真正的锡尔迪金之王。他在忠实的老朋友霍瓦特公爵的帮助下，打败了雅各·卢埃林的军队。霍瓦特公爵截住了雅各的退路，活捉了雅各以及雅各的主要贵族，其中包括阿塔巴伦最富有的贵族——亨特利伯爵。囚犯们被关押在城堡里。同时，一场婚礼在紧锣密鼓地筹办，雅各将迎娶伊蕾莎白·维多利亚·莫蒂默小姐，莫蒂默小姐将成为阿塔巴伦女王，以此来巩固两国之间新的盟友关系。建立这种盟友关系流了太多的血。我们现在等待基斯卡登公爵到来。基斯卡登公爵打败了奥西塔尼亚人的入侵大军。自从我们在阿金克普打败奥西塔尼亚人以来，这场胜利最具有决定性意义，把不可能变成了现实。所有关于欧文大人变节叛国的谣言都被证明为纯属无中生有。

——波利多罗·乌尔比诺，帝泉王宫的宫廷历史学家

第四十一章
阿塔巴伦女王

秋高气爽。欧文骑着疲惫的战马,来到帝泉王宫铁闸门。他在城堡外庭下马,穿过城市时的欢呼声仍然在耳边回响。埃里克坐在马背上,纹丝不动,仰望着王宫的塔尖和塔楼,眼睛里充满了乡愁和害怕。埃塔伊内定期给欧文受伤的左臂换药。欧文骑马时,左臂用皮条缚在胸前,又用披风盖住胳膊肘。欧文忍不住心情阴暗地想,他正在慢慢地、笨拙地变成塞弗恩的影子。

一个马夫向埃里克伸出手,埃里克眨着眼睛,然后抓住这只手,也下了马。埃塔伊内走在埃里克身后,眼睛观察着旁观者,提防着任何危险迹象。欧文点点头,示意她看管好埃里克。埃塔伊内微微点头,意思说她明白了。

欧文很饿,想吃一点点心,但他忧心忡忡,头晕目眩,吃不下任何东西。他已经收到了消息,塞弗恩王想要和雅各·卢埃林结盟——以及结盟的代价。他将永远失去伊薇,这个残酷的现实一直在他的脑海里萦绕。他一直希望,自己打败了奥西塔尼亚人能够打动塞弗恩,塞弗恩会恩准自己和伊薇在一起。但他在回王宫的路上遇到一些同僚，每一个同僚都再一次告诉他这个令人绝望的消息。他最大的梦魇即将来临。

"大人。"贾丝廷站在欧文身边，说道。欧文没有看到贾丝廷走过来。这并不奇怪，因为他一直在自哀自怜。贾丝廷看起来也很伤心，这又把刀子往欧文的心脏里捅进去了一点。

"她在这儿?"欧文声音沙哑地问道。"婚礼准备正在进行中?"他疯狂地希望贾丝廷否认这句话。

贾丝廷脸微微红了，说道："是的，大人。她叫我……她想要亲自和你说话。在你去见塞弗恩王之前。她在你们经常见面的那个秘密地方。等你。"贾丝廷看起来好像还要说点什么。欧文看见眼泪在贾丝廷眼里打滚。贾丝廷伸出手，放在欧文左臂上，欧文痛得缩了一下。

"我伤到你了!"贾丝廷惊呼道。"很抱歉！那是你受了伤的胳膊。我——"

"不是你的错，"欧文摇头说道，想要尽力忘记痛苦的回忆，"我立刻就去。"

欧文知道塞弗恩在正殿里等着见他。他应该首先去那里，向塞弗恩报告。但他要先去见伊薇。他要亲自听伊薇说。他走过院子，看到了埃塔伊内。"在正殿外等我。"他对埃塔伊内说道。

埃塔伊内点点头，勾住埃里克的胳膊。埃里克跨过儿时玩耍过的宫殿门槛，害怕得发抖。

欧文想起了什么，抓住了埃塔伊内的胳膊。"先带他到莱昂娜那里，"他低声说道，"让他先看到一张友善的脸。"

欧文回头看着大院对面打开的铁闸门。他上一次在这里时，一群暴民推着铁门，想要把塞弗恩扔进河里。想到这里，欧文觉得一阵心痛：伊薇直面暴民，想要劝说他们控制住自己的怒火。伊薇摔下马来。他抱着伊薇，血从伊薇前额上流下来。这就是他最后一次看到和触碰到伊薇的情景。欧文穿过城市时，看到很多佩戴白野猪徽章、全副武装的士兵。以前帝泉王宫从来没有实行过宵禁，现在有了宵禁。士兵们做好了准备，以防另外一次暴乱发生。

欧文痛得喉咙发紧。他咽了一口口水，走进王宫，走到了通往集雨池的过道。过道尽头的门虚掩着。他想要控制住自己的呼吸，但觉得自己好像要跳进瀑布。他轻轻地推开门，看着那个他和伊薇曾经分享了那么多美好记忆的地方。

伊薇在集雨池旁边来回踱步，穿着一件深绿色有银色丝线的长袍。无论在哪里，只要听到伊薇的脚步声，欧文立刻就能分辨出来。伊薇的头发很长，梳着小小的辫子，辫子又扎在一起，很精巧复杂。她听到了大门打开的嘎吱声，转过身来看着欧文。

伊薇的眼睛充满了担忧，这最终证明了，他再也不能和伊薇相处了。

"欧文。"伊薇低声说道，朝欧文跑过来。欧文看见眼泪在伊薇的睫毛上滚动。

欧文把伊薇抱在怀里，紧紧地抱住，觉得眼泪也在自己脸上发烫，心又一次剧痛起来，但这一次剧痛和安凯瑞特去世时不一样。这是一种新的死亡形式。他不知道如何忍受这种痛楚。

伊薇抓住欧文短袍的前襟，欧文右臂抱住伊薇，感觉到伊薇在发抖哽咽。他的左臂还在疼痛，但这种痛和他的心痛相比根本不值得一提。

欧文抚摸着伊薇的头发，感受着伊薇头发的柔软，品味着这种柔软。"只要你说话，我就带你离开这里。说话，亲爱的，我会带你远远地、远远地离开。我受不了,伊薇!我心痛。太痛了。"

"我知道,"伊薇声音颤抖地回答道,"我如果说别的,我就是在撒谎。"伊薇稍微后退了一点,把头发拨到耳朵后面,用衣袖拭了拭带着泪水的鼻子。"但事情必须是这样,欧文,事情必须是这样。我们都必须学会接受,接受生活是不公平的,接受不是所有的梦想都能够实现,接受离开那些我们无法离开的人。"伊薇的脸可怜巴巴地皱起,泪水唰唰地掉下来,但她竭尽全力保持平静,深呼吸一下,稳定下来。"是我选择的,欧文。这桩婚姻并不违背我的意愿。我关心……关心雅各。他真心爱我,我知道。我想他会使我幸福。"伊薇朝脚下看了一眼。"我想,我能够使他成为一个更好的人……一个更好的国王。但看到你这么悲伤,我不会幸福的。这对我来说会是一场折磨,欧文。我愿意忍受折磨。你也必须……求你了……你也必须试着忍受!你必须试着关心另外一个人。"

欧文低着头,觉得有点惭愧,伊薇掌控情绪比自己要好。他想要强迫自己的心屈服。"我怎么能够假装呢?"他声音沙哑地低声说道。"我怎么能够假装心不再痛呢?"

伊薇摇摇头,抚摸着欧文的胳膊——那只没有受伤的胳膊。"心不会停止疼痛,"她温柔地说道,"我没有一天不想念我爸爸。但随着时间的推移,痛会慢慢减轻。这也会是一样。我们都还年轻,欧文。我这么做不是因为我会成为一个女王。我宁愿成为一个……一个女公爵。"她按了按欧文的胳膊。"我这么做因为这是我的责任。这是我们的责任。忠诚系我心。这么久以来,我们不是一直被这么教导吗?当我听到谣言说你背叛了塞弗恩王,我不相信。我知道这是一个花招,一场骗局。我知道你不会这么对塞弗恩王。"她崇拜地看了欧文一眼。"我的欧文不会这样。我的欧文永远不会这样。"她摇摇头。"但你不再属于我了。我将会变成伊蕾莎白·维多利亚·莫蒂默·卢埃林。我们可以这么做的,欧文。我们必须这么做。塞弗恩王需要你。到他那儿去。屈服于他的意愿,像我一样。"

欧文伸出手,抓住伊薇的手。伊薇的手指又软又暖和。握着伊薇的手给了欧文勇气跳进集雨池。伊薇教会了他勇敢和忠诚。教会了他爱。

"遵命,小姐。"欧文嘶哑着嗓子说道,亲吻了一下伊薇的手。如果伊薇能够忍受这一切,那么他也能。欧文转过身来,看见贾丝廷站在过道上啜泣。

欧文走过贾丝廷,暂停了一下,拍了拍贾丝廷的肩膀,推了她一下,让她到伊薇那儿去。欧文去见塞弗恩时,不想伊薇也在那儿。

◆ ◆ ◆

埃塔伊内和埃里克在正殿门外等候着欧文,门是关着的。埃里克看起来萎靡不振。埃塔伊内看到欧文垂头丧气的表情,也感同身受地觉得难受。

"塞弗恩在等候你们,"埃塔伊内在欧文耳边低声说道,"其他人都被命令退下了。"

欧文点点头,抓住埃里克的手肘。卫兵抓住巨大的门把手,拉开大门。直觉告诉欧文,塞弗恩会在大殿里踱步。确实是这样,塞弗恩是在大殿了走来走去,看起来很不耐烦,焦虑不安。

埃里克一时呆住了。欧文拉了一下他的胳膊。塞弗恩立刻转过身来,脸上又兴奋,又担忧,又有一种胜利者的得意洋洋。他身上的黑衣和埃里克王子的服饰大不相同。塞弗恩腰间还挎着宝剑和一把匕首。埃里克身上没有武器,他是一个战败了的叛乱分子。

"陛下,"欧文控制住自己,用一个坚定的声音报告道,"叛乱者埃里克·阿根廷被抓住了。我带他到陛下这里来,请求裁决。"

塞弗恩抱臂在胸,冷漠地看了埃里克一眼。终于,他的脸色温和了下来,阴郁表情消失了。

"欢迎回到帝泉王宫,侄子。"塞弗恩淡淡地说道。

埃里克感觉到了这一刻的重要性,全身在颤抖,但他鼓起勇气,声音颤抖地说道:"我不是陛下的侄子。陛下,我向您坦白。我叫皮尔斯·乌尔比克,来自布鲁格。"

欧文觉得一堵沉重的黑墙落在身上,好像一股无法承受的重量落在了肩膀上。

别说话,圣泉低声对他说道。

塞弗恩脸上露出困惑的表情,然后困惑中带着愤怒。"皮尔斯·乌尔比克?"塞弗恩问道。

"是的,陛下,"埃里克怯怯地答道,"我是一个冒牌货,在陛下姐姐那里接受训练,来欺骗陛下和其他王国。我很久以前就试图逃脱这种伪装。他们选择了我,因为我和阿根廷家族的人相像。可能陛下哥哥流亡布鲁格时,我妈妈和陛下哥哥有过风流韵事。他们教我该怎么说话。他们承诺给我一个王国。陛下的王国。"埃里克鞠了一躬,膝盖在发抖。

欧文知道埃里克没有说真话。他所说的每一句话都是谎言。

别说话。

塞弗恩看起来怒不可遏,眼睛冒火。"你是想告诉我,小崽子,你一直都在欺骗我们?我姐姐叫你通过谎言和欺骗来非法谋求我的王位?你还设法让一个国王把王国里最尊贵的一个女孩嫁给了你!"塞弗恩的声音越来越高,最后大喊大叫起来。"所有的一切都是一个骗局?如果是这样的话,你可能是我的侄子,我的私生子侄子!你犯了这么多不可饶恕的罪行,还跑到帝泉王宫来寻求我的宽恕!"塞弗恩转过身来,眼睛里喷火。"我应该亲手把你扔进河里。"他愤怒地咆哮道。欧文想塞弗恩可能真的会这么做。

埃里克听了塞弗恩的话,缩了一头,龇牙咧嘴,远离了塞弗恩一点。欧文感觉到了圣泉的涓涓细流,感觉到了,塞弗恩在大骂埃里克时,圣泉的泉水正在流入塞弗恩体内。

为什么埃里克要撒谎?欧文猜不出来这背后是什么逻辑或者恐惧驱使埃里克犯一个这么明显的错误。然后,他想起了凯瑟琳夫人的眼睛,以及凯瑟琳是如何用手抚摸着肚子。

你的职责是保护埃里克的孩子,圣泉对欧文说道。恶灵巫师会回来。如果你告诉塞弗恩,这个孩子就会死掉。你必须把他藏起来。你必须保护他。

埃里克跪倒在地,声音充满了痛苦。"求陛下开恩!"他乞求道。"令人敬畏的陛下!求您了。我是被那些野心勃勃的人逼的。我不想欺骗别人。随着事情的发展,我身不由己。求陛下开恩!"

塞弗恩厌恶地看了一眼匍匐在地的埃里克。"把他带出去,"他命令欧文,"如果你是撒谎而娶到了你的妻子,婚姻无效。"他轻蔑地哼了一声。"她嫁给你是因为她认为她嫁给了一个王子。唔,谢谢你不辞辛劳把亨特利伯爵的女儿带到了锡尔迪金。亨特利伯爵想得到女儿的消息都想疯了。我会告诉他,他的女婿只是一个流鼻涕的懦夫和冒牌货。唔,如果她想成为锡尔迪金王后,有*另外一条途径*。"

埃里克惊恐地瞪大眼睛。"你是一个魔鬼。"他低声说道。欧文仍然能够感觉到圣泉的沉重,但圣泉阻止他为埃里克说话。他看得出来，塞弗恩的大脑在转动，在蹒跚而行，最后停了下来。

塞弗恩嘿嘿笑道:"如果每个人都这么认为,我就不应该继续让他们失望了。我没有家人。没有侄女。没有侄子。没有姐姐。"他怒目而视。"我不会杀了你,小崽子。但你会希望我杀了你。你是我的囚犯。"塞弗恩转向欧文。"公爵大人,我让你负责掌管'艾思斌'。让乌尔比克和当斯沃斯在一起,派人日夜监视他们,禁止他与勾引欺骗来的妻子同床共枕。把凯瑟琳夫人带到帝泉王宫。我想见识一下这个到锡尔迪金来当女王的阿塔巴伦美人。我想乌尔比克当面告诉她这是一场骗局。"

"陛下,求您了,不要!"埃里克吓了一跳。塞弗恩举起一只手,命令埃里克闭嘴。

"把他带走。"

欧文觉得很恶心。他看着塞弗恩,觉得憎恨在心中翻腾。史蒂夫·霍瓦特是不是也有这种感觉呢?是不是因为这个原因,史蒂夫·霍瓦特经常保持沉默?

欧文抓住埃里克的胳膊,把他拉了起来。埃里克面色惨白,一脸绝望,手不停地发抖。欧文来到门边,命令埃塔伊内看管好埃里克。然后,他暂停了一下,转过身来,身后的门又关上了。

塞弗恩站在壁炉前,摇着头,脸上露出一种奇怪的表情——一种晕乎乎的表情。

"陛下,我可以和您说话吗?"欧文问道。

塞弗恩回头看了看,似乎吃惊欧文还没有离开。"你见过那个女孩,对吧?凯瑟琳夫人?博思韦尔告诉我说,她是一个美人。说话轻言细语,端庄贤淑。他不知道凯瑟琳的头发是什么颜色,因为阿塔巴伦的习俗是戴头巾。"塞弗恩看起来好像沉浸在遐想之中。"你去把她带来时,我不想让她穿着阿塔巴伦人的衣服。给她做一件长袍。让埃塔伊内来做。一件黑色长袍,好像她正在服丧。黑色,但我想要长袍剪裁得比任何公主的衣服都要得体。是的,我想要她穿黑色的衣服。毕竟这是最合适的。"

塞弗恩越说,欧文觉得越恐惧。塞弗恩已经不是以前的塞弗恩了。什么事情改变了他。是要被扔进河里的威胁?还是要面对另外一场鞍鞭山之战的压力?还是爱丽丝的背叛?可能塞弗恩终于感觉到了那些忠于艾瑞德的悲惨岁月所带来的压力。

欧文想到这里,大为震惊,同时感到很恶心。

"你有什么想做的?"塞弗恩生气地问道。

"我只是想要陛下知道……"欧文说道,觉得心中有一种奇怪的感觉。他不会告诉塞弗恩,凯瑟琳怀了孩子。他感觉到保护这个孩子的重担正在向他压过来,但他知道他必须保守这个秘密,不让塞弗恩知道,就像他保守的其他很多秘密一样。

"知道什么?说话,伙计!你有很多事情要做。你不感激我交给了你一个这么重要的位置?我对你新增的信任?"

一点也不,欧文忍住没有这么说。

"陛下,我想让陛下知道。我想陛下听到我亲口说。我爱她。确确实实地、深深地爱她。"

塞弗恩皱着眉头,说道:"那个莫蒂默女孩。是的,我知道。"

欧文觉得憎恨开始在心里翻腾。"陛下知道?"

塞弗恩点点头,抱住双臂。"曼奇尼先发现了,然后我也注意到了。是的,你喜欢那个女孩。但你还没有成年,欧文。你还有很多事情需要学习。"

欧文忍住自己的怒火。"陛下知道……但陛下还是让雅各娶了她。"

陛下的敌人。"

塞弗恩摇摇头,脸色变得很残忍。"你以为我不知道你的感受?终于有人能够体谅我曾经忍受过什么了。体谅我曾经经历过什么了!我的南妮特,沃里克公爵的女儿。她和我就像你和那个莫蒂默女孩一样。我深爱着南妮特,沃里克告诉我,我将娶南妮特为妻!然后,他又把南妮特卖掉了,卖给了奥西塔尼亚的一个王子,以达成联盟。南妮特将成为他们的王后。"塞弗恩怨恨狂怒地看了欧文一眼。"南妮特嫁给了我们的敌人。他们带着一支军队回到锡尔迪金,想要夺取我哥哥的王冠。我击垮了南妮特的父亲和丈夫。那时候,我意识到了,我拥有圣泉的神力。那时候,尽管发生了这么多事情,我还是劝说了她重新爱我。"塞弗恩走向前来,欧文感觉到圣泉在塞弗恩体内奔流。塞弗恩抓住欧文的肩膀,欧文受伤的左臂痛入骨髓。圣泉的神力在朝欧文奔涌而来,但未能穿透欧文。欧文稳稳地站在那里,一动不动。

塞弗恩吼道:"你会明白,为了忠诚,我不得不忍受什么,小欧文。你会明白被人憎恨是一种什么样的感觉。被人鄙视是一种什么样的感觉。你会和我一样明白忠诚的代价。然后,我们再来看一下你还能不能得意洋洋地谈论爱情,好像那是全世界唯一重要的事情,好像那是国王的命运和命运本身唯一应该考虑的事情!人们现在爱戴你了。但他们也会恨你。到时候我们再来看一下你会不会变成一个像我这样的人!"塞弗恩的目光散乱,好像在看着一个遥远的东西。"是的,他们想要一个怪物。现在他们得偿所愿了。我会让全世界为之号叫!"

第四十二章
冬日

　　雪花像树叶一样落了下来,模糊了阳房窗外的视线。欧文站在玻璃旁边,希望他的心是用冰做的。门嘎吱一声开了,霍瓦特公爵走了进来。霍瓦特公爵移动得更慢了。可能他一直都移动缓慢,但欧文觉得他苍老了很多。又苍老又疲惫。

　　欧文觉得霍瓦特心里很荒凉,因为霍瓦特充满怜悯地皱着脸。他走向前去,站在窗户旁边,手搭在欧文的肩膀上。

　　"我们都会想念她的,小伙子。"霍瓦特声音沙哑地说道。他的声音里充满了痛。"我希望你会时不时去一下敦德雷南。不需要邀请。一个老兵可能可以帮助你。"

　　欧文觉得一丝感激,但内心的悲哀很快就扑灭了感激。"仪式结束了。船起航了。她还会回来吗,大人?"

　　霍瓦特公爵深深地、悲伤地叹了一口气,说道:"我怀疑。除非塞弗恩王召唤她。"

　　欧文坚强起来,努力把自己置身事外,说道:"我不确信塞弗恩王是否会召唤她。她总是直来直去,实话实说。我认为塞弗恩王现在不会喜欢她那个样子。"

霍瓦特睿智地点头说道："塞弗恩王已经变了。他内心的某个地方终于崩溃了。如我所说，你不需要邀请。"他拍了拍欧文的肩膀，小心翼翼地避开欧文受伤的左臂，转身离去。

"你明天骑马去敦德雷南？冒着暴风雪。"

霍瓦特点头说道："这不是暴风雪。我在更恶劣的天气中出行过。很多人在战场上牺牲了。我要看望很多寡妇，要给很多死者带去荣誉。"他真诚地朝欧文笑了笑。"可能还需要去安慰一个小伙子。"

欧文觉得自己这一辈子都不会再笑了。"一路平安，大人。掌管'艾思斌'，大人有什么建议？"

霍瓦特摸着山羊胡须，说道："我想，什么事情不能做，你从拉特克利夫和曼奇尼那里学了足够多。如果我对塞弗恩王的想法猜得没错，他是想要把战争带到棋盘的另一半。"霍瓦特睿智地眯上眼睛。"小心了。研究一下圣女丹瑞米时代的历史。这可以教你，如果国王做力所不及的事情时，会发生什么事情。"

欧文轻蔑地笑笑，朝霍瓦特点点头，目送霍瓦特离开。他的手臂仍然在隐隐作痛，但伤口在愈合。他不再需要悬吊带把左臂吊起。外面的雪越来越大，很难看清楚下面的庭院在发生什么。欧文想到了凯瑟琳夫人以及他该对她说些什么。他知道自己该做些什么，但这需要凯瑟琳配合。凯瑟琳不大可能相信一个曾经欺骗过她丈夫的男人。

欧文走出阳房，走下通往正殿的台阶。到处都是仆人在移除雅各和伊薇婚礼庆典的装饰物。欧文愣住了。雅各和伊蕾莎白。欧文不得不强迫自己不想伊蕾莎白的昵称。一想道伊薇，欧文就心痛得难受。

一些女孩拿着一卷卷用来装饰正殿的编织物走来走去，欧文绕过她们，回到了"艾思斌"首脑的指挥室——一间被称作星室的房子。星室离塞弗恩的卧室很近，比较大，可以容纳好几个人同时工作。房间里到处都是桌子、鹅毛笔、墨水和装满贿赂用硬币的箱子。一面墙上挂满了钩子，钩子上挂满了钥匙串，用来打开王宫的各个地方。奢华的椅子比欧文想象得要大。欧文坐在上面，目视着信使和船只每天从全国各地送来的、小山一样高的信件和公函。像铲雪一样。星室的墙很厚。欧文插上门闩，不想任何人打搅。他把手肘放在桌上，脸埋在手掌上，心里想他是否做了正确的事情。如果他帮助埃里克推翻塞弗恩，锡尔迪金的命运会不会发生了改变？他会违背良心这么做吗？如果他知道塞弗恩已经变了一个人，他会不会改变决定？

欧文想象着伊薇站在开往阿塔巴伦的船上的情景。雅各站在她身边，亲吻着她的嘴唇。欧文一想到这里，就觉得一阵剧痛穿透了他的心脏。不，他不能那么想！他会把自己逼疯。欧文尽力控制住自己，肩膀颤抖着，强忍着喘息。

他们会生孩子。她会给儿子起一个什么样的名字呢？她会不会像其他很多人一样，给儿子起名为安德鲁？与那个伟大的国王同名？或者是一个更加动听的名字？

欧文没有听到暗门打开的声音，心中的火焰燃烧得太猛烈了。但他感觉到屋里有人。他听到了编织物沙沙的声音。裙子窸窸窣窣的声音。

然后，他感觉到了圣泉令人安慰的涟漪。

欧文慢慢地转过头来。她在那里。安凯瑞特·崔尼奥薇。当然，不是安凯瑞特。是埃塔伊内。但埃塔伊内看起来像安凯瑞特。埃塔伊内有着温柔的笑容，一双聪明悲伤的眼睛；甚至她身上还散发着安凯瑞特的气味。

"我在想该怎么安慰你才好。"埃塔伊内温柔地说道，走了过来，裙子在地毯上窸窸窣窣。"我可以看起来像她。"她摇摇头。"其他人会要求我这么做。但你与众不同。我永远也不能让你相信我就是她。你会鄙视我。我不想你鄙视我。那么谁能安慰你呢？"埃塔伊内的脸上充满了同情和悲伤。她把一只手温柔地放在欧文的肩膀上。"让我来安慰你，欧文。像她那样。我找到了她写给你的信。我找了每一个秘密场所，终于找到了。"

埃塔伊内给了欧文一张小小的四四方方折起来的纸。

欧文吃惊地看了埃塔伊内一眼，觉得内心感慨万千。

欧文颤抖着手接过了纸，打开。

给我亲爱的欧文：

在我临死之前，我想写下这封信给你。我很悲伤，从此就要永远离开帝泉王宫了。这么多年来，那座塔楼一直是我的天堂。那里有悲伤的回忆，也有美妙的回忆。生活就是这样，你会学会如何生活。当我长眠在深无测时，我会珍惜关于你的记忆。我希望看着你长大成人。有一天有人会要求你做违背良心的事情。我最后给你提出建议。如果你的主人需要你忠诚，你给他正直。但如果你的主人需要你正直，你给他忠诚。我爱你，孩子。我愿意用我的生命来救你的生命。有一天，有人会要求你为另外一个人做同样的事情。

你的朋友，安凯瑞特

欧文读完信时已经泪眼模糊，心痛得难以忍受。

"我看得出来，曼奇尼为什么不想你看到这封信。"埃塔伊内说道。她用手梳着欧文的头发，然后也坐在那张奢华的椅子上，把欧文的头拉过来，靠着自己的肩膀，轻轻地抚摸着他的头发。

欧文觉得埃塔伊内的神法把自己包围了起来。但这一次他屈服于埃塔伊内的神法，假装安凯瑞特就在他身边。

尾声

　　欧文以前从未目睹过一个女人生产。他真的派不上一点用场。整个过程就是一场磨难。欧文觉得很恶心很厌恶。他已经把胃里的所有东西都吐进了门边的一个桶子里。凯瑟琳临产前的阵痛让他觉得晕乎乎的,头晕目眩。他确实是全世界最大的蠢货,以为他能够把这么大一件事情瞒过塞弗恩。每时每刻,他都在怀疑身穿黑外套、外套上绣着白野猪徽章的卫兵会来砸圣彭里恩圣母殿的铁门,夺走孩子。

　　欧文听到了脚步声,觉得最坏的事情就要发生了。敲门声传来。欧文拔出宝剑,手指颤抖地拉开门闩,准备战斗。门外站着圣母殿施洗长老。

　　"夫人的生产怎么样了?"施洗长老紧张地问道。

　　欧文回头看了看埃塔伊内。埃塔伊内跪在床边给凯瑟琳小口小口地喂汤和药剂,帮助凯瑟琳保持体力。"我不知道,"欧文老老实实地回答道。

　　施洗长老似乎注意到了欧文的宝剑,后退了一步。"原谅我打搅了,大人。我向大人发誓,以圣泉和大人藏在这里的箱子的名义,我绝对不会暴露你们的行踪。圣母殿现在没有人,大人。一个影子也没有。"他朝天看了一眼。"但海上似乎起了狂风。大人确信要不顾婴儿的健康,在暴风雪中骑马出发?他会是我们的国王。"

"希望圣泉保佑他是。"欧文说道。凯瑟琳又开始痛苦地呻吟了,欧文关上了门。

欧文背靠着门,很快地眨着眼睛。此时此刻,他命令"艾思斌"哨探在锡尔迪金全国各地追逐鬼魅,他甚至凭空捏造了一个威胁,给自己借口离开帝泉王宫,并转移塞弗恩的视线。塞弗恩迫不及待地想要见到凯瑟琳,想要了解她,想要追求她。欧文抹了抹嘴巴,想起了自己为了阻止塞弗恩见到凯瑟琳所撒下的谎言和所用的花招。

凯瑟琳在圣彭里恩圣母殿待了五个月。刚开始,欧文报告说,凯瑟琳害怕见到塞弗恩,然后又撒谎说,凯瑟琳病了。凯瑟琳早产——提前了好几个月——欧文瞒着其他"艾思斌"成员,带着埃塔伊内悄悄来到圣彭里恩圣母殿。埃塔伊内接受过接生训练。几个月以来,她一直在练习,为凯瑟琳的生产做准备。

欧文的任务就是把婴儿带到一个安全的地方,一个孩子可以隐姓埋名长大的地方。在霍瓦特公爵的帮助下,一切都安排好了,但欧文没有告诉霍瓦特实情。他编了一个故事,说一个年轻的寡妇在阿弗朗奇之战中失去了丈夫。这个女人怀着丈夫的孩子,但没有丈夫的帮助,她一个人不能把孩子带大。他承诺帮她找到一个人带大孩子,让孩子像他父亲一样成为一名战士,教会他荣誉、责任和忠诚。

欧文敲了敲自己的前额。

凯瑟琳一动不动地躺在那儿。房间里的气氛庄严而又宁静。埃塔伊内用襁褓包好血淋淋的婴儿。婴儿没有发出声音。

凯瑟琳喘息道:"我……我没有……听到。我没有……听到……他的声音。他是一个男孩……真的吗?"

"是一个男孩。"埃塔伊内严肃地说道,声音充满了恐惧。欧文看着埃塔伊内的眼睛,知道为什么埃塔伊内感到恐惧。他在埃塔伊内的眼睛里看得出来。

婴儿生下来是死胎。

欧文心痛得抽搐。他还剑入鞘,走到床边,觉得头晕目眩,差一点栽倒在地。

"让我……看看……他。"凯瑟琳喘息道。

埃塔伊内看起来心碎。她擦掉婴儿脸上的血迹和黏液,像孩子妈妈那样温柔地抱着孩子,悲伤地看着孩子皱起的脸——那张冰冷无力的脸,又亲吻了一下孩子的前额。欧文看到,泪水在埃塔伊内的眼睛里闪烁。

"让我……抱抱他。"凯瑟琳乞求道。

埃塔伊内把孩子递给凯瑟琳。汗水使凯瑟琳赤褐色的头发黏在前额。难产过后,她已经筋疲力尽,黑色长袍挂在一把椅子上,白色的连衣裙全是汗水和血迹。凯瑟琳看着婴儿无力的小手,脸痛苦得变形。

"不……不!"凯瑟琳呻吟道,"不能这样!"她开始哽咽,胸口一起一伏。

欧文看着婴儿,然后知道了他应该怎么做。

欧文驱散心头的疑惑,走到床边,从哭泣的凯瑟琳手里抱起婴儿。埃塔伊内看着欧文,意识到了接下来会发生什么事情,眼睛瞪得大大的。

婴儿一生下来就……死了。

和欧文一样。

恶灵巫师的预言说道,一个死去的国王将死而复生。欧文感受到了体内圣泉的力量。他能够在圣母殿墙外海浪的拍打声中听到圣泉的声音。他能够在划过天空的雨云中感觉到圣泉的存在。

欧文把婴儿抱在怀里，看着婴儿蜡白的皮肤。他感觉到了床上躺着的凯瑟琳身上散发出来的母爱。他想起来了埃里克如何在帝泉王宫忍受各种折磨。苦涩的命运让埃里克不得不和当斯沃斯待在一起，只是为了维持一个谎言，让自己的孩子平安。欧文看着婴儿的脸，突然看到了一丝希望——一个更好的统治者即将来到锡尔迪金。

欧文把孩子抱到嘴边。他记不起咒语了。但他知道自己应该怎么说，这个咒语他以前只说过一次。欧文觉得圣泉在全身奔涌。他低声说道：

"内希——啊嘛。"

呼吸。

安安静静的国王小小的眼睑忽闪忽闪几下，睁开了。

后　记

　　我的书通常都会以一些历史事实为基础，这本书也不例外。在我研究中世纪英格兰玫瑰之战的过程中，我发现了珀金·沃贝克的神秘故事，以及他是如何声称自己是遭理查德三世谋杀而幸存下来的一个失踪王子。我们的故事发生在另外一个平行宇宙，是理查德三世而不是亨利七世赢得了战争。沃贝克声称自己对王位具有继承权，沃贝克的叔叔有意谋杀沃贝克，谋杀未遂后又会如何对待沃贝克呢？我想，探讨这个问题会更加有趣。沃贝克的声明给故事制造了一些悬念，推动了情节的发展。对于那些有兴趣了解更多的读者，我推荐他们阅读安·弗罗所著的《完美王子：珀金·沃贝克的秘密以及他对于英格兰王位的索求》。故事一直在我脑海中萦绕的因素之一是珀金和凯瑟琳夫人——亨特利伯爵的女儿——所生的孩子怎么样了。历史学家并不知道实情。为什么我们作家会被这些未解之谜所吸引呢？

　　我说过很多次，我喜欢中等篇幅的书籍。我不知道对于这一本书我能不能也这么说。作为书的作者，我在写这本书结尾几章时，前所未有地哭了起来。如果在阅读过程中，你觉得你经受了一些情感折磨，我也同在那里，和你在一起。我对书中人物的遭遇感同身受。

有一个关于雕刻家米开朗基罗的故事。米开朗基罗正在用一块巨大的大理石雕刻大卫的雕像,一个小男孩问他:"你怎么知道你能够雕刻出大卫?"对于我来说,写作是一个同样的过程。有时候我感觉一个故事其实一直存在,我只不过是把它写下来了而已。这也是需要讲述的故事的一部分。在生活中,我们不可能永远得到我们应该得到或者想要得到的东西。如何对待我们得不到的东西塑造了我们的性格。

在第二本书中,时间会为了第三本书而再次跳跃到未来。书中人物在第二本书中做出的决定以及决定造成的影响将在第三本书中阐述。读者也会知道一些这么久以来欧文一直不知道的秘密。请阅读本系列丛书的第三部《国王的叛徒者》,准备好大吃一惊吧。

致　谢

"帝泉系列"能够写完，我想要感谢很多人。首先，我要感谢以前的读者，他们很平静地对待阅读本书所带来的情感创伤！罗宾、香农、凯万、卡伦和苏尼尔。我与妻子和大女儿讨论如何处理情节以及如何处理欧文将要面对的折磨时，她们都侧耳倾听。我还要感谢这一系列丛书的编辑团队，感谢他们对本系列丛书所付出的热情！他们包括贾森·柯克、考特妮·米勒和安杰拉·波利多罗（安杰拉在本书中还获得了国际配角奖，因为她的姓正好与十六世纪历史学家波利多罗·弗吉尔相同。我的硕士论文和"帝泉系列"都引用了波利多罗的成果）。

图书在版编目（CIP）数据

小偷的女儿/(美) 杰夫·惠勒著；贺龙平译.
-上海：上海文艺出版社.2018.3
(帝泉系列)
ISBN 978-7-5321-6419-6

Ⅰ.①小… Ⅱ.①杰…②贺… Ⅲ.①长篇小说－美国－现代
Ⅳ.①I712.45

中国版本图书馆CIP数据核字(2018)第014430号

©This edition made possible under a license arrangement originating with Amazon Publishing, www.apub.com.
Simplified Chinese edition copyright:
2018 SHANGHAI LITERATURE AND ART PUBLISHING HOUSE
All rights reserved.
著作权合同登记图字：09-2016-691

书　　名：小偷的女儿
作　　者：(美) 杰夫·惠勒
译　　者：贺龙平
出　　版：上海世纪出版集团　上海文艺出版社
地　　址：上海绍兴路7号　200020
发　　行：上海世纪出版股份有限公司发行中心发行
　　　　　上海福建中路193号　200001　www.ewen.co
印　　刷：常熟市华顺印刷有限公司
开　　本：890×1240　1/32
印　　张：12.5
插　　页：2
字　　数：362,000
印　　次：2018年3月第1版　2018年3月第1次印刷
I S B N：978-7-5321-6419-6/I·5137
定　　价：49.00元

告 读 者：如发现本书有质量问题请与印刷厂质量科联系　T:0512-52605406